陳長慶◎編著

頹廢中的堅持

陳長慶創作評論集

後事

——《頹廢中的堅持》代序

陳長慶

諸君，當你們看到這個悚然的題目時，請毋須訝異，也不必害怕。即使「後事」一般來說是指死後的事，但另一種解釋則是泛指以後的事。我的用語雖與上述都有些關聯，然則實另有他故，請以平常心來看待我的「後事」吧！

掐指一算，我已在人間遊戲六十餘個年頭，最終免不了一死，只是時間的早晚而已。而死後勢必要辦一次「後事」，但要辦得風風光光、還是草草了事，並非我能左右。倘若生前預立遺囑作無謂的要求，不僅有失格調，也將貽笑大方。因為一個長年熱中於文學的老年人，在意的是作品的歸附，而非死後的哀榮。故此，當生命中的紅燈亮起，我不得不試著與時間賽跑，在精神尚未完全疲弱、軀體尚未被癌細胞吞噬之前，必須先為作品的「後事」，做一個妥當的安排。其他的，對一位與世無爭的筆耕者來說，已不具任何意義。

回顧復出的十餘年，我不僅從髮絲斑白的中年步入到滿頭華髮的老年，原本健康無恙的身體也起了重大的變化。然而，這幾年卻是我創作的高峰期，在為五斗米折腰的同時，竟能憑恃著一股傻勁，堅持自己的理想，相繼地完成中短篇小說六篇，長篇小說八部，散文七十餘篇，評論十四篇，報導文學一部，以及「咱的故鄉咱的詩」九帖，總字數約百餘萬言，成書二十餘冊。至於這些作品能否在文壇佔一席之地，或是隨著我的西歸一併在人間蒸發，一切就順其自然吧！

即使拙著大部分均已成書，二〇〇六年更把復出後的作品做了一番整理，並歸納成散文二冊、小說七冊、別卷一冊，以「陳長慶作品集」（一九九六至二〇〇五年）為書名出版面世。後續的長篇小說《小美人》、《李家秀秀》、《歹命人生》、《西天殘霞》，以及評論《攀越文學的另一座高峰》亦已結集出版。只剩下〈風雨飄搖寄詩人〉、〈看海〉、〈太湖春色〉、〈當生命中的紅燈亮起〉、〈榕蔭集翠〉等五篇散文與〈後山歷史的詮釋者〉評論一篇尚未成書，餘均可在市面上尋找到它們的蹤影。

可是，我在意的並非這些，而是從一九七二年出版第一本文集《寄給異鄉的女孩》起，至二〇〇九年《西天殘霞》止，前後三十餘年，朋友們費盡心思，以其千秋不朽之筆，或序或跋、或評或論，為拙著所作的詮釋和報導。如此之隆情厚誼，非僅不能遺忘，且時時刻刻懷抱著一顆感恩的心，銘記在心靈的最深處。然而，當我重新審視先前出版的各書時，無論編排或印刷，都與我原始的構想略有差異。尤其是友人賜予的鴻文，未能以更高層次的編輯方式來處理，確實讓我感到愧疚與不安。同時，在「陳長慶作品集」裡，我亦逕自把各書的〈自序〉與〈後記〉省略，總認為它們是多餘之作，有畫蛇添足之感。而今仔細地想想，每本書的〈自序〉或〈後記〉，都代表著作者當時創作的心路歷程，豈能憑著一時的喜惡，把它棄置一隅。基於上述，以及趁著生命中的夕陽尚未西下時刻，我必須盡我所能，把這些與拙著息息相關的作品編印成書，其一為表示對撰文諸家的敬意，其二為自己即將枯萎的文學生命，留下一頁值得回憶的篇章。

編輯這本書的原委，我已概略地向諸君說明，書中撰文諸家對我褒多於貶，鼓勵多於批評，我心知肚明。但是，文學卻也是一種相當獨特的文類，無論是褒是貶，都與其作品有密切的關聯。倘使空有滿懷理想而不能持續創作，任你學富五車、擁有再高的學歷，依舊無法置身在文學這個現實的區塊，遑論想得到方家的褒貶和論評。此生即便留下的是一些難登大雅之作，但我書寫的每一個字句或每一個篇章，可說都是汗水與腦汁凝聚而成的結晶，與這座歷經戰火蹂躪過的島嶼亦有密不可分的關係。因此，無論外界作何解讀，它們都是我生命中的一部分，我沒有不珍惜的理由。

本書係依拙著出版順序，以及諸家撰寫的時間先後來編排。除了我之外，其他撰文者，無論在文壇、學術領域或各自的崗位上，都有傑出的表現和不凡的成就，而且大部分均為文壇先進及著名作家，相信讀者們對他們並不陌生。例如：文學大師陳映真先生、福州師範大學博士班教授陳慶元博士、國立臺灣藝術大學視覺傳播學系副教授張國治先生、國立臺灣師範大學國文系副教授石曉楓博士，國立金門技術學院兼任講師楊清國先生、陳滄江先生，資深作家謝輝煌先生、金筑先生、黃振良先生、白翎先生、黃克全先生，《世界論壇報》前副總編輯孟浪先生、《金門日報》前總編輯林怡種先生、《金門文藝》總編輯陳延宗先生、《幼獅文藝》主編吳鈞堯先生、《金門日報》前採訪主任陳榮昌先生，以及擁有作家與長官雙重身分的文化局長李錫隆先生，任職於財政局的翁慧玫小姐……等等。我何其有幸蒙受他們的青睞，讓他們以嚴謹的筆力、卓越的見解、優美的文辭，為拙著作最完美的詮釋。當這本書編輯完成時，我必須以一顆虔誠之心，向他們致最崇高的敬意和謝意。

此刻，當生命中熾熱的火焰即將熄滅時，往後的時光歲月，腦海裡勢難再湧現昔日豐沛的文采，現時該做的就是盡快地把這本書編妥付梓，如願地完成自己的「後事」。明日起身後，無論是「藥石罔效」、「病入膏肓」或「蒙主恩召」、「壽終正寢」，我不僅會坦然接受，亦絕無怨尤。然而，人生卻也有許許多多令人意想不到的事，或許，當「遺言」交代完畢，「後事」準備就緒，天堂的大門則不為我開，閻王攔阻於地府之外，主亦不來恩召。說不定只要遵照醫師的囑咐按時追蹤檢查和治療，然後以正確的心態與病魔和平共處，以現今之醫療水準而言，再活個三年五載並非不可能。縱使蒼天對待每一個子民都一樣，只有死亡的宣判，沒有所謂的豁免，但我還是冀望這個奇蹟，能賜予一個在文學園地踽踽獨行的老年人。果真有此福份，這本書將是我三十餘年創作歷程，朋友對我的鼓勵和肯定，而不是哀悼我的紀念冊。

在資訊數位化的現下，經過反覆思考，我決定把這幾年來的創作過程，以年表的方式一併附錄於文後。一方面讓海內外鄉親與讀者，透過網際網路瞭解我整個創作過程，另方面冀望它日後能在浯鄉報章及文學史上，留下一個完整的紀錄。

原載二〇〇九年十一月六日《金門日報・浯江副刊》

目次

序陳長慶《寄給異鄉的女孩》

孟浪

作為一個文藝創作者，陳長慶並不是一個勤謹的園丁。然而，在我所結識的一批青年中，陳長慶卻是我最為器重，也是最為關懷的一個。這固然是我對他有所偏愛，但實際上，乃是在短短幾年追求表達心靈意識的文藝創作過程中，他是成長最快的一個。

提起陳長慶這個名字，或許大家都很陌生，但提起陳長慶，則在讀者的記憶中，會或多或少的有些印象。他寫散文，寫小說，更寫評論。如果將他的作品稍作比較，以我的觀點來說：他的評論比小說好，小說又比散文好。因此，在一般人的概念中，或許認為陳長慶應該是屬於一個思想成熟的「中年人」。然而，實際他乃是一個真正從砲火洗鍊下成長的金門青年，即使是現在也不過才二十五歲而已。以他這樣的年輕，而有如此的稟賦，就不能不令我們對他刮目相看了。

回溯到我認識他的時候，他才不過是十八九歲，那時，我正執掌《金門日報‧副刊》編務。當時，我即立下一個原則：一張戰地報紙的副刊，首先應該輔導戰地青年的文藝活動為其前提。因此，我在選稿方面，一方面約請文壇的知名作家撰稿，期冀他們的作品能夠作為愛好寫作青年的示範；一方面鼓勵青年朋友多多投稿。因此，在眾多的投稿者中，我發掘了許多金門青年，他們都有寫作的先天稟賦，遺憾的是他們乏人指導，並鼓勵出他們的興趣，致使他們的才華被埋沒，長慶便是其中的一個。開始他是寫一些小品散文之類的文稿投向副刊，我就覺得他的稟賦特異。因為在他的作品中，不是像一些所謂「現代青年」的作品，談的是什麼風花雪月，說的是什麼無病呻吟；而是一些有骨有肉、有思想，並能帶給讀者力量的作品。就一個初學寫作者來說，假如他沒有一股潛在的智慧和特異的稟賦，是不會有如此驚人的表現。

創作散文在陳長慶追求心靈意識的過程中，可以說僅是曇花一現，很短的時間內，他就開始從事小說的創作了。以常情而論，一個小說創作者必須有充沛的生活經驗和豐富的生命內容，才能創作出感人的作品。但是不然，陳長慶他雖然是在戰地土生土長，歷經戰爭與砲火的洗鍊，然而他卻具有豐富的生活經驗和生命內容。這都是他長期尋求知識的決心和毅力，不斷的鑽研書本而得到的。有一段很長的時期，他把自己隱居在太武山谷的圖書館內，除了工作以外，整天就與書本為伍，並且有系統的研究有關文學方面的理論、創作。因而，他頗有所獲，一如他說：若不付出痛苦的代價，幸福是永遠得不到的。這是他對人生的一種深刻的體味，使他在人生的旅途中，扮演了一個倔強的追求者，追求他的知識，包括他的愛情。

我們可從他收集在這個集子裡的作品來看，就可獲得一個十足的證明：從量的方面看，這些年來，他所創作的似乎太少了些；但從質的方面言，他成熟的思想似乎已超過他尚未成熟的年齡。有人說：天才是早熟的。或許陳長慶不是天才，但是從他追求知識領域的過程中，他確是付出過很深的痛苦的代價的。

我想，我不必再為本集的作品，再作多餘的解析。因為，我相信所有讀者的眼睛，一定會比我的更為雪亮，會選擇他們自己所愛讀的作品。不過，我想說明一點，這是長慶的第一個集子，對於他整個的創作生命來說，是極莊嚴而隆重的，就像一個母親孕育她的第一個孩子一樣。因而，當他這第一個集子付印之前，我願為他說幾句話，就算是不成序言的序言吧！

（本文為一九七二年臺北林白出版社版本之序言）

*本文作者孟浪先生，本名謝白雲，湖南湘鄉人。曾任《正氣中華日報》、《金門日報》、《民族晚報》、《世界日報》編輯，《世界論壇報》副總編輯。著有：《孤獨城的獨白》、《鋼盔和方帽子》、《碧潭手記》、《鴿樓小札》等書。

回首來時路

——陳長慶《寄給異鄉的女孩》增訂三版代序

黃振良

《寄給異鄉的女孩》是長慶第一本結集出版的書，也是我所知道近代金門籍青年以新文學形式撰寫出版的第一本書。該書於民國六十一年六月初版，至今已有廿四個年頭了，作者也由青年進入滿頭華髮的中年人了，令人不得不慨嘆時間之無情！

認識長慶於民國五十七年農曆春節，當時救國團金門支隊部透過中國青年寫作協會，在金門辦理一次劃時代的創舉——金門文藝營，地點就在金門高中圖書館的現址，參加文藝營的學員，大部分是當時的金門高中和各國中有興趣於寫作的學生，社會人士很少，有印象的也是年紀較長的，譬如當時在國小任教的楊天平老師，另外一位就是長慶了。當時最難得的是從臺灣請來了詩人鄭愁予、小說家黃春明、梁光明（筆名舒凡）、任教臺大的散文作家張健（筆名汶津）、聞名國際的金門籍版畫家李錫奇、加上當時正駐守金門的詩人兼散文作家管運龍（筆名管管）、以及蔡繼堯老師的繪畫，師資可以算得上是一時之選。文藝營的研習時間為期一星期，課程安排除了文藝創作指導，還包括於農曆正月初九登太武山活動，以及成立「金門青年寫作協會」。

寫作協會的成立並沒有為金門的文藝寫作做任何事，倒是由於這次文藝營的舉辦，把一些興趣相同的青年朋友給結合起來，雖然這批人在文藝寫作上沒有多大的成就，但卻由於這些人的參與和努力，得以刺激另一批人的起而代之，對之後金門的文化工作直接、間接的注入一點新血。

至於在文藝寫作的成就方面，長慶算是工夫下得最深，也是最有成績的一位了。《寄給異鄉的女孩》之外，他又出版了第一本長篇小說——《螢》，這樣的成績在當時，確實可以算是一項豐收了。

民國六十二年夏天，我從島外島——烈嶼回到金門，兩個人湊在一塊，別的話暫且不談，第一件事就是籌辦發行《金門文藝》季刊，長慶負責執照的申請（在當時軍管時期談何容易？）好在從太武山谷出發的長慶，深諳其中門路，經過幾番波折，終於核發了當時算是金門唯一一張合格的雜誌出版許可執照；我則負責同好的聯絡聚合，這也不是一件容易的工作，當時我以一位教師每月數千元的薪俸，每三個月拿出一千多元支付《金門文藝》季刊的出版經費還出得起，但對幾位無固定職業的季刊社同仁來說，的確也非易事。但在那個年代的年輕人似乎都比較有一股可愛的傻勁，季刊同仁除了幾位教師同仁之外，也有幾位受雇幫人看店、在撞球店記分的小姐都在我們的同仁之列，如今想起，不免感嘆！

《金門文藝》季刊的出版發行，編輯最初由孟浪（謝白雲）協助，我負責封面設計和約稿，後來則整個編務交由我負責，我必須每期負責約稿、審稿、編輯，外加寫稿和校對，長慶則負責與廠商接洽排版印刷。當時長慶已經離開太武山谷，經營長春書店，我則白天教書上課，利用晚上的時間一起討論刊務，校稿編輯，兩個人雖然忙得很吃力，但都樂而為之。可是過了不久，外間對《金門文藝》發行的批評不斷傳來，潑了我們冷水，也降溫了同仁們支持的熱誠。

當初我們之所以取名為《金門文藝》，原意是為了能匯集金門所有的文藝同好，出錢出力，共同為金門的文藝創作耕耘，而外人卻以本刊物係「同仁結社，不能代表金門，當然不得掛金門之名為之」。由於《金門文藝》的出版執照得來不易，不甘如此輕易讓它中斷，幾經躊躇，為了使《金門文藝》成為「真正代表金門」的刊物，出版了六期後，我們把它交給了當時旅臺的大專學生主持編務，也由他們自行約稿，我們不加任何干預，也不在刊物上發表作品。實際上，後來負責經費的同仁只剩下少數幾個而已，長慶則是出錢最多的一位；要養活一本刊物實在不容易，曾經有一期的內文印刷費支出了四千元，而封面的印刷加設計費則高達八千元之譜，長慶雖然心疼，但他曾說：「總不能讓尚未賺錢的學生做太大的犧牲吧！」由大專學生負責主編的《金門文藝》季刊革新號也只不過發行兩期吧，之後，再改為單張發行兩期就暫時停擺了。

現在看到各種由金門縣政府出版或補助的刊物陸續的發行，本本印刷精美，設計新穎，我們在同感欣喜之外，也曾回首自嘲當時那種不知自拙的無知，但繼而反觀，除了這本不能代表金門的《金門文藝》之外，二十多年來又有哪一本是由私人出資印行而足以代表金門的純文藝刊物出現呢？如果不是當年我們的這股幼稚無知、不知藏拙的傻勁，恐怕到今天我們除了官方的文化刊物之外，私辦的刊物還是掛零了。

尤其令我感嘆的是，在當年那樣經濟拮据的環境下，我們可以為了某種可笑的理想，省吃儉用自掏口袋辦刊物；而今天，整個社會的經濟環境如此富裕，尚有些寧可吃一餐飯花好幾千元，卻不願拿兩百元買一本好書，還能自許為知識分子的人令我自嘆：如今所謂的「知識分子」這個名詞，真的讓我昏眩到不懂該作何解釋才對。

更難得的是：長期埋首於書店生意上的長慶，在睽違了廿年之後，不但沒有被金錢所鏽蝕侵噬，更能從更多的書香中再度奮起，今年再度以一系列的散文「新市里札記」，以及一個膾炙人口的中篇小說〈再見海南島・海南島再見〉博得許多讀者的掌聲，引發了許多共鳴，也因此鼓舞了長慶重排第一本集子《寄給異鄉的女孩》作第三次再版印行的動機。我在共享之餘，更佩服我的這位二十多年的摯友——陳長慶，正如他在《寄給異鄉的女孩》一書中所一再提到的，他是一個只有初中肄業學歷的人，卻是少數可以為某種理想付出代價的人。也因為如此，我才敢冒然的為長慶這本書的第三版寫這篇不算序的序文，就當作是藉此告訴一些讀此書而不知此書作者成長歷程的讀者們，就算是——算是當作一個「引言」吧！

（本文為一九九七年臺北大展出版社版本之序言）

＊本文作者黃振良先生，筆名曉暉、谷雨，福建金門人。曾任教於金門多年國小。著有：《金門古式農具探尋》、《金門民生器物》、《掬一把黃河土》、《蠔鹽之鄉話西園》、《江山何其美秀》、《金門古井風情》、《浯洲鹽場七百年》、《金門方音語詞彙編》、《金門戰地史蹟》、《無言的證人》、等書。現任金門縣采風文化發展協會常務理事、金門縣宗族文化研究協會監事。

評介《寄給異鄉的女孩》

——兼談文藝創作的幾個小觀點

凡　夫

做為一個文藝創作者，或者是愛好者、評鑑者，學歷不是絕對必要的。首先，他們必須有一顆「赤子之心」。文藝是心靈的創作，心靈的感受，不同於一般價值行為；這並不是說文藝和價值扯不上什麼關係，而是說文藝的價值，不同且重於、高於普通的價值涵蓋。正如物質與精神同是文明進化之鑰，而兩者之間在本質上又有迥然之異。一顆赤誠純樸的心靈，仍是通往文藝王國之道；是打開文藝之園的鑰匙。作者有了這把鑰匙，才能窺見人性、發掘人性、表現人性，察人之所不能察，道人之所弗道。如此而從遠處，從微處，以特有之觀察銳力，發掘真理、引導時代；讀者有了這把鑰匙，才能邁入文藝之園，去見「宮室之美」，與作者做心靈的交流與共鳴，共同開發文藝之園。以作者之提供、讀者之感受、評者之推敲，互琢互磨，相輔相成，共營文藝花朵之綻放。

其次，經驗、磨練與文藝素養，也都是文藝工作者必備的要件。「文藝是人生的縮寫」，是人類社會的映像。文藝所要表現的人生，從外在的行為到內在的意識、從具體的描繪到抽象的剖析、從觀念的表達到精神的呈現，其中的每一過程，無不與經驗相揉合，或吸收現實生活的察識。所以，經驗的累積、超凡的洞察能力，對事物的特殊感受，都是有意於文藝工作者——作者、讀者、評者——所必須具備的「文藝嗅覺」。而這些「文藝嗅覺」卻須植根於平日，由一點一滴的培育養成。文藝是很實際的，有一分東西才拿得出一分貨色，缺乏「根」的假文藝，根本就無法通過讀者的法眼。有意從事文藝的文友們，及早培育你的文藝素養和「文藝嗅覺」，才是最可靠的本錢。

二

《寄給異鄉的女孩》是陳長慶的第一本集子。內容分為散文、小說、評論三部分，各收集了十篇，加上孟浪的〈序〉，朱星鶴的〈太武山谷訪舒舒〉及作者的〈後記〉，共有三十三篇文字。

這本初版賣得一本不剩的集子，給了陳長慶一個無與倫比的鼓勵。不僅本書正在再版中，而且他的第二本書——《螢》（長篇小說）也早已問世了。我手上這本《寄給異鄉的女孩》，還是他在書堆裡七翻八攪才找出來的「孤本」。這樣的成績，不僅他興奮，朋友們更替他高興。尤其可貴的是，它不僅僅是一項記錄，更是對「學歷」、「文憑」挑戰的勝利。這當時的這種勝利，實在給後來者無比的勇氣，掀起了一陣金門青年作者踴躍出書的熱潮。這些情形，在序文、朱文、後記中，都有了詳細的報導，我不想一再贅述；只提出作者的一句真心話——書，雖然只是文字與文字的累積，但我的書，卻是淚水與淚水所凝組成的——就不難了解作者在創作歷程之中，所付出的心血、淚水與代價。因此而有了如此成就，這總是「字字皆辛苦」的血汗代價；的確，他所付出的一切，絕不是三言兩語所能道盡的。所以，他品嘗到的「收穫的喜悅」，多少也稍能償還其辛苦耕耘之苦了。

全書一百九十三頁，大約十萬字之中，小說約佔了三分之二的篇幅，評論約佔五分之一，其餘為散文。由於各類均為十篇，這長短完全是由於文體表現需要而異。下面是筆者個人就這本文集的三輯——散文、小說、評論——的一部分感想，更藉以請教高明。

二

收集在這本文集的十篇散文，它們的共同特色是——簡潔凝鍊。除了〈秋風譜成底戀曲〉是較含有小說味道的，其餘九篇都沒有超過一千字，大多在五、六百字之間，最短的

〈星夜〉只有二百六十五字，而且是含標點符號在內。這一特色正合乎了文學的「經濟」的原則，尤其是物質愈文明、工商愈發達的今日社會型態裡，在「時間就是金錢」，人們幾乎少有「閒」功夫，花在沒有顯著效果的事情上（此所以物質文明與精神文明脫節，金錢被「臭」，有錢被「俗」化，而精神病患日愈充肆之癥結所在），所以，讀者歡迎的不是冗長繁瑣、煩言贅詞的無病呻吟，而是乾脆淋漓、簡潔凝鍊的精緻短文。儘管，長短文各有它的優劣特色存在，這種精鍊短文的發展趨勢，與其說是適應讀者的客觀條件需要，毋寧說是現代乃至未來文藝所走的自然方向；的確，文章是千古事業，在時間無情的淘汰之下，必須棄雜去煩。做為一個文藝工作者，應當在寫作上建立此一觀念，精化自己的作品，以求提高作品的水準，也能適應大眾要求。當然，這種「精化」的要求是絕對的向上提昇，而不是妥協式的，諸如：「迎合」、「低姿勢」的「反向」屈服。

在觀念上，我們還須密切關注的是，「精化」不是字數的簡化、不是段落的剪接，更不是內容、情節的刪減，這類「斷章取義」的處理方式，不但不成為「精化」，根本上是與「精化」背道而馳的；所謂「精化」，消極的是「作品質量的濃縮」，不僅不影響作品的質量，反而要使作品更加濃郁；積極的是「作品價值的提昇」，使作品除流行性外，能兼顧文學性。在濃縮中，質地不受影響，在昇華中，作品的精神、觀念、內涵……等均在「前進」

之中。這廣義的「前進」，才是「精化」的精神所在。

在陳長慶「曇花一現」的散文創作歷程中（見序文），自然不能要求他一定要有「千古絕唱」，有些人甚至創作了一輩子，也未必能有怎樣的佳作。倒是陳長慶那篇短小精幹的〈星夜〉，我個人是很欣賞的。那是一篇用詩的語言寫成的散文，這種類型的散文，比較容易給人一種清新舒暢，欲言又止的喜悅，〈星夜〉也不例外。另外，〈公園〉、〈那朵雲〉也都是屬於這種「詩化的散文」風格，這可說是本文集的第二特色。

至於那篇〈秋風譜成底戀曲〉被歸在屬於散文的第一輯，我個人是有點置疑的。因為「秋」文大體上已經具備小說的雛形，就內容、主題而言，它歸入第二輯的小說是說得過去的。再說，它與〈蛻〉、〈雨天，我想起：南方來的那姑娘〉有相同的背景——對古老「三八」陋習的討伐；個人的推測，可能是他的散文寫作較短、作品較少的原因，有序文為證——「創作散文在陳長慶追求心靈意識的過程中，可以說僅僅是曇花一現，很短的時間，他就從事小說的創作了」。

從這九篇散文中，我們可以體驗出文字精化的效果，對於有志散文創作的作者而言，實有必要樹立自己獨特的風格。現在，許多具有散文創作優異條件的作者，都「更高一層樓」地寫小說或詩，或者歸隱山林去了。於是，散文園地成了一批批新面孔的交棒史，他們把散文創作當做進入文藝花園的起步，卻又急於擺脫這項自以為是「初級」的出身階，去好高騖遠，去追求自以為「高一級」的詩、小說。這種偏差的觀點，造成若干天才的早夭，不僅是文壇難以彌補的損失，也給關懷文藝者很深的傷憾。不可諱言的，我們讀者對小說、詩的喜愛、評價與鼓勵，是遠超過給予散文的；對於仍以散文為主力的今日金門文壇，實在有適度的注重及鼓勵散文創作的必要。

三

小說是反映社會，表現人生的。不久以前的金門，流行著一種極其惡劣的「三八」婚姻制——八千元、八兩黃金、八百斤豬肉。因而，金錢成了愛情與婚姻的前鋒。曾經，多少青年男女都身受其害，多少人間美事被阻撓，多少佳對良偶未圓滿；目前，這種以「聘禮表彰門第，多多益善」的觀念，經政府的倡導、社會的檢討、人們交相指責和許多血肉交織的事實下，這種「嫁女若賣女」的惡俗，幾乎成了歷史名詞了。

陳長慶在其作品中，對這種惡俗，曾一而再、再而三全力「鳴鼓而攻之」。在全文集的十篇小說及那篇與同輯散文風格迥異的〈秋風譜成底戀曲〉的十一篇中，內容涉及「三八制」的計有：〈秋風譜成底戀曲〉、〈蛻〉、〈寄給異鄉的女孩〉、〈雨天，我想起：南方來的那姑娘〉四篇，佔了不小的比例：甚至他的第一本長篇小說《螢》，也對這項惡俗有所聲討。因此可見，陳長慶對「三八制」的觀感，已經到了深惡痛絕、無以復加的地步。

其次，以「車掌小姐戀情」為主題的小說，也有〈冤家〉、〈褪色的愛〉、〈烽煙下的杜鵑〉三篇，及以公車為主體的〈巴士上的諾言〉。這些小說的靈感都是來自公車，或許是作者曾是公車的常客，而車上則是沉思的最好場所，自然而然就成為創作的搖籃，孕育、構思、表現出這種類型的主題了。

在這兩大主題下，作者反覆地申述他對惡俗的不滿和對現實的幻想。一方面抨擊不合理的「三八制」，發出理性的吶喊，努力地想用道德和人性來感化「嫁女若賣女」的不正常風氣；一方面又以孤軍奮鬥的精神，全力抵制，正面攻擊這項令人髮指的不良習俗。所以，他的小說主角都具有特出的奮鬥精神，在艱苦惡劣的環境，造成「力」的表現，不管如何不利，陳長慶的筆下，只有斷腕的壯士，沒有自甘服輸的屈服；正如他在真實環境的體驗，沒有弱者的屈服，沒有失敗的氣餒。當然，挫折是免不了的；如果你跟作者一樣，把挫折當做一個進步的歷程、一種經驗的獲得，那麼，挫折也就算不了什麼了。

〈秋風譜成底戀曲〉也許是作者於散文與小說之間的過渡期作品，雖然具備小說的雛形，在結構、情節上都顯得「不夠成熟」，尤其是對白，特別的「散文」化，若歸入散文，又與其他九篇散文「內外迥異」。同樣的素材，在〈雨天，我想起：南方來的那姑娘〉中，顯出了迥然不同的氣息：故事情節在很自然地狀態下進行，看似「風平浪靜」，其實卻完全是「暴風雨前夕的寂靜」，在臨爆點的衝擊下，作者藉一個「腰骨挺直」的陳康白，對「三八制」作最嚴厲的詰問與譴責，然後「走了」。不是逃避，而是對惡俗的背棄，他用「寧為玉碎，不為瓦全」的態度呈現他的價值觀念；不是「純報復」或「兒戲」，沒有親睹或經驗過惡劣習俗遺害的人，絕無法體會「劣俗猛於虎」的。所以，如果有人把陳康白的反應當做「見異思遷」、「純金錢的愛情」或「負情」來批論，那就與作者的想法南轅北轍了：我無意在「愛情」或「價值觀念」方面做太多的辯義，一種「價值觀念」的差異或者「代溝」的差距，並不是三言兩語可以交代清楚的。陳康白那句「老伯，說句不客氣的話，你女兒是嫁給我，不是賣給我啊！你若承認說是賣給我，那對不起的很，我陳康白可買不起你家大小姐。」實在值得玩味，雖然已久未再有「重聘」之說，仍值得為人女「父母」而欲「待價而沽」者戒。

另一篇〈蛻〉雖涉及「三八制」，但未深入探討，且論及早年的另一不正常風氣——少女的留臺夢。那又涉及更深更廣的價值觀念問題，原本是一個可以好好利用與發揮的題材，但作者並沒有往這方面發展，也沒有此類題材的他作，實屬可惜。在〈蛻〉文中，作者除表彰一個沒有學歷的孩子之奮鬥史，藉一頁醜惡的貪污，一顆愛慕虛榮的少女心，再用「三八制」衝突與人事調動的巧合及一次意外車禍，作者在連串的製造高潮、引導情節所費的功夫，可以說是達成預期的目標。但是，在時間的安排，卻顯得鬆懈地有點脫節，尤其是在第五節跨越了太長的時空，在表現上有了漏洞。這漏洞並不是錯誤，而是「未及兼顧」的結果。再者，在全文之中，特別是每節的開始，幾乎都以時間開頭，這是可以商榷的方式，還好這種「現象」並未在其他篇章出現。在佈局上，作者最後給愛慕虛榮的「婦人」一個「自新」的機會，其中含有相當程度的同情意味，雖「落入俗套」，卻能「皆大歡喜」；否則，又要再一次背負「刁難」、「落井下石」嫌疑了。

再者，談到以車掌小姐戀情為主題的三篇：〈冤家〉以劇情見長，〈褪色的愛〉很沉，而〈烽煙下的杜鵑〉卻是完全不同的另一風格。比較之下，我欣賞〈冤家〉，因為它在情節安排上比較輕快曲折，容易吸引讀者的注意力，形成共鳴；且高潮迭起，巧合連連，神話似的傳奇，無一不引人入勝。尤其，對白自然流利，表情描述歷歷在目，十足表現出作者那分爐火純青的傳神功夫。刻劃一個「甜甜而略帶幾分傲氣」的天真千金小姐，陳長慶已塑造出了一個典型。以人物刻劃的觀點而言，〈冤家〉是文集中的最佳小說：當然，輕快的筆調、曲折的情節、傳神的巧合，都有「綠葉襯紅花」之功。這也正說明，一篇好的小說，不是某單一方面的成功，而是全面的集體效果。本來，喜劇性的故事就較易於討好讀者，再加上趣味橫生的措詞，從頭到尾那種「快拍子」的節奏，極富音樂感；沒有「拖拉」的悶場，劇情緊湊，無不給予讀者連串的「快感」，集若此優點，豈非佳文？

〈褪色的愛〉跟〈冤家〉正好有一百八十度的差異：它是悲劇的、冗長的敘述，太多的人物，及低八度的情節。本來，悲劇若能掌握得法，是很能「震撼」讀者而引起「高度共鳴」的，使讀者全心投入，而置身情節之中，與劇中人物感情之喜怒哀樂相揉合，邁入「劇人合一」的境界；而喜劇雖易於討好讀者，終究是沾了「娛樂」成分的光。就寫作本身而言，喜劇好寫，悲劇難刻劃；成功的喜劇不難，感人的悲劇就大不易了。作者也體會出心理描述在悲劇作品所佔的份量，所以用了許多的心理分析的語言，在那「獨白式」的表現方式下，使情節特別的低沉，給讀者一個低氣壓似的煩悶感受，而格外顯得不協調。我想，如果能把這些心理分析改用其他方式表現，而不用直敘的話，效果也許會更加強些，諸如：對白、特殊事件、下意識的反應等。此外，人物太多也分散了部分劇力。短篇小說限於篇幅，無法刻劃太多的人物；與其無法表現，倒不如將小說的人物做合適的調整，讓每個出場的角色，都有一份屬於自己的個性；正如國劇的每類臉譜，都代表著一種典型，每一個角色，作者都須賦予生命與職責，這是小說人物描繪的原則。否則，太多而不恰分的龍套，會「喧賓奪主」的。同樣的道理，在一篇小說中，每個事件都具有其完整的「來龍去脈」，不論連續情節或預留的伏筆，完整的佈局是很要緊的。這不是說要對讀者交代得一清二楚，常常，懸疑的結局，讓讀者去決定劇中人物的命運，也是別有風味的；而作者只須提供足夠的相關資料，或者是暗示。

〈烽煙下的杜鵑〉的女主角雖是車掌小姐，但她的職業對整篇小說未構成直接的影響，它的主題在描述一個「杜鵑瀝血」的苦命少女，及一個致力於寫作的青年：講他如何開創自己的寫作生涯，講她如何在成功時點醒他、失敗時慰勉他的故事。內文中那句「在車上各形各色的人物都有……你可以用你的想像力，在其中找到新題材。」倒是作者的體驗，也是幾篇作品的背景。他用日記的方式寫小說，是很有利的選擇，不但易於控制全局，運用自如，更利於情節的剪接與發展。

〈巴士上的諾言〉在描述人們錯誤的「職業歧視」觀念。除了結局，全篇都在公車上進行，是唯一較特別的地方，但其他方面表現平平，並沒有很傑出的成就。〈祭〉則揭開茶室侍應生的「悲慘世界」，在那小小的房間裡，去區別人性與獸性，結局用解脫來維護顧客無意遺落底種子的心靈；在這裡，作者從微小處，發掘人類可貴的母愛——一種迴異的愛的方式。〈舊情〉和〈蛻〉一樣，在小說的時空方面，有了很大的漏洞，而且有些「生硬」與「不夠成熟」。〈無聲的祝福〉描寫一對非親生兄妹的手足之情，整個故事情節平鋪直述，沒有特地製造高潮與懸疑，是一篇比較「散文化」的小說。由於篇幅的關係，上述四篇小說就此帶過，而多談些〈寄給異鄉的女孩〉——這本文集的主題小說。

〈寄給異鄉的女孩〉原本發表於《金門月刊》創刊號上。大約是五十七年夏秋季的作品。是篇「書信」體裁的小說，在一封信裡，有情節、有佈局、有濃郁的情感；說是小說，也許會有人不以為然；事實上，它的情節與佈局和小說是相契合的。全文是以雨為經：由金門的雨——臺灣的雨——金門的雨，貫串整篇小說；一個叫做「梅」的異鄉女孩則是小說的緯，如此交織而竟全篇。雨，在陳長慶的創作中，是經常出現的。或許他習慣於雨天寫作，或者雨天才是真正屬於他的假期，或許是雨給予他較多的靈感。正如：「時間是一切計算的重複者」及「在一位小姐面前裝啞吧，那是世界上最嚴重的懲罰」兩句話，反覆出現在各小說裡一樣，這或許解釋為生活經驗的缺乏——在〈烽煙下的杜鵑〉文中，作者曾如此自認。

本文或許是專為《金門月刊》而寫的，作者在有意無意間，不斷地展現著金門的各項進步與發展；並不斷地在臺灣—金門之間並列對比。諸如：梅純樸的問候與金門的樸實民風；擁擠交通的危險與金門如小石頭般的落彈；臺灣的豪華戲院及金門的「擎天廳」；已被改良的「三八制」與臺灣「大餅」聘禮；最後連梅的終身大事也在同學、同事與戰地之間，選擇了後者——而梅與作者（暫如此稱）不過是五年異鄉、異地、異親、異戚的情誼，且未曾謀面。如此可說，或許算是屬於「神交」或「道義之情」吧！

藉一趟旅臺之行，作者攜回一份令人滿意的堅決答覆，再報以等量敬意的盛情，這未必是古老的傳奇故事。這是一份值得珍惜的「沉默之愛」。誰說過：「掛在嘴邊的愛情，不是真正的愛情。」在這兒，作者為我們驗證了這句話。全篇文字不見一個「愛」字，卻到處皆有充實溫馨的情意，這氣氛方面的營造，作者是費了一番心力的。如果把〈寄給異鄉的女孩〉當做一篇成功的佳作，本來我不以為然，一度我曾懷疑作者為何選它當做主題小說，甚至認為它不夠格當主題小說。後來，三番兩次徹頭徹尾的品嚐、咀嚼，才發現：它是蠻耐讀的，也就大致能夠接受作者以它為主題小說的選擇。

在陳長慶早期的小說創作中，雖還稱不上是完整的成功。這本文集卻正好展示了一個作家的成長歷程。我以為最遺憾的是：作者竟以題目長短編排，而不以創作先後排列。正如評論部分全用規律化的「評〇〇〇」一樣的給人遺憾。如果再版來得及重排次序改以創作年次排列，讀者將更能深刻看到作者的成長，而引起更深入的共鳴。

四

《寄給異鄉的女孩》這本書的第三輯是十篇書評。評介散文、小說也不過是「我的第一步」，和大膽的嘗試，如果要評「書評」，是有點不可思議。一直地，我都是如臨深淵、如履薄冰地競競業業，唯恐稍有不慎，則刀光劍血臨身矣！更怕扯出連原作者都想不到的「妙論」，變成在「蓋」讀者，那豈不是要吃不完兜著走了！不過，我願重錄孟浪君在序文所說的：

他（陳長慶）的評論比小說好，小說又比散文好。

換句話說，他的散文不錯，小說更好，評論更更好。對此觀點，尚無法用《寄給異鄉的女孩》這本文集加以驗證。加上手上沒有陳長慶的完整作品資料，所以實在無法徒然地贊同或異議，至少在初步的印象中，我還是有點保留的。

我一直堅信，評鑑在文學王國裡是極其重要的一環。作者創作、論者評鑑、讀者共鳴，乃文學殿室的三支大柱，缺一不全。而這創作—評鑑—共鳴是相輔相成的。作者寫好作品、論者介紹好作品、讀者欣賞好作品，乃是一貫的、且十分完美的事。據此觀點，個人願提出兩點說明：

（一）作者應本著「大海納百川」之量，摒棄「敝帚自珍」的自信（自滿），重視他人的看法與意見，即使不同意，也必須基於不同的觀點立場，設身處地，給予應有的尊重。我們寧願相信大家都是基於善意的，敞開心胸，避免做意氣之爭；即使是苛求，我們也都知道

「愛之深，責之切」的道理，也只有更高的要求，才能不斷地提高品質。這雖然只是一些老生常談，但能「聞過則喜」的有幾人？

（二）讀者應有要求更好作品的觀念：欣賞的本義應擴及廣義的吸收優點、檢討缺點。如果讀者安於現狀，輕易滿足或不加理睬，那會傳染作者而形成「進步停頓」的平原期，甚至走下坡。那樣，對讀者、對作者都是百害而無一利的。

那麼，讀者應如何為茂盛文藝花園貢獻一己之力呢？

首先，要把自己最直覺、最真實的感覺告訴作者。我們且假設：作者都是時刻在期待讀者對他作品的反應。事實也是如此。那麼，讀者的反應，對作者而言，將是一劑興奮劑，一劑進步的催化劑。接受到讀者的意見，肯定是作者最引以為榮與期待最殷切的事，讀者們，您認為呢？如果您的一個意見，可能會催化出一個好作家，我想您會樂於提供您的感想的。

其次，把您的看法和意見告訴編者，也不失為上策。編者一方面可以替您把看法轉達給作者，更主要的是：編者掌握了作品發表與否的「尚方寶劍」，他的依據是什麼？相信您也知道，至少不是他個人的好惡，而是讀者的反應。這是市場需求的鐵則，讀者的意見對編者而言，是建議，更是指示。文藝的主人是作者，是編者，更是讀者。作者有提供的義務，讀者更有選擇的權利。所以，讀者應深切體認自己的地位，在文學王國的地位和影響，善於運用自己的權利，與作者齊頭併肩、一起開發文藝花園，促成文藝花園的早日開花結果。

此外，還有一個觀點，對於作者而言，是非常重要的——不以作品的發表為滿足。前面說過，創作—評鑑—共鳴是文學三部曲。作品的發表只不過才完成了全程的三分之一罷了。「行百里者半九十」，完整通過「三部曲」的作品，才是真正的作品。作者如能以此為標竿，則讀者甚幸！文壇甚幸！

五

做為文藝的愛好者，我願以讀者的身分，盡我的一分言責。本文雖是書評，但提及的觀點多於批評。這些觀點部分與《寄給異鄉的女孩》有關，有些觀點則只是有感而發，與該書無涉。不論相關與否，都不是題外話，因為文學是沒有界線的，在如此廣浩的文學瀚海之中，每個人都像是滄海一粟，不足輕重，同時是舉足輕重。「一花一天堂，一沙一世界」，不自負、不自卑乃我文藝界人士一本相傳之良好德性；不埋沒，不辜負此一德性，又是我文藝界人士所須自勉自反的。

林語堂曾說過：「筆如鞋匠之大針，越用越銳利，結果如繡花針之尖利。但一人之思想越久越圓滿，如爬上較高之山峰看景物然。」您以為如何？別空負了您的思想與筆尖啦！

原載於一九七四年七月一日《金門文藝》季刊第五期

＊本文作者凡夫先生，本名黃長福，筆名尚有白翎、艾翎、玉簟秋等，福建金門人。曾任教於金門金沙國小，並主編《金門文藝》季刊三至五期。作品有散文、評論等文類，對陳長慶作品之評論更有獨到一面之見解。編有：《陳長慶作品評論集》等書。

頹廢中的堅持
——《螢》再版代序

凡　夫

逐字看完長慶兄的《螢》，首先攝入腦海的是，那位曾經宣告「上帝已經死亡」的德國哲學家尼采，他的另一句比較沒有爭議性的名言——「受苦難的人沒有悲觀的權利」。堪稱悲情作家的長慶兄，在《螢》一書中，把他那種受制於命運的頹廢、卻又不甘心被命運擺弄的堅持，表現得淋漓盡致，發揮了他從事悲劇創作的特性；喜歡陳長慶作品的人，絕不能錯過他這本頗具代表性的力作。

首次見到陳長慶是在五十七年春節期間的「金門冬令文藝研習營」，主辦的青年救國團從臺灣請來了當時國內一流的文藝作家——小說家黃春明、梁光明（筆名舒凡）、散文名家張健（筆名汶津，當時任教臺大）、詩人鄭愁予、管運龍（筆名管管）、版畫家李錫奇（祖籍金門古寧頭）擔任講座。那年冬季蠻寒冷的，研習期間團體住宿在金中（現在的「國立金門高中」，當時是「福建省立金門中學」）的學生宿舍，大家都穿上軍服，外加軍人大衣，還是冷得縮著脖子；尤其是黃春明的特異打扮：頭上戴頂小呢帽，厚厚的大衣口袋裡，隨身攜帶著小瓶裝金門高粱酒，還不時地「哈」上一口，以禦風寒的情景，更是令人難忘。

當時有幾位早已聞名金門文壇的作者也參與研習，他們同時攜帶了創作，當場向名師請益，分析解剖、相互討論地忘了風寒，在一邊旁聽不但受益非淺，也讓尚屬見習生、猶在就學中的我們，印象深刻。陳長慶就是提供作品、參與討論的其中之一。

真正的來往接觸，是在民國六十年後，因常到他的書店裡長時間逗留，幫他書店裡擺放著的書擦擦灰塵，雖然是看多買少，總是結了一段「文緣」。尤其是在《金門文藝》季刊出版後，在前兩期我未曾參與的情況下，陳長慶突然放出了一支冷箭——在一通電話之後，託人轉交了一疊稿件，要我繼編第三期的《金門文藝》。我在突發狀況之下，未及思慮，糊裡糊塗的接下手了。回想起來，也煞是好笑！在此之前，雖然曾和班上同學在窮極無聊時，有的寫稿、有的刻鋼板、有的油印、有的裝訂，出版了兩期名為「光棍福音」的手抄準班刊，但那只不過是「兒戲」，哪談得上什麼「編輯」；僅僅那一疊稿件，加上一張字形字體分號表，我居然就連續地編了三期《金門文藝》，不僅想來好笑，簡直是膽大妄為之極，想想這份「初生之犢」

的魯莽，以及後來被人批評為沒有內涵、只會耍弄版面，倒值得「灑脫」一番呢！

當時我只負責編輯工作，和分擔一點兒出版經費；每期都是陳長慶把收到的稿件丟下，由我做書面工作——看稿、選稿（講好聽的，哪有多餘的稿好選）、數數字數、安排先後、編排版面、標題位置或花邊設計、選擇字形及字體大小、目錄一排、頁數一數，又得一番無中生有了！雖然是「無米」，還是「不炊不行」，不夠的篇幅總得硬著頭皮自己動筆，看少了哪類稿件，（那篇評介《寄給異鄉的女孩》的書評，就是這樣誕生的！）總是要填空充數，擺得「五臟俱全」才好，如此折騰個好些個夜晚，才交了個「鐵定不及格」的卷，陳長慶還是不忍苛求。至於其他的事，我倒是落得輕鬆，就一概不知了。

實在難以為繼了，恰巧兒時玩伴黃克全（筆名黃啟、金沙寒、浯江廿四劃生、浯江廿五劃生，以評論七等生作品成名，現專業寫作。七十一年獲得國軍文藝獎小說類銀像獎——當年的金像獎從缺；今年又錦上添花地抓到了新詩類的金像獎，曾多次獲得新聞局優良電影故事獎及埔光文藝小說類獎、春暉青年文藝獎助等，多篇作品被選入九歌、爾雅、前衛、希代等各類文學年度選集，結集出版《蜻蜓哲學家》、《玻璃牙齒的狼》、《一天清醒的心》等書）正就讀輔仁大學，是一位有理想、有抱負的青年，比我們這群社友還勇敢、還高理想；在對金門文壇的將來擁抱著「捨我其誰」的夢想下，慨然地承諾一切的負擔——包括全部出版流程及全部經費支出——接下了《金門文藝》的重擔，把《金門文藝》的根延伸到寶島臺灣，出版了《金門文藝》革新一期；他的朋友顏國民又前仆後繼地接手出刊《金門文藝》革新二期、革新三期，他們在《金門文藝》生長歷程中，曾經貢獻了一份心血，這是不可遺落的一頁。藉著《螢》的再版序，補述這段經過，也為陳長慶親手催生的另一個結晶——《金門文藝》季刊——補充一段身世。

提起《金門文藝》，陳長慶總是眉開眼笑、意氣飛揚的，寶貝的程度絲毫不遜於夫人懷胎十月的愛情結晶。好幾次提及，他總是強調：《金門文藝》只是暫時休刊，它一直是存在的；有朝一日，還會在書店裡跟大家見面的。每次，我總免不了從旁「風扇」一番，也開些長期支票（空頭？），希望《金門文藝》能早日浴火重生，蛻變成為耀眼的鳳凰，為金門文壇、愛好文藝的大眾，提供另一類「金」字招牌！陳長慶，這可是你的理想，千萬不可或忘！千秋大業，可是「捨『你』其誰！」

文藝出版事業，一向被人戲稱為「仇人事業」——跟誰有仇，就鼓勵他去出版雜誌。雖然有些遊戲意味，其實也蠻貼切的，正如俚語所說：「有功無賞，打破要賠。」一番勞心勞力的煎熬，非但得不到令人「窩心」的讚美；總是晴天霹靂，大太陽底下來一場狂風暴雨的多。想當初，一包四十五公斤的白米賣二百元；一期《金門文藝》印刷出來，最少就得花費二十多包白米的艱苦日子都走過了，以今日的生活水準，要培育一份精神糧食，又有什麼困難？「當然，肯定是沒有問題的。」

綜觀《金門文藝》的幾番風雨，和《螢》中的情節，有幾分似曾相識：總有幾分頹廢，又有幾許堅持。這份「頹廢中的堅持」，是我對陳長慶的《螢》及他一手規畫的《金門文藝》最深刻的印象：《螢》裡面的陳亞白的悲劇收場，不應該再重現現實；《金門文藝》應該是「好命不怕運來磨」的勇者。讓揮劍重現江湖、老當益壯的陳長慶，重展《金門文藝》的第二春吧！讀者們都拭目以待哩！長慶兄，我們做你的後盾！

欣逢《螢》的再版，承蒙長慶兄抬愛，囑為書序。在盛情難卻、又卻之不恭之下，只好冒充「白髮宮女」，濫竽充數一番；是序非序，像序不似序，是為「代序」也。

（本文為一九九七年臺北大展出版社版本之序言）

從《螢》的書中人物探討陳長慶的悲劇情結

白翎

非常明顯的，《螢》是一篇悲劇故事。類似的悲壯情懷，在陳長慶的第一本文集——《寄給異鄉的女孩》中，也是同樣的屢見不鮮；為了深入探討《螢》這篇小說，與陳長慶的寫作歷程，特地把他的《寄給異鄉的女孩》和《螢》都作了一番深耕，再經過細細的咀嚼、久久的思索與深深的品味，的確是感受到一股強烈的悲壯情懷——一種「無語問蒼天、無力扭乾坤」的無可奈何，及一縷「不到黃河心不死、到了黃河還不死心」的怨氣。與其說是他對悲劇的選擇與偏好，毋寧說是他對悲劇的執著；我不敢肯定和他早年輟學的經歷是否密切相關？至少和他生長的時代背景，日常生活中耳濡目染的週遭情事，有絕對的因果關係：他筆下的人物情節，多是他眼中所視、耳中所聞、心中所思、夢中所幻的「錄影重現」。所以他的悲劇是寫實的，而且是十足忠於事實的，這也是他的作品容易感動讀者、引起讀者共鳴的主要原因所在。

在陳長慶的小說寫作裡，影響最深且遠的兩項意識因素是：學歷與「三八婚制」，而《螢》這篇小說更充分表達了他的愛情觀。當然，悲劇情懷自然不在話下。

在作品中提到學歷，陳長慶表現的是一種自謙，甚至是自卑；但在現實人生上提到學歷，倒是一種充滿信心的自豪與自傲。做為一個只讀過一年中學的「作家」（不管你或陳長慶自己是否承認或接受這樣的稱呼，但事實的呈現是很客觀的，我們都必須認定這是鐵的事實），不論是自謙與自豪，還是自卑與自傲，在「眼高手低」的現今社會裡，要能拿出東西來，才有立足之地；也只有拿出真材實料的憑據，才有說話的地位：以此觀點而言，自謙的陳長慶，還是自傲的陳長慶，都是匯聚著滿滿的自信：我倒以為可以引以為傲，而萬萬不可自以為憾。因為，如果當初有一個高學歷的陳長慶，也並不必然有今日一個如此文藝的陳長慶。這是我見到他如此的重視「文憑主義」，而深深不以為然的另一種看法。

至於對「三八婚制」的批判，讀者可以想像到陳長慶那種咬牙切齒、深惡痛絕的模樣：不管是來自他的生活圈子，或者是第三者給予他的靈感，那都是很「金門」的！尤其是生長在那段「三八婚制」盛行時期的人們，不論親眼目睹，或是親耳聽聞到的悲慘情事，沒有不為之動容的；就算不為他們的愛情故事落淚，也該為他們卑微的生命深深地惋惜！多少融洽的親情、多少溫馨的家庭、多少醉人的少女美夢、多少應該美滿的姻緣，都被「三八婚制」徹徹底底摧毀得支離破碎了！每一滴淚、每一滴血、每一個瀝血的心、每一個煙消的生命，還有每一個午夜夢迴、為時已晚的懊悔，絕對不是我們局外人所能體會的；如果生命可以重來，如果故事可以重演，我們仍然不知道悲劇是否會再度發生。

《螢》中的王麗蓮有很令人同情的遭遇——她是如此的深愛著陳亞白，而面對殘酷的命運和頑固父親的安排，又是何等的欲振乏力；何其不幸的是，她又偏偏碰到的是如此「認命」且屈膝於「傳統」、更是要求完美的陳亞白：在她走進悲劇之前，居然勸她接受父親的安排；婚後分居了，還是反對她離婚；當然她更明瞭，就算是辦妥離婚，還是未必能回到他的身邊。

至於「許麗貞」的婚姻，其實是一直在一種不確定的朦朧中進行的——一開始她是表姐的替身；即使投入了感情，她仍然有把陳亞白還給表姐的念頭；還是想退出以成全黃子芳的試探；甚至有與子芳「三人行」的荒謬想法；更過分的是臨將拜堂之際，竟然還在想「今天的新娘不該是我」的淒然。所以，許麗貞在《螢》中的角色，其實是她自己、表姐、子芳三人感情的綜合體，如果說：「她是代表著三個深深愛著陳亞白的女人，和陳亞白結為連理的」也不為過。因為除了擺明了從表姐手中接收的態勢外，表姐仍然在她面前毫無保留地表現出，她對亞白無怨無悔甚至是無微不至的深愛；而子芳方面，則從子芳相簿中毫無隱瞞地披露癡愛，更從亞白的日記裡證實了子芳的一往情深；而三個女人的緊密契合，除外要強烈表達陳長慶那股「奉獻」的愛情觀外，大概沒有更好的解說了。

有關在對抗「三八婚制」的歷程中，許麗貞身負著陳亞白潛意識裡的期待，先離家出走後，再被脫離父女關係，幾乎是走投無路了！在「山窮水盡」的絕境中，出現如願以償與陳亞白結合的「柳暗花明」，又加上婚後侍奉翁婆、善待姑叔、家務處理得井然有序、還有熟練的農耕動作：陳長慶要描繪的是一個標準的宜家宜室、具傳統美德的、更是十全十美的婦德。也許，這是陳亞白潛在的補償心理的鏡射作用，以報答她為了愛情而背離家庭的莫大犧牲與執著，尤其是替他彌補了前一段沒有作為的遺憾。

「黃子芳」是陳長慶表達「愛情是奉獻而不是佔有」的愛情觀的典型人物。那種「愛就是看著他歡笑、默默地關懷他」的純純的愛；「愛就是看著他笑，自己卻偷偷地哭；企盼他幸福，自己的心卻不斷滴血」的絕對的奉獻，絕對是令少女少男如癡如醉的。

陳亞白的「寫作第一、工作其次、愛情殿後」的堅持，使得他在感情生活中，理性重於感性；從對王麗蓮的「祝妳幸福」、許麗貞的「以身相許」、黃子芳的「愛情侍候」，十足的表現出他的「被動性」，也和他的「奉獻」的次愛情觀是相呼應的。所以在《螢》中，一再強調他是一位「宿命者」；其實，他是一位「無可救藥的悲觀者」，也因此對許麗貞與命運頑抗的偉大且傑出的表現，自然地產生「難以言宣」的深愛與心疼。他的「無可救藥」，首先是面對王麗蓮被逼嫁時的那種「鴕鳥心態」，真讓人難以理解他是否懂得或許根本沒有感情；其次是對寫作的執著，竟日唯恐「江郎才盡」而惶惶不可終日，明明是為「寫作難」而苦，卻鴨嘴似地說要和時間拔河；而後則是掛著「孩子教育基金」的羊頭，卻賣那「為寫作而焚身」的狗肉，明明是中了那「寫作病毒」的牛角尖，倒真是表現得蠻勇往直前的；如果這是為了要突出「寫作難」的告白，那就尚情有可原！否則我真得疑惑，像陳亞白這樣的「寫作狂」，是怎樣跳出那「作繭自縛」的火坑的？如果寫作真是那等的苦，也難怪杜甫會為兩句三年得，雖因此而撚斷白鬚無數，仍欣喜若狂！更難怪李白會笑問杜工部因何消瘦了。

讀陳長慶的小說，總有一種歷歷在目的似曾相識。與他熟悉的朋友，都不難在他的小說中，從蛛絲馬跡中發現一些他的影子；雖然他也曾在作品中，明白表達了生活圈子狹窄、經驗不足的憂慮，也一再強調埋首圖書館以自我充實的努力。當然，我們知道那是他的謙沖之風；但從他的眾多作品分析，彷彿真的是非常的「寫實」。也就是說，他確實是在作品中，相當高程度地反映了他的生活、他的經驗；嚴格的說，他的小說幾乎有傳記的高傳真感。看過他的作品後，有的朋友或許會認為他寫的是他自己、或是身邊的某一個人；這樣的作品，易於接近讀者、感動讀者而引起共鳴；但是，對作者本身而言，就難怪陳亞白有焚膏難以繼之苦了。

在深讀「螢」的過程中，我曾被許麗貞婚後所接到母親的那一封信，深深的激動著。尤其是一位慈祥的母親，在她赴太武山「海印寺」進香回來之際，竟然從此地失去了她唯一的獨生女，且老死不相往來。我不明瞭這其中是否在暗示著什麼？但實在很難接受一邊虔誠乞福的同時，就落個骨肉相違，而她們又是一對如此心連心的母女。我總覺得她們母女就此未曾再相會，是一樁非常遺憾的事。何況，在那封信裡，還留著幾處伏筆：（一）信中母親明寫著要到鄉下去看她。（二）信尾附註了許父已痛改前非，求女兒諒解。（三）贈金為子女教育基金。國人一向有「養兒方知父母恩」的觀念，當許麗貞生產後，安排一場「母女會」，應該是順理成章的，未必就會妨礙主線的悲劇性，何況「母女連心」也會使人覺得尚屬情理之中。但是，如陳長慶要維持其對悲劇的一貫性堅持，更進一步形成他的作品風格，也是可以理解的。

原載一九九六年十一月十日《金門日報．浯江副刊》

時光並未走遠，仍在我們的記憶及文字中

——序陳長慶《再見海南島・海南島再見》

張國治

一、久違了，長慶兄！

盛夏七月十六日回到了家鄉，七月二十日在父親的雜貨店鋪前，端起小椅坐下，就著夏晨早起的陽光溫暖讀著《金門日報》，大略掃瞄至「浯江副刊」，赫然發現到陳長慶兄的名字及其詩作〈走過天安門廣場——兼致古靈〉，初初真是不敢相信啊！久違了，長慶兄！一句看似平常的俗語，卻是從心的谷底深遠的喊出，該傳遞多少不堪唏噓的往事？久違了！這裡意味的不是故人形影久分離重逢的驚喜，而是文學心靈再相遇交剎的美麗與悸動！

一句簡短的問候語，讓我想到民國六十五年第一次邂逅「碧山村」的記憶，讓我在此複

記那一段刻骨銘心的少年歸鄉手稿：

我來到了碧山正是一個深冬的初夏，你絕沒想到，冷冽的風聲，而我內心卻是溫熱的。在由山外往碧山車子上，從窗子一個角擦出許多塵垢，遙望過去是那一片荒枯，臨島外緣而與大陸故土遙遙相隔的藍藍波浪，還有那些古褐、墨紫色大屋；我也瞧見了那棟廢洋屋，古舊斑剝的靜立在風中，像極了一幅奇異的畫面，古老的嘆息，衰頹的沉寂！

我心彈了一下，碧山！我是一路奔跑過去的，忍不住從各種角度去拍照，透過焦距，歷史歲月的跡線一一掛在那裡。晾掛衣服還輕輕搖動的，廢園輕輕夾雜很多往事，我不知道碧山村是從什麼時候開始了這恬然，遠在島上最荒僻一個角落的遺忘日子；那彷彿是一則神奇。（註1）

那已是民國六十六年八月二十七日再度會晤碧山村的手記了，這一段追記的是前一年冬初晤碧山的情景。結語寫著：「碧山仍然是碧山，它更碧了，遠眺過去都是翠綠的，村子有炊煙開始升起，是午時了，炊煙是不變的往事。」（註2）

註1　張國治：〈碧山〉，收藏於《家鄉在金門——鄉情手記第一卷：在自己的土地上》，臺北耀文文化事業有限公司，一九九三年五月，第六十八—六十九頁。

註2　同註1，第七十頁。

是的，民國六十五年冬，重回風的海島，我叩訪許多家鄉的山村，我的心中如供奉神祉一樣，有著一座美麗的山村，返回臺灣的藝術學院裡，我在賃居的畫室裡用了五十號的油布畫起了我心中惦念的碧山山村，此後陸陸續續……。我拍的家鄉黑白照片，李乾朗先生在他一九七八年元月出版的《金門民居建築》內，一口氣就向我借用了數張，其中就有三張碧山的照片安排在書內，我猜想彼時他也未曾蒞臨過該村，一九八七年我以《在現實與浪漫之間——張國治故鄉金門攝影展》，在臺北名人藝廊展出，李乾朗先生向我訂購收藏的分別是碧山與前水頭的黑白老照片。

碧山村叩啟了我在繪畫及攝影創作上一種無可言喻的感動，更是一種啟示及牽引，這種虔敬誠如法國愛克斯的聖維克多瓦山對於保羅・塞尚（Paul Cezame）及阿爾鄉的麥田、絲衫、松樹、鳶屋、雜草之對於文生・梵谷（Vincentvan Gogh）一樣有著特別的意義。

七月廿一日，彩戀和錫南賢伉儷及其公子去店裡接我，問我想去哪裡玩？我說想去田埔和碧山，由田埔至大地、內洋、東溪再至碧山，已是夏日午后近黃昏了，幸好夏晝陽光長，我們在微溫夕暉中拍照，彩戀和錫南遇上了熟識，名字叫陳順德的老師，我愉悅的也和他說了些話，說出了我對碧山村的迷戀和一些因緣，並在手記上記下了陳老師碧山村四十號的住址。

隔兩天，長慶打電話給我，說在碧山村我碰到的那位老師就是他堂弟，碧山村就是他家鄉，他要我多去那裡寫生繪畫，只要喜歡，可隨時去！

久違了，長慶兄！君子之交淡如水，廿餘年水樣般的友情，我何嘗能想像我心中神祕的山村，竟是舊識友人的家鄉？在這純美淨潔樸實的山村，孕育著砲戰後近三十年來，金門第一位出版新文藝文學集子的一顆早熟種子！

二、他只是把《金門文藝》的棒子交予了更年輕熱愛文學的同鄉！

我心中微波盪漾，也興奮異常，看來以後我告老還鄉繪畫創作也有個落腳的地方了！故鄉人不太善於表達自己的感情，木訥和剛直似乎是許多鄉顏的寫照，風沙、砲火和花崗岩層以及傳統民風、禮俗之壓抑，確實影響到家鄉人表達情感和事物的方式，不僅友情，親情亦如是。廿餘年來，我除了在山外長春書店，與他匆匆而短暫的交談一些文學出版、一般性的問候或者家鄉瑣碎事外，再也不多話，更沒有機會坐下來靜靜喝一杯茶，暢談星光軼聞、文學中的浪漫情事！因為他一直忙著店面生意。有些年，我兩、三年回家一趟，回家也總得到山外走一走，去長春書店，彷彿蓄意要找的就是我年少執著於文學藝術，追求瘦長而孤寂的身影，及遺落的星光……。

民國六十三年我認識了在金門服兵役的年輕詩人黃進蓮，彼時他和朋友在《金門日報・正氣副刊》辦「詩廣場」，我在其上發表詩，他後來接辦了第六期《金門文藝》，並策劃為「詩專號」他要我拿稿交予一位軍官，那位軍官正是當時《創世紀》詩刊社員的詩人許丕昌，丕昌兄與進蓮兄完成了該期的執行編輯，並於民國六十四年三月一日出版，正式推出，成為金門文藝萌芽發展中一劑強心針，許多年輕的金門高中及旅臺大專同學、服軍職的軍官，政要、服義務兵役的軍中年輕作家、臺灣的新生代詩人……等詩稿匯集其上，內容可圈可點！而封面由臺灣國立藝專畢業的設計家楊國臺精心設計，據說一個封面就花了八千元印刷及設計費，是由許丕昌返臺休假時帶去印刷的！「詩專號」雖然由兩位臺灣詩人完成編輯工作，幕後的發行人則是長慶兄；又據說他一個人出了不少錢。想想，我其實是在那一年才正式認識了長慶兄吧！因為與丕昌見面的地點就是在山外長春書店，彼時招牌是書寫著「金門文藝季刊社」吧！關於「詩專號」，我因為迷戀現代詩，無形中也成為介入者，記得那時配合「金中青年社」，我穿針引線也拉了不少同學的詩稿，像林金俊、許坤政、許維民、蔡振念等。

民國六十四年，那年六月十四日我離開了島上負笈來臺唸書，民國六十六年由我總編輯的金門旅臺大專同學會會刊《浯潮》第四期在十一月出版。彼時，《金門文藝》在第六期「詩專號」出刊之後，由於諸多因素，如人員組成、經費問題及受到外界嚴苛批評後，已停刊了兩年多。黃克全透過好友資金贊助及他自己做扛工的儲蓄，與長慶兄接洽《金門文藝》

之編輯出版，並定為革新第一期，長慶兄仍為發行人，社長由克全擔任。克全邀我加入執編，除了負責寫稿，我還提供攝影及封面設計。此期開始在臺發行，也許銷路不佳，無法取得成本；第二期便轉由顏國民接辦擔任社長，我是為顧問，負責拉拉文稿，另設榮譽委員二十五人，長慶兄仍為發行人，但此二期經費已不是由他或原《金門文藝》社員負責，他只是把棒子交予了更年輕熱愛文學的同鄉！沒有他及一些早期《金門文藝》社員的鋪路，就沒有我們後來的革新承傳！

隨著《金門文藝》的停刊，也在那些年，我再也沒有看過長慶兄的文章發表……。我不太願意去揣測長慶兄停筆的原因，那些觸及他內心深處隱痛的人生轉折因素。我高興的是他的歸隊，向金門文藝界叩門回歸，一如當初熱情於文藝的赤子心情，少年的多夢！

三、啊！一晃竟然廿餘年歲月指隙間溜過了

長慶兄在電話中除了告訴我碧山是他老家外，他還微怨我沒打電話給他，他說要我去書店結結我寄賣於他書店的詩集，我早忘了在他書店寄售詩集的事，而關於文學、藝術，這些年在金門我常常感覺走得很寂寥，在臺灣我總還有海內外一些朋友，回到家，卻總有知音者稀之喟，隨著早期友人一個個先後歇筆，我感覺失去了一個橫槊賦詩、舞文弄劍的戰場，缺

少了互相切磋研磨，甚至可爭吵、抬槓的機會，缺少了那種可以促膝臥談的浪漫之夜！文藝如果失去了那一份痴心、浪漫的想望，還有什麼興味可言！對我，我從不失去一份好奇、探索及質樸之心，也從不放棄詩美好的想像、豐沛的情感！我敏銳而多感，但我委實不再願意看到《金門文藝》遲滯沒有發展，或受到漠視！我很難告訴長慶兄我回到家寧選擇人群「退出」，卻從作品「介入」的立場！

再隔兩天，七月廿五日，我帶著我最新出版《帶你回花崗岩島——金門詩抄‧素描集》，一路搭公車到山外長春書店探訪他，並寄賣書，一見皤皤白髮束，臉龐卻依然俊俏的他，不勝唏噓！其實從他身上，我自己又何嘗不是看到已不再是少年十七、八立在山外「金門文藝季刊社」（長春書店）的我！

啊！一晃眼，竟然廿餘年華歲月從指隙間溜過了。如何再去追憶那些似水年華？

四、因為不記，什麼都沒有

他用刀子割下《時報周刊》內朋友為我寫的書介，我說我已經有了。他把它壓在影印機下，請我喝茶，我依舊站立在那擁窄的通道、書櫃檯前，我心想著一些往事，他遞給我兩張千元大鈔，說是賣我詩集的書款。他哪裡賣得掉呢？我知道，這是他對我的一種友情的鼓勵吧！我不拿，他塞在我口袋。他說文學市場不行了，即使九歌、爾雅出版社的書都不行了，他說現在每一種文學的書都只有進三本，一年也賣不完啦！七〇年代文學書在金門很好賣，一次進十本呢！多年以前，長慶店裡開始轉賣阿兵哥用品、學生文具、教科書，文學書籍已退居陪襯了。理想隨著歲月幻滅，文學的熱度隨著時代的變遷減溫，而那位失去文憑，蟄居太武山埋首苦讀的文藝青年陳長慶又在哪裡？

因為前幾天才剛讀了他的詩作，當場即感懷的鼓勵他再寫。「你現在小孩都大了，可以寫了！因為不記，什麼都沒有，人生有多少個二十年呢？」我的意思其實也只是一種身為寫作人的經驗吧！當下生活，當下寫作，對寫作者而言，當下不啻是很重要的，當下生活、當下經驗、當下記錄，許多感覺、情緒、記憶是稍縱即逝的，即使隔了一段時空之後，欲再追述，則時空立場又不一樣了，此時變成彼時了。在寫作的經驗中，我就常常會有許多想寫的慾望而沒有立即下筆，而錯過可以發諸為文的機會，人生一些階段也就形成空白、斷層。更重要的是錯過敏銳多感的青少年期，誠然更是一大遺憾！寫作此等事，文學史上多少才華洋溢的作家在青少年時即已著作累累立下了盛名。三十而立之後，在現實繁瑣中，想維持寫作熱度，保有敏銳多感的感覺殊為不易。而過了心理學所界定的人生四十信仰危機，欲想寫作，尤其從事較浪漫題材的寫作狀態，更是不容易！

五、他已為金門文藝留下了一個開拓的足跡

對於十八歲即已開始寫作並在故鄉《正氣中華日報‧正氣副刊》（即今《金門日報‧浯江副刊》）發表散文及小說的長慶兄，他已掌握到了敏銳多感多思的青少年，在他二十五歲出版文集《寄給異鄉的女孩》序文中，孟浪先生稱許他是在短短幾年追求表達心靈意識的文藝創作過程中，成長最快的一個。然而，孟浪也說：「我們可從他收集在這個集子裡的作品來看，獲得一個十足的證明，從量的方面看，這些年來，他所創作的似乎太少了些；但從質的方面言他成熟的思想似乎超過他尚未成熟的年齡。有人說：天才是早熟的，或許陳長慶不是天才，但從他追求知識領域的過程中，他確是付出過很深的痛苦的代價的。」然而無論多深的痛苦的代價，誠如聖經上所言：「凡走過的，必會留下足跡。」長慶兄已擎起一把風中的燈，為金門文藝留下了一個開拓的足跡，為自己跨出了文學一大步。繼《寄給異鄉的女孩》之後，半年之後他又出版了第二本書《螢》的長篇小說，即已是一九七二年，民國六十一年的事了！

對過了四十不惑之年的長慶兄，尤其是髮鬢早霜的他，（其實他的心很早就老了，在民國六十一年的深山書簡裡，他早已自譬為老頭；深山書簡二——給曉暉內他寫到「雨水從我斑白的髮際落下」；深山書簡四——給谷丹他又寫到「而又有誰能夠理解到一位經年隱藏在

深山中的孤獨老者底心緒呢！」睽晤了廿四年，一九九六年他復出的《再見海南島・海南島再見》小說中，他仍自譬為一個孤獨的小老頭，自此可見他內心的自卑和早生蒼老的心境！）也曾有了一段人生極大的空白時期，他反而沒有活在四十之後對人生信仰的危機，卻如赤子之心寫作起來，復出之後的第一個作品竟是走過故國京城廣場之喟嘆！不再是早年的幽人囈語，自艾自憐，是生命歷鍊後的從容，印證了邱吉爾首相所說的「少年的孟浪、銳利、浪漫，中年的沉潛，穩重」之人生成長分野。

「就從這裡再出發吧！」我在心裡上告訴了長慶兄，這幾年，我在臺灣持續寫作，近三、四年，我陸續寄了一些稿回到《金門日報・浯江副刊》上回饋鄉土，長慶兄的加入歸隊，不啻又多了一支生力軍，使我不再感到寂寥！

六、時光並未走遠，仍在我們的記憶及文字中

這天，他請他的堂弟陳順德老師當司機，還有陳老師的公子，帶我去溪邊看古建築，我們在復國墩「阿芬海鮮店」午餐及飲酒。他取出珍藏多年的Johnnie Walker（約翰走路）威士忌拚命灌我酒，我有些微醺，一直想寫詩給他，卻詩緒茫茫，我望向近處的海岸、漁村、岬岩岸，思緒記憶飄得很遠很遠，後來微醺中我們又去夏興，看老房子找新宅寓居的為論。

待我回到了另一個島，然後透過航空每天晚到兩天的故鄉報梭巡故鄉事，照例讀《金門日報．浯江副刊》，八月二十二日至二十九日我赴日本前橋市參加第十六屆世界詩人會議日本大會，返回臺灣的居家之後，即刻讀到八月二十七日長慶兄的「新市里札記」之一〈江水悠悠江水長——寫給李錫隆〉，語言文字表達即使有些生疏，但情感卻十分深刻，尤其提到遠離《浯江副刊》愛恨交織的無奈心情。交織在祖國江輪上遊覽三峽的心情鋪寫中，似乎預言了他要抓住兩岸的猿聲啼叫，不叫兩岸萬重山淡去了心志。

八月三十日刊出的「新市里札記」之二〈木棉開花時〉是寫給我的，讀後我十分感動，加上他寄給我的照片，竟讓我格外珍惜，然而我想寫給他的詩還未揮就呢！我撥長途電話予他，謝謝他，詩還是要寫出來的，雖然我知道我心中早已有一首無言的記憶長河之詩，可供心靈閱讀、咀嚼，但我還是要化為文字的！我更要謝謝他賜予友誼的溫泉——「約翰走路」的老酒。更期待新市里的木棉開花時，他能把它寫成一首詩，寄給我。我的詩也將在記憶中補綴而成！

七、他走出了經營了二十、三十年的書店

〈木棉開花時〉之後，他陸續的發表了「新市里札記」之三〈武德新莊的月光〉，越寫

越沉穩，對當年一起走過金門文藝的友朋，除了慨嘆時光之餘，也共同期勉繼續耕耘。果真，他又寫了「新市里札記」之四〈棕櫚青青致魯迅〉。故國之旅，似乎讓他走出了經營二、三十年的書店，廣闊、遙遠的大地也給予了他源源不斷的題材。自此，我們必然瞭解到現實環境對一位金門鄉親子弟、熱愛文藝之青少年的羈絆，生活的經驗、視野及時空的拉距之於寫作為重要的因素不言可喻。果真，他於九月二十四日發表了《再見海南島．海南島再見》的短篇小說，寫作的時空拉得更遠了，從一九九五年在中國大陸海南島一場故國泥土之旅開始，記憶拉回到一九七一年三月的金門霧季，時空交錯，敘事穿插，前前後後連載了十二天，每天賺取了不少鄉親讀者的淚水。證之他的小說基本功力仍在，如孟浪先生觀點所說：「他的評論比小說好，小說又比散文好。」只是我未曾看過二十五歲以前長慶兄的評論，不敢妄加論斷。《再見海南島．海南島再見》之寫作，對長慶兄而言，想必具有特殊的意義，他的小說背景因為取之於身在金門週遭的現場，因而對於金門的鄉親讀者而言，臨場感特別強，加之他小說男主角又清一色姓「陳」，更使人懷疑他的小說無疑就是他自身故事的自傳、告白或懺悔錄，而裡面的人物也常是輟學的青年，自艾自憐學歷之不足，更時而以小老頭自居，是內在自卑而又不敢積極與人生或倫理、傳統社會做叛逆、乖違的善良角色，這樣的小說人物刻劃，其實很自然的聯想到長慶兄在小說人物的塑造上，是否已將自己在現實中的遭遇、成長經驗投射在小說人物的刻劃上，藉轉化、移情作用而治療自己生命中所欠缺、所不能彌補的遺憾！從早期日本廚川白村在《苦悶的象徵》一書中所言，文藝源自於生命的苦悶，可驗證長慶兄寫作的動機及背景，文字實為一種治療！

此處不擬特別解讀該小說的文本。十月下旬，長慶兄告訴我，他將整理最近所寫的詩、散文、小說加上早期的作品做為第三本書的出版，書名就以此篇小說命名，此外，他早年的兩本書亦將重印出版。在這第三本書付梓出版之前，他特別囑咐我寫序，並與我討論書名，他說《再見海南島・海南島再見》好不好？我何能置喙呢？這篇小說它已陪伴了我許多下班後清寂的家居夜晚，讓我隨著故事變化而心情起伏！

八、他彷彿出閘的水流，不斷流淌於一向乾旱的金門文藝田疇中

《再見海南島・海南島再見》之後，隔天副刊上發表了他的「新市里札記」之五〈峒村掠影向黃昏〉的散文。他的寫作題材已完全生活化，關懷土地之愛、鄉土之情溢於文字內，已完全迥異於早年「深山書簡」內的暝思、多愁、善感，長吁短嘆及部份語言文字的輕飄不實。

之後，他彷彿出閘的水流，不斷流淌於一向乾旱的金門文藝田疇中……。他雖沒有山雨

欲來或山洪暴發的氣勢，但卻給我們一份驚嘆號！現在，展讀《浯江副刊》，想一睹長慶兄的文稿，竟成為一種美麗的期待！

幾位金門的朋友紛紛向我談及他，那天，楊再平在「金門文化資產維護發展促進會」第一次籌備會議後，我們一起離去，一路上，他提到長慶兄覺得他寶刀未老，功力還很好；洪明燦最近舉辦了「平生寄懷──書法水墨展」，打電話予他，他亦然提到《再見海南島•海南島再見》是十分難得的作品，寫情寫景皆佳，十分深入。許多朋友的文章，最近頻頻在《金門日報•浯江副刊》頻頻相遇碰頭，讓我彷彿又回到了十六歲高中那年開始在《正氣副刊》的戰場！確確然我在這訂報的一年中，讀到了許多舊識友人的文章，我很想告訴長慶：「讓我們為金門文藝再開新頁吧！」人生除了現實生活，我們還有夢，而夢是要去實踐的！

長慶兄在囑咐我寫序的電話中，頻頻謝謝我曾對他說過的話，他說他一直記得七月二十五日我在他店裡說過的話：「因為不記，什麼都沒有，人生有多少個二十年呢？」「就這麼記住你這幾句話！」他說。

「不記，什麼都沒有！」我都快忘了自己所講過的話。長慶兄在電話中復交代我序文中要寫長一點，多寫一點，寫詩如我，原只要精簡，短短的就好，那向海的漁村酒店內喝酒看海的日子如一首美好的詩，一頁燦爛的夏日紀事！我想我是該多寫一些的！

九、抱著那款兮夢

在臺灣待了二十餘年，活動於臺灣詩壇、文學界、藝術界也有一段時間了，有時碰到一些在金門服過兵役的詩人、作家，或多或少認識陳長慶；某次，謝輝煌就向我提起二十餘年後重返金門，就先去探視長慶。黃進蓮（改名黃勁連）於第十六屆世界詩人會議日本大會時，和我重逢相聚於前橋市，我們在東急飯店的異鄉夜晚，秉燭夜談的無非就是二十多年前識在金門的舊事，勁連並希望有朝一日能回到金門重溫舊夢。回臺後，我搖電話給長慶兄，轉達勁連問候及思念之情，長慶兄聽後十分高興，十月二日勁連的來信其中一段提及：「汝來批，提起老朋友陳長慶，我亦是非常數念，希望有一工會當去金門揣伊，把酒言歡，唸杜甫兮詩『人生不相見，動如參與商……』，食金門高粱，配金門兮貢糖……，同時走揣我二十年前佇金門兮形影。抱著即款兮夢，我相信有一工，會實現則著。」抱著即款兮夢，是的，我相信有一天，勁連、丕昌、長慶和我及當年《金門文藝》（詩專號）的那一群老友，在復國墩阿芬海鮮店把酒言歡，在碧山村長慶的華宅秉燭夜談，唸杜甫的詩「人生不相見，動如參與商……。」我亦然抱著那款兮夢。

十、陳長慶是金門文藝本土自發成長的一位文藝作家

長慶兄寄給我的書稿，幾為發表過的印刷影印稿，初無分輯或分卷，然而大抵為新詩、散文、書簡、札記、小說，或還兼附錄書評吧！作品年代大致為一九七二年（民國六十一年）及一九九六年（民國八十五年），新詩正好這兩年各一首；短篇小說兩篇（一九七二、七三年早期作品），主力則為今年復出後的《再見海南島・海南島再見》；散文則輯〈深山書簡〉五箋，皆為一九七二年作品，另外則是今年的〈新市里札記〉九帖，截至目前，他尚在繼續發表及書寫，將來收錄於書內的當不止於這些，若依此書諸作觀之，大抵可看出他書寫的體例及特色，尤其是散文的書簡、札記形式，更成為他藉以表達的途徑，將來能否突破此一格局呢？當有待於他的自覺，至於語言文字，相較於今天新新人類的書寫語言觀點及策略，真可謂天壤之別，誠為另一種時空的符碼？遑論另類（Theother）之書寫，讀陳長慶那些書簡，真令人有一種隨時空回到二十多年前，在金門文藝界草創萌芽時期所流行的文藝腔，即如《再見海南島・海南島再見》之題或如「朋友，請坐。請坐，朋友。」的句子，見「新市里札記」之三〈武德新莊的月光〉都有二十多年前管管詩中類如「月光，請坐。請坐，月光。」之語言調調，長慶若欲堅持挺下去，則恐必在語言文字表達上詳加琢磨，另賦新詞找新意！就作品解讀可待討論

地方恐亦有多處，此不予特別評論，或留待方家詳以發揮。

觀諸金門文藝界在這二十餘年來的發展，相較於臺灣新文藝、現代文學的發展，可說是緩慢、乾旱的，截至目前為止，除了地區寫作人才缺少堅持，我們亦未看到政府關懷注重文藝的發展，積極輔導推展以文藝的心靈充實生活的深度，以島上的文風基礎而言，加上島上多難的歷史，當有許多優秀的文學作品呈現才是，惜今尚看不到一部以代表金門文藝的選集，或一篇金門文藝發展的論文，連田野調查迄無，有的只是印在文友記憶中的寫作人記憶！我深知，金門還是有一些寫作的人零星散佈在海外，臺灣角落或故鄉！如何納百川，回到故鄉源頭呢，恐有待關心金門文藝發展的人士思考！

從這個角度切入，我深覺凡金門人任何一本著作，相關評論、報導，都是彌足珍貴的！需要詳加保留的。

陳長慶是在金門本土自發成長的一位文藝作家，姑不論其作品藝術成就高低，僅就此點而言，就具有特別意義，希望有一天，他也能將作品跨向臺灣、中國及海內外華人文壇綻放文采！

原載一九九六年十二月十至十一日《金門日報‧浯江副刊》

＊本文作者張國治先生，福建金門人。為多元藝術家，擅長現代詩、散文、評論書寫，專業為攝影、繪畫、視覺傳達設計。曾任國立臺灣藝術大學視覺傳達設計學系副教授兼系主任。著有：詩集《末世桂冠》等六冊、散文集《藏在胸口的愛》等四冊，以及攝影集《暗箱迷彩》——張國治視覺意象攝影作品。現任國立臺灣藝術大學副教授兼文創處處長。

探討《再見海南島》的寫實性、懸疑性和道德觀

白翎

○另類思維

評論陳長慶的小說，這已是第四篇了——嚴格說來，是第三又四分之一，因為第一篇是刊在《金門文藝》第三期的「談第二期的小說」，一共評了四篇，他的〈整〉只是其中之一；第二篇是刊在《金門文藝》第五期的〈評介《寄給異鄉的女孩》——兼談文藝創作的幾個小觀點〉，後來經過改寫、修正了小部分觀點與用語，副題變更為〈兼談幾個文藝小說觀點〉，重刊於民國六十八年五月十至十二日的《金門日報・正氣副刊》「論壇」專欄；第三篇則是前不久刊於《金門日報・浯江副刊》的〈從《螢》的書中人物探討陳長慶的悲劇情結〉。

鑑於〈再見海南島・海南島再見〉（以下簡稱〈海〉）是他闊別金門文壇廿餘年後重現江湖的第一篇小說，並且引起舊雨新知的熱烈回響——楊樹清從加拿大傳真回來的〈明月幾時有〉、旅臺故鄉人的來函，以及舊日文友們的面讚、電譽，所引發的連鎖關懷，說是一陣小騷動，實不為過——特嘗試以不同的角度，談談這篇有點特別又不算太特別的馮婦力作。

其次是寄自臺灣的故鄉人李姓讀者，在稱譽之餘，兼問及「海」的故事情節是小說？或是實情？當然，有資格回答這個問題的只有作者本人而已。筆者實在不能更不必硬淌這渾水；但是基於在評《螢》的時候，曾提及作者的悲劇是寫實的「錄影重現」及「他的小說幾乎有傳記的高傳真感」等語；雖然也同時提及「他筆下的人物情節，多是他眼中所見、耳中所聞、心中所思、夢中所幻（有意遺漏「親身所歷」四個字）」、「有的朋友或許會認為他寫的是他自己、或是身遭的某一個人」，唯恐少數讀者未及明辨（不求甚解？），所以必須再一次提示。

文學的表現手法千萬種，每一位作者都會選擇最有利的方式，來表達自己的內心世界；同樣的，文學批評的角度也有百十種，自然也是「各有所長，各取所需」了。筆者比較喜歡從小說的精神面去挖掘，透過深入的分析、大膽的假設、合理的歸納，有時也會提出一些未必是評論原作的個人意見：如果能因此而發掘出作者的意識寶庫，固所願也；退而求其次，也可以代表著另一種不同方向的思維歷程，提供另一類不同的想像空間，大概也不致有礙原作吧。

1　感動就好！

一直到執筆走文的現在，筆者仍然沒有改變作者的作品具有高度「寫實性」的說法。試想，去年夏季的一趟海南島觀光之旅，返金後，生產了〈海〉這個囝仔；今年夏天的故國河山觀光之旅，生產了他平生的第二首詩作——〈走過天安門廣場〉，以及描寫長江三峽的〈江水悠悠江水長〉、在廈門大學校園內追憶的〈棕櫚青青致魯迅〉（在如此冗長曲折的管制的單行道上，不知「他」神曉否？）兩篇散文。如此在時間、地點上的實質關聯，除了為他的「寫實性」提供佐證外，倒令人有點「他的觀光團費沒有白花」的感覺！

回顧作者所出版的兩本書——《寄給異鄉的女孩》文集、長篇小說《螢》，以及復出後所發表的小說〈海〉、「新市里札記」系列：不但有共同的特徵——其中的時間、空間背景和他的生活環境高度相關，密不可分外；光是人物的姓名，也都相似地緊，不知是他懶得為書中人物命名，或者他的小說人物根本就是「大國協」的同一系列！如果說，有人認為陳長慶在寫他自己，那也是得自他作品的印象：不論是他有意的暗示，或是無意的巧合，大致上的源頭還是他自己。

至於他小說中的人物、情節，是否是實情？作者真的在海南島遇到了王麗美嗎？我們當然不知道，但以常理而言，可能是否定的。如果我們要說〈海〉中「白髮蒼蒼的小老頭」的陳先生，就是作者本人，與實際上是有差異的——〈海〉中的陳先生是一個孤零零的小老頭，現實生活的他有一個美滿的家庭；如果硬要說是半真半假，那麼，真真假假，假假真真，看小說的人，何必這般的累？如此的自尋煩惱呢？輕輕鬆鬆地享受文藝，好好地被書中人物、情節感動一番，不也是滿愜意的嘛；如果我們一直的關懷、追問下去，有朝一日「三人成虎」，讓現實的陳夫人也跟著一起置疑，那豈不是要導演一場清官也難斷的「家務官司」了嗎？

何況，小說本來就是飯後茶餘，小小的說一說罷了。

小說創作的欣賞，也應著重在他所表達的意念，文字背後的深一層內涵。

如果說，小說的人物、情節必須是實情；那麼，職業作家豈不就難以為繼，無以為炊了嗎？君不見那些大作家們，不都是在他們大作的前言、後記中，明言在表現某些階層的人生、探討某些人類的內心世界嗎？哪裡是他們的真實經驗？曾經有人為表現舞女人生而下海，但是，寫過舞女生涯的作家，他們都下過海嗎？有人為探討人言中的黑獄而蹲監，但是，描述死刑犯心路歷程的作家，難道他們真的身體力行地去犯法嗎？真的是遊過鬼門關死去活來嗎？

海海人生，感動就好！

2 留點自主空間

一篇小說能引起讀者的好奇，不但關心書中人物的結局，內容情節的真實程度，更以信函相詢；對作者而言，是一件值得安慰的事。至少是該小說已具有相當程度的懸疑性了；固然，能吊讀者的胃口，尚不能就說是好或成功的作品，至少在讀者的共鳴方面，還是應該給予肯定的。

〈海〉的懸疑性安排，可說是有頭有尾：

開頭那場酒店總經理王麗美在酒席上的那一席話，就充滿了懸疑，只是底牌很快地就揭開了；同時陳先生的記憶也真的是老化了，如果說麗美女兒的名字是陳先生為她取的，那麼，在酒店門口看到的「海麗酒店」四個金色大字時，是不是就會心有所感了呢？至於當酒店總經理致詞時，我們的陳先生又是「陳長慶版」地一貫的「自卑」地「不容許我多看她一眼」，或許這正是「陳長慶版」的一貫作風。

陳先生和女總經理的過去是次一個懸疑團，作者用了第二節到第七節幾乎是全篇的一半篇幅來回憶過去，交代故事情節的來龍去脈。從發現一個花魁榜首，和她的文學愛好，次以神女罹患性病，探病後的交往生情愫，再受了恩客無意中留種，海麗的出世成長，又為了海麗而更換環境，魚雁往來七十五信而終告斷息；在這連續的補白當中，作者是掌握了小說的特性，不斷地製造高潮，給予讀者意猶未盡的感覺，也掌握住讀者「欲知發展如何」的好奇性，帶動著讀者的情緒，繼續引導讀者去「且聽下回分解」，作者在這方面所安排的劇情張力，是突顯出「寶刀未老」的功力。

一場莫名的高燒，只是為了製造陳先生脫離觀光團的藉口，以便繼續在介紹海南島風光後安排劇情發展；只是，作者在結尾時，故意留下一個更大的懸疑團，讓讀者自己去想像與發揮。據說，這是近年來的小說最常用的一種結局方式：留給讀者一個自主空間。

至於王麗美為陳先生所安排的：八月八日離開海南島途經香港、臺北轉機返回金門；九月廿九日約定在香港再相逢的這兩個日子，是否另有玄機？就看讀者的聯想啦！

臨別海南島的當天（八月八日），王麗美的女兒海麗送給孤零零的陳先生一份禮物，還說什麼「陳叔叔，祝您父親節快樂。」孤零零的陳叔叔是哪一位的父親呀？這到底是作者的疏忽？還是作者為後續發展所做的暗示呢？聰明的讀者，你應該知道的。

離開時，說聲「海南島，再見」；未來是否會「再見，海南島」呢？作者是不告訴我們。但是，聰明的讀者們別忘了，王麗美安排的九月廿九日再相逢。九月廿九日，九二九，久而久；再相逢九二九！讀者們，你是猜到了，還是滿頭霧水呢？至少，我明白了，這就叫做「自主空間」啊！

3 老夫子式的愛情道德

在陳長慶的小說中，題材和軍中特約茶室，（即軍中公娼，現已廢除）有關的只有收錄在《寄給異鄉的女孩》中的〈祭〉和這篇〈海〉。

〈祭〉中的佩珊和〈海〉中的王麗美有很多相似的地方：她們都是特約茶室的侍應生、票房記錄最好的花魁、意外懷了不知哪位恩客的種、生下一位美麗的女兒；至於下海的緣由，佩珊只用一句「十六歲以前是幸福的，十六歲以後是不幸的」帶過；王麗美則有較詳細的描述：爺爺是海南島望族、高中畢業、父去世、母改嫁、弟幼小。

女主角最後的結局，大有南轅北轍的迥異：〈祭〉裡悲觀厭世的佩姍夜裡喝了醫用碘酒自殺，把五歲的女兒惠貞寄托予幹事；〈海〉裡幹練精明的王麗美則回到海南島繼承了祖父的產業，和女兒海麗共同經營一家即將晉為四星級的觀光酒店。

兩篇小說都是採用第一人稱的方式，說出女主角的悲情世界：〈祭〉中的「我」是特約茶室的幹事，是直接生活在侍應生日子裡的特約茶室管理員；「海」中的「我」則是防區福利站經理，是特約茶室的上級長官。前者在佩姍自殺的次月，帶著惠貞在寧靜的許白灣墾田、種菜、養雞鴨，十二年後，帶著惠貞祭墳時回溯往事；後者是在與麗美失去聯絡的次年，辭去工作，擺書攤，賣書報雜誌去了（難怪有人以為開書店的陳長慶又在寫他自己呢！看你如何辯白？）。如此也該天下本無事了，偏偏就要無事生非，廿年來搞個什麼海南之旅，又是無巧不成書地在他鄉遇故知，攪得欲罷不能，不知如何善後，恐怕只有落個白髮更稀疏了吧！

作者在兩篇小說中的「我」，始終保持極高的道德性：在〈祭〉裡被佩珊譽為「人性的象徵」，有別於歷任幹事兼具人性與獸性的雙重性格（小心有人要綁白布條抗議了！），為了撫育侍應生的孤女，還要遠離那個不良的環境，去墾田、種菜、養雞鴨，教養她長大成人，不但證實了佩珊沒有看錯人，更可看出作者賦予作品極高的道德使命感；在〈海〉裡，作者很強調與麗美間那份對文學的同好，十足表明是一場「文學緣份」。在與麗美的交往中，「我」也曾對「侍應生」的頭銜，顯露出世俗的投鼠之忌，那種「愛吃假細利」的猶豫不決，雖然是被愛情的外衣掩蓋了，卻也有矯枉過正的顧忌，而愈發有「君子之風」了。即使是海南重逢的愉悅，在數日的暗室相處中，仍然沒有絲毫激情的描述，可見「我」是「古典」地有點「古錐」了！在陳長慶的小說裡，戀愛中的男女都是中規中矩，總是「發乎情，止乎禮」的，甚至有時會為了家庭和諧的道德口號，而主動放棄愛情的，這種「上流社會」的「老夫子」式的愛情，和他批判社會問題時的尖銳鋒利，成為極其強烈的對比，這也正是陳長慶的可愛之處。

○另類思維

「沒有結局，就是最好的結局。」〈海〉的故事在作者有意無意間，留給讀者更寬闊的空間，做更富伸縮性的想像，應該可以滿足更多的讀者。但是，做為一個文藝的愛好者，希望能以更多的心思，去體會小說深沉的內涵、複雜的背景、表達的技巧、或者美好的景物，才能在作品中得到更多的愉悅。

原載一九九六年十一月廿五日《金門日報・浯江副刊》

沒有結局，便是結局

——陳長慶〈再見海南島・海南島再見〉讀後

謝輝煌

〈再見海南島・海南島再見〉這個二萬字左右的短篇，是金門老戰友陳長慶兄在停筆二十三年後，再提筆上陣的一篇力作。內容描寫一對世俗地位前後互換，差距越拉越大的男女的愛情故事。時間縱貫二十年，空間由金防部的武揚營區（坑道）及金城的特約茶室，經臺灣延伸到海南島的海口市。當他的世俗地位看起來比她高時，他慷慨付出「茶與同情」般的感情，她欣然接受；而當她的世俗地位看起來比他高得多時，她也慷慨付出「以德報德」般的感情，他傲然拒絕。結束了一個沒有結局的愛。

故事的男女主角，分別由曾任職金防部政五，負責督管特約茶室的作者本人，及身為被督管的茶室侍應生王麗美擔任。故事採用第一人稱的方式進行，由男主角參加海南島觀光旅遊團，於香港飛往海口市的轉機途中，以「在有限的人生歲月裡，能踏上這塊夢想中的土地，它的不凡意義，遠勝觀光旅遊。」等語，做暗示性的拉開序幕（或指兩岸開放？或一語雙關？），復以飛機落地時，一眼瞥見的兩個斗大的「海口」紅字，推開故事的大門。待進入「海麗酒店」，又從「大堂經理」似曾相識的倩影上展開夢的捕捉。當高雅華貴的王麗美以大掌櫃的身份出現，並主動認出男主角後，立即使他原先擁有的一段美好的回憶，因情移勢變的現實，而幻滅成「心如一杓死水」的冷灰。接著，以回憶的筆觸，倒敘兩人在金門相識、相惜、相戀、相別及失去聯絡的種種經過。然後再拉回眼前，以較大的比重，著墨於王麗美的光輝事業及前呼後擁的氣派，拱出兩人眼前世俗地位的極端懸殊，使身為擺書報攤的小老頭的男主角，迷糊在「重逢是故事的開始，還是結束？」的現實人生裡。繼而在意識到自己「倒像是一條寄生蟲」的不甘心的心理下，拒絕了那塊從天上掉下來的天鵝肉，回歸到自我的本真。完成了一個「沒有結局，便是結局」的愛情故事。

就故事說故事，這是個探討靈與肉、雅與俗、同情與感恩及理想與現實等問題錯綜複雜，且相互矛盾衝突與掙扎戰鬥的故事。誰勝誰負，也許並不重要，真正重要的，是作者如何去面對、克服這些問題？因為，文學作品不是綜藝節目或卡拉ＯＫ，也不是一個觀光景點，僅提供視聽之娛而已。作者恆是要藉著故事實體的呈現，提些問題，捉弄我們的思考，或展現他對諸多問題的看法，供讀者驗證。例如，在這個小說裡的男女主角，不是別人，而是我們自己，則對男女雙方相互的施與受，報與答的問題，就不能不去思考了。

愛情的本體很簡單，附著在愛情本體外面的現實事物卻非常的複雜。在這個小說中，愛情的初發與結束，簡直就是同情與憐憫、懷恩與報德的糾葛。因此，就不能不先釐清一個現象或事理。亦即：當自己的世俗地位看起來比對方高些時，同情與憐憫式的付出，不但很容易，而且很高貴。反之，伸手去接受那份同情與憐憫式的付出，有時卻很困難。即使在非不得已的狀況下接受了對方的恩惠，而那份懷恩與報德的感情的債，往往會把人壓死。另一方面，在付出了同情與憐憫之後，是否能摒除世俗與物議的考慮，馬上又接受對方超乎物質、友誼以外的懷恩與報德的愛情呢？尤其是，當兩人的世俗地位發生前後質量互變時，原先「受」的一方極欲變成「施主」，甚至強勢地希望原來的「施主」變成「受」的一方，這將會產生什麼樣的結果呢？

誠然，人生在逆境的時候，的確需要人拉一把。但人在順境的時候，要人家接受「嗟來之食」，卻不見得是圓滿的功德。然若純粹是在形而上的仁愛之情的平等精神基礎上，「投我以木瓜，報之以桃李」，便無論施、受、報、答，莫不欣然酣然。但若施之以愛情，結果就往往出人意料。這也恐是陳長慶何以要在這個小說中，令早先站在「受」的一方的王麗美，常拉高姿態，以「你是說侍應生不能看書？」、「如果你有所顧忌，相見不如不見好。」、「跟一位歷盡滄桑的侍應生一起賞月，你不覺得委屈嗎？」、以及「你想的總比說的多。」、「心胸要開朗，眉頭不要鎖緊。」等話語去詰問、譏諷和告誡「施主」陳先生的道理所在了。

同理，當陳先生一見王麗美最初「報」之以深情，作者就教他立即產生「興奮與矛盾」的心理，令他自惑於「伸出的手是友情的手抑或是愛情的手？」的迷霧中。當她「報」的感情愈濃愈多時，作者又用力地深化他心中的矛盾，衝突，使他苦陷於「想見她，又怕見她」的泥淖中。甚至當她產下「父不詳」的嬰兒，最需要他、最惦著他的時候，作者更令他「躲得遠遠的」。其中，固然或隱有作者對傳統的、世俗的價值觀念的批判，但又何嘗不是因「施」與「報」的不平衡所產生的自然反撲現象。

再同理，當王麗美在招待金門觀光客的晚宴上，大膽寬解世俗的外衣，忘卻別人的驚訝與聯想，以及自我的存在，沉醉在以愛情作為高尚的感恩與報答的甜夢中時，作者卻讓陳先生「低頭聆聽」、「沒有仰頭看她的勇氣」，甚至以「我的心早已隨著歲月的流失如一杓死水」，作無言的抗議。而當她撂出「信封袋裝的是二仟元美金，任何銀行都可以兌換，也夠你回來的費用」及「我倒要看看，你把我當成誰呀！我的安排可能讓你不滿意，對不起，陳先生，不滿意也得接受，知道嗎？」這一串「報」得有點過分（不只是「過分」，簡直像中共逼降式的統一論調一樣）的話時，作者也特以醒酒湯灌向陳先生，令他清醒到「難道我甘心在這烏雲下做條寄生蟲？」的狀態，接著再令他「解開繫在頸上的領帶」（領帶是王麗美替他打扮的），並發出「虛偽的紳士不是我該追求的」的怒吼，以示嚴重的抗議，並畫下一個「天涯海角，何必再相逢」的沒有結局便是結局的完美句點。

至此，似可不必計較他們在「施受報答」過程中，所表現的猶疑、矜持、倔強、懦弱的細節。總之，在「患難成好友，富貴莫作鄰」的現實中，形而上的施為不見得管用，而形而下的禮尚往來，互敬互助，往往更受用。尤當世俗的社會相互懸殊時，施與受的分寸拿捏更是學問。這也印證了作者在王麗美給陳先生的信中所說的，「克羅齊的《美學》，但只是理論」的結論。所以，聰明能幹的她，在實際生活中，照樣「是一張白紙」。照樣會不顧對方的承受力如何，大擺其鳳凰、孔雀的華章，說什麼「給你一個月的時間總夠了吧，回來時什麼都不必帶，但你那寶貝的書除外。」、「放心，我自有安排，遊完北京我們到武漢看黃鶴樓，到長江看三峽，到桂林看山水，到重慶看山城，到廈門看金門。」完全忘了當年的淪落、狼狽與力爭上游。這些話，與其說是王麗美的無心，毋寧說是她的無知；與其說是王麗美的財大氣粗的無知，又毋寧說是時下一些暴發戶的狂妄與自大。因此，作者才又借陳先生的靈魂說：「內心卻交織著幸福與痛苦的抉擇，在茫茫人海裡，在這變幻無常的社會裡，我該選擇什麼？……難道我該重新讀書，取得傲人的學歷，把髮絲染黑，用虛偽來遮掩一切，用先進的美容劑，把老人斑漂白……險惡的人類啊！你們不是口口聲聲喊著要改革這個不良的社會，為什麼無法取下人類勢利的雙眼？為什麼？為什麼？」接著又自怨自艾：「任憑你滿腦的四書五經，也抵不過一條繫在頸上的領帶，我能說什麼呢？」雖然，作者「無能說什麼」，卻也借了書中男主角的手，堅持著把那條領帶「解了」，做為對世俗的一個總答覆。也可以說是這個時代認知的一個頑強的表白。

小說家沒有義務把筆下的癡男怨女都寫到「終成眷屬」，自《孔雀東南飛》（作故事詩看，實有小說性質。男女主角雖成眷，卻因外力無法和鳴到老）以下，不知凡幾！固然，王麗美的「圓夢」心切，奈何，陳先生不吃那「君臨天下」的一道菜，寧願回到書報攤上對著北風喝涼水，有冷暖自知的味道。然若當年的王麗美是帶著女兒在海口市的街頭，過著「文君當爐」的生活，或離金赴臺時，堅邀陳先生一同去臺灣開創新生活，作者恐不會那麼狠心地在王麗美的靈魂深處捅這一刀。總之，去此一寸，就注定了好夢難圓的結局。

整個來說，這個小說寫得相當成功。小小的格局，配上簡潔的佈置，播放點輕音樂，讀來蠻有行雲流水的悠閒感。此外，故事情節的安排、穿插、啣接，以及人物的刻劃、心理的描寫，皆有動容的表現。兩萬餘字，能寫得如此粗中有細，小中見大，尤其是對白的落實及餘音裊裊的韻味。不是下過「一番寒徹骨」的工夫的人，難望其項背。雖然，王麗美的再度出現，在見面場合的舉止言行，甚至一些投懷送抱的動作略見誇張，但卻釀造了對比強烈的效果。唯一的疏忽，是當「海麗酒店」四字出現時，未能震動陳先生的感覺神經。因為，「海麗」二字，在「陳叔叔」的記憶中，應有「海般的美麗」才是。但也或許是五星旗擋了點視線，沒立即聯想起來吧？

最後，要附帶一提的，是這些年來，以金門特約茶室（即那些外行人口中的「八三一」）為背景的小說或報導，間或入眼，但扭曲的地方，常令人血脈賁張。有人甚至連「八三一」三個字都不甚了解，便大吹起法螺來。看吧：當年曾把「匪諜」的妻子，判了刑的女犯人，都送到金門去「勞軍」。小徑茶室的一名侍應生自殺了，官兵就在在茶室裡佈置靈堂，為她開弔。莒光日，部隊派士兵去替姑娘們洗床單、擦門窗、打掃清潔（只差一點沒替姑娘們打水洗身子。）……等等「黑白講」，真叫人「傷心落淚」。更有位後生作家說，金門的軍民關係一向就不好。看樣子，「伯玉亭」都是紙剪的，貼在那裡的。看到那些「狗屎文章」，就恨不得請陳長慶來做個「總評」。何以見得他是最瞭解金門特約茶室內幕的「權威」呢？蓋當年在中央坑道的辦公室裡，常接受陳長慶送過來的、替侍應生們申請核發「入出境證」（六十一年改為「中華民國臺灣金門地區往返許可證」）案件的第一處的「謝參謀」，可以作證。小說容易寫，要能「過火海」，才算見真章。此是題外話，卻也憋了很久，及讀了陳長慶這篇以金門特約茶室之一角做背景的小說之後，不能不說的幾句公道話。

原載一九九六年十一月廿九日《金門日報・浯江副刊》

*本文作者謝輝煌先生，江西安福人。現為中國文藝協會、中華民國新詩學會會員，三月詩會同仁。曾出席第二屆及第十五屆世界詩人大會。作品有散文、新詩、評論等。著有：《飛躍的晌午》等書。

天長地久月光情

——陳長慶〈再見海南島・海南島再見〉讀後

陳延宗

在一個夏日的午後，一群喜愛閱讀夥伴們相約茶敘，品茗之餘，飽讀詩書的王大哥表示：他在看了陳長慶大作〈再見海南島・海南島再見〉之後，意猶未盡，真想趁著暑假到海南島參觀一下，除了飽覽當地風光之外，最主要的是要到「海麗酒店」，拜訪那真情的王麗美。巧的是，這本書在場也有許多夥伴都看過，拜讀後的我也深深感覺到人與人的相識，往往像是一個傳奇的神話故事。

不論你是久居浯島，或是初臨金門，在看了〈再見海南島・海南島再見〉之後，也許就如書中的陳先生在那南海的蓬萊仙島上，正有你心儀的王麗美深情的等著你；或像王大哥一樣，想要暫別家園，遨遊故國，放眼世界，去尋找那天涯海角最真摯的動人故事。

〈再見海南島・海南島再見〉是陳長慶先生在一九九五年七月遊覽海南島後所寫的短篇小說，故事裡有無情的歲月、複雜的環境、痴情的主角，還有專心用情記述的生命樂章，這些樂章也曾徘徊在你我腦海裡，或亦盪漾在咱們的心田中。

在那一個動盪的年代，曾經享譽國際的金門小島上，一位平凡的金門青年與一個不平凡的異鄉女子相遇而萌生了戀情，相約不論天涯海角都要相互照顧，卻因命運的捉弄，在離散廿年之後偶然的重逢，這是故事的開始，又似是結束？金門對陳先生而言，是他唯一的故鄉，他在這兒認識了一生唯一的戀人王麗美，她卻是只是過客，為了現實問題，待了四年之後不得不離開，最後終致失去連絡，陳先生依然在金門痴情地等著她。

廿年後，一場故國之旅，卻又讓兩人重逢在海南島，海南島乃王麗美的故鄉，她在這邊思念一生中永遠的戀人陳先生，他表示寧當遊客，行程一結束，他就飛回金門，世事變幻莫測，同是繁衍著炎黃子孫，兩個島嶼卻有不同的體制與政策，但也有同樣複雜的環境和無情的歲月。在陳先生的故國之旅後，金門與海南，各有一顆熾熱的心緊緊密密的連接在一起，各保留一疊充滿盛情的信件相互呼應，每個月夜同樣高掛著圓滿明亮的月光，月光下同樣揮灑溫柔與甜蜜。

在離開海南島之際，如果是你，是否會對王麗美許下重回海南的承諾呢？也許會，也許不會，也許我們該重頭思索這個故事的緣起，才能得到一個圓滿的答案，提供給故事中的主角做參考，並讓現實中的自己更明瞭。

那一年，金門繼規劃為前線地區後，開始實施戰地政務，進而設立了軍中特約茶室，不僅解決了官兵現實的情慾問題，也為部隊賺進一筆可觀的福利金收入。事在人為，完美的計劃往往因為不完美的人事而產生異常的結果。茶室的經營衍生了可怕的弊端，如管理員做假帳，以假憑證來報銷，售票員收取侍應生的紅包，不肖員工白吃白嫖，醫務人員對性病檢驗不實等等，並影響到週遭相關人員與事務。

在金城茶室服務的侍應生王麗美，雖然容貌清麗，氣質非凡，由於受命運的捉弄，而淪落至此。會寫一手好字，喜歡看書的她，在陰暗房間的衣櫥上，設置一個書架，擺了好多書，顯出她的不一樣。特別是喜歡文學的男主角陳先生急欲想看的一本書《文藝心理學》，萬般費解的是藏書數千冊的「明德圖書館」竟然找不到這本書，反而在侍應生的房間裡找到。這本討論美學的書籍，正是開啟了這對戀人愛慕的序曲。

因負督導茶室之職責，男主角陳先生在巡視到王麗美住處時，發現她所閱讀的書籍範圍包羅萬象，不禁好奇的問：

「妳喜歡看書嗎？」

「你是說侍應生不能看書嗎？」王麗美反問著。

是的，侍應生是有看書的權力，任何人都無權過問誰不可以看書，古語有云：「開卷有益」，誰不能看書。然而「在那個年代裡，攜有《文藝心理學》的人，被安全單位查到，罪名可不輕。」這並不妨礙陳先生對於文學的熱愛，他內心雖然充滿矛盾與懊惱，對向侍應生借書一事有些顧忌；最後還是提起勇氣向王麗美借了《文藝心理學》，並在書中找到了賞美的管道：

「什麼叫做美感經驗？」

「就是我們欣賞自然美或藝術美時的心理活動。」

多麼貼切的問答，讓他對美的賞析總算有點心得和概念。為了答謝王麗美的慷慨，陳先生除送一本張秀亞的《北窗下》，並把自己的藏書《藝術的奧秘》借給她，希望她能從《藝術的奧秘》中，理解出人性的「美」與「醜」。然而飽經生活磨練的王麗美，對美學卻有個人的見解：「其實人性的美與醜並不是與生俱來的，它多少會受到現實環境的影響。」

茶室之設立於金門，實際正代表著戰地政務實施於前線，兩者都有其現實的考量和既得的利益，但也積存沉疴弊端，逐漸的影響到這個島上的人員與事務，影響到人們對美與醜的詮釋和領會，也直接影響這對盼望尋求真善美的戀人。

面對這個可怕的社會，面對人們總是自憑喜惡來論斷他人，陳先生始終深怕不實的謠言，惶恐被某些事務困擾和渲染著，因此他凡事慎重，處處設防，包括初期向王麗美借書的遲疑，在性病防治中心帶書探望病中的王麗美時的忌諱，顯得過份的緊張而踟躕。甚至在王麗美懷孕生子時，他乃因膽怯而不敢出面相助，最後僅能埋怨自己在問題的處理上有如不及格的小學生。

同樣生活在複雜的社會環境下，王麗美面對問題的態度就顯得比較實際而成熟，在收到此生第一次自己喜歡的禮物時，王麗美立即向陳先生發出共賞秋月的邀約，並知趣的表明如果有所顧忌，相見不如不見好。也許因著同樣對文學的愛好，同樣具備真誠又善美的胸懷，要與一位現實社會所不容的侍應生見面，陳先生在百般的遲疑後，理解出「儘管各人的際遇有所不同，但人格是相等的，就看我們以什麼心來認定它，來解讀它」，而做出赴約的選擇。

即使剛開始他乃迷惑自己到底伸出的是友情的手抑是愛情的手？他還是跨出了自設囹圄的第一步。於是，在榕園清靜的草地上，他們遠離喧鬧與塵囂，在皎潔的月光下，他們尋找到美的詮釋和體驗，中秋裡圓潤的明月當下成為最佳的見證人，向大自然宣佈兩個溫柔的心即將契合在一起。彼此的眼中發出光輝，彼此的內心相互呼應，謝絕世俗「只許自己做壞事，不准他人做錯事」的腐朽想法，同心發掘人性中的真善美，不僅僅「往後的日子我們將是無所不談的朋友」，而且相約「往後的日子是你心中有我，我心中有你」，共賞彼此心中永恆的月光。

面對一生中談得最多的女性，陳先生感到應該珍惜這份情誼，因此就在王麗美輪調到小金門東林茶室服務，意外的懷孕後，他要求在茫茫的人海裡，「讓我們相互鼓勵和照顧吧。」自小就命苦又運磨，初次找到人生理想中的港灣，王麗美回應說：「讓我們信守這份諾言吧」。

月總有陰晴圓缺，人心更富有千變萬化；在這變化莫測的世界裡，明月常會碰到烏雲的遮掩，更何況人心常易遭受愚昧與蒙蔽，再堅定的金石盟約也會受到侵蝕。研讀美學的陳先生還是沒有讀得透徹，過度把自己深鎖在孤獨的圈圈裡。想的比說的多，說的比做的多，早上剛許下的諾言，到晚上就遺忘得精光。諾言缺乏穩固的盤石做根基，就容易受到弔詭的世俗、不安的性情所影響，再美的承諾也會產生質變，甚至變成醜陋的謊言。

當麗美調回山外茶室，並產下一女後，陳先生也僅託人帶些營養品給她，卻未再見她一面，「想見她，又怕見她，內心感到矛盾極了。」整個人極度呈現虛浮與懦弱，面對可怕的社會，他再度的遲疑和掙扎，然後才帶著難以言喻的苦楚來看王麗美。

「好久不見了」見面的第一句話，她以生冷而氣憤的口吻說：「怕了吧，陳先生，怕別人誤解孩子是你的骨肉，對不？你不是說要相互照顧嗎？當我需要你的時候，當我惦記著你時，你卻躲得遠遠的。」

王麗美質疑兩人內心到底存在的是什麼？親情？友情？愛情？或者什麼都不是。在這複雜的社會裡，陳先生始終深怕困擾和渲染，過份的慎重與設防，反而將自己和心愛的人推進了重重的圍籠中，推進了一個美醜難分的境地。

這個社會醞釀著種種的問題，逼迫著王麗美掉進了火坑深淵，進而滋生各樣邪風惡習，來取笑、羞辱、謾罵她。為了生存，淪落異鄉的她克盡了服務官兵的職責，解決了戰地政務時期部隊的性問題，也減免了社會衍生另類污穢的事件。然而陳先生所生長的環境和鄉親，對於這些侍應生，始終以有色眼光來看待她們。有些人甚至成天藏污納垢，仍然大言不慚的數落她們，認為她們是卑微、低賤的。戰火的焠練，並沒有使陳先生更堅韌與理性，反而更脆弱，更膽怯的去迎接一生中難得的真情，無知的像一個不及格的小學生。

現實是殘酷無情，人卻是脆弱無能的，王麗美為了保護她的愛女海麗，決定要帶她回臺灣，安頓在一個美好的環境，得知此決定，陳先生反而怕失去了她，緊緊地把她摟在懷裡冀圖留住她一輩子。「只要你願意，只要你不以有色的眼光看我，陳先生，天涯海角永遠等你」，臨走前王麗美再次強調她對他的真心真意。

王麗美回到臺灣後，經過再三考慮，下定決心不回金門了。她「並非想離開陳先生，而是要離開那個沒有人性尊嚴的環境，以及遠離那段不幸的記憶」。對於這個曾有海濱鄒魯美譽的仙島，卻因時代的動盪，戰火的瀰漫，讓它失落了輝煌的光彩，浸染沉疴的惡習。名滿天下的英雄島背後，背負著無盡的羞愧與失落，這一段不幸的記憶是否為大家心中永遠的痛，王麗美不得而知，但可以確定的是，她目前的決定對他、對她，對孩子都是好的。雖然暫時不能見面，王麗美又再次強調：「會信守對你的承諾——天涯海角永遠等著你。」

為了徹底遠離心中永遠的痛，為了能和心中永遠的陳先生共赴美麗的人生，王麗美決心尋回自己的尊嚴和本性。她向純潔如一張白紙的愛人表示：「當我洗完沾滿污泥的雙手，我將用乾淨的雙手洗滌我內心的汙點。把一個乾淨的我，完美的我交給你，任憑天涯海角。」在這兩地相思的日子裡，他們藉由書信來凝聚情感，讓彼此的感情沉澱、過濾，變得更清澈透明。就在共同盼望美好的將來到臨時，就在魚雁往返了七十六封信箋後，兩地的音訊突然中斷，情份的交感因而隔絕。陳先生此時再度的驚慌、脆弱，同樣的痛苦、難過，茫然與崩潰則取代了遲疑和膽怯。曾經他多次不敢相見的她，反而不再有她的信息後，他領會到對信守承諾的絕望和無助，她和永遠的陳先生不知是否有永遠的未來。

命運之神並非再三戲弄他們，陳先生在一次故國參訪中，在落腳的海麗酒店裡，竟然碰到了曾經苦思夢想的王麗美，兩人在誤解、坦白、傾訴之後，廿多年的相思之情油然而生。原來她是到海口繼承祖父產業，再跟香港財團合建經營這海麗酒店。她並非負心的人，在離開臺灣時，她帶出來的是寶貴的七十六封信，她一生待在兩個小島上吃過苦，淪落到金門時，過著沒有尊嚴的日子，唯一的安慰是認識了永遠的陳先生；定居在故鄉海口時，打拼的是充滿自主的生活，唯一懷念的仍然是她永遠的陳先生。對於他們而言，海口是天之涯，金門是地之角，不論天涯海角，都有美好的事物等他們去尋找，更有寶貴的真情等著他們去珍惜。

金門一別就是廿幾年，王麗美當然非常珍惜著眼前的幸福，一事一物都提醒她，不論天涯海角，都要互相照顧。並讓心愛的人改頭換面，重新製裝，宛若上流社會人士。然而，她怎能想到，廿餘年前她心目中肯上進，有理想有抱負的青年，竟甘心過著只求溫飽，與世無爭的生活。而在這個重逢的機會裡，對於王麗美的真情表現，他猶以另類的有色眼光來誤解她的愛意：「在茫茫的人海裡，難道我該用虛偽來遮掩一切，才能與麗美美麗的容顏相搭配，險惡的人類啊，你們口口聲聲要改革這個不良的社會，要建立一個祥和和完美的社會，為什麼無法取下人類勢利的雙眼，為什麼？為什麼？」他並沒有留下來與王麗美繼續談論「未來」，他們談論僅是「豐富的過去與驚奇的現在」。

驚奇的是在複雜體制下的海南島，竟然保有如此豐碩的人文建設，文化之美在這裡顯得更紮實。陳先生即使不了解自己生長的地方到底比海口有增添多少自由的氣息，但卻竊喜能夠欣賞到更多的人文之美，這是他自幼所盼望的吧？實際上，四周望去，盡是高樓大廈，繁榮的景象也是他成長而未見。而他曾經相許要照顧一生的王麗美，在號稱海濱鄒魯的家鄉，不能過著有人性、受尊重的生活，反而在她曾經失落的故鄉海南島上尋回自我，並打拚出一片天來。王麗美希望這片天由他倆共同去開創，他卻寧願選擇返回家鄉去。面對他的返鄉，王麗美猶抱希望他回金門處理事務後能回到海口一起生活。一面幫忙收拾行李，一面刻意把他打扮成上流社會的紳仕，缺少的可能是煙斗和雪茄。而他感覺到的是：「任憑你滿腦的四書五經，也抵不過一條繫在頸上的領帶。」對於這些他們遊走的社會，他倆曾經佇足的地方，他始終懷疑美麗的事物在哪裡？

美的事物到底在哪裡？美的事物常從我們的周邊悄悄地溜走吧？面對這個曾經相約照顧一生的陳先生，王麗美再度提醒他要及時把握人生：「命運要我們自己來開創，幸福卻掌握在你手中。」並約定九月廿九日在香港見面，共同展開邁向幸福人生的另一個旅程。

返鄉的心情充滿興奮，也夾帶著幾分離愁，視陳先生如父親的海麗，也特別請求他：「陳叔叔再見，別忘了九月廿九日媽媽在香港等你。」

然而在登機後，他似乎不再眷戀海南這個地方，他已決定將在這佈滿荊棘的人生旅途上，繼續孤單的行程。並非有人虧待他，而是他個人過於頑固吧！難道他也學會以有色眼光來看這世俗？還是他很在意那飄揚空中的不一樣旗幟？是他不忍去打擾王麗美穩定的生活？或是他懷疑這一段苦澀之後不是甜蜜？或是更苦、更澀？曾經他像飲下一杯苦澀的烈酒，心理是那麼不是滋味。

「麗美，別再叫我陳先生了，就改口叫我名字吧！」

「不，不管我們將來結局如何，你是我心中永遠的陳先生。」

他內心浮起數以千計的問號，但願能有一個滿意的答案。自始至終未見王麗美親口叫一聲男主角的名字，導致他對自己身分的不確定引發的直接抗議？還是對自己生活的欠缺安定性所產生的回應，讓他登機後未做回到海南的打算？也許在他回到金門後，再重讀美學，瞭解美的真正含意後，他會再與王麗美連絡，適時把握人生的真善美，實踐他們永遠的承諾。

不論結局如何，我感覺做為一個讀者能為他們祝福就是最好的結局。至少，在金門時期，陳先生能別於他人（含貪圖她的美色）的把王麗美當做朋友、接納她、協助她，並與她共譜戀曲，這份真情，著實可貴。在海南階段，陳先生又異於他人（也許覬覦她的財富），把深情藏在心底，獻上祝福，卻未再與她連絡，那份真意，值得學習。

若是有情，天涯若比鄰；若是無義，咫尺似天涯。不論天涯與海角，不論金門與海南，只要深具真情，每個月夜同樣高掛著圓滿明亮的月光，月光下同樣揮灑溫柔與甜蜜，同樣堅持一生中最美的承諾。

原載二〇〇一年七月十四至十五日《金門日報・浯江副刊》

＊本文作者陳延宗先生，福建金門人，曾服務軍職多年，並以中校營長官階退役。著有：《海上仙州原鄉人》，編有：《金門文學叢刊》三套（三十冊）等書。現任金門縣文化局《金門文藝》總編輯、金門縣作家協會理事長。

當幸福飛向天涯

——《再見海南島・海南島再見》後記

陳長慶

《再見海南島・海南島再見》是我的第三本書。像《寄給異鄉的女孩》一樣，它也是一本複式書；在廣大的文學領域裡，我不願意被定位在單一方面——不論是詩、散文、小說或評論上，所以我嘗試著多方面的創作。

收在這本書裡的作品，寫作時間的先後足足地相隔廿餘年。然而，我不能否定以前，也不能肯定現在，歲月讓我成長，也讓我蒼老，走在這條艱辛苦楚的文學路途，就像爬在荊棘上的蝸牛，是那麼地苦澀和酸楚。但我無怨無悔，勢將繼續走完我孤單寂寞的行程。

一九七三年春天，完成了短篇小說〈窄門〉後，我突然地、莫名其妙地停下筆，而卻不能找到一個妥善的理由來為自己辯護。很長的一段時間裡，我的腦中一片空白，血從心靈深處淌下，把自己深鎖在一個小小的生活圈圈裡，過著行屍走肉般的日子。

一九九三年深秋，《金門報導》社長楊樹清先生、版畫家李錫奇先生和詩人古月小姐，陪同首位來訪的大陸作家，北京《文藝報》新聞部副主任應紅小姐來新市里相見。

一九九四年仲夏，《中央社》駐金特派員倪國炎先生，陪同《中國中央電視臺》新聞聯播編輯武晉先先生等一行來新市里，為我作了小小的專訪，而海外同胞看過我的畫面，我自己卻看不到。

二次客從「祖國」來，陪同的楊樹清與倪國炎先生都相繼地為來賓介紹在六十年代裡，我曾出版過《寄給異鄉的女孩》與《螢》二本文學書籍，並與朋友共同創辦《金門文藝》雜誌。可是我已停筆多年，《金門文藝》亦已暫時休刊，朋友好心的推介，讓我靦腆不知所措，只是傻傻地向來賓笑笑，而卻笑不出我內心的苦楚。

一九九六年七月，我到了夢想中的北京，在「天安門廣場」久久地沉思著，看過那五星旗下的「人民大會堂」與「革命歷史博物館」，在毛先生陰沉的紀念館裡，我放慢了腳步，不必作任何的詮釋，只品嘗到那塊土地的芳香。返金後，我重新提筆，試寫下平生的第二首詩——〈走過天安門廣場〉。詩人朋友看過後認定我寫的是詩，但不是好詩。然而，我卻興奮異常，畢竟我寫的是詩，好不好倒是其次。於是我把它寄給同遊的文友——古靈，也只有他才能理解當時的情境。

同年八月，寫詩、寫散文、寫評論又同時是畫家與攝影家的青年朋友——「國立臺灣藝術學院」講師張國治先生來新市里，他說：「我們必須把所思所想的盡速地記錄下來，一旦錯過，就失去了。」我無語地面對這位在苦澀歲月中成長的詩人作家、藝術家，久久不能自已。也因為他的這句話，讓我重拾深藏廿餘年鏽得即將扔掉的禿筆。因此，我寫了幾篇散文，把它寄生在「新市里札記」系列下，讓它們喜見天日。

一九九五年七月，我到了海南島，〈再見海南島‧海南島再見〉的故事也在一年後孕育成熟。我揚棄了「小說理論」裡的一些死教條，一種微妙的因素與內心的矛盾不停地交戰著。儘管廿餘年來物換星移，但小說裡的人物在我腦海盪漾依稀，彷彿就在眼前，彷彿就在昨天。誠然有些情節不能作更完美的表達，事實上，我已把整個故事的輪廓毫不隱瞞地呈現在讀者面前。

時間總是一切計算的重複者，無情的光陰已沉沒在我的心底，重遊海南的機會已渺茫。小說總是一種真真假假撲朔迷離的玩意兒，我不願作更多的剖析，就請讀者來認定、來指正吧！

感謝為我的作品提出批評討論的朋友們，他們完美的詮釋，讓我感到榮幸，也讓我感到慚愧，廿餘年來交出的竟是一張不及格的成績單。

一九九六年六月於金門新市里

走過艱辛苦楚的歲月

——序陳長慶《失去的春天》（大展版）

林怡種

「白髮書癡」陳長慶又要出書了，這是屬於他的第四本書，也是封筆蟄伏廿四載春秋之後整裝再出發，繼《再見海南島．海南島再見》又一描寫五十年代軍管背景下戰地兒女情長的長篇故事。

提起陳長慶，這個滿頭白髮，在金門新市里販賣書報的老頭，如果不認識他的人，鐵定要暗嘲他是個不懂掌握生意契機的傻瓜蛋，因為，金門剛褪去四十幾年的軍管外衣，門戶突然敞開，臺金班機機票一位難求，爭相叩訪戰地神秘面紗的觀光客絡繹於途，這是千載難逢的大好商機，腦筋動得快的人，無不紛紛改行分食觀光大餅，甚至，連一些書店的老闆也不例外，爭相把店面重新裝潢，開旅行社賣機票或擺快打旋風電玩機臺。一夕之間，很多人搖身一變成為飯店、旅遊公司的大老闆，不但賺錢輕鬆愉快，且成為處處受人敬重的「社會人士」；只有他依舊傻呼呼地守著二十餘年的老店，每天大清早即開門營業，對每一個向他丟銅板買報紙的人哈腰作揖，賺取蠅頭小利養家糊口，兼作撒播文化種籽的白日夢，自得其樂！

幸好，認識他的人，都能輕易地從他那一絲絲白髮找到智慧的脈絡，也能從他的臉龐上鏤刻的皺紋讀出一頁頁經歷戰亂、飽嚐挫折的滄桑，從而清楚地發現，陳長慶真的為書癡狂，畢竟，在這物欲橫流、金錢掛帥的現實社會裡，他賣書、他讀書、他寫書，儘管賣書收入有限，文稿不值錢，還要課稅，加諸文學創作之路既長且遠，像苦行僧踽踽獨行，想致富比登天還難。

然而，他認為古今往來，多少財通四海的達官巨賈，都先後在時光的洪流中化作飛灰煙滅，既使有人一個早上能賺進一千萬，而遲早有一天縱然花一千萬也買不回一個早上的時光；因此，一個人以有限的生命去追逐一身銅臭的物質享受和尋找滿室書香心靈的快樂，兩者之間的選擇，陳長慶顯然選擇了後者，他真的是很傻，卻傻得有一點可愛！

其實，我所認識的陳長慶，並沒有什麼顯赫的家世背景，更沒有傲人的學歷，認真地說，他和我一樣，同樣出生在窮苦的農村——唯一不同的是我比他晚生幾年，幸運地搭上延長九年義務教育的首班列車；而陳長慶，在國、共軍事對峙、烽火漫天的年代，好不容易考上砲戰後剛復校的金門中學，而僅僅念了一年初中，就因家貧學費無著而輟學。那個年代資訊貧乏，沒有電視，軍體管制下也不能擁有收音機，憑恃著一股強烈的求知慾望和不服輸的信念，念茲在茲地，哪怕是在路旁邊撿到一張舊報紙，或一本殘缺不全的舊書刊，在在如獲至寶，愛不釋手地詳加研讀。雖然，環境所迫不能在學堂上接受老師正統的傳道、授業與解惑，唯有自個兒日積月累的學習，果然，「有志者事竟成」，幾年之後，出自陳長慶筆下的散文或小說，一篇篇躍登國內各大報刊雜誌，也因此，在二十五歲那年，一個沒有正式文憑，只有自修苦學的年輕人，一口氣結集出版了二本屬於自己的書，在戰地金門文壇傳為奇談。

所謂「學，然後知不足」，愛書成痴的陳長慶，為了讀書，讀更多的書，他索性辭去軍中聘員的職務，在市街賃屋開起書店，讓家成為「社會大學」，每天清早開門做生意，也同時面對數萬冊各類書刊，無羈無束地沉浸在知識浩瀚的大海裡。

值得一提的是，剛開始賣書的日子，陳長慶即立誓「充實自我」，暫時封筆不再寫作，想不到歲月悠悠，一眨眼，二十四個寒暑不知不覺地溜逝了，經過漫長歲月的韜光養晦，千錘百鍊，陳長慶寫作的技巧臻至爐火純青的境地，無怪乎抓起筆來，輕輕一揮灑就是一篇十六萬餘言「文情並茂」的長篇文學作品。

有幸，能陪《失去的春天》一書度過「陣痛期」；更有幸能成為第一個讀者，尤其，陳長慶以慣有的第一人稱寫法，讀來特別讓人容易融入故事情結，彷彿自己就是主角，隨著喜而手舞足蹈，跟著悲而黯然垂淚。

當然啦！真的故事不一定感人，而感人的故事不一定為真；畢竟，「真真假假假亦真，假假真真真亦假」，故事是真？是假？並不重要，重要的是《失去的春天》每一個情節，讀起來都讓人有真的感覺，何況，字裡行間，不難讓人清楚地看見一個五十年代的金門青年，刻苦耐勞、孝順父母、講義氣、重感情，儘管三十年後年華老去，時空背景丕變，他對故土家園依舊念念不忘，對往日情懷仍然依依不捨，因而才有《失去的春天》一書的誕生，陳長慶透過圓熟的寫作技巧，帶領讀者重溫一段失去的記憶，重遊往日金門風景名勝，品嚐浯島風土民情，《失去的春天》一書情節賺人熱淚，值得細細品讀。

（本文為臺北大展出版社版本之序言）

＊本文作者林怡種先生，筆名根本，福建金門人。曾任《金門日報》編輯主任、總編輯。著有：《人間有情》、《天公疼戇人》、《心寬路更廣》、《心中一把尺》、《拾血蚶的少年》、《走過烽火歲月》、《金門奇人軼事》等書。

感恩憶故人　髮白思紅粉

——初讀陳長慶《失去的春天》

白翎

一、寫實是他的一貫作風

手捧著近十六萬字的《失去的春天》完成稿，紮實的分量感，面對這位金門文壇長青樹，自稱是老年的「老黃忠」、老實說堪稱為快手的白頭翁，我曾打趣地建議：趕快用快捷郵件，寄一份定稿給書中昔日的護理官、如今貴為護理部主任的黃華娟小姐；雖然得花上幾百塊的郵資，但這份寶劍送英雌、傑作贈紅粉的盛情，肯定讓一直等到現在，仍日夜倚門盼望良心郎的癡情女，把來生的諾言兌現在今生；果真如此，《失去的春天》將改寫為《遲來的春天》啦！情節的進一步發展，保證精彩萬分，迷死萬千讀者！

如是說的目的，是要說明一點：陳長慶一本其寫實的作風，在《失去的春天》一書中──比照他的《寄給異鄉的女孩》三版、《螢》再版、《再見海南島・海南島再見》初版都已印製完成，只待選個吉日良辰上市；肯定《失去的春天》單行本問世的日子，也是指日可待了！說不定此刻已在排版、印製中啦！所以早一步稱「書」，以示本人有先見之明──人物絕對是千真萬確的；雖然有些老長官已經走入歷史了，至少除了黃華娟之外，前不久曾為作者的〈再見海南島，海南島再見〉寫讀後的謝輝煌先生，就是書中人物之一：這位中校參謀官，曾為女主角顏琪和黃華娟辦過出境手續，由他們來現身說法，應該比較具有「說服力」的。

在佐證真人之餘，或許有人又會得寸進尺地問：是否真有其事呢？因為茲事體大：這個問題牽涉廣泛，不但有小說的「故事性」，更有現實的「生活性」；就算是二十多年的老友，沒有得到授權，也不能信口開河地替人作嫁。不過，為了替讀者導讀，仍然必須提出一些蛛絲馬跡，供大家參考；但是必須鄭重聲明，以下純屬「轉載」，絕對不代表任何立場：

「寫在前面」不屬小說內容，且已在小說之先刊出，讀者可自行品味；「寫在後面」同樣不屬於小說內容，但讀者目前還看不到，我且偷偷抄幾句「很關鍵」的文句，小聲的告訴您，不要讓別人聽到：

然而，我秉持著對文學的熱衷和良知，不再考量現實環境帶給我的困擾；我留下的不只是一篇小說，也不是交代一個故事，而是尋回一份失去的記憶。

作者已經預知《失去的春天》，這篇小說將會為他帶來「現實的困擾」，仍然「秉持文學的良知」，要去「尋回失去的記憶」，更讓它公開出世；在作者而言，是求仁得仁；我們既不忍心去追究他的現實困擾是什麼？又何苦再增添作者更多的「現實困擾」呢？暫且放作者一馬，大夥兒心裡有數，也就夠了！

不過，我曾在作者處聽到一則有趣的消息，忍不住要與讀者們分享，如有長舌之處，先行告罪啦！

在作者的〈再見海南島・海南島再見〉刊出後，有位有心人為了探究小說的真實性，不遠千里地託人到海南島，尋找小說中四星級的「海麗酒店」；結果呢，找是找到了，只是，同音不同字；這就是陳長慶式的寫實方式！因為作者是在一趟「海南島之旅」過後，寫下〈再見海南島・海南島再見〉這篇小說的！

最根本的基點，《失去的春天》是一篇小說；前言、後記不算！

二、教你如何「腳踏兩條船」？

在陳長慶的小說作品中，絕大多數是以「第一人稱」著筆的。他說：第一人稱的寫法，易於掌握劇情的發展，可以收放自如。

我笑他「偷懶」，因為在他的小說中，主角都是他的本家——姓陳的；都是用情專一的癡心漢、都是道德零缺點的聖人、也都具有與他極端相似的經歷條件；說白一點，根本就是在寫自己嘛！

在寫男女之情時，他筆下的男女主角，往往都是連拉拉手都罕有的純純之愛，這種合乎禮教的「心靈之愛」——頗符合現在「心靈改造」的國情嘛！——所以，在〈再見海南島・海南島再見〉的論評中，我曾戲稱他為「老夫子式的愛情道德」；與他品德無雙的男主角合奏，堪稱他作品的兩大基調。

在《失去的春天》裡，陳長慶走出了他老夫子式愛情道德的圈圈、也不再堅持品德完美無缺的男主角風格。

到底他如何走出「老夫子式愛情道德」的圈圈？看過了《失去的春天》，你將會感覺到他的成長；但只不過是成長而已，並不表示有什麼激情的演出！成長是一種改變，是漸進式的改變，所以，你不必期待過高。如果以電影「普遍級」、「保護級」、「輔導級」、「限制級」的四級劃分及四級外的「成人級」來說，《失去的春天》只是那種十二歲以上、可以親子同觀的「全家樂」級。看過之後，別說我故弄玄虛就行了！

小說中的陳大哥，週旋在具有古典美的「金防部藝工隊」之花的顏琪與熱情豔麗的「尚義醫院護理官」的黃華娟之間：前者因有長官的撮合，情投意合之下，不但登堂入室地見了「未來的」公婆，甚至與陳大哥有了「廝守終生」的鴛盟，但為何始終只是「未來式」？後者在他們決心廝守終生後才出現，卻能成為一個隱形而有力的第三者，竟能與他們兩人，同時維持雙線的情誼與友誼，還想爭取公平競爭的機會？

「愛情」與「友情」是否可以並存，而互不侵犯？男女之間，除了「愛」，真的沒有純粹的「友情」嗎？這是許多人常產生的疑問，並且想得到答案的。作者在《失去的春天》中，也極力地想證明：愛情與友情可以並駕齊驅，兼容並包；所以，陳大哥在擁有顏琪的愛情之餘，還想維持與黃華娟的友情；顏琪則不然，在得到陳大哥的海誓山盟之餘，她仍然千方百計地防範黃華娟的介入；至於黃華娟，她又豈能甘心自處於友情的次國民待遇，賣力地爭取公平的機會，想把已得到的友情提昇為愛情，擺明了一副未知鹿落誰手的強勢競爭態勢。

陳大哥能「腳踏兩條船」而「左右逢源」嗎？顏琪能「克敵制勝」而「維持戰果」嗎？黃華娟能「扭轉乾坤」而「後來居上」嗎？就成為《失去的春天》有力的衝突點，也是小說劇情發展的賣點。

從劇情上的安排而言，《失去的春天》頗有指導讀者如何腳踏兩條船的味道。陳大哥利用著友情的藉口，維持了愛情；再藉著友情與愛情公平相待的謊言，背地裡享受友情裡的愛情。所以，說作者已不再堅持絕不負人的完美品德，讓陳大哥在溫柔鄉中，承受著良心的不安。在近程和遠程的衝突下，作者把陳大哥那種「腳踏兩條船」的心態，徹底地揭穿在讀者的眼前。

這套在愛人的面前，強調友情，以免因多了一位女友而情海生波；在面對女友時，卻在口頭上強調給予公平的待遇，以享受滿懷溫柔的取巧之道，是作者腳踏兩條船的指導綱領。只是運用之妙，存乎一心。

要特別強調的是，陳大哥與兩女之間的描述是《失去的春天》的主軸，特別是在心理分析方面，頗能看出作者的強烈企圖心，想跳出說故事的老套，從心理方面的描述去提昇這篇小說的位階。這是很值得鼓勵與嘗試的方向，至於是否達到了作者的預期目標，也是有待讀者們一起來公斷的。

三、走出不堪回首的六十年代

《失去的春天》的故事背景，是六十年代的金門，當時還是處在戒嚴的戰地政務時期；對於中年的讀者而言，難免會有刻骨銘心的記憶。故事中的宵禁、出入境管制、落伍的交通工具、急病後送的望海天興嘆，都只是印象中的微小角落；處於那個時代的人們，不過是大時代中，許許多多無名犧牲者之一；如今，既已走出夢魘，我們不必再去追究，那段肯定不會是很「詩情畫意」的往昔，並且要連根拔起，拋至九霄雲外；唯有完全地走出不堪回首的六十年代，未來的日子才能有幸福、才能有希望可言！

看小說的心情，不要像讀歷史；除非你真的要去擔負那不可負荷之重！

看《失去的春天》，同時也看到了一場「官場現形記」：陳大哥有幸領受長官們的疼惜，享受了許多特殊的信任與照顧；更何其幸運碰到了藉圓滑之口、逞私利偏慾的「好官」，給予連番的刁難和挫折；在小說中，作者用很簡潔的文字，畫龍點睛地刻畫出這些「好官」的醜陋嘴臉，一如他在《寄給異鄉的女孩》、《螢》兩書中，痛批當年的「三八」婚俗，一般地犀利且一針見血；尤其在那種特殊的體制下，除了一些「朕即法律」的唯我獨尊心態外；更多的業務承辦人，更有如大法官地權宜解釋法令，貫徹主觀意識，便宜行事地掌握業務；如今，時序變異，這類人的心態「變異」了沒？

如果在這方面有特殊的際遇，很容易將《失去的春天》當成「內幕小說」來看，只是作者並無意於此，只是在遭遇不如意時、有所感觸時，發發牢騷罷了，所以著墨不多，恐怕會令部分讀者失望了。其實，以作者長年任職於斯的體驗，對那個圈圈裡一些異於常情的情事親身經歷、親眼目睹、親耳聽聞，足足可以寫成一本現代的「官場現形記」；只是作者激憤之餘，仍保有一分與人為善的情懷，點到為止。

看《失去的春天》，有點像在看觀光局的旅遊指南；如果你對金門的景物已經有點依稀，不妨在看《失去的春天》的同時，攤開你的心理地圖，好好地回想六十年代的金門；只怕今昔相對照，更予人景物依舊、只是人事全非之歎！

在小說中，作者有計畫地帶領著讀者周遊了金門的主要風景名勝：壯偉的大膽島、幽雅的太武山谷、熱絡的金城鬧區、翠綠的中央公路、撩情的山外溪畔、純樸的碧山農村、新市里—太湖—安民—榕園的大山外、依山傍水的古崗樓、波濤澎湃旁的文臺古塔、再加上山谷的夜景。

對於生長於斯的金門讀者而言，這些景地早已成為生命中的一部分，很容易在作者的牽引下，重遊記憶中的昔日美景；尤其是在回到農村、介紹田中耕耘、家鄉小吃的部分，作者刻意使用了故鄉方言，家鄉人藉音會意，特別有一番親切的體會；對聽不懂閩南話的讀者來說，或許有點生澀難解；但對家鄉讀者而言，彷彿回到昨夜夢中、聞到無比香醇的泥土芬芳！

當然，使用了地方方言，介紹了一些家鄉情事，是否就可以叫做「鄉土文學」呢？基本上，我不這樣認為。「鄉土文學」的基本要素，應該是依文學的內涵來判定，而不是文字的表象；應該是具有獨特性的內容，而不是殊異的景物。如果把作品中的人物角色改頭換面，把時空置換，仍然可以通行無阻，那麼，它的「鄉土性」就值得置疑了！基於此，我同意《失去的春天》的讀者，將受其鄉土經驗的侷限，或許有些讀者不能感受到作品的完全共鳴；但是，如果因此而把《失去的春天》歸類為「鄉土文學」，在認知的態度上，我仍然有相當程度的保留。

何況，愛情這個東西，是沒有境界之分的。

四、感恩憶故人，髮白思紅粉。

在「寫在前面」裡，作者對幾位長官，表達了他的懷念與感恩；同時更對無緣結為連理的顏琪，許下了來生的承諾。正是：

感恩憶故人，髮白思紅粉。

原載一九九七年三月廿五日《金門日報・浯江副刊》

因為真實感所以引人注目
——論陳長慶《失去的春天》之「人物篇」

白翎

○概說

在副題為「四評陳長慶的小說」的那篇〈探討「再見海南島」的寫實、懸疑性和道德觀〉文中，筆者曾在第〇章「另類思維」的末段，有如下的敘述：

文學的表現手法千萬種，每一位作者都會選擇最有利的方式，來表達自己的內心世界；同樣的，文學批評的角度也有百十種，自然也是各有所長，各取所需了。筆者比較喜歡從小說的精神面去挖掘，透過深入的分析、大膽的假設、合理的歸納，有時也會提出一些未必是評論原作的個人意見：如果能因此而發掘出作者的意識寶庫，固所願也；退而求其次，也可以代表著另一種不同方向的思維歷程，提供另一類不同的想像空間，大概也不致有礙原作吧。

這是我的一貫看法與做法。所以，在寫了這麼多年的評論以來，都盡量的避免引用原文；在決定對《失去的春天》做細部的顯微解析後，可能將難以迴避，會適量的夾帶一些《失去的春天》的原文，使這些書中的人物，不論是刻意描繪的顯性角色，或者是「欲彰還蓋」的那些隱藏性人物，都能精彩的重現，活躍在讀者的眼前，還給他們一個清晰的面目——即使是陳大哥也將無所遁形；如果原作者有不盡同意之處、或「礙難」同意的反應，也都是不難意料的；我不敢肯定能挖掘出作者的潛在意識，更不敢說作者的敘述出了什麼差錯，可以確定的是：《失去的春天》給我的，就是如此的印象。如果其間還有落差，就算是「意識代溝」吧！

有關《失去的春天》故事的時空：我在「感恩憶故人　髮白思紅粉」的那篇導讀中提到：看《失去的春天》，彷彿在看金門的旅遊指南。空間方面已是清楚不過的了；至於時間方面，根據小說提示的事件而言，有三處陳述可以推論，故事應該是開始於民國六十年代的初期。

（一）在第三章的前往大膽島進行春節離島慰問的小艇上，主任就有關《金門文藝》申請登記證的事，當面告訴故事中的陳大哥：

「《金門文藝》的事，我已交代過，祇要你們具備完整的手續，不會有問題的。」

而《金門文藝》的創刊號，是在六十二年七月一日出刊的；出刊時尚屬「本刊正依法辦理登記中」的狀態；以當時的大環境來看，應該是取得地方主管單位核准後，轉報新聞局核發登記證中，「提前偷跑」在戰地政務的戒嚴狀態下，是絕對不可能發生的事情；直到民國六十三年二月出版的春季號，也就是《金門文藝》的第三期，才出現了「局版臺誌字第〇〇四九號」的登記證字號。

所以，這趟大膽島春節離島慰問之行，推測是六十二年的春節，應該是可以接受的；那麼，前置的「毛澤東」與「藍蘋」事件，黨務的小組會議交鋒，發生在民國六十年左右就屬合宜的推理了。

（二）在大膽島的春節離島慰問中，陳大哥帶去了二十本他的文集——《寄給異鄉的女孩》，陳列在每個連隊的書箱，提供島上的官兵閱讀；顏琪奉主任的指示，在藝工隊的演出中插播，向臺下的官兵介紹陳大哥時，也曾提到：

「你們看過《正氣副刊》連載的長篇小說《螢》嗎？」

可見在這趟大膽島春節離島慰問之行的時候，陳大哥的長篇小說《螢》，當時正在連載、或是剛連載完成不久；帶去的《寄給異鄉的女孩》文集業已出版，而查對的結果，該文集初版發行日期是在民國六十一年六月；連載的長篇小說《螢》的單行本，初版的發行日期則是民國六十二年五月。

所以大膽島春節離島慰問之行時間的落點，應該是在民國六十一年六月以後，六十二年五月之前，也為前段推測是六十二年的春節，再提供一項佐證。

（三）在「尾聲」的開頭，作者寫著：

一九七四年春天，在友人的協助下，我帶著顏琪的「靈罈」，搭乘「閩江一號」漁船，環繞了大膽島海域，在我含淚地撒下骨灰時，她卻沒有隨波逐流，也沒有沉在海底，而是永存在我心中。

在第十四章利用週日赴「尚義醫院」，由黃華娟協助請謝大夫診察；又進行古崗湖與文臺古塔之遊；再回到新市里後的對話裡：

「如果現在你能帶我回鄉下，該多好！」

「還有半年，很快就到了，顏琪，陳家大門永遠為妳開著。」

「只怕等不到那天。」

在第八章顏琪隨陳大哥返回碧山老家，在農田旁大樹底下的草地上，吃了那頓「芋頭稀飯」後，有段描繪「回歸田園」理想的時間表：

「這不是夢，也不是幻想，我們隨時隨地都可達到目的，完成理想。妳與隊上的合約還有多久？」

「兩年又一個月。」

「七百多個日子，很快就會過去的。顏琪，我們期待這一天的來臨。妳無怨、我無悔；共同攜手、同甘共苦，迎接未來。」

從這三個數字去倒算：

民國六十三年春天，陳大哥將顏琪的骨灰撒在大膽島海域；顏琪得知罹患「胰臟癌」前，與藝工隊還有半年的合約；初次回到陳大哥老家——「碧山」時，合約還有兩年一個月：加加減減之後，和前項的推算頗吻合的。

所以，《失去的春天》故事發生的時間，幾乎可以肯定是在民國六十年代的初期。

把《失去的春天》當做一個小說故事來看，作者或許會有意見：因為陳長慶一直是以

「寫回憶錄」的心情來經營它的；不論是「寫在前面」、「尾聲」、「寫在後面」、或者文中的每一個人物、每一個地點、甚至於一草一木，都是他廿餘年來，午夜夢迴、縈繞蕩漾，從未曾片刻忘懷的！

儘管我們能接受作者「真人真時真地」的說法，但是作者有更強烈的企圖心，要讀者接受這是真事的訊息；唯恐讀者把《失去的春天》當成「瓊瑤（窮聊）」式的愛情文藝小說，那就枉費了他的一番心血（心在滴血）了；不過，站於讀者或評論者的立場，在關心是否真有其事之餘，我們仍然只能以讀小說、看故事的心情來面對《失去的春天》，以就文論文的態度來討論《失去的春天》；至於是否事事皆實？那是（陳大哥家）飯後的話題，我們外人也就只能不予置評了！

或許，這看來真實的特質，正是陳長慶小說引人注目的主因，也是陳長慶小說的最大賣點。

1 顏琪——紅顏薄命的安琪兒

在《失去的春天》裡，有兩位安琪兒（天使），就是故事中的兩位女主角：藝工隊的顏琪，是散播歡樂散播愛的演藝天使——她散播的歡樂，是防區官兵精神上的神丹，慰藉著他們離鄉背井的孤寂心靈；她散播的愛，卻是陳大哥的獨家專利。「尚義醫院」護理官的黃華娟，是護理軀體護理心的白衣天使——她護理的軀體，是照料住院官兵身軀上的傷病，減輕他們肉體上的苦痛；她護理的心，也只專屬陳大哥的，特別是兩人獨處的時刻，她總像是中了丘比特箭毒似的情癡，被陳大哥迷得暈頭轉向的。

顏琪是來自軍人家庭的湖南女孩，父親是領終身俸的退役老士官，父母住在臺北市民生東路「婦聯四村」的眷村裡，妹妹也已經踏出校門，在社會上工作了，弟弟顏明則尚就讀於鳳山的陸軍官校。由於父親曾在金門服役過，對於金門自有一番深入的認識，使得顏琪對這塊土地，甚至於居住在這塊土地上的人們，也具有特別親切的感覺。

至於顏琪的年齡，以作者在末章所寫的，「生命中的第廿四個春天還來不及過完」來看，故事開始時，顏琪應該正當是少女黃金時期的雙十年華。

我們且從小說中的描繪，看看作者塑造了怎樣的顏琪？

（一）富有青春氣息的顏琪——在「毛澤東」與「藍蘋」事件時，上場的顏琪是「甜甜的粉臉，嘟著小嘴，白皙的皮膚，修改過的草綠軍服，服服貼貼地襯托出婀娜的身姿。」石班長眼中的她則是「那個小女孩長得眉清目秀，伶牙俐齒，純潔可愛，不像其他的女孩，浮華油條。」等到「那位甜甜的女孩，雙手插腰、嘟起嘴」找陳經理算帳時，又是「理直氣壯地，用食指重複比劃著」、又是「氣得不禁又雙手插起了腰」、又是「自己也笑出聲來，玉手握拳，做了一個想搥人的手勢」、又是「隨著好奇的口氣，架式也隨即放低了」；除了頑皮，淘氣的模樣，作者費盡心思筆墨，表現出的那份純真、率性的青春氣息，是那種涉世未深、不知情愁滋味的璞玉，是百分之百的清純佳人。

（二）充滿俠義熱誠的顏琪——在藝工隊的黨內小組會議裡，因為「大家祇是想享受福利，卻不敢建議，壞人只好我來做啦！」而站出來「建議聘雇人員能比照現役軍人享有四大免費服務，發給免稅福利品點券。」連隊長都稱讚「顏小姐她熱情又熱心，能說善道，能唱能跳，很得人緣，有很多事她都主動替同仁爭取。」除了乘機與陳大哥搭上線，讓陳大哥留下她能潔身自愛、嚴守紀律、與同事和睦相處、替同事爭取福利，投下的工作精神和專業素養，讓人心服，也深受長官的肯定的印象外；也營造了顏琪那股俠骨柔腸的特質，敢於說出大家心裡想說的話，以爭取隊員們的權益，以及後來陪同隊上同伴到供應部採購福利品，都頗符合她熱心，有人緣，而成為藝工隊臺柱的角色。

（三）表現愛憎分明的顏琪——在「后扁」的「小據點巡迴服務」時，顏琪曾在隊上的戲劇官——何中尉吆喝之餘，罵了他一句「小人」！再拉陳大哥共舞一番，還以顏色。顏琪的說法是：「理由很簡單嘛！他要請我看電影，我不想看；他要請我吃宵夜，我不餓。他認為我高傲，不給面子，就要起威風啦，認為自己不得了啦！」其實，不想看、不餓，都是藉口，看不對眼才是實情。除了高傲的心態外，其後的向一〇一反映，自己的隊員不當獲發免費票、免稅福利品外流，而被隊長說是「敗類」一案，真不知道該頒發這位戲劇官「大義滅親獎」、「酸葡萄獎」、還是看不清顏琪實力及集多級長官信賴於一身的「進士（近視）獎」？當然，在這過程中，不但表現出顏琪的率真個性，更佐證了她的知人之明。

（四）主持歌藝雙絕的顏琪——顏琪在藝工隊的臺柱地位，主要奠基於她的節目主持功力，每次主任到場，總是要點她的名；至於作者為她安排的曲目，也都是六十年代膾炙人口的名曲，如：〈教我如何不想他〉、〈問白雲〉、〈偶然〉、〈藍與黑〉、〈癡癡的等〉、〈春風春雨〉……等；除了主持小據點演出，在擎天廳的慶生晚會，尤其是婦聯總會的勞軍晚會，是她動過聲帶手術後，首度的主持和演唱，又是一場隱含著洋土較勁的競爭。在這場精彩的演出中，觀眾的掌聲就是她最大的滿足，司令官特別頒發的個人獎金，更是對顏琪傑出演藝的最大肯定；這時的她，可說是達到了個人演藝生涯的巔峰了。

（五）嚮往農村田園的顏琪——處在掌聲中的顏琪，並未看重她的演藝生涯，而是以婚姻家庭生活為念；所關切的是，陳大哥何時帶她回鄉下老家，認識那兒的環境和未來的公婆，以及對那兒的入境隨俗；念念不忘的是，何時一起離職，回到純樸的農村生活？作者要表達的不只是一位具有古典美的女性，更是具備優良傳統的婦德；所以，顏琪走到山上，脫了鞋襪就能下田；回到家裡，又搶著下廚房；吃了「蕃薯簽」、「安脯糊」、「菜脯」配

「花生」，或者是「芋頭稀飯」，不僅津津有味，還總是意猶未盡的。這簡直是作者另一本小說——《螢》中的「陳太太」麗貞的翻版，那位千金小姐一入家門，就脫胎換骨地上山下田，成為標準的農家婦。

（六）愛得無怨無悔的顏琪——掛在顏琪嘴上的那句「你要我往東，我怎敢往西呀！」正說明了她對陳大哥的信任與愛，已經到了無怨無悔的地步。當陳大哥積勞臥床時，她除了一下班就趕來探望，又特別透過長官特准，請了一天陪病假，不但撈過界地到辦公室協助裝訂資料，還呼群保義地拉參謀們下水，惹得康樂官笑著抗議她「領康樂部門的薪水，卻幫福利部門工作」。尤其是陳大哥帶她回過碧山老家後，得到兩老的認同，顏琪也同時認定，她與陳大哥的終身鴛盟，已是雙方相互的默契與承諾了，這也是小倆口感情的最甜蜜期。

（七）病得無力回天的顏琪——「聲帶手術」對顏琪而言，是她一生幸福的分水嶺；雖然陳大哥奉命不眠不休的在病房裡陪著她，正是愛情開花結果的表現，更是長官們對他們姻緣的肯定；但女人的敏感，使得她從聽到陳大哥在病房門口與黃華娟的初次對話、主動送她著作起，就有了警覺：緊接著顏琪出院時兩人的握手與眼神交會、顏琪無言抗議的冷戰、在太湖畔明示情變會「沒完沒了」和「拚命」、勞軍晚會讓顏琪在臺上親睹黃華娟的頭靠在陳大哥肩上、聊到宵禁找不到車回醫院……每一次出狀況，顏琪都在陳大哥的四兩撥千斤之下，或沉默以對、或支吾其詞，僅以保證愛心不變相應，絕未澄清與黃華娟間的清白；即使在黃華娟安排週日替顏琪檢查病情，再往「古崗湖」與「文臺古塔」的三人行之後，弱勢的顏琪始終只能以「我還是會心酸酸的」，來回應陳大哥的「守著愛情享受友情」；相對於顏琪的專情，作者所安排的結局，已是一種極富道德性的結局。

綜觀全文，作者對劇中人物的表情描繪、動人反應、心理敘述都花了一番功力，倒是人物特徵的細部具象特寫，完全被遺落了；尋遍十六萬字後，我沒看到顏琪的「水」在哪裡？有的盡是一些粗糙的輪廓，抽象的形容詞和外在服裝的表象。如果這是作者一貫的寫作風格，沒有為人物做細緻特寫的習慣，或是過分在意於心理的分析，都是可以理解的。畢竟，小說不是素描，圓臉、方臉、瓜子臉；丹鳳眼、瞇瞇眼；鷹勾鼻、朝天鼻；反正讀者想給他什麼樣的類型，就想像成什麼樣子，如此隨心所欲，正是給讀者更大的想像空間。

顏琪在《失去的春天》裡是第一女主角。她和陳大哥的那段姻緣，因無心插柳的「調戲」而相識，因爭取藝工隊員的福利而產生交會，感情的花朵在長官的牽引下，奠定了大開大放的契機；尤其是適時而來的，那段為時不短的「小據點巡迴服務」，更為他們感情烘焙加溫，而趨於成熟。做為藝工隊的當家主持人，在散播歡樂的工作上，稱為安琪兒是恰當或是過譽，仍屬仁智之見，但以紅顏相稱，應不為過，至少她也曾為陳大哥帶來了不大不小的幾場禍水。作者安排她在《失去的春天》過完一生，或許是現實的無奈；尤其是那副「毛髮脫落、眉毛消失、一身皮包骨」的美人遲暮的影像，更是現實的殘酷，誰說不是紅顏薄命！

2 黃華娟——終是明日黃花的狂狷者

狂者進取，狷者有所不為也。

——論語子路篇

文藝寫作和文友在陳長慶的小說中，常常是情節上最現成的橋樑。在《失去的春天》裡也不例外：顏琪因主任的推介「他還是個作家：不但寫小說、寫散文、寫評論、出過書；還要辦雜誌」而對他另眼相待；政三組的郭緒良是寫詩的文友；尚義醫院的大夫曾文海是詩人文友；護理官黃華娟是寫散文的文友；「考指部」的上尉行政官文曉村、「第一處」的謝輝煌中校都是詩人文友。在這許多文友中，尤其是陳大哥口中，「又美、又動人、又妖豔、又熱情」的黃華娟，更是《失去的春天》不可少的臺柱。

要說黃華娟，不能不提那位詩人大夫曾文海：這位曾大夫雖然為顏琪解除了聲帶病痛的致命打擊，延續了她的演藝生涯；卻也為顏琪的感情生命，引進了另類的致命一擊；如果能重頭再來一次，說不定顏琪寧願放棄有如中天的演藝舞臺，和終身發不出聲音的痛苦，而選擇與陳大哥長相廝守，早日的歸隱田園，共同耕耘那屬於兩人的愛的甜蜜世界。

如果不是曾大夫在陳大哥面前的多次提起、當面的胡言亂語、側面的敲邊鼓、又是三番兩次的反提醒、帶黃華娟參加擎天廳晚會發生頭靠肩事件、尤其是趁顏琪到外島作小據點演出，為他退役的餞行宴上，更是極盡挑逗之能事，弄得兩個年輕人心猿意馬、藉口酒精作祟地去進行劇情。否則，黃華娟和陳大哥這兩個角，可能會像陳經理和福利站中的那麼多的小姐一樣，未必會投影波心和互放光芒，和顏琪共同成為《失去的春天》的愛情三角戀。

在黃華娟和陳大哥的感情發展過程中，作者費盡心機的灌輸讀者一個印象：陳大哥是無罪的！所以在每一次的交會後，總有一些「剎車」的機制：初次見面後，安排顏琪在簽呈紙上寫著：「陳大哥，我愛你，我不能沒有你」；經過病房應對和傾聽陳大哥與曾大夫的對話後，藉曾大夫之口說出：「少看黃華娟一眼，你沒發現，顏小姐不高興了」；顏琪出院時的握手和交會，又讓曾大夫說出：「車上有人不高興啦！想腳踏兩條船，你會死得很難看！」加上顏琪無言的抗議，太湖之行再用「沒完沒了」，「拚命」和「發火」來警示一番；那場婦聯會勞軍晚會的黃華娟鄰座飄香後，曾大夫又說：「臺下的人急著走，臺上的人等著生氣；朋友，你的戲還沒完。」會後顏琪立即電召陳大哥至文康中心當面抗議；為曾大夫餞行的那場飯局後，識趣的曾大夫藉故去找衛生院學弟，衍生在山外溪畔的那場「妳的舌尖在我的嘴裡蠕動」，是黃華娟和陳大哥感情戲的突破點，再因曾大夫的放鴿子，向馬士官長調車而情節外洩，還好顏琪只風聞到後半情節，仍然發出「交情不好能在中正堂交誼廳聊到宵禁？聊到找不到車子送人家回去？我只是忍下不說，並不是不知道」的尖聲怒吼；過分的是在感情突破之後，竟然於光天化日下，在太武山腰的巨石上，玩起舌尖蠕動的遊戲；病中的顏琪在古崗湖的三人行時，除了讓陳大哥和黃華娟結伴划船，也只能無力地說：「如果她再把頭偏向你，我還是會心酸酸的」而已了。

從以上黃華娟和陳大哥的感情歷程看來，大夫曾文海所扮演的角色，幾乎就是幕後的那隻「黑手」；作者把所有的機遇都歸功於這位詩友，換句話說，所發生的一切意外，也都是這位詩友的罪過了。這位詩友大夫如何的「胡言亂語」，其中的精華都集中在第十三章，陳大哥和黃華娟為他餞行的晚宴上，原文精彩處頗多，為了避免有騙稿費之嫌，不便照引，讀者們如有興趣，不妨自行參閱。

黃華娟這個四川女孩，也是來自軍人家庭的，父母住在鳳山陸官的眷舍，弟弟就讀警官學校，臺北市永春街五樓的住所是姊弟休假的家。以她「少尉護理官」的官階，如果用一般的專業培養年資計算，年齡應該不在顏琪之下，只是以先來後到之故，稱顏琪一聲「顏琪姐姐」罷了。

在《失去的春天》中，黃華娟被定位為：熱心、熱情、漂亮又敬業。以文認友且對陳大哥主動出擊的角色。

——顏琪住院時……沒有說來由地為陳大哥端來一杯熱牛奶，提了一床三花牌毛巾被。

——顏琪出院時……我正要收回不知覺而伸出的手時，她卻大方地伸出細柔的玉手，讓我握住……她何嘗不是多看了我好幾眼。

——自從在擎天廳看過晚會後，她單獨來找過我好幾次。有時……她的表現、她的動作更是強烈；有時……隱隱約約提了一些讓我靦腆的問題。

——曾大夫要陳大哥在給她的贈書題詞中，加上「親愛的」三個字時；她看後，摀住嘴，開懷大笑。……看她興奮的臉龐和怡人的笑靨……。陳大哥不簽時，她藉故上洗手間，讓兩個男人乘機溝通一番。……簽下後，我舉杯飲盡，……她含笑地看看我，也同時飲下。

——圍籬下的一條小水溝，我不得不禮貌地伸出手來，攙扶她小心地跨過。而她卻緊緊地挽著我的手臂，頭斜靠在我的肩，我也把手環繞過她的頸後，放在她的肩上。

——我輕輕地移動了一下坐姿，把她斜靠在我肩上的頭，微微地挪開；而她竟猛而地環抱住我，滾燙的舌尖，已在我嘴裡不停地蠕動著，時而在舌上、時而在舌根，也燃起我青春熾熱的火焰。

——我又一次地輕推著她，她依然緊緊地抱住我。轉而地俯在我的胸前，像要把頭鑽進我的胸腔裡，那麼地壓迫著我。……她抬起頭，雙手勾著我的脖子。她的舌尖又在我的唇上舔著、舔著，一遍遍、一遍遍，讓我如癡如醉、讓我想起牡丹花開的時節。

——我輕輕地托起她的臉，她的淚水已沾濕了，我欲為她擦拭淚痕的手掌。猛而地她又抱緊我，含淚的嘴唇在我臉上狂吻著，讓我嚐到鹹鹹的淚水，且也讓我的精神和理智崩潰。我張開雙手環抱她，吻遍了她頰上的每一個角落；從耳後到頸上、從眼角到嘴唇，吸著她的舌尖，也失去了我一向自視清高的人格，終究被一顆純潔、熱情的心所同化。我是憐憫？還是同情？是真愛？還是玩弄？不，不是的，什麼都不是！我們都沒有罪……。

從以上引述中，我們見識了黃華娟的進取，也只是為她的「狂者」性格做註釋；或許有些讀者會懷疑：陳大哥何其幸運，能有如此的豔遇；為何我們就沒有機會體驗一番？其實不難，你可以到陳大哥的書店去拜師取經；如果您有那份機緣，陳大哥又肯洩露些許天機，那您就終身受用不盡啦！至於，黃華娟的點到為止，守住「狷者」的有所不為，實際上，就是作者道德層面的自我覺醒；也就是這道德層面的最後一道防線，才使得黃華娟成為年輕護士們口中的「老姑婆」。

至於黃華娟後來使出的服侍「老太爺」的步數，是發生在陳大哥第一次專程赴「三總」探望顏琪的時候。本來那就是一趟悲傷之旅，對顏琪、顏父的許諾，也都是莊嚴的；當陳大哥在三總顏琪病床前，守了三天三夜之後，作者立意要打開陳大哥鬱悶的心結，教黃華娟使出那套服侍老太爺的招式，事實上是頗為唐突的；面對海誓山盟的伴侶，臥床不起，如此的安排，會不會轉得太硬？是否真有消憂解愁的效果？或許又是見仁見智的問題了。

就《失去的春天》的兩位女主角，我蠻同情顏琪的：同情她愛情路上的曲折、同情她的無能為力、同情她的情海遺恨；至於作者所刻畫進取的黃華娟，說實在話，我很難不表示異議。很率性的說，如此的安排，不過是陳大哥的大男人主義心理在作祟罷了；儘管作者於「寫在前面」和「尾聲」強調寫的都是事實，可是，我仍然寧願它只是一篇小說而已。

或許，它真的只是一篇小說而已。

3　陳大哥——自認越陳越香的大哥大

《失去的春天》裡面的陳大哥是金門人，家有二老，兄弟姐妹不詳，擔任武揚營區的福利站經理，同時兼辦防區福利業務；他還是個作家：不但寫小說、寫散文、寫評論；出過書、辦過雜誌。

其實，福利站經理本職是軍中聘僱人員編制，工作地點應當是在福利站內；就因為多了「兼辦防區福利業務」的頭銜，才有兩個辦公處所，組裡、站裡兩頭跑；在福利站裡，他是頭頂一片天，獨當一面；但在政五組的辦公室裡，除了文書、傳令外，組內的成員都是少校以上的軍官。所以作者才特別強調「雖然我不具軍人身份，但也是經過防區司令官任命，國防部有案的福利單位主管。在幕僚單位，除了主管官外，其他無論官階的大小，各司其職，替長官負責任。」也才有藝工隊裡的戲劇官——何中尉因爭風吃醋而再三挑釁，此事容後再論。

雖然防區的福利品供應站很多，但是武揚營區的福利站畢竟是「金門防區第一站」，除了「免稅福利品供應部」外，還有「文康中心」、「小食部」、「免費理髮、沐浴、洗衣部」……等；更因為陳大哥的兼職大於本職，搶了組裡那位「福利官」的業務——因為歷次調來的福利官，在業務尚未進入狀況時，又準備要輪調、要高升，甚至從「車動會」調來的李中校，連一份簽呈都擬不出來——使得他承辦的「每季一次的『福利委員會』，必須把防區所有的福利業務，如：免稅福利品供銷、特約茶室、電影院、文具供應站、免費理髮、沐浴、洗衣……等各項收支情形，做數字上的統計工作，而後撰寫檢討報告、業務報告。」再加上年節的「慰問金、加菜金」，或者臨時編組的「小據點服務和低價服務」、「廢金屬品處理」……等等，單看這份菜單，確實是讓人頭大，也難怪在第五章的時候，陳大哥要大病一場，讓長官特准顏琪一天的陪病假；那麼，陳大哥是怎樣獲得長官「你辦事，我放心」的充分授權？根據陳大哥的自白，他憑的是對業務的嫻熟和投入，以及不容懷疑的品德和操守。也必須經過一段時間的考驗。

由於陳大哥是經過多年的磨鍊，才能安居其位；在業務上自是得心應手，表現出十足的自信，那份自豪幾乎是寫在他的臉上；所以在《失去的春天》中，他曾再三地強調他的工作態度，以下是幾段引述：

——我自己也不敢認為有高人一等的能力和才華。但想在這個社會生存，想要服人，除了品德外，工作的表現、業務的熟悉，都是最直接的主因。逢迎拍馬、投機取巧，已無法在這個政戰體系裡生存。長官舉才，講的是苦幹實幹；心存僥倖，終是要被淘汰的，還要埋怨長官不公和偏心。

——有的只是對業務對工作的更投入。長官欣賞的是務實，而不是投機和浮華。長官看的是操守和品德，而不是偽君子。打小報告的、鑽門路的，依然逃不過他們雪亮的慧眼。因而在他們精明的領導下，我們投入的心血，對工作的熱衷，也從未出過任何差錯。相對的，也深受長官的愛護和肯定。

——我們憑藉著自己的能力，憑自己多年的工作經驗；非分的要求，不必接受，不必為五斗米折腰；除了爭氣，也要有骨氣。

——我會秉持著自己的良知，不管環境多麼惡劣，法與理己在我內心根深蒂固，不會動搖的。

——藝工隊演出時，我並沒有聚精會神地觀賞，反而利用這段時間，順便整理主任發放的加菜金、慰問金而回收的領據，深恐有所遺漏，將會影響日後的結報。

——真理終將戰勝邪惡。不管環境如何惡劣，我寧願選擇大人無法忍受的「方方正正」，也不願逢迎大人的「圓圓滑滑」。

——雖然我不具軍人身份，卻是替長官辦事、對長官負責。我的為人你清楚，追求的是「方方正正」而不是「圓圓滑滑」，你的官階雖大，我的權責也不小。如果再仗著高官親戚的「勢」，要我「走著瞧！」，我依然要說：「隨你便！」

——我並不是想惹他（首席副主任），而是秉持自我的良知來辦事，依規定、按法令，不會向強權強勢低頭屈膝；他如想整倒我，也是輕而易舉之事。如果我同流合污，知法犯法，將對不起祖宗，對不起養育我的父母，還有願意陪我回歸田園的顏琪，以及給我友情、也給我愛情的華娟。

他那份終身不改其志的方正之好、與對圓滑之惡，落實在對兩位首席的身上——「首席副主任」（陳大哥口中的「大老爺」）和後任的「首席參謀官」。尤其是在第十五章，某師福利官蘇上尉要以便條領取「免稅福利品點券」時，引發了和首席參謀官那場方便與刁難的戰火，還驚動了組長出來調停。其實，陳大哥並不是那麼的不通人情，至少有兩處的表現，還算是頗變通：

（一）、當負責煮飯的上士班長老石，等了兩個多小時之後，還沒輪到修面刮鬍，又必須趕回廚房下米煮飯而發火時，安排他到服務對象必須是少校以上的軍官部理髮。

（二）比照現役人員發給藝工隊隊員三種「免費票」，及親自帶她們進供應部買「免稅福利品」。

只是我們不知道他的變通，是真正基於「同在一個大單位中服務，彼此都是同事，能相互照顧，能為她們謀取應得的福利，也是好事一樁，我何樂而不為？」還是僅有的例外。

接著，就以前面提過的「戲劇官事件」，以陳大哥的方正作風，平心討論他處理「免費票」與「免稅福利品」的風波：

「戲劇官事件」的何中尉，在三波衝突中，頗有老鼠走進牛角的味道，主因是因愛生恨、走火入魔而不克自拔：

第一波衝突是發生在后扁的小據點服務時，何中尉當時是藝工隊的領隊，主持節目的顏琪趁著魔術師在表演的空檔，摸魚去和陳大哥嗑牙閒聊，何中尉眼看魔術快要變完了，叫顏琪速回臺上，本是職責所在，倒也無可厚非；至於是否「尖聲咆哮」，還有距離因素和主觀判斷的差異；再扯上拒絕「請看電影、吃宵夜」而耍起威風，實擴大心證之嫌；何況，顏琪還在女隊員與戰士共舞的時候，故意拉陳大哥下場，給何中尉一段現實的回報。

第二波衝突是發生在擎天廳的三月份慶生晚會後，陳大哥要用現金換回「假紅包」並取回收據時，兼辦行政的何中尉藉故「刁難」，且不交付收據；當何中尉被藝工隊隊長指責之後，陳大哥把人情賣給隊長，「先交付獎金，明天再補收據」；隨後組長又把何中尉刮了之後，電召陳大哥到文康中心安撫一番。其間，何中尉是明的挑釁，卻是賠了夫人又折兵；陳大哥則是面子裡子都有了。

第三波是何中尉在明槍落空後，改射暗箭——向有關單位反映「陳經理」擅自核發免費票予非軍人身份之藝工隊員，及讓藝工隊員逕行購買免稅福利品而外流。這時的何中尉似是不擇手段了，至少享受福利的是自己的屬下隊員；或者他是以「大義滅親」自許，但總有那種大水沖倒龍王廟的味道，最後的結局是，何中尉被調走了！

那麼，陳經理的處理是否「合法」？是否合乎他的「方正」原則呢？

我們先看看陳經理在小組會議上，答覆黨員同志顏琪建議的說法：

四大免費服務目前我們只辦了三項，免費理髮、洗衣，沐浴，這三項都在我經管的範圍內；從下月起，雇員可併同現役人員造冊，依規定核發免費理髮票三張、沐浴票六張、洗衣票四張。免稅福利品點券因必須按正式驗放人數核發，其權責是在國防部福利總處，編制外雇員依規定不能發給。不過我們也可以用變通的方式，依點券的價值（每點折合臺幣一元），再按貨品的配點數，加在售價裡，還是便宜很多。不過大家要記住，福利品是不能外流的，這只是給予各位同志最直接的福利。我會交代供應部的管理員，儘量給予妳們方便，最好事先通知我一聲。

再看看陳經理對反映資料的答覆：

（一）依據本部「四大免費服務」規則第二條第三款，其服務對象為本部各幕僚單位官兵及聘雇員工；藝工隊雖為臨時編組單位，所屬隊員均為本部合法之聘員，依規定享受免費服務，並無不合法之處。

（二）「國軍免稅福利品」點券之核發，係依據現役官兵之驗放人數。然，免稅福利之供應對象，除現役官兵外，尚包括眷屬及聘員，憑眷補證及職員證補足點券之差額，並依規定限量價配，造冊列管，並無外流之情事發生。

從以上的兩段敘述相互對照，如果以圓滑的角度來看，可算是予人方便，確是好事一樁；如果以陳大哥的方正角度而言，前半的「免費服務」既是地區自行辦理，且服務對象包含聘雇員工，則不僅該發給，還落了個遲來的正義之嫌；關於免稅福利品供應部分，就尚有可以吹毛求疵之處了：既然供應對象包括眷屬及聘員，自應如後段答覆所言：明白宣示「憑眷補證及職員證限量價配」，豈可勞動堂堂經理親自帶藝工隊的女隊員進場，還特別交代管理員給予方便？難道陳大哥不覺得個別帶進場、特予方便有點走後門的味道，不如來個公告周知、一體適用比較方正多了嗎？當然，如此就少了些權力的滋味了！

至於陳大哥在當選為軍中某黨部的區分部委員，並且實際指導了藝工隊的黨務小組後，對「黨務組織」深入軍中體系，也有一段一針見血的批判。我們且看看他怎麼說，也就夠了，不必再畫蛇添足了：

「黨」的組織，在軍中已儼然成為一個重要的體系。黨務介入行政公開運作，已是不爭的事實。它在團體裡，已衍生出一些行政系統無法理解的問題。除了本身繁瑣的業務，黨所交辦的：不是「速件」，就是「最速件」；不是「密」，就是「機密」；不是「面談」，就是「回報」。小組會、委員會，不容許你不聽、不從，無形中增添了不少精神上的負荷，和工作上的壓力。然而，這總是一件無可奈何的事，只因為你是黨員。

綜合以上的論述，我們可以發現到：任勞任怨的陳大哥，在上級長官的疼惜下，兼辦繁瑣的福利業務，自認勝任愉快且績效優異，自然地流露出他的高度自信與優越感；表現在業務上的作風，除了他口中有稜有角的方正之外，還有更權威又神通廣大的魄力；其後因請假未准，而遞出辭呈時，更以「組長眼見事態已大，親自帶著我的辭呈，直上主任辦公室」，帶回來主任：『准假乙週、辭職免議』的批示，來突顯出「捨我其誰」的「大哥大」情懷。

4 廖主任——《金門文藝》的催生者

在《失去的春天》的「寫在前面」裡，前金防部政戰部主任兼政委會秘書長廖祖述將軍，是作者懷念老長官的首位；《金門文藝》則是作者寫作生命裡，一段永難磨滅的歷程。小說裡，作者只在赴大膽島進行春節「離島慰問」的小艇上，主任就有關《金門文藝》申請登記證的事，當面告訴故事中陳大哥的一段話：

主任發現了我，或許他還記得前些日子，為了《金門文藝》申請登記證的事，到辦公室晉見他。

「《金門文藝》的事我已交代過，祇要你們具備完整的手續，不會有問題的。」

「謝謝主任。」我向他舉手敬禮。

「他們體會不到，你們想為家鄉辦份刊物的心情。雜誌還沒出刊，安全就先有問題，胡搞！」他慈祥的臉龐，浮起一絲不悅。

短短數行，一般讀者是很難體會出其中辛酸的；做為《金門文藝》發行人的陳長慶，這一路走過來，酸甜苦辣，真正是滿腹牢騷；就算是歲月流逝三十多年後的現在，偶而提起，仍然是不勝唏噓。

回憶起六十年代的當時，由於處於戒嚴時期的大環境下，政治氣候不像現在這般；完全是「黨國一體」的體制；只要有些不同的意見，就可能隨時會被戴上紅帽子，成為「異議分子」；膽敢批評時政、說政府不好的人，就是「黨外人士」；沒有加入國民黨的人，免不了被通知要解聘、走路；黨部進駐政府機構底樓，嚴密掌控著政策人事；甚至連保送升學，都會因為沒有入黨，而被取消資格；完全奉行那條「不是同志，就是敵人」的金科玉律。

諷刺的是，無數個後來成為「異議分子」的「黨外人士」，卻都是走過「國民黨」的；好像是，要先加入國民黨，才有資格成為黨外人士似的；要成為黨外人士的，也都必須先到國民黨這個先修班，去見習見習似的。

當時臺灣的政治活動，還是處於啟蒙時期，階段性的政治目標以教育民眾為主，所以政論雜誌成為主要的政治工具；相對陣營的策略變成一個永無休止的惡性循環：

你創刊一本雜誌，我就查封一本；

你印刷一期雜誌，我就沒收一期；

我查封一本雜誌，你就再創刊另一本；

我沒收一期雜誌，你就換家印刷廠再印一期；

所以，一本新創刊的雜誌，讀者根本無緣過目，就在印刷廠、裝訂廠裡夭折了，不算是新聞；一本以四個字為名的雜誌，只有兩個字是固定的，另外兩個字不斷地在更新，大家都知道，其實那是相同的一本雜誌；一般書籍難以例外，政論書籍更不在話下；一本書要撕掉幾頁或把若干字塗黑之後，才能和讀者見面，都未必是笑話。這種「官兵與強盜」遊戲的主角，在中央是行政院新聞局和警備總部，在地方是省市新聞處和縣市文教、安全單位：他們發出去的查禁公文，是一大本一大本厚厚的清冊；同時，只要和文字沾上點兒蛛絲馬跡的，都要列入輔導管制；他們的業務，美其名是文化輔導，其實也不過是政治查核罷了。

這就是六十年代的文化事業！

在六十年代的時候，想要開一家書店，靠賣點書報雜誌糊口，曾是遙不可及的夢！只因為，書店是文化事業！在這種時空下，想在金門創辦一本雜誌，還不是普通的不容易！《金門文藝》的創刊，應該是真正的美夢成真！

打開近年來的浯島文藝史，我們曾「自」豪地以為，自唐宋以降，自朱熹啟蒙以來，浯島的文化是源遠流長的；我們曾自慰地倡言，浯島的文化曾一度淪為文化沙漠，是大家使它走過文化綠洲，也綻放了不少的名花異草！

或許我們不必妄自菲薄！可是，我們也不必……浯島的文藝環境並不是很好的。我曾讀過一本四十年代，由中國青年救國團金門支隊部出版的文藝刊物；五十年代末期（民國五十八年）的《金中青年》創刊號裡，曾有兩篇如今看了會讓我自覺臉紅的賤作。六十年代起，金門縣政府的文宣刊物《今日金門》領導風騷；中國青年救國團金門支隊部又重新出發，陸續出刊了二十幾期的《金門青年》；各國中、甚至國小的校刊，更如「雨後春筍」般地，一年一年地出版著……。

當然，我們更不會忘記，從《正氣中華報》到《金門日報》的「正氣副刊」，再解嚴成如今的「浯江副刊」，是近年代金門文藝史全程的參與者；多少作者從此處出發、多少作家在此處養成、多少名筆於此處落墨；譽為金門文藝發展的搖籃，絕不為過！

但是，金門文壇的民間刊物在哪裡？是《浯潮》？是「臺北縣金門同鄉會」會刊？還是……？

我不知道。真的。我一點兒也不知道。

可以肯定的：沒有廖主任的協助，就不會有《金門文藝》的創刊；沒有陳長慶的傻勁，也不會有《金門文藝》的誕生；沒有許許多多文藝愛好者的支持，沒有大家無我無私的出錢出力，更不會有一期一期的《金門文藝》。

說起《金門文藝》的誕生，陳長慶仍然有著刻骨銘心的感觸：

由於六十年代的時空背景一如前述：文化事業仍是一個極度敏感的領域，申請刊物執照更是一項極高難度的挑戰；基於文字的印刷，延伸下去就是對思想的影響，在那種思想尚未開放的時代，主其事者不願多此一事的心態，也是可以想像的；即使是定位為純文藝的刊物，難免還是抱著多一事不如少一事來得妙的想法，所以，申請刊物執照登記的一波三折，在所難免。

首先，陳長慶面對的是發行人的資格問題：以一個初中一年級即輟學的失學青年，自然提不出「大專」的學歷證明，去申請擔任發行人；還好，他的那本集散文、小說、評論於一體的三合一文集——《寄給異鄉的女孩》，當時已經結集出版發行了，再加上另一本文藝雜誌——《小說創作》月刊的義助，提供了陳長慶所必須的編輯經歷證明，才解決了第一個困難的關卡。

其次，是申請登記的同時，要提供資本額新臺幣貳萬元的銀行存款證明；當時一般公務人員的月薪，也不過是一、二千元左右，兩萬元不是一個小數目；如果有能力獨自提出這筆款項，陳長慶也就不必中途輟學，去做軍中雇員了。話雖如此，身外之物的問題，總是比較容易克服的。

所謂的「有安全顧慮」這道關卡，才是真正的難題所在：本來嘛，人心隔肚皮，今天你申請要出版文藝性雜誌，誰敢保證你哪天哪根筋不對勁了，隨性變成了什麼性質的；如果准了你的申請，以後你要在白紙上印些什麼「黑」字，我怎麼會知道；萬一你掛羊頭賣狗肉，盡耍玩些文字排列組合的遊戲，捅出了些或大或小的漏子，到頭來還不是麻煩一樁；為了防範未然，用有「安全顧慮」這麼好的顧慮，先打了你回票，省得你利用機會搞怪，成為走上歧途的羔羊、也省得我日後麻煩，說不定還落個引誘犯罪的嫌疑，正是一舉兩得、兩全其美的預防重於治療；想起來還真是深謀遠慮地，著實是為了陳長慶著想。

偏偏陳長慶就是不知好歹，仗著會耍筆桿子，仗著有李蓮英似的便利，硬是請出了廖主任這張大牌，來個長官交代一番：一方面拿著為家鄉辦份刊物的沽名釣譽藉口，掛上了「金門」這塊金字招牌；另一方面還不知居安思危地缺乏警覺性，硬要扣上什麼雜誌還沒出刊，安全就先有問題的大帽子，膽大包天、狗仗人勢地罵執行公務的人「胡搞」；要知道，戒嚴狀態下，最有效的通行證就是：「上級長官交代」；也就只有人在屋簷下、不再顧你死活地原文照呈，把申請案轉給了新聞局了。

如此一轉，倒給陳長慶轉出了金門地區，在戒嚴狀態下的第一張民間雜誌的刊物登記證來了！

5　大老爺——「好官」我自為之的副主任

紅花總需綠葉來襯托。在《失去的春天》裡，被作者拿來襯托好的老長官、老朋友的是同樣會「瞇著三角眼」且「臭味相投」的兩位首席：一位是政戰部裡的首席副主任、一位是政五組裡的首席參謀官；也是在《失去的春天》裡，作者用了不少的筆墨，唯一使用細部描寫、刻畫出他們嘴臉的人物。衝著作者的這份優遇，如果不稍加推介，實有辜負作者一番苦心之憾；實際上，如果作者肯再多費些筆墨，何嘗不是一幅現代版的「官場現形記」！

說實在的，六十年代的我，離開校門之後，還是又走進了校門，對當時長官們的大名，所知實在有限；何況在當時，高級長官的尊姓大名是列為最高軍事機密，所以確實不知道作者所描述的這兩位「反角」人物是誰？我只能根據《失去的春天》的內文敘述，整理出以下的頭緒，或許有些讀者看了，就能一目瞭然：

當時的政戰部主任是對陳大哥恩同再造的廖祖述將軍，副主任有兩位：作者只寫出督導二、五組的是留德的王副主任，簽在公文上的是「德鈞」兩個字；至於那位督導一、三、四組的首席副主任，作者只是稱呼其為「大老爺」，而避其名諱，也許在作者的觀念裡，尚深植著為長者隱其私的傳統美德。尤其是在他們三人中，只要是主任或王副主任差假時，陳大哥所簽呈的公文，就一一地落入了大老爺的掌心了，所以陳大哥只有腳倉後罵皇帝地自慰一番，總免不了有點兒餘威猶存的味道。這和陳大哥與組裡那位「有家有眷的『大官』，瞇著三角眼跑特約茶室，想白吃、白喝，黏住人家『蓬萊米』不放」的首席參謀官，所進行的針鋒相對、脣槍舌劍的高分貝爭論，實在是大異其趣。

首先讓我們看看作者筆下的「大老爺」是怎樣的形象：

——尤其是我們那位新來的首席副座。他從不以正眼來看你，而是用眼角來瞄你。我們看到的不是慈祥可親的臉龐，而是額下一對看來既「色」又「奸」的小眼。

——他蹺著二郎腿，嘴上刁著煙，冷嘲熱諷、不正眼看人是他的標誌。

——經過大老爺的門前，裡面有了爭論的聲音，不知道那一位幸運的參謀，在聽「訓」？我情不自禁地冷笑一聲，輕「呸」了一下，嘴裡喃喃地說了一句「什麼東西！」——四個不太文雅的字。

——大老爺，你貴為首席，只摸清了庵前茶室的門路，前門讓你汗顏，後門有人迎接。

——我們敬愛的長官，那副可愛的嘴臉，得到的是部屬的噓聲，何能贏得我們的尊敬。庵前茶室如有新進貌美的侍應生，總要先恭迎他大駕的光臨，又有誰不知？喝起酒來，官夫人也好，未嫁的姑娘也好，大伸其下三流的魔掌，又有誰不曉？

然而，這些低級的傳聞和瑣事，我卻難以啟口。

——但你也要記住，如果不自制，想在庵前茶室繼續泡，總有梅毒上身的一天；如果不用正眼看人，久了眼睛自然傾斜不正。不要忘了官外有官，人外有人。

從以上生動的描繪，對於大老爺的不以正眼看人而自然傾斜不正，或許是天生異相，我們不能拿來當做話題；對於他的蹺著二郎腳，或許是在媳婦熬成婆的過程中，導致他的腳壓產生異樣，我們應該多加同情才對；對於他的官大愛抓人去聽訓，或許是他的祖上有德或者是上一輩子積了德，我們要尊重因果輪迴，至於下輩子如何，反正也沒有人知道；對於他的酒後失態，不管官夫人也好，未嫁的姑娘也好，都大伸其下三流的祿山之爪，或許是酒迷人性、或許是酒後見本性，反正都是酒精惹的禍；至於庵前茶室的諸多情事，其實是《失去的春天》的一條重要的支線，雖然本質上是色字頭上一把刀的既色又奸，頗令作者看不順眼的，根本上還不是告子的「食、色，性也」的另一個現實的詮釋。

軍中的「特約茶室」一直是地區難以擺平的問題，就像現在的發電廠、垃圾場一般，都有「最好設在別人家門口」的直觀偏見。尤其是「金城總室」，居然與地區最大的學校，及代表著地區文明精神的「朱子祠」，密切地僅有一牆之隔。但為了解決無數「金獨分子」——隻身在金的獨身族群——的家事問題，在漫長的戒嚴時期，儘管經過長時間的吵吵嚷嚷，卻仍然一直是燙手的懸案；甚至於解嚴之後，把這個「燙手山芋」端上了立法院的國之殿堂，成為萬民矚目的新聞焦點，才落個支解的終結命運。

大老爺與庵前茶室淵源之密切，可以從他不擇手段、費盡心思地想安排自己的舊日部屬，去擔任「管理主任」一事得到佐證：所謂的從前門進入庵前茶室，怕被人認出來，而要人在後門等著迎接的汗顏說；所謂的庵前茶室一有新進貌美的侍應生，總要先恭候他大老爺去品鑑一番的恭迎大駕說，作者都有神氣活現的生花妙筆；一方面是表現出大老爺的人性猶存、一方面也十足地說明了大老爺的獸性高漲；從另一個角度來看，特約茶室既是為了解決「金獨分子」身體機能的需求，豈有只顧士兵而忽略長官的道理？而且專屬高級軍官的庵前茶室的設置，毋寧是最人性化的設計！大老爺終日為國辛勞，急需鬆弛一下繃緊的神經，況且，休息是為了走更遠的路，即使是在庵前茶室繼續泡，總有梅毒上身的一天，也是名符其實的鞠躬盡瘁啊！

至於大老爺與陳大哥的連番過招，倒是高潮迭起，到底是誰佔了上風呢？

第一幕是「招募費」風波：

大老爺體恤兩位新進的侍應生，呼應庵前茶室的會計結報，在履約不滿三個月時，就提前支付每人一千三百元的招募費；陳大哥依「服務滿三個月，才可以給付招募費」的規定，剔除了這筆二千六百元的支出；無巧不成書地，審核結報時，大老爺正好代理主任，特地找來陳大哥，當面開導一番，再飭命退回重簽，擺明要護航那筆「招募費」，讓它過關。陳大哥當然是依命重簽了，但是在主計處的支持與政三組的面授機宜下，使了一招緩兵計，把公文壓到主任回來後才再度呈上去，閃過了大老爺這道關卡，維護了陳大哥終生奉行的公理和正義；當然啦，在眾侍應生的面前，也塌了大老爺的臺子，突顯了他的無能為力。

第二幕是庵前茶室管理主任的任命風波：

首先是大老爺把少校退役、幹過營輔導長的老部下——孫志坤——交代陳大哥安排到庵前茶室任職，同時還特別提示陳大哥「帶著尚義醫院黃姓護理官喝酒去了，還有二號接待車，送她回去」的往事，究竟是以此來要脅，或是交換條件，其用心猶如司馬昭。食古不化的陳大哥只準備安插他當售票員，在大老爺一陣搶白斥責、帶著回去看著辦的威脅，還是敷衍似地把案子轉交給金城茶室。等不到下文的大老爺，面對處處以法令規章相對抗的陳大哥，眼看是此路不通了，就叫「福利中心」直接簽報孫志坤擔任庵前茶室的管理主任；陳大哥在上下交迫下，幾乎是措手無策的關頭，意外得到政四會簽的回覆是：「該員有賭博及毆打士兵之不良記錄」，於是，喜出望外地否決了這件泰山壓頂的人事案。

緊接著，大勢逆轉，陳大哥終於嚐盡了苦頭：當心愛的顏琪重病纏身，後送至三軍總醫院就醫，心急如焚的陳大哥，恨不得插翅飛到愛人身邊時，請假的簽呈又落入了大老爺手中，冤冤相報似地壓了幾天，再批了個一、無正當之理由。二、應以公務為重的「不准」；氣得跳腳的陳大哥，硬是遞了個辭職的簽呈，好在組長跳過大老爺那一關，直接得到主任「准假乙週、辭職免議」的批示，解決了請假的問題；在面臨六十年代最棘手的交通工具問題時，陳大哥原以為在手續俱全、萬事具備下，可順利請運輸組安排機位了，天曉得，大老爺又在簽呈上寫下：「陳員非軍職又非因公務、坐船可也」的神來一筆；幸好有主任辦公室的李秘書，安排改搭「政委會」的班機，才總算一波三折地飛向臺北。

後來，大老爺高升了軍團政戰部主任，到組裡來辭行時，還不忘說了一些「方、正固然好，但有時也必須圓一點，方圓、方圓嘛」的道理；但是，讀聖賢書的陳大哥仍然是一本不管環境如何惡劣，我寧願選擇大人無法忍受的「方方正正」，也不願逢迎大人的「圓圓滑滑」的初衷，為這場你來我往的戰火，寫下了沒有勝利者的結局。

6　迎接另一個春天

由於本文不是以批評為主體的書評，而是側重於討論書中人物的分析解剖；所以和以前那幾篇評論文章在口味上有所差異；這種方向上的轉變，不但少了一點兒義正辭嚴的說教味，還可能多了些生動活潑的氣息，可以捕捉到更多的潛在影像。這種改變，我個人的感覺是，更能深入陳長慶的內心世界，伴隨著他的思維脈絡，去挖掘他所想要傳達的訊息。不知讀者以為如何？

在《失去的春天》這篇小說裡，除了刻劃一段刻骨銘心的愛情、一個在「魚與熊掌」難以取捨而自溺的青年人，更為昔日的金門留下了片片剪影。我想，這也是作者另一個明顯的企圖，要提供給讀者一個記憶中的家鄉：他帶著大家走遍了金門的各處，傳達給金門人——不論是生於斯長於斯的本土人、偶然投影斯土的過客，或者曾在這塊土地上關懷過、灌溉過、視它為第二故鄉的友人們——一個清晰的影像，陪著大家共同緬懷過去、也和大家一齊走向未來；讓大家看到那段不堪回首的往昔、更讓大家感覺到突飛猛進的今日；不但緬懷過去陰暗的黑、更憧憬未來無限希望的藍！

在《失去的春天》裡，失去的是一個離我們愈來愈遠的春天，當我們發揮盛夏的熱與力、走過天涼好個秋、去面對嚴寒的磨鍊與考驗，迎接我們的，必定是另一個風光明媚的春天！

原載於一九九七年六月廿七至七月四日《金門日報‧浯江副刊》

《失去的春天》讀後

陳映真

《失去的春天》在語言上頗為突出。一般小說敘述的語言，多為質樸、準確的語言，但求其實。但《失去的春天》幾乎用的是一種美文寫成，有詩、散文的濃厚質素，在營造效果上有獨特的效果，也表現出作者在語文上獨自的風格。

《失去的春天》在表現金門鄉土特質上，是本島臺灣的文學中所僅見。金門的風土、民情、農村、鄉居和勞動，生活描寫比較厚實，例如：寫到「撖蕃藷股」一段，因來自具體生活，形象就豐滿感人。

《失去的春天》和一切自傳體小說一樣，有其長短。長者，親身經歷、題材熟悉，寫來流暢豐順；短者，為自傳編年、事跡之所限，人物、情節為平生真實性所限，難有創造性的發展與變化。《失去的春天》看來真實的自傳性很高，很多人、事、地，幾乎與真人真事相差無幾，甚至符節縝合。這在閱讀上，也可能限制了讀者去閱讀時的想像及再創造。當然，本文也絕不是平生的照本宣科，其中有變異發展、虛構，殆無疑義，但自傳成分多於虛構，則應為特色。

有謂長篇小說講究人物與結構。其實，小說不論長短，人物與結構皆是關鍵。只不過長篇篇幅長，所以人物、結構的營造鬆弛不得，一旦經營不慎，容易露出破綻而已。

《失去的春天》在結構上，一般地暢快通融，沒有太大的冗滯。這是自傳小說之所長，本篇也不例外。

人物描寫，重在寫出「立體」的人物，即有血有肉，在故事發展過程中有成長（或退步），有變化，不能出場和退場時一個樣。人物要有生命，在小說中的人生裡，在心靈、心理、性格上產生變化或成長。人物比較忌憚「平面」型，即概念型、血肉不飽實，沒有生命變化的人物。

《失去的春天》寫兩個女性，顏琪的熱情、剛直又世故、熱情又純潔。她的個性也經歷了改變，從佔有慾強、善妒，到重病而變成「寬大」、「理解」。但這變化的過程簡短，缺少一個令人信服的過程。重病當然是個原因，但因著墨太淡，這個重大生命苦難的考驗與轉折沒有寫出，即匆匆死去。

黃華娟內斂、有（文學）教養、沉著、熱情，知道自己的抉擇、「擇愛固執」。她也有所轉變，即到最後知愛情之不可強求，而讓「陳大哥」離去。但這一轉折也缺少一個過程。前一秒鐘猶背著重病的顏琪熱烈戀愛，後一秒鐘就清醒地承認「陳大哥」是無緣之人，說服力比較弱了。

再說陳大哥，他耿介、清廉、幹練、負責、正直，有才華而多情。但從人物出場到退場，經過熱烈的戀愛，公務生活中的矛盾鬥爭，經過刻骨銘心、所愛之人的病亡，但總的來說，他沒有太大的改變。當然，最後捧著顏琪骨灰回金門，決心與骨灰廝守，斷卻了與黃華娟的感情，此不可不謂大了悟、大變化，但惜乎作者沒有為這一大變化安排一個合理、深刻的歷程。讀者但覺前一天仍情難自禁而背著顏琪與華娟斯纏，今天忽然了悟。

愛情是文學中恆古常新的題材。其所以歷古常新，無非詠歎情愛之真。《失去的春天》，也是旨在傳頌三個青年男女真摯難抑的感情。但寫到黃華娟執意介入，陳大哥情難自禁；顏琪病重，其他兩人背地歡愛，都令讀者對人物在情感上的「真」感到懷疑。心猿而意馬，意亂而情迷，本是人之常情，小說自然不是只寫三貞九烈，但須寫人性在脆弱、軟弱中靈與肉——心之所守與肉之難禁之間深刻的矛盾、煎熬與苦痛，甚至寫因人的軟弱而來的苦難與折磨、甚至毀滅，及其所帶來的生命的大轉折。

《失去的春天》有這些特色：豐富的感情、馳騁的想像、熱烈的情愛、對大自然和鄉土的歌頌、敏銳的感傷與憂悒……凡此，皆「浪漫文學」之特色，是一種年輕的、充滿青春氣息的文學的特點，足見作者心靈充滿著年輕的氣息與生命，則其創作上的發展，大可期待。作者尚未寫出的童年、戰時體制、現實生活的奮鬥、金門與大陸的歷史縴絆，都是作者走向深刻的寫實主義的生命素材，加上作者寫作、思維之勤，其前路當可切切期待也。

一九九九年四月十七日於臺北

*本文作者陳映真先生，生於臺灣竹南，為華文界著名作家，曾創辦《人間雜誌》並擔任發行人。著有：《將軍族》、《第一件差事》、《夜行貨車》、《華盛頓大樓》、《山路》、《知識人的偏執》、《孤兒的歷史歷史的孤兒》、《陳映真散文集——父親》、《陳映真作品集》（十五冊）、《陳映真小說集》（五冊）等書。

此情可待成追憶

——尋找陳長慶《失去的春天》

陳延宗

浯島金門，北半球上海棠東南隅一樂園，拜地理因素影響，自古就有不菲的故事相串連，有戰火、有戀情，還有……。就在眾多的故事銜接串演後，《失去的春天》出版了，年長的「老黃忠」陳長慶先生，以關懷的筆觸描繪出這塊他所生長的大地上，曾經萌芽茁壯的愛情故事，而故事的背後，則為你我所熟悉的記憶，深藏內心的烙痕。

在千禧年的深秋，我們一群熱愛家園的金門鄉親，在讀書會中圍繞著老黃忠，陪同書中男主角陳大哥重溫深情舊夢，一起回味著春天的花香，心中的悸動，陣陣的迴響，就像書中的某一個深秋，一場額外的纏綿激起無數的漣漪，許久不能恢復平靜。

在這新世紀的今天，我重拾《失去的春天》一書，同時參考去年讀書會所做的筆記，再度拜訪陳大哥內心深邃的世界，我發現到：「不僅是陳長慶像書中的男主角，參與讀書會的成員都像男主角，而我們實際上就是春天裡的主角」。在去年秋天之後，我們等到了今年的春天，而陳大哥的春天曾經遺失到哪裡去？是否又找回來了呢？

堪稱金門文壇長青樹的陳長慶先生，在封筆蟄伏廿四載春秋之後，再度提筆寫作，將他豐沛的文思，真實的情感傾瀉而出，分享讀者。這位現實中的陳大哥，秉持著對文學的熱衷和良知，不再考慮現實環境帶給他的困擾，強調《失去的春天》不只是一篇小說，也不是交代一個故事，而是尋回一份失去的記憶。因為看過和讀過的人，都直接反應這是一個真人真事的愛情故事，所以在讀書會中，面對陳長慶的解說與分享，我們幾乎確認那是一場真情男兒於奇妙邂逅之後的無悔告白，唯獨書中的兩位女主角：顏琪與黃華娟無幸參與，然而卻同時走過每個人的心中，留下了永恆的回憶。

《失去的春天》不只是一篇小說和故事而已，這一份失去的記憶藏有你我的喜悅與悲傷，這一份迴盪的真情牽引多少熱情與血淚。在春天裡，我們都是生活中的主角，當春天失去時，生活卻造次的變成自我生命中的主角，甜蜜的情意反而成為感傷的負擔。從某個角度來看，他正表達了在六十年代前後，金門地區實施戰地政務後，對社會造成鉅靡影響，百姓們承受生命中不可負荷之重。

金門這個純情的在室男，曾受無盡的關懷和冷漠，也屢受無數的靦腆和垂青。歷代朝後的關愛，無數海盜的掠奪，明鄭的短暫擁抱，日本鬼子的侵害，都深烙著連綿的軌跡。然而在愛意之後，有歡喜也有感傷，長久的歷練與考驗，造就了這個純情憨厚的在室男。對於這次的戀情感受卻特別的深刻，特別的久遠，故事起於冬季的邂逅，沐浴在春風春雨中，也迷失在冬季裡，失落了等候春天來臨的機會。

這次在室男化身為純情的陳大哥，一個典型的農村青年，講實際、重感情、不浮華。傳統樸實的生活正面對鉅大的改變，改變的是烽火之後的複雜環境，醞釀的是人性背後的愛恨情愁。基本上這是一場與大環境邂逅的寫照，也是一場與雙面夏娃熱戀的戲曲，整齣戲曲的背景如同藝工隊一般的複雜，其中有溫馨、歡笑與快樂，也有你我一輩子都不願見到的場面，卻不得不面對的事實。

在那劇變的年代，國軍退守復興基地，金馬劃歸前線地區，接著實驗戰地政務措施，百姓生活環境著實變幻莫測。故事的開端，是由引發戀情的關鍵人物石班長開啟序幕，事因起於讓他暱稱乾女兒的顏琪為他取名毛澤東後，進而造就了這一段戀曲，年輕的生命裡，真正嚐到愛的泉源，致使陳大哥特別的說：我很感謝老石，當初沒有他毛澤東，我何以能得到藍蘋。

陳大哥戀愛了，這段戀情始終在尋找完美的詮釋，希望能綻放出交會時互放的光亮。愛情的心扉開啟在大膽島上，卻也散失在大膽島上。這段戀情，他同時傷害了兩個少女，兩顆純潔的心，傷得最深的卻是自己，掉進了無底的深淵裡，造成滿身的傷痕和悲情。實際上，他真正的戀人只有一位，就內心深處來講，他巴不得多看她三眼四眼、五眼是顏琪，卻也另外化身為黃華娟，一位讓陳大哥情深似海，卻舊愁散不盡，新怨上心頭的雙面夏娃，就現實處境而言，他時而領受關愛和肯定，時而面對不義和為難，一位讓陳大哥成長茁壯，卻也流去青春惆悵，流去壯懷憤慨的鐵面人。多情的陳大哥，終究感慨著這是個什麼時代，這是個什麼社會，為什麼給了我們藍，又給了我們黑？

顏琪是藍的代表，純真的愛情是甜蜜的，她讓陳大哥年輕的生命裡，真正嚐到愛的泉源，並確定置身在幸福的圈圈裡，而不是在它的炕沿兒。她是朵出污泥而不染的蓮花，內向嫻靜，端莊婉約，陳大哥說往東，她不敢往西，這是出於信任、尊重、貞節的愛情使然。當真愛昇華後，衍生成你泥中有我、我泥中有你的多情境界，兩人期許相互扶持、相互照顧，因而願意回鄉下過著田野生活，相伴走向幸福人生。這位願意將陳大哥視為終身寄託和唯一選擇的多情湘女，著實是陳大哥心靈中不可缺少的一部份。

然而曾幾何時，這份美麗的愛情終究遇到試探，甜蜜的負擔變得脆弱、可悲；當顏琪投入全部的感情，期待有人能完全接受時，病魔卻無情地向她招手，侵蝕她的身、她的心，侵蝕她在陳大哥無人可取代的地位。這對曾一起分享快樂、相互理解痛苦，誓言在愛的道路上攜手而行、絕不退縮的牽手，堅貞的愛情乃面臨著嚴酷的考驗。

華娟是黑的代表，挾帶著友情的愛情是苦澀的，它的背後充滿強佔，排擠專情。顏琪兩度住院，都是在不得已的情況下，都是兩人極度脆弱的時候，在命運的捉弄下，華娟有意似無意的介入他們的世界。她有南丁格爾的熱情，也有冰雪女王的陰冷；因此即使得知陳大哥和顏琪的金石盟約，她猶毅然的投入戀情，準備在愛的世界裡接受一次挑戰，任憑滿身傷痕，心身疲憊，在所不惜。這種睥睨堅貞愛情的心態著實恐怖，它沒有玉石俱焚的壯烈音符，卻有飛蛾撲火的死亡舞曲。

陳大哥認識華娟看似幸運，實卻不幸？他從顏琪身上感受的是甜蜜與溫馨，從華娟那裡得到的是苦惱和不安。她帶來的不是豐沛的情感，而是無形的壓力，因此即使他始終不敢忘掉激情過後的茫然，口口聲聲的向華娟表明：「在愛情，我偏向她那邊，在友情，我偏向妳這邊。」華娟依然趁人之危，企圖喧賓奪主，在陳大哥心靈深處侵佔了原本屬於顏琪而別人無法取代的位置。明知沒有完美的結局，她再次建構生命中的挑戰，深烙一項無法取代的回憶。

陳大哥雖然時時自我警惕，面對華娟時卻充滿淒迷，不知該往東或向西走？最後為了滿足她的需求，而背棄了願意廝守終身的顏琪，逐漸走上路的盡頭，沒有迴旋的餘地。他展現出現實社會中出軌的愛情，暴露了自我人格的缺陷。在初遇顏琪時，他謹慎珍惜這份千金難買的純真情誼，並自許對幸福的追求，須如勇士般的全力以赴。然而這堅實的愛情卻不敵複雜的環境，就在他本能趁早把她帶開時，他自己的心已開始腐化。在他面對華娟之後，竊喜能碰到兩個心儀的女孩，並寄語秋風，表達似海深情。純樸憨厚的金門青年，多情的外表有顆虛偽、軟弱而對未來感到不確定的心。在數度掙扎之後，猶未知如何珍惜現在，把握真情，對未來又充滿疑慮，感到一片不可知的茫然。雖然瞭解命運掌握在自己手中，卻任由命運來擺佈和捉弄。藍與黑都在他身上記載著一段感傷和烙痕，一段永恆的回憶，這一段難忘的記憶沒人真正懂，也無人真正瞭解。

陳大哥投入現有工作環境是一種偶然，來自不同方向的人，卻在此時此地交會相逢，期待彼此互放的光亮。然而他的光芒在幾經尋尋覓覓後，才發現是遙遠而不可及的。因為他所處的是「長官的命令總是要服從的」環境，白天如此，黑夜亦是如此；對的要如此，不對的更要如此。而在情海生波之時，面對的黑夜常多於白天，甚至出現了兩極極地的長夜。感嘆是一首哀怨的夜眠曲：「美好時光的到來，總是較緩慢，我們能祈求什麼？盼望什麼？」他是在祈求藍的到來，還是在盼望黑的離去？

廖主任、雷公等人是藍的代表，他們明辨是非，照顧部屬的用心是令人敬佩而銘記在心的。當然對於苦幹實幹的陳大哥多的是肯定與疼惜，並給了許多特殊的信任和照顧。然而陳大哥能在那複雜的環境享有如此優厚的禮遇並非偶然，而是一種必然。他憑的是志氣、爭氣，還有骨氣。除了長官的命令要聽從，凡事遵守規定和法令外，也要堅持自己的原則。理智而關心部屬的長官是深具智慧的，唯有他們才能讓部屬建立深厚的情誼，辦公室也能生氣盎然、活潑有力，又有幾許文雅氣息。溫馨祥和的天候裡，春陽在空曠的上空綻放著，喜悅在眾人的臉龐蔓延著。愛意情愫在人們心田滋長著。幸福洋溢的日子是充滿希望和期盼，安樂中總不能缺乏憂患意識。就像顏琪對陳大哥所說的：「以誠待人，不可害人，須防小人」，而在他們的周圍，總是不乏小人的存在，平淡的心總是承受不平淡的看待。

三角眼的大老爺們是黑的代表，他們是人性缺陷的化身，滿嘴的利害關係，求的無非是自身的利益。他們有的是外行領導內行，卻規定一大堆，倒行逆施得讓人感到痛心。有的是營私利以偏己慾，藉著圓滑之口，呈現著連番的刁難和挫折。就像魔法師變把戲一樣，把藍的變黑了，把真的變假了，也把辦公室由熱鬧轉為沉寂。當工作環境蔓延的只剩下挫折、厭倦和恐懼後，這世界似乎什麼都是不真實的，顏琪僅能提醒陳大哥：「凡事能忍則忍不要跟人家吵架、嘔氣，要知道人世間的公理已逐漸地式微，強權強勢已壓在我們的頭頂上，人心更是險惡，自己要提高警覺，處處小心。」面對環境的劇變，無形中增添工作上的壓力與精神上的負荷。雖是一件無可奈何的事，天生骨氣使然，陳大哥不為五斗米折腰，離開了沒有明天的地方，回歸田園。

回歸田園，本是陳大哥和顏琪共同的理想和希望，現在卻是一個無法實現的諾言，田野依舊空曠，微風猶感自然，破碎的美夢背後，留給陳大哥的是一臉的無助與茫然。廖主任帶領他走過無數的黎明歲月，感恩的心如同對顏琪的情陪他到老，大老爺帶給他多重的夜晚夢魘，感傷的心如同對華娟的情伴他到老。藍與黑在他身上註記著遷就與期盼，一段難忘的回憶，這段記憶只有矛盾與無奈，還有顏琪和華娟。

藍與黑編織而成的波斯魔毯，讓陳大哥終日幽遊迴盪在不可知的魔幻未來，但他特別恐懼的卻是那不一樣的「白」，一個不屬於藍與黑之外的第三種顏色。當顏琪住進醫院檢查時，他重新凝望著那扇白色的門，白色讓人恐懼，不是純潔的象徵。而穿著白色制服的華娟，卻像深秋裡一股莫名的寒意襲上心頭。金門與臺澎本是同根生，同樣有白色的恐懼，他的白卻出奇的長，出奇的久，這一段長遠的距離，和深沉的溝渠使得在廿四年之後，《失去的春天》才得浮出檯面，取代那本已浮出檯面的脆弱戀情，及那始終期望浮出檯面的憂思曲調。

人是一種軟弱的動物，在這個佈滿荊棘的人生舞臺，你需要堅強時，堅強卻像頑皮的精靈消失無蹤。陳大哥在歸隱田園後，謹守生命的一絲記憶，對顏琪的悲傷和對自己的感嘆。到老未曾走離家鄉一步，猶與華娟保持密切連繫，擺脫不了命運的束縛，終身陷入情慾囹圄裡。現實裡他是過著與世無爭的平淡歲月，實際上，他卻始終把自身埋藏在過去的種種，無法掙脫歲月的折騰。顏琪在他身上刻劃著深情、真愛，現在尋它千百度也尋不著；華娟也在他的身上烙印著不安、苦惱，一生揮之千萬回也去不盡，他們都同時失去了春天。陳大哥曾說：這世界沒有僥倖，我們必須面對一切挑戰，把眼光放遠，追尋我們心中永恆的幸福，開創我們金色燦爛的人生。喜悅與悲傷，也只是人隨著環境的變化而形成，他是否能走出生命的陰霾？

在那遠古的老黃忠年代，諸葛亮智取漢中後，曹軍兵退斜谷界口，進不能勝，退恐人笑，魏王心中猶豫不決，有感於懷口稱「雞肋！雞肋！」雞肋者，食之無肉，棄之有味。《失去的春天》一書中他身為陳大哥的「金門」，曾幾何時，也是多少人心中的盤中肉，遭受無盡的啃食，然而最殘酷的，莫過於自我的放逐，放逐在黑夜裡。

現實中的作者陳長慶大哥，卻悲憫的與大家共勉說：黑夜並不可怕，可怕的是我們在黑夜裡失去了自我。每當黑夜來臨時，我們應把握時機善加休息，以為明天的奮鬥做準備。要知黑夜來了，白天還會遠嗎。並要有「當我們面臨黑夜時，同時間地球上將有另一個角落正在迎接晨曦」的體認，認清這是地球自然界的常態後，我們當為另一個角落正迎接晨曦的人祝福，也為我們同塊土地的人祝福。

實際上，就文學的角度來說，因為某些因素，導致長慶兄封筆蟄伏廿四載，讓金門文壇暫時失色不少。這段日子，長慶兄失落了創作的春天，金門鄉親也失落了欣賞好作品的機會。金門在接受歷練之外，少了陳大哥的文學新作，宛若是一段缺乏春天的歲月；如今長慶兄再度提筆寫作，並以《失去的春天》刻劃過去一段堅韌的歲月，隱約在證明他已告別生命中的寒冬。

當冬天的腳步遠去時，牆角柔弱的小草爭發新芽，樹梢的枝椏也爭露翠綠時；來自北方的燕子又飛回浯江百家門，築巢覓食，等待春天的到來；而生於斯、長於斯的陳大哥，是否欠缺了一份主動尋找春天的決心呢？我想大約在冬季，只因為：

沒有妳的日子裡，我會更加珍惜自己；沒有我的歲月裡，妳要保重自己。
妳問我何時回故里，我也輕聲地問自己；不是在此時，不知在何時，我想大約會是在冬季。

原載二〇〇一年五月二十六日《金門日報・浯江副刊》

（以上各篇論述係依據臺北大展出版社版本）

踽踽人生路——《失去的春天》自序

陳長慶

人生的機遇有時是難以想像和預料的，在高學歷掛帥的今天，想不到我這位靠著自學、獨自摸索，在文學園地裡踽踽獨行的老年人，書寫出來的作品，竟能獲得青睞，列入《金門文學叢刊》出版發行；它或許是我此生最大的殊榮吧！

不可否認地，在浯鄉這塊文學園地裡，我並不是一個勤奮的園丁，甚至還是一個被通緝過的逃兵。爾時的懵懂和惰性，中斷我二十餘年的燦爛時光、青春歲月，讓我在文學的扉頁裡，留下一段空白。雖然歲月曾帶給我豐富的人生閱歷和創作靈感，但無情的光陰卻一去不復返，銳利的筆尖已生鏽，桌上的墨水已乾涸，潔白的稿紙已發黃，徒留滿頭華髮在人間。然而，面對這座孤立在福建南端、九龍江口外的小島嶼，面對這片曾經被砲火摧殘和蹂躪過的土地，面對著先民遺留下來的田園和宅院，莫不懷抱著一顆感恩的心，以及一份誠摯的敬意，只因為它是孕育我成長的母親。

而今，金色的年華已走遠，二十餘年後整裝再出發，已是物換星移、日薄西山的老年時。兩岸軍事對峙已逐漸地和緩，無情的砲火已不再蹂躪這座島嶼，實施近四十年的戰地政務，在島民的期盼下終於宣告中止，長久被壓抑的言論自由也同時獲得解放。因此，我試著以文學之筆來記錄那個悲傷的年代，想為讀者留下的，不僅僅是一個故事或一篇小說，而是為生長在這座島嶼與走過烽火歲月的島民作見證。於是我以青春和愛情作為本書的主題，讓歲月隨著時光流失，讓情感因環境而生變，讓沙小的生命回歸到原點；更讓我們緬懷六十年代艱辛苦楚的農耕歲月，以及軍管時期、戰地政務體制下的悲傷和恐懼。

人的思想往往會隨著歲月而老化，環境也會因社會動盪而變遷。當《失去的春天》在《金門日報‧浯江副刊》連載後，我深深感覺到文中尚有言不盡意之處，然我並沒有刻意老去修飾和美化，只想保留當初創作時的那份純真，因而，它距離完美尚遠。雖然文學美其名是用藝術的方法來描寫人生的作品，亦是真實人生的反映，但讀者往往會憑藉著個人主觀的意識作不同的解讀和詮釋。冀望讀者們對一位自小失學的老年人毋須過於苛求，請以讀小說、看故事的心情，讀完每一個章節；讓陳大哥、顏琪和黃華娟的身影在你們心中長存，讓浯鄉純樸的民風、怡人的景致在你們腦海裡蕩漾。也同時獻上我誠摯的祝福：願你們生命中的春天永遠光輝燦爛！

面對悠悠蕩蕩的人生歲月，內心焉能重萌輟筆的意圖。儘管頂上無烏紗，胸前無勛章，復無傲人的學歷、得獎的次最可炫耀，然而，文學卻猶如是我心中的春陽，當我踏上這條不歸路，即使它崎嶇不平、坎坷難行，我依然會一步一腳印，無怨無悔地走到它的盡頭……。

二〇〇三年七月於金門新市里

（本文為金門縣文化局與臺北聯經出版公司版本之序言）

纏綿在一粒鈕扣上的愛情

——淺介陳長慶《失去的春天》

謝輝煌

金門在這半個世紀的前三十年，來自對岸的百多萬發砲彈，不但沒把它轟垮，反把朱熹藏在島上的筆林給掀出來了，陳長慶撿到一枝。

陳長慶，金門人，民國卅五年出生於貧苦農家。讀了一年初中，就上山下海，又當學徒。幸而在金防部福利站謀得個雇員，勤讀苦修，邀得廖祖述將軍的激賞，由會計調升經理，兼辦防區福利業務。同時和友人創辦《金門文藝》。嗣因廖將軍榮陞離金，環境大變，憤而辭職，在山外以賣書報餬口至今。著有《寄給異鄉的女孩》等十四種詩文、評論和小說。華髮早生，但這不是他的「失去的春天」。

《失去的春天》，以他做經理到辭職的那段時空為背景，採第一人稱手法，敘述金門籍福利站經理「陳大哥」，和藝工隊臺柱的湘女顏琪，及軍醫院川妞少尉護理官黃華娟之間的悲歡離合。

故事從炊事班長的玩笑，到藝工隊的黨員小組會議，到春節「離島慰問」次第展開。在大膽島，廖將軍插花點燃陳、顏間的戀火。接著，陳大哥因「小據點巡迴服務」和慶生晚會而累倒，顏琪探病照料，照出緣定今生的盟約。不意藝工隊在「國軍年度藝工團體競賽」中奪得乙組亞軍，作「全省巡迴演出」，把顏琪的嗓子唱出了問題。就在住院開刀期間，黃華娟插隊，吹皺一池春水。偏是廖將軍榮陞，人事大搬風，搬來個「外行領導內行」，仗勢作威硬拗的局面，使陳、顏備感不適。顏琪自小金門勞軍回來生病，經診斷，須送三軍總醫院，陳大哥在諸多刁難下無法親送顏琪住院，而由輪調回臺的黃華娟代勞。待陳大哥趕到臺北，抱回來的竟是顏琪的骨灰。多年後，廖將軍病逝臺北，陳、黃相約前往悼念。「老情人」重逢，黃已是「老姑婆」的護理部主任了。只是，單身貴族的「遲來的春天」，還是沒來。

表面上，《失去的春天》只是他們三人間的恨事，實則真正的意涵應在故事的象外，如：廖將軍對陳先生說：「他們體會不到，你們想為家鄉辦份刊物的心情。雜誌還沒有出刊，安全就先有問題，胡搞！」（第三章）在大膽島，廖將軍特別向顏琪介紹陳經理：「豈止是經理，他還是個作家：不但寫小說、散文、評論、出過書；還要辦雜誌。節目中記得把他介紹給島上的官兵朋友。」（仝上）因此，作者乃有「冬天將已走遠，春天的腳步已近」（仝上）的歡欣。廖將軍過世後，黃華娟說：「我們都同時『失去了春天』……。」（尾聲）

陳大哥在大膽島，曾「刻意地凝望著金廈海域朦朧的山巒，一道海域遙隔著兩個不同的世界；白雲的後面，果真是我們的故鄉！」（第三章）顏琪對陳大哥說：「萬一有一天我先走了一步，把我的遺體火化後，骨灰撒在大膽島的海域裡，因為我愛這個地方，也惦念著這個地方。」（第十四章）作者又寫道：「她（指顏琪）想賞的何止是這山谷自然怡人的美景，滿嘴甜甜的『蕃薯味』和『芋仔味』，才是她的最愛……。」（仝上）

曾大夫警告陳大哥，「想腳踏兩條船，你會死得很難看。」（第九章）黃華娟提醒陳大哥：「站在中間，不要偏一邊。（（第十四章）陳經理對常去特約茶室想白吃白喝的上校參謀官吼道：「告訴你，上校，金門人不是被嚇大的……。」（第十五章）陳大哥捧著顏琪的骨灰到松山機場時，作者代言：「繁華的臺北離我愈來愈遠了……。」（第十七章）作者更有過無奈與悲傷：「可憐的人類，當春天尚未來到，我們期盼春天；當春天即將來臨，我們失去了春天。」（第十五章）

小說是個事象群，每個事象都可提供廣大的聯想與想像的空間。以此來觀照上述的聲音，不難琢磨出處在兩岸鈕扣地位的金門島上的金門人，與臺灣本島人相同和不同的心思了。因為，他們曾為捍衛臺灣，經歷過血淚和死亡的痛苦。顏琪愛得纏綿的，豈是金門的陳大哥而已！所以，要認識過去和現在真正的金門，應到金門人寫的金門中去細細觀察。

這部小說的布局、伏筆，以及真實的時空、人物，很有令人欲窺究竟的魅力。作者不用特技表現，而在平穩中常見警策，也凸顯了金門人樸實無華的高貴性格。不管是看熱鬧或看門道，都能看出點東西來，甚至其基本架構頗有《藍與黑》的身段。

原載二〇〇四年二月十五日《金門日報・浯江副刊》

說陳長慶《失去的春天》

吳鈞堯

無庸置疑的，陳長慶是金門現代文學發展的要員，從七〇年代創作至今，雖歷經二十年的「創作空白期」，但細數創作數目，仍泱為大觀，而創刊《金門文藝》更是金門現代文學發展的大事。《失去的春天》一九九七年浯江副刊發表、大展出版社出版，後選入「金門文學叢刊」第一輯，於聯經出版社出版，陳長慶在代序裡提到，該文在副刊連載之後，「深深感覺到，文中尚有言不盡意之處，然我並沒有刻意地去修飾跟美化，只想保留當初創作時的那份老純真」，這段話裡頭就有些意思，比如是哪些事情「言不盡意」？而「老純真」一詞也為這個愛情長篇做了註解。

偶過山外，路經陳長慶書店，偷眼內瞄，見著他白髮蒼、身形瘦，我們得在他的小說裡找，才能知道他雖然六十剛過，內在熱情洋溢如青年，才能在五十開外的年紀，發言青春，勾勒一個動亂時代的愛情故事。我在金門的成長歲月不長，尚未進入成人社會的組織，去發現工作上的、人際上的、情感上的，尤其是愛情的脈動。陳長慶一個有利的立足點是，檯面上創作的同鄉幾乎都是他的晚輩，他真實從事的戰地工作背景是他獨享的寶藏，他的寫實基礎、細節掌握跟戰地結構，是要比同鄉作家更勝一籌的。

我覺得《失去的春天》可以粗分四個方向來看待，一是金防部福利工作，二是尊卑、長幼，父系社會的均衡跟抗衡，三是甜蜜蜜的愛情三角習題，四是本書的自傳色彩。我所接觸的跟認識的多數金門同鄉多為社會底層，比如農夫、漁夫，這樣的族群是沒辦法跟位置尊崇的上層關係產生聯繫，《失》的主人翁就不一樣，他掌握福利資源，通行證可以直入太武山，被武裝憲兵攔下車子時，「我坐回指揮座，讓他們知道我們都是擎天的職員，不是一般的百姓跟小姐」。「我」雖在戰地，卻是擁有分配資源的權力。雖掌握了資源，但依然受權威社會左右，「我」發出怨言說，「我能不聽？能不從嗎？這是黨務」。這也埋下書末，「我」跟「大老爺」發生衝突，提辭呈的伏筆，「我」跟顏琪告別時說，「要知道人世間的公理已逐漸式微，強權、強勢已壓在我們的頭頂上」，這樣，就把之後跟大老爺的抗爭提升到對強權的抗爭上。

三角愛情是該書的重要主題，陳長慶在顏琪身旁安排對她愛慕的戲劇官，黃華娟旁邊是英挺的醫師，但兩位女人都非「我」不愛，襯托了「我」的價值出類拔萃，盡到了小說講究內在的因果條件。「我」成了兩位女主角競相託付終身的對象，「我」左摟右抱，雖也感到罪惡，但都被純真的愛情昇華了，後來，黃華娟陪顏琪赴臺就醫，兩個人手牽手，把「我」撂在一旁。這一寫，難免讓人揣測，若顏琪不死，是否會成就齊人之福的夢想？

本書第四個方向是自傳色彩，這部分詳實記述福利站、藝工大隊、醫院、茶室等軍中黑箱般的作業狀況，更有趣的是交代《金門文藝》創刊、跟謝輝煌等文友交往，以及〈春風化雨〉、〈問白雲〉、〈古崗湖畔〉、〈藍與黑〉等歌曲創作背景，以及陳長慶個人的創作歷程，意圖在小說敘事裡融入文化跟社會流行。可以說，陳長慶企圖匯流的包括戰地金門、父權不合理制度、大文化跟愛情幾個部分，這會是陳長慶代序所說的「老純真」嗎？意圖一次析解，且融會這麼多要素？而其「言不盡意」處又是什麼呢？《失》的企圖是大的，惜其下手卻未等量齊觀，愛情爭奪的多數篇幅，文藝腔調的愛情語言，文人氣質太多的愛情陳述，剝奪不少英雄氣概。愛情篇幅的大量著墨，把其他三處陳長慶獨具的優異發言位置都稀釋了，戰地跟軍事環境變作愛情的背景。

這樣，就有了矛盾：愛情人人寫得，並非陳長慶不可，但金防部、福利站、軍醫院、太武山等，就少有人可以陳述了。但是，驗證陳長慶另一本更析入愛情、情慾的近作《冬嬌姨》，仍見類似狀況。愛情似乎是陳長慶的偏愛，也許這樣的「老純真」是更自然、真誠，但我不免想像，若脫卸這一層「老純真」，陳長慶是否能有不同的發聲，刻劃他所浸淫跟經驗的戰亂時代？

原載二〇〇七年二月二十五日《金門日報・浯江夜話》

＊本文作者吳鈞堯先生，福建金門人。著有：《女孩們經常被告知》、《龍的憂鬱》、《那邊》、《金門》、《如果我在那裡》、《地址》、《荒言》等書。現任《幼獅文藝》主編。

青春的回眸，樂土的想像

——陳長慶《失去的春天》評介

石曉楓

《失去的春天》是曾為「文藝青年」的陳長慶先生，在停筆二十餘年後復出所撰就自傳性甚高的一部小說，之所以言「自傳性質濃厚」，乃由作者的人生經歷及書前的代序、獻詞約略得見。小說描寫一男二女間糾葛的戀愛關係，而以七〇年代的戰地金門為書寫背景。於金防部福利單位擔任經理的「陳大哥」，與藝工隊能歌唱、擅主持的顏琪小姐兩情相悅，譜出青春戀曲。小說經由認真於工作崗位的主角，揭發形形色色的官場醜態；也經由文采粲然的主角，描繪一群於戰地時相切磋文藝、危難時相互扶助的朋友。顏琪後因罹患胰臟癌而纏綿病榻，白衣天使黃華娟的出現，又使情海陡生波折。然而此一男二女間的情感糾葛，卻是發乎情而止乎禮，全書因而瀰漫著清純的美感與高尚的情操。

以作者初一即輟學的背景，乍讀此部小說，最令人驚豔的是文筆的流暢與用字之雅當。戰地兒女的青春歲月在陳長慶筆下輕盈地流洩，悲歡哀樂歷歷在目，教人不忍釋手。作者以「失去的春天」題名，小說中隨機提點，「不要讓青春留白、不要虛度燦爛的人生歲月」當是全書主意。在度過生命中的第廿五個春天之後，顏琪離陳大哥而去；時隔二十餘年，華髮已生的陳大哥與黃華娟重逢於臺北，堅定等待的華娟笑問陳大哥：「是誰誤了我的青春歲月？是誰讓我失去美好的春天？」而在陳大哥沉沉入睡的美好春日夢境襯托下，這對各具性情的男女彼此的感慨與期許是：「我們都同時失去了春天。但願還有遲來的春天。」小說以開放性結尾收束，留給讀者無限的想像空間，此點尤其饒富餘味。

陳長慶在小說中寫景明麗，醉人的風光與旖旎的戀情書寫裡時見伏筆處處。例如陳大哥與顏琪偶因共往大膽島慰問而得以同船，歸途中主角「雙眼目視遠方的山巒與大海。然而，我們追求的不知是山的祥和，還是海的波濤洶湧？」證諸其後彼此對於田園生活的想望，以及病魔的糾纏、三角關係的介入，此段獨白直是兩人愛情生活的註腳。又如戀情萌芽後，陳大哥首度於擎天廳靜心聆賞藝工隊演出，顏琪一曲徐志摩的〈偶然〉，豈不是彼此未來關係的預示？再如顏琪身體不適赴院檢查，病情尚未明朗之際，兩人「站在醫院大門口的扶桑花旁，翠綠的葉子已有些微黃，不知何時綻放著幾朵淡紅色的小花。它的花瓣已破損，是蟲兒的啃蝕，還是季節的摧殘？」此情此景，已足以照映顏琪青春生命的耗損與病情的不見樂觀。

除此之外，陳長慶在《失去的春天》裡，並詳實紀錄了金門在地的吃食與街巷風光，而關於擎天廳、太湖、軍醫院等空間的再現與書寫，以及主角父母出身農村的純樸與善良本性描述等，無不生動刻鏤出七〇年代軍管期，一名戰地金門青年的生活實象。就此點言，本部小說尤有其特殊的意義與價值。

儘管作者在〈代序〉裡已聲明：「冀望讀者們，對一位自小失學的老年人，毋須過於苛求」，然而，既「以讀小說、看故事的心情」閱畢全書，總有些感受不吐不快，這點想必作者亦不會怪罪讀者。整體而言，全書對於青春與愛情的書寫儘管動人，但「陳大哥」總要時時躍出紙面，說幾句正氣凜然的話，強調自己雖然周旋於兩名女子之間，但從未因私而忘公，所有該執行的業務、該具備的清楚判斷以及該有的風骨，樣樣不缺。文中諸如「吃完麵，如果我是利用職權或是貪小便宜，可以不必付帳。因為文康中心也是我的下屬單位。我遞了一張十元的鈔票給管帳的劉上士」之類的瑣碎書寫不計其數，不免刻意而露骨。

此外，小說中段以後的戀情描繪顯然漸入佳境，然而之前陳大哥與顏琪情感發展之快速欠缺鋪陳，略顯突兀；而兩人之間的戀愛，果然是紮紮實實用「談」的，主角反覆對心儀的女子表明心跡：「在妳的面前，在妳的身旁，只要妳情願，我沒有什麼不敢的！」「七百多個日子，很快就會過去的。顏琪，我們期待這一天的來臨。妳無怨、我無悔；共同攜手、同甘共苦，迎接未來。」「是的，顏琪，妳永遠是我的好牽手。這世間還有誰的手，能讓我心甘情願地牽著。我們的心中只有愛、沒有恨；只有包容、沒有猜忌。太多的承諾，反而是世俗。」的確，文采粲然的主角在本書中最大的壞處，是做出太多承諾，徒然破壞了讀者體味此段情事的韻致與美感。

除了敘述上的瑕疵外，我以為作者在本書中一方面著意塑造金門青年篤實方正的真誠形象，一方面也模擬了他心目中完美的女性典型。顏琪與華娟，一名來自湖南、一名來自四川，在金門這塊土地上卻都綻放出無比的活潑與熱情，展現其時女子少見的主動追求所愛之特質。而在此種特質之外，顏琪對陳大哥言聽計從的乖順、華娟對陳大哥無怨無悔的等待，又無意中暴露了作者對於傳統女性柔婉形象的期待。小說裡描述兩名女子即使身陷情關，彼此卻依然互助互諒，一以陳大哥為生命軸心；而傳統金門家庭對於外省女子毫不保留的接納，又塑造出一幅婆媳融洽、父慈子孝的和樂圖景。也許回憶的篩選機制真是驚人的，如此充盈的人情與世事呈現，莫非是作者對於逝去樂土的想像與美化？

原載二〇〇七年七月《金門文藝》第十九期

（以上各篇論述係依據臺北聯經出版公司及金門縣文化局版本）

＊本文作者石曉楓博士，福建金門人。著有：《豐子愷散文研究》、《階梯作文》、《八、九〇年代兩岸小說中的少年家變》、《臨界之旅》等書，現任臺灣師範大學國文系副教授。

一水關山路迢迢

——陳長慶《秋蓮》讀後

謝輝煌

作家是寫出來的，更是「讀」出來的。在《秋蓮》這篇小說裡面，不難看出作者又讀了一些別人少讀的「人間書」，如理髮業的「行話」：雞（一）、身（二）、國（三）、原（四）、強（五）、王（六）、珠（七）、波（八）、尻（九）、寸（十）、墨賊（平頭）、蔡良（多鬍）、淋山（洗頭）、澇良（修面）、賴塔（費用）、強仔坑（五元）、點（老闆）、儉坑（收費）等等。又如檳榔攤上的專有名詞：包葉、包青、雙子星、紅灰、白灰、老花等等。又如高雄市、臺南市、西港、灣裡，及秋蓮家鄉新復村等處的地形、地物、景色、風情等等。而一句「左邊是市政府，府後是港都有名的風化區」，便把高雄市當年的「繁華」盡收眼底了。此外，醫學、心理學及遺傳學方面的知識，也不斷地在小說中展示著威力。

觀察人生、人性，是作者的另一種讀書的方法。例如：書中老馬首次出場時，作者透過直接的視覺和杜大哥間接的敘述，使人對老馬產生了深刻的印象：他頭上是「烏肉馬股」；足下是「棕蓑木屐」；嗜好是「酒煙檳榔查某賭」；行為是以「扁鑽」、「三角虎」稱霸鄉里，「騙吃騙喝，騙財騙色，向酒家和妓女戶收保護費」；經歷是「剛從火燒島回來，變得更大尾」。著墨不多，而形象凸出。不讀得仔細、認真，難臻此境。

整個來看，《秋蓮》這篇小說的結構，誠如作者在「後記」裡所言：「是由〈再會吧！安平〉和〈迢遙浯鄉路〉串連而成。」旨在「紀錄已逝的時光和歲月，以及內心難以撫平的悲傷年代。」寫小說，故事不一定要真，然作品中所隱含的創作意識，即寫作動機，則如假包換。換言之，故事只是一只瓶子，瓶子裡裝的東西，才是最重要、最值錢的東西。

《秋蓮》這只瓶子，只裝了兩顆飽經悲歡離合、又甜又苦的心。而那個悲歡離合的故事，只發生在臺灣和金門這兩塊僅隔一水，卻似近還遠，關山萬重的土地上。所謂「似近還遠，關山萬重」，是指金門早年處於軍管狀態下，人民往返臺金，比今天往返臺北、北京還要困難許多，即使在金門服役的軍人也不例外。舉個實例：當年有位剛從學校畢業不久，奉派至金防部服務的海軍中尉，休假返防時，因不諳單行規定，未先赴高雄「外島服務處」報到候船，而逕自搭乘他原服務單位的運補登陸艇按時返抵防區，依規定可簽會「政四」保防部門，以非法入境查處。幸第一處承辦人認為情有可原，且未逾假而未予簽處。嗣後有一因逾假而遭申誡處分的中校參謀向上面告狀，認有徇私、不分情事。經上級查得，承辦人員與該海軍中尉並無私誼，亦未抽過該海軍中尉一根香煙。完全是基於顧及該年輕軍官一生事業前途的考量，而從輕發落，私下告誡了事，故而未簽會政四，讓政四在該海軍中尉的保防資料上，記下一筆可大可小的「黑帳」。上級明鑑，乃不再追究。

由上述事例，便不難想像當年臺金兩岸，也有不知多少的牛郎織女不如的悲歡離合的故事，一直像海裡的暗流般在翻滾、洶湧，欲仿效「金風玉露一相逢」而不可得。金門人想娶臺灣小姐必經三關四卡，固不待言。臺灣去的阿兵哥，包括隔不幾年就隨部隊輪調金門的「老金門」老兵，雖和金門姑娘熱到海誓山盟的地步，也限於規定，而心灰意冷。結果，一聲輪調換防，「兵變」如山倒，海不枯而「愛」已竭，石未爛而「情」已碎。這種情形，說是命也可，說是緣也可。反正，月老有線繫千里，媒婆無能合兩家。很多美麗的故事，便潮起潮落在兩心之間，成了當事人永遠難忘的記憶與心史。好在時代變了，書中男女主角，還有臺南安平和金門醫院的兩次重逢，可惜的是，聲聲都是生離死別的時代悲歌，但這正是作者的命意所在。

如果讀者曾讀過作者於一年多前所寫的另一個短篇〈再見海南島‧海南島再見〉的話，當可記得作者在那篇小說中，曾提到從金門到海南，要先從金門飛臺灣，再由臺灣飛香港，然後轉機到海南，迂迴曲折，兜了個大圈圈的麻煩事情，而另一個事實，是當年划著小船到廈門去買東西的金門人，因「鐵幕」的鐵門一拉下，便變成了「廈門人」、「共匪」，甚至「匪諜」，不知何日返家園了。現在呢，站在廈門岸邊都可以看到對岸老家的屋門，若想回家一趟，也得從廈門辦好入香港特區的手續及入臺的申請，然後從廈門，經香港、臺灣轉金門。而等不及的親人，遊子的腳還來不及跨進古老的門檻時，最後一口氣竟卡在肚子裡，出不來了，所謂「迢遙浯鄉路」莫此為甚。現在，這《秋蓮》中的女主角，自從與金門籍的男主角相識而一見鍾情，而兩情繾綣互訂白首之後，也等了半輩子才得到「慈航普渡」。然最後的重逢旅程，幾近奔喪。雖然，阻礙重逢的另有曲折，如當初往返方便，故事就可能要重寫了。總之，這其中一切的一切，誠如作者在下卷第六章裡機帶雙敲的話說：「它（金門）美其名為『停泊在廈門港口不沉的戰艦』，但仍然得看海洋大氣的臉色：飛機的起降，由不得人們自行操控。」當然，這也只能說是「大時代的小故事」。小說是以呈現故事為主，呈現故事的方式，不外直接與間接。前者是採第一人稱「我」，作現身說法式的講故事；後者有如電視上的新聞主播，把採訪到的故事間接告知觀眾，亦即第三人稱「他」的方式來呈現一切的活動。《秋蓮》是採第一人稱「我」的表達方式，由男主角把他親身經歷的故事講出來。

這種方式有讓讀者親臨故事現場的臨場快感，但也有不方便之處，即「我」不能在故事終了之前失去行為能力，而當「我」未親見耳聞的事情必須加入時，就得另謀補救措施。例如《秋蓮》中的「我」，最後幾乎是一個在鬼門關前等候判官來驗明正身的人，如是採用第三人稱來寫，就沒有如撞球檯上「洗澡」的危險。

走險路，下險棋，是一種挑戰。對一個藝高膽大，且有旺盛的挑戰精神的小說作者來說，有時如蘇東坡面對「斷岸千尺，山高月小」的美景時，情願捨舟登岸，「攝衣而上，履巉巖，披蒙茸，踞虎豹，登虯龍，攀栖鶻之危巢，俯馮夷之幽宮。」而不願徜徉在金門的中央公路上。因此，在上卷第九章中，作者便欲擒故縱地，由秋蓮留下的一封「假信」來提高懸疑，並藉杜大哥的一句「剃頭查某無情勝過有情」，來深化那封假信的「真」，使情節再曲折一次。直到第十章裡，秋蓮在時過境遷，沒有危險（老馬已去「天國」多年）的情形下，和盤托出老馬曾經如何佔有她、虐待她的種種，才彌補了「我」在自高雄一別後，到安平重逢時，中間這段無法「親見」的故事。而到了下卷第八章，又不得不藉秋蓮對兒子的一句「不！（故事）在我的提包裡。」把男主角和吳念金無意間在醫院相見不相識，以及爾後由兩人各自所體見的種種遺傳特徵上，似可證明是「父子會」的經過，為後半個故事的重現，做了個「煉石補天」的工作。雖然如此，還是有未竟全功之憾，亦即未能安排使「我」的病情暫時得到控制，以利把故事寫到某個時候，作一正式結束，就比較順理成章。所以，秋蓮到金門的事，最宜用暗示性的虛寫，而不宜見之實際行動。而「我」的生命，也只宜用病況來作可維持數月之久的「預言」。否則，整個故事的結尾，便不可能在「我」手中完成。

任何小說，除有故事的發展外，便是對人物的型塑工作了。塑造人物，不外從容貌（含特徵）、動作、言語等方面下手，使人物的思想、個性、觀念等內在形象清楚地，一點一滴地呈現在讀者面前，使人有聞其聲即知其人之熟悉感。《秋蓮》中的主次要人物有十來個，刻劃得生動的，當首推已赴「天國」的老馬。他的形象，已在前文中見過，不必贅述。而他的登場，確能帶給敏感度較高，且具有世故經驗的讀者，一份「山雨欲來風滿樓」的震撼。也可以說，這個「角頭」一現，秋蓮成為待宰羔羊的命運已呼之即出。

另一方面，小說中主要人物的思想、觀念，實際上就是作者的思想、觀念的翻版。試看，作者對男主角的描繪：一個穿黃卡其制服，服務軍方的戰地平頭青年的小傭員，滿腦子都是職業沒有高低之分，大有能憑勞力賺錢的貓，都是好貓的傳統家風。因此，他對眼前這個「拿刀」出身的「三八剃頭查某」，就不認為是個「三三八八的阿花」。即使杜大哥提醒他：「剃頭查某，我看多了，無情勝過有情。」他還是堅持自己的信念，認為秋蓮「不像一些三八剃頭婆仔，人人好（很隨便的意思）。」而對於「情義」二字，他相當自信的說：「我像一個無情無義的負心人嗎？」作者筆下的女主角是怎樣的一個人呢？原來，她是一個農家出身的女孩，國小畢業，左腮有顆小小的美人痣，兩頰有一對迷人的酒渦，很像老牌影星陳燕燕。那年代，臺灣也很窮，有些蓬門碧玉，多走向「拿刀、耍棍，端盆子」（即剃頭、彈子房記分及賣身）這三個特種行業。秋蓮走向拿刀這一行，學了三年四個月，然後在都會打滾，頗有社會經驗。然平日所接觸到的，都是些「差一個字就不叫『純潔』的人」。所以，當她一接觸到那個來自外島的「憨憨傻傻」的「小弟」時，第一個反應就是「金門少年，真古意。」接著，愛「烏」及「屋」，嚮往金門。接著，在喝了點酒後，情願寬衣解帶，為所愛獻身。然後，發出了「我們雖無『恩』可忘，卻都有『義』在身。」的互勉互勵。而經過人生的慘烈波折後，堅守「義」的諾言，教導兒子認祖歸宗，自己也做到了「生是夫家的人，死是夫家的鬼」這份傳統美德。已很明顯了，作者所要傳達的訊息，全在男女主角身上凸顯了。小人物而能「只見一義，不見生死」，能「義無反顧」去追求人性中的至美，而不沾帶一點世俗，這比空口喊一千個「心靈改革」要珍貴千倍。

文學是離不開人生的。《秋蓮》這篇小說，在現實生活上，有批判，批判了一個「迢遙浯鄉路」的悲傷年代；在空靈世界裡，有讚美，讚美了一份祖宗遺傳下來的古意。這份古

月老不再來

——《秋蓮》後記

陳長慶

《秋蓮》是由〈再會吧，安平〉與〈迢遙浯鄉路〉串連而成的小說。故事發生在兩個不同的時空背景。實際上，它們也能成為獨立的單元作品。前篇著重故事的描述，後篇則偏於內心獨白；前者寫得較順暢，後者是在痛苦中逐字寫成的。顯然地，我寫的不是「大河小說」，亦非「反共作品」，而是依照心靈裡的藍圖，記錄已逝的時光和歲月，以及內心難以撫平的悲傷年代。

一九九七年秋天，我蒞臨闊別三十餘年的安平，卻無緣重遊西港。在港都街道盤桓、在愛河堤畔沉思，卻沒有勇氣重登萬壽山。回溯雖然能讓時光倒流，彷彿又置身在三十餘年前的青春歲月裡。然而，當我佇立在灣裡濱海大道，凝視西下的秋陽，落寞的心彷若退潮的海灘，一片淒涼。當海風吹起我蒼蒼的髮絲，當含腥的氣流直入心脾的那時，在我腦中浮現與激盪的，已不是青春時期的纏綿，而是永不回頭的時光。

誠然，小說只是小小的說一說，但它卻異於其它文學作品。不同的時空、不同的人物、不一樣的感情世界，倘若沒有身歷其境，也必須進入它的核心，隨著情節的進展、人物內心的起伏變化，做妥善的描述。雖然我無意在理論上加以詮釋，也無意依據它的教條來創作，但我深刻地感受到，小說寫來較辛苦。尤其當文中的「我」，被病魔折磨得生不如死的時候，那種痛苦，那種難以言表的無奈，必須仰賴尚未被癌細胞吞噬的思想來闡述。曾經我丟下筆，有寫不下去的無力感，朋友也提出忠告：再思索下去，會有精神分裂的危險。因而，我寫寫停停，不是貪生，而是怕成了精神病患，每日瘋瘋癲癲、喃喃自語，忘了我是誰！寄生在這個冷暖無常的現實社會，親情、友情，都會離我遠去。所到之處，必是人人喊打的「肖耶」，任憑正常的時候，說上兩句感性的話，也會被說成「講肖話」，因而，在往後的時光裡，阮驚肖，不驚死；驚空，不驚憨。但也冀望世間人，不要假肖、假空、假憨！

想出版這本書，內心裡曾做了一番掙扎，是悲，是喜，我恥於表明。人往往對價值觀有不同的解說和認定，是該累積錢財兌換冥幣帶往天堂，還是凝聚智慧把作品留在人間？無情的歲月酸素已逐漸腐蝕了我的腦細胞，生命中的黃昏暮色也將來臨，在有限的人生旅途裡，但願還有下一部作品的誕生，而不是我文學生命的終結。

一九九八年七月於金門新市里

陳長慶這個人

——序《何日再見西湖水》

白翎

初見印象——文藝營裡的陳長慶

最初印象的陳長慶，是非常模糊的：既無任何淵源，也未曾有過片刻的交往。五十七年初春，在金門中學的那個文藝研習營裡，彷彿是有緣來相會；一個是已離校的學長，一個是大夥兒回去準備過年、卻自願留校，憧憬著文字魔術的高二小楞子。說徐志摩一點兒，像是天空中的兩片雲，就算是風雲際會地偶然相遇，還是「你走你的陽關道，我過我的獨木橋」；算不上什麼「一拍兩散」，短暫的際會，根本是未曾接觸，卻早已各奔東西了。

就是那個手中拿著一疊文稿，當一夥兒圍著黃春明、梁光明、張健、管運龍等諸方家吱吱喳喳之際，說是要向黃春明請教小說之道，並且獻寶似地拿出一篇小說，帶有些兒神氣的小子，還有拿著新詩、散文的幾個人，像極「四人幫」陽謀似的，把授課作家給霸佔了，讓大夥兒只有在旁邊乾瞪眼的份兒。

如今回憶起來，其實算不上什麼印象；尤其是管管那個北方漢子的豪獷、汶津那個臺大講師的頭銜、舒凡的小說散文雙棲，特別是黃春明戴著那頂像似教宗瓜帽、偶而從軍用大衣內口袋摸出小瓶高粱酒哈一口的率性，陳長慶那副短小精明的模樣，硬是被比了下來。

這個沒有印象的「臭屁」印象，就勉強權充初見印象了。

以書會友——書店老闆的陳長慶

六十一年夏天，從島外島放逐歸來，再度來到那個學區跨雙鎮、有個好聽名字，遺世孤立卻腹地直貫海岸邊的山中小校。最大的難耐是，民族幼苗回去重溫親情時，山居生活的寂靜、身域的空曠，雖清新卻有幾許的滯窒。晚飯後，往山外新街走，成了實踐曾國藩那條「飯後三千步」訓示的功課；沾了當時全島最末班公車（晚間八點）的光，常常看兩個半場的電影——先看下半場，再接前半場——然後趕搭公車，再走一段漆黑、幽涼的山路歸營。

勉強沾個「文化人」的邊，逛書店成了比看電影更高頻的消遣。當時山外那兩三家的書店，成了我們經常駐足的寶地。那種看書多於買書的駐足模式，不見得受人歡迎；有的書店老闆一見面就噓寒問暖的熱情，化解了彼此間的尷尬，漸漸地，也就駐足地自然而然了。

在陳長慶一次「你就是XXX嗎？」的詢問下，才是真正的初次交會。從此，他的「金門文藝季刊社」（長春書店前身）就成了轉車空檔的駐足地，當然，更少不了專程拜訪，雖自嘲是為「殺時間」，其實多半是為「翻新書」而登三寶殿的。往後熟識的歲月裡，曾以「清掃灰塵」而戲求工錢，也突顯出書店老闆「以書會友」的待客之道。

惺惺相惜——金門文藝的陳長慶

六十二年夏，轉進到「錢無多、事不少」，但明顯「離家近」的現職服務；因時空限制，未能常去駐足，自然就成了「淡水之交」（君子之交淡如水）。

六十三年底，在接到陳長慶的一通問候電話之後，很唐突地親自拿來一包文稿，要我接編《金門文藝》第三期；當時年少不識事，也沒學會婉拒，三言兩語就被擊倒了，「大姑娘上花轎」般地被迫承接編務。同時，欲罷不能地混了三期，成了我此生一項特殊的際遇。

身兼發行人與社長的陳長慶，丟下一些稿件和一張字型字號表後，就落個輕鬆，也不管是如何的缺乏稿件，要人家怎麼去做「無米之炊」，專心地去經營他的書店、去追逐他的銅臭；學不會推辭的人，只好「頭家兼敲鐘」，填不滿篇幅要自己補充、缺哪類型的稿件也要自己硬掰，連封面也由自己濫竽充數，而懇求同事解危，再請專家設計；只是封面設計費佔全部出版費用四成的支出，也讓陳長慶掛在嘴邊，摸了好幾下屁股。

終於，在出版週年專號後，有人意願編輯「詩專號」的情況下，交出了這身重擔。這段經歷，確實成了日後交往最踏實的基石。

也是空白——消聲匿跡的陳長慶

不知道是因為宿願得償後的鬆弛，還是經營書店的績效良好，或者是因《金門文藝》的「做到流汗、嫌到流涎」症候，讓陳長慶著實地在這塊「文藝花園」消聲匿跡了好一段時日。視《金門文藝》如親骨肉的陳長慶，為了《金門文藝》的催生，的確花了一番心血；尤其是在六十年代的特殊時空下，能取得金門地區的第一張雜誌登記證，不能不說是一項異數。是這分如釋重擔的成就，讓他感覺應該好好休息一下嗎？

以現在的思維，很難想像「書店是特許行業」的說法。而當時，不只是說法，更是不容置疑的鋼律。到底是政策性的保護，抑或是禁忌性的管制，也許存有讓人自由心證與想像的空間；事實上，陳長慶的書店經營過程，就算不是致富之道，也像是樂不思蜀？

早期的金門文壇，曾被封為「文化沙漠」；感謝披荊斬棘的先進們，他們殺出重圍，開闢一條坦直的大道；在如此的氣候下，捫心自問：《金門文藝》是早產兒？如果不思考這塊貧瘠的園地，逕予較高的評價標準，說真的，是太抬舉《金門文藝》了！來自多方、對《金門文藝》直接間接的抑貶，陳長慶始終保持沉默，但可以想像的，他的心在滴血！所以，他選擇了逃避？

我也有一段空白，且在繼續中；原因很簡單：寫作只是談笑用兵，於我如浮雲，更如伯牙與鍾子期，如此而已。至於陳長慶為何也空白？我不知道。如今既已復出，又何必再問下去。

一號讀者——寶刀未老的陳長慶

八十五年，陳長慶的復出未嘗不是一件意外。

雖然他未曾為文自剖，但其中的蛛絲馬跡，依稀可辨。

依情剝理，一趟祖國大陸之行，應該給了他不小的衝擊。從他重印早期出版的《寄給異鄉的女孩》和《螢》二書，以及轉進長篇小說的情況來看，陳長慶除了不服老之外，更有為自己的文藝生涯留下見證的意味；搞不定出個「全集」什麼的，和親朋好友共賞一番。如果有一天，在傳播媒體上，看到陳長慶全集套書的廣告，我絕對不會感到意外的。

在《寄給異鄉的女孩》增訂三版、《螢》的再版過程中，應陳長慶之邀，參與了部分文書處理的工作；也成了他作品的「第一號讀者」。在其中，體認了陳長慶對文藝的固執與堅持，儘管創作的過程受到許多客觀條件的牽制，那種「回也不改其樂」的執著，是令人感佩的。陳長慶未老，是他要傳播的信息；陳長慶老而彌堅，是我深深的感覺！

如影隨形——再創高峰的陳長慶

近兩年是陳長慶的文藝收穫季節。

八十六年一月除了重印《寄給異鄉的女孩》和《螢》兩書，也出版了新書——《再見海南島・海南島再見》——收集八十五年復出以後的小說、散文以及輟筆前未結集的作品；七月份更再接再厲地出版了長篇小說《失去的春天》；我曾戲稱它們是陳長慶的「四書」，是喜愛者的必修。

八十七年承繼慣性的衝刺，在八月份出版了長篇小說《秋蓮》、散文集《同賞窗外風和雨》。同時把歷年來褒貶他作品的文友論著合輯為《陳長慶作品評論集》，一併發行。

如此的出書速度，雖然在國內還擠不上排行榜；但對地區文壇而言，即使不是空前絕後，也是少有的記錄。

今年，陳長慶雖然稍微放慢了腳步，但仍出版了這本《何日再見西湖水》散文集。它的宣示意義在於：陳長慶的「作者年表」裡不再有空窗期。如果他孕育中的小說能順產，明年，讓我們拭目以待吧！

秀才人情紙數頁。贅語與陳長慶的因緣際會，聊表衷心的祝福與虔誠的欽服，是為序。

無情歲月有情天
——《何日再見西湖水》後記

陳長慶

無情的光陰已匆匆地輾過我五十餘年的日月星辰，生命儼若秋天即將枯萎的落葉，不再是春日盛開的花蕊。踏上這條坎坷的文學不歸路，我將克服萬難，一步一腳印，繼續未完的行程。倘若滯留不前或中途停頓，那便是我毅力不足、意志不堅，又有何格與朋友談文論藝。雖然沒有亮麗的成績與傲人的成就，但我並沒有被摒棄在文學之外，在浯鄉這塊文學園地裡，依然有我的身影存在，依然留著我用血汗凝聚而成的結晶體。

書裡的十四篇作品，沒有一個字是坐著寫的。生活的重擔和瑣事壓抑著我的思維，環境逼迫我站在一部老舊的影印機旁寫作。經常地，一份十元的零售報，讓我字句難相連；一枝廉價的原子筆，卻中斷我好不容易湧來的文思。因而，我很珍惜書中的每一篇作品，因為每一個字句都與我的生命息息相關，只因為它們源自我的心靈，以及那雙粗糙笨拙的手；不管方家作何解讀和認定，我沒有理由不珍惜、不喜歡！

一九九八年秋分，名作家陳映真先生夫婦等一行蒞金，大師帶來大作《陳映真小說集》乙套五冊相贈。離金時，我則呈上《再見海南島•海南島再見》與《失去的春天》等兩書請其指正。大師在百忙之中，不忘寫篇讀後感的承諾；一九九九年四月下旬，我收到大師親筆撰寫的《失去的春天》「讀書報告」，雖然只有短短的千餘字，但大師的卓見卻讓我敬佩萬分。然而，我何德何能膽敢接受大師的「讀書報告」，擅自失禮地把它改成「讀後」，相信大師必能體諒我的心情，體會我的由衷心意。如今把它收在這本書裡或許有所不妥，但如果想把它收在《失去的春天》的二刷裡，套用書裡黃華娟的一句話——「來生」。因而惟恐日久而散失，愧對大師，就暫時把它存放在這本書裡，待日後候機再歸類。

讀國一的么女兒，在今年的父親節寫了一篇作文〈我的父親〉，刊登在《金門日報•中學生園地》，我把它收在附錄裡，並非冀望她日後能綻放文采，而是保存她少年時的那份純真，以及無可取代的父女深情。

感謝老友白翎，在有限的公餘時間，除了探討我的小說外，又針對我的散文提出不同角度的見解和看法。文後附加的插播，是他跳出舊有的窠臼，所做的「另類」嘗試，無論是褒貶或揶揄，都讓本書增色又生輝。

感謝詩人、畫家「國立臺灣藝術學院」講師兼夜間部學務組長張國治，在教學與行政事務雙重的忙碌下，依然應允為本書設計封面。

今年或許是我此生最興奮的一年，大女兒、二女兒相繼地找到她們理想中的伴侶攜手步上紅毯。三女兒修完教育學分，實習完畢，順利地謀到教職。四女兒也轉學到北部一所她嚮往的護理學校就讀。么女兒除了「生物健教」是甲等外，其他各科成績都是優等。因此也讓我們深刻地體會到：不管是幸福的追求、學識的汲取，如果沒有付出辛苦的代價，光憑僥倖兩字，又怎能擷取到甜蜜的果實？

倘若歲月催人老，而頭未昏、軀體尚未老化，我的文學生命絕不宣告終止！任何的阻礙，都不能構成停筆的藉口；唯一的，是深恐被自己擊敗。但願明年的春花開或秋葉落，能攀上文學生命裡的另一座高峰，而不是倒在自我毀滅的血泊裡。

一九九九年十月於金門新市里

來自巨靈掌中的笛音

——序陳長慶《午夜吹笛人》

謝輝煌

韓愈在《送孟東野序》裡說：「大凡物，不得其平則鳴……人之於言也，亦然。有不得已者而後言，其歌也有思，其哭也有懷。」申而言之，任何形式的文學作品，都是作者表達意見的載體與舞臺。《午夜吹笛人》自不例外，今作者陳長慶既已「吹」起他的「笛」音，其中必有「不得其平」的「心中無限事」（白居易〈琵琶行〉），否則，他應沒有那個閑情作「短笛無腔信口吹」（宋雷震〈村晚〉）的消遣。

究竟，陳長慶為何而吹？又吹出了什麼消息呢？請聽（摘要）：

——我將用筆尖沾著血液和淚水，為苦難的時代和悲傷的靈魂做見證。（「寫在前面」）

——今天未過，哪知明天是什麼氣候？（第四章）遇到戰爭，誰還能把希望寄託在明

天。有了今天，過不了明天，是常有的事。（第六章）

——生活在這個時代的浯鄉子民，註定是這場戰爭（指八二三砲戰）的犧牲者，難道該用鮮血換取和平，用屍首弭平這個苦難的年代。（第六章）戰爭沒有絕對的贏家，輸得最慘的，永遠是善良的百姓。（第七章）

——官派的（村）指導員，什麼都是命令，動不動要抓去槍斃。築工事還要自己帶飯，在匪砲的摧殘蹂躪下，在政府官員的脅迫下，我們已成為沒有尊嚴的三等國民。（第七章）

——耳際傳來美鳳一陣陣痛苦的呻吟聲，聲聲都像針一般地猛戳著我的心胸。我深知，晚上十點戒嚴宵禁，一切由不得你不聽不從，動不動軍法大刑伺候，管你是死是活。村公所有通行證，總算他（指副村長）的良心沒有被五加皮酒毒化，心生同情，拿出那張比他祖宗十八代、比他祖宗神主牌還管用的通行證。我拿了就走，這種狗腿子，不值得我們稱謝。（第二十九章）

——「從軍」只是想遠離這塊即將被砲火吞噬的島嶼；「報國」二字對一個長年生長在這塊島嶼的順民來說，的確是備感遙遠。（第十章）「報國」不一定上前線，信仰三民主義也是「報國」。早知如此，何不早就「從軍報國」，免得在家聽砲聲，躲砲彈。（第十一章）退伍並不代表我們不愛國，在社會上盡一己之力，也是報國。（第十五章）

——這是現時代的悲傷和無奈，也是浯島子民負笈他鄉求學謀職，所必須面對的問題（指往返交通困難及安全檢查等），我們不得不屈服於現實。（第十章）我能理解，這是一個非常時期，因為我們時時刻刻都在準備反攻大陸，因而要戒嚴，需要設限，讓人民永遠痛恨沒有居處的自由。（第二十一章）

——一切都怪這場戰爭（指內戰），讓人妻離子散、家破人亡。落葉既不能歸根，就任它到處飄揚吧。我已年老，你卻力壯，有一天，你必須帶著美鳳，回到你的家鄉（指金門）。（第十四章）我也不明白為什麼要把這支笛子送給你，彷彿你的歸鄉，能為我捎來一些鄉訊，因為你站在太武山頭，就能望見我的故鄉……「我們將同乘希望的翅膀，陪你在太武山頭喚爹娘」。（第二十一章）

——我們不希望它成為一個繁華的都市，如果能保留一個祥和的農村風貌，延續純樸的民風習俗，讓金門這艘不沉的戰艦，不僅是因戰爭而聞名，而是它的純樸、它的人文氣息，才是世人推崇注目的焦點。（第二十三章）

原來，作者在書中吹出了這許多消息，足證任何一篇小說，都是作者「有的放矢」地，在利用人物、場景、情節等，做為一個虛構故事的硬體材料，然後在故事的進行中，見機而捉，把心中已製作完成的軟體（欲表達的意見）鑲嵌進去，做為整部小說的靈魂，使其「歌也有思，哭也有懷」，而大放光彩。

小說離不開故事。《午夜吹笛人》，是通過一個幼年失去母愛的金門青年，經歷後母的虐待、兄弟的分離、八二三砲火的摧殘、父親及後母的相繼過世、從軍、退伍、在臺灣結婚、創業、妻子流產、回鄉、妻子難產身亡等大半生不幸遭遇，表達了對國共內戰、反攻大陸、戰地政務、從軍報國、志願留營、葉落歸根、及金門還政於民後等種種問題的看法與願景。人物雖小，故事也不夠曲折離奇，但卻是一頁活生生的戰地小人物的血淚史，是戰爭巨靈掌中流瀉出來的哀怨笛音。

從以上的文摘中，不難看出作者所表達的大部分意見，在非金門人看來，是要跌破眼鏡的。原因是幾十年來，大家習慣了「反共復國」、「從軍報國」、「軍民合作」，以及「軍愛民、民敬軍」等報導與禮讚，這些當然也是事實。但，月亮裡也有陰影。即同一事象，對軍民或前後方，或當事人與非當事人的感受往往不一，甚至相反。例如：早年軍隊全部借住民房，在有作物的田地挖戰壕、打野外，在海灘架鐵絲網、埋地雷、管制進出，及全面實施宵禁等，軍人的感受是「理所當然」，後方的感受是「防務堅強」，但前線民眾的感受則是「苦不堪言」與「有口難言」。又如：鄰居的兒子去從軍報國，跟自己的兒子去從軍報國，感受絕不會一樣。又如：「與戰地共存亡」，多麼慷慨激昂，多麼驚天地泣鬼神，但他們在戰地外的親人，則是天天在膽顫心驚中，求神拜佛過日子。即使同在戰地的軍民，彼此的心情也絕難一同。例如：軍人在作戰到某個階段，有換下來喘氣的機會，或輪調到臺灣來「享福」一個時期，居民卻只能仍守著破碎的家園，過一天算一天。因為，他們雖也有鐵打的營盤（祖厝、田地），可沒法變成「流水的兵」。他們生於斯、長於斯、歌於斯、哭於斯、死於斯、葬於斯、永遠沒有「輪調」。砲彈來時，硬著頭皮頂；砲彈不來時，咬緊牙關，修屋補網，整田理地、看天播種。所以，不是個中人，難知個中苦。金門開放觀光後，觀光客在飽享風光及口福之餘，是否注意到民俗村裡守著風雨、夕陽待黃昏的老婦人？她們還不如那一排蒼老的白千層。

戰地政務，是在反攻大陸的設計下，站在「上馬殺敵，下馬治民」的觀點來看的。如果，沒有戰爭，又何須「保鄉衛家」？不過，金門歷屆的主任委員及官員們，也不乏愛民如子之心。但在基層幹部中，拿著雞毛當令箭，而又沒擔當者，也決非絕無僅有。否則，作者不會撂出「這種狗腿子，不值得我們稱謝」的狠話。其次，負責「出入境」安全檢查的「大員」，要說沒有「傲慢、無禮、囂張」及「扣下洋酒」等惡形惡狀，那也太「善化」他們了。如果真的「不是這樣」，則為人頗有「古意」的作者，諒不會如此「抹黑」他們。因為，作品出來後，決難逃讀者的嚴格檢驗與裁判。

總之，金門人半世紀來所受的苦難，決非境外人或過客所能盡知，也不是一句「海上公園」所能遮掩。只是，在「士氣第一、光明為先」的時代，沒人願意去「掀鍋蓋」而已。畢竟，我們終於進步到能說真話的階段，這是作者之福，也是所有作家和詩人的福。

老實說，金門不僅是兩岸之間的「是非之地」，也是蔣介石和胡璉的是非之地，更一度成為臺灣政壇的是非之地。這是中共當年在古寧頭慘遭滑鐵盧所留下的後遺症。因而才有「古寧頭的勝仗究竟是誰打的？」的是非題，才有蔣介石「守不住金門？」的是非題，才有「戰地政務是成是敗？」的是非題，才有中共「八二三砲戰該不該打？」的是非題，才有民進黨「金馬要不要撤軍？」的是非題。但，是非題還沒有做完，歷史老人一直在這塊島嶼上開玩笑，一直導演著「禍福相依伏」的連續劇。如書中的阿雅，因戰爭而由政府輔導，轉學臺灣，終能完成大學教育，便是前人鮮血、後人鮮花的例子（這種例子，在當今國內文壇、畫壇上，光是手指已不夠數了。其餘各業各行，出類拔萃者，更不勝枚舉）。只是，這篇小說，旨在記錄那個時代的「血液和淚水」，角度不同，著墨自有輕重濃淡之別。

就技巧而言，在這篇小說中，作者並不刻意地去製造大衝突、大高潮，只是用平實的語言，說平實的故事。對話方面，絕大多數都是用母語來完成，鄉土味特別醇厚。人物刻劃方面，最突出的該是後母李仔玉。從外表到內心，都沿著毒辣的路線去型塑，暗示了一種不祥的結局。其次是三叔公，只露幾下臉，那個正義的形象卻令人難忘。武上士的內斂與幽怨，也寫得很好。一支韋瀚章詞、李中和曲的〈白雲故鄉〉，吹醒了異鄉人葉落歸根的情懷，有家不能歸的哀思，並與孫伯伯的鄉愁完成，一拉一唱的搭配。此外，砲戰一角的描寫，既不誇大，也不掩飾，而戰爭的殘酷，自在大姆婆孤零的頭殼上那雙不閉的老眼裡。而《午夜吹笛人》居住的場景，只用「屋外有墳墓，夜晚有鬼火，三更有笛聲」十五字，建構了一幅淒冷的畫面，這是相當洗鍊的。至於人物的出場與退場，以及情節的過片，都能交代得清楚明白，不會使人有鑽迷霧的感覺。

最後要多說幾句的是：寫小說，不是光寫一堆熱鬧的亮片；看小說，也不是光看一堆花團錦簇。《昔時賢文》有句云：「大抵選他肌骨好，不敷紅粉也風流。」《午夜吹笛人》這篇小說，是夠得上這個「肌骨好」的水準的。

原載二〇〇〇年十二月廿六至廿七日《金門日報・浯江副刊》

靜默的窗外
——《午夜吹笛人》後記

陳長慶

五十年代是一個悲傷的年代，而我恰從這條坎坷的「紅赤土路」走來，親眼目睹一個不幸的家庭，以及許許多多在烽煙下求生存的島民。誠然，它們是激發我創作的原動力，而我卻不能以更生動、更華麗的文字來表達、來描述，僅以有限的知識，棉薄的心力，以空間換取時間，把故事呈現給讀者。

在鄉土語言尚未訂出一套標準的字音字形時，我拋棄人物對白中舊有的窠臼，嚐試著以方言來傳達不同區域的人物特性，讓國語與閩南語交叉運用。讀者初閱時或許不太習慣，有時必須上下猜測，把它化成本土語音，始能更深一層地理解和領會。雖然，我已盡了心、盡了力，但距離完美尚遠，唯一感到安慰的是：在我生命中的黃昏暮色時分，竟能把這篇作品寫成，為平淡的一生留下一個慚愧的紀念，其他，我能說什麼？一些「袂見笑」的膨風言辭，我是恥於啟口的。誠摯地接受善意的批評和指正，非但不是恥辱，反而是榮幸。

感謝同在這塊園地默默耕耘、相互鼓勵的朋友們。

二〇〇〇年十一月於金門新市里

人生海海情悠悠
——陳長慶《春花》讀後

陳延宗

在地球儀上要找金門真不容易，然而島嶼雖小，卻還是有百來個自然村座落四處；而在五個鄉鎮中，要找一間藏書豐富的書店卻也不是很容易的事。對於住在金城的我，找書、買書常成為到山外的理由。在這新的世紀裡，很高興又多了另一個到山外的新理由，那就是去訪友。

到山外拜訪的朋友當然不只一個，「長春書店」的陳長慶卻是常去拜訪請益的文友。祇因為踏進書店大門，既可看書又可與長慶兄談天說地，實在是踏足山外最佳的原委。當然，就如同許多來訪的朋友一樣，探訪時常會碰到白髮蒼蒼的老主人，站在櫃臺前埋首振筆疾書；大家都知道，長慶兄就是在這種狀況下完成許多創作的。

曾幾何時，長慶兄開始學起電腦，彈指神功揮舞之間，將腦海的種種思緒化作隻言片語。

對於十年前可能被視為出神入化的動作，在目前卻流行於全世界，甚至連小朋友都操作得非常熟練了。所以長慶兄初期使用電腦輸入法來創作，對他個人來說既新奇又實用。就像家用電腦的普及，網咖也開始橫掃到金門的各鄉鎮，青少年們都趨之若鶩。大人認為不可思議的事，卻經常莫名其妙的來臨。這不過在提醒我們一件事，那就是金門的生活根本是跟著臺灣的模式遷動，更嚴肅的說，金門是這地球村的一份子，一切生活事務都會受到時代脈動的影響。

隨著世界民主潮流的普及，鄉親在嚮往民主、爭取權益之際，雖歷經一番辛苦，現在想得到的也握在手上，不想或根本想不到的卻也來了。選舉這玩意兒，實在令人又愛又恨，卻也惹出許多是非來。生活權益提高了，鄉親感覺收穫不少，卻也失去了許多。選舉是令人期待又怕受傷害的事件，「賄選」卻是令人百般推辭不去的夢魘。

長慶兄將觀察選舉文化的眾生相藉著鍵盤敲擊而出，《春花》於焉誕生。使用電腦這新奇產品來描寫賄選這新奇怪物，作者心中必是百感交集。長慶兄的小說創作，總是給人很生活化的感覺，是對過往的一段追憶，或者對已逝的錐心緬懷？還是對現實的全面省悟，以及對未來的一種期待？不同的讀者常有不同的解讀方式，同一讀者在不同的時刻又有不同的感受。

長慶兄的小說背景常是就地取材，亦是鄉親所熟悉與經歷過的，讀後讓我們彷彿又回到孩提時代去了。不論他的作品題目素材是什麼，讀來總會令人非常親切，甚至小說中常會有許多情節與他的經驗極其相似，而讓不少人誤以為作者就是書中男主角，他的小說，似乎是自我生活的真實告白。

讀者有這種感覺，是全世界小說家常會碰到的問題；這種誤會，更造成許多小說家不少困擾。這些誤會，對小說行銷而言有時是充滿賣點，有時卻模糊了讀者的焦點，把重心都放在作者的生活上。為了避免徒增額外的負擔，長慶兄變動了方式，他首次以第三人稱的觀點來開啟《春花》這個故事的序幕。

《春花》與其說是部寫實的小說，不如說是家鄉成長片段的記錄。在五十餘年的歲月裡，我們總是期待著春城無處不飛花的興緻，偶而卻僅有春花秋月何時了的落寂。《春花》想要告訴我們的，實際上是早已埋設在你我心中的點滴；作者以第三人稱來宣告這部小說的誕生，無非是把這個寶貴的機會讓給讀者，讓你我同步來揭開這序曲，一起溫習社會大學裡的點點滴滴。

金門這個蕞爾小島，是個典型的農村社會，百姓的個性十有八九都是質樸憨厚。在特殊的地理環境，與數十年的複雜體制下，讓這個特殊的島嶼蒙上更神秘的色彩。百姓長久承受異樣的待遇，可惜的不是該有的權利未能及時享受，可怕的是在苦難當中遺失了許多寶貴的資產。

在《春花》這部小說中，矮古伯仔代表著老一代的金門鄉親，代表著過去百姓生活中所緊守的堅持。早期百姓的生活雖然不是很富裕，但一畝田地總是種出一片希望，辛勤播種之後常會滿懷期待著收割。不管環境怎樣困窘，矮古伯仔始終如一地把每日的工作安排好。日出即到他的希望之田耕種，日落則回到他所依靠的家休息，沉穩厚重顯現出對上天的尊敬與家庭的尊重，以及對這片土地的熱愛。

矮古伯仔的兒子空金，代表年輕的一代，金門人厚實純樸的個性處處可見，他們充滿著活力，卻常會禁不住外來的誘惑。年輕人容易衝動的特質，為他個人帶來一段不愉快的婚姻，讓家人共同體驗不一樣的歲月。為了和春花結婚，他不顧老人家的勸告，將一個特殊的女人迎娶進門，日子變得多彩多姿，但也搞得風風雨雨。

春花對於矮古伯仔一家而言，十足是個外來體。它代表著異樣文化的介入，她的出現，讀者一目了然地肯定她不是一個乖女孩。她不僅要嫁給空金，還要參選代表，十分懂得安排自己的生活。然而她的參選方式，卻採取不正當的手段，實際上也是許多候選人常用的伎倆。春花的出現，曾經左右過矮古伯仔一家人的生活，也嚴重影響到整個村莊、整個社會。一個花樣般的女子，通常會給人無限的遐思，就像金門鄉親心中經常存在著許多美夢一樣。青春年華藏不住熾熱的火焰，她倒也懂得應用天生本能，去求取一時的快樂。殊不知天外有天、人外有人。在她邁向新生活後，碰到了馬哥，乾柴烈火中各懷鬼胎，最後卻偷雞不著蝕把米。在執意與空金離婚後，馬哥也趁機瀟灑地以走為上策，徒留她獨守空閨。

「空金」給人的印象是老實純樸，人如其名的傻不隆冬的，被春花迷得團團轉而不自知。就在春花沉迷之時，幸而作者手下留情，安排空金知錯而改，否極泰來，終能過著平實而快樂的生活。然而在這個社會裡，卻有許多比空金「更空」的人，平時為了一點小利而斤斤計較；選舉時卻為了千百元的賄賂，甘願將自己的幸福葬送在他人的手中。這些現實中的空金，尚不知何時才能獲得上天的憐憫與關愛？

故鄉金門，在追求現代生活的旅程中，一路走來的確非常辛苦。空金之碰到春花後所受的折磨，比之金門追求現代生活、爭取權力所受的罪，實在是小巫見大巫。在這塊土地上，鄉親們當然希望能過一個更好的日子，但每到選舉時，大家又如著了魔似的，任憑有心人擺佈。就像空金一味的迷上春花一樣，始終沉醉在甜蜜的情網裡，深陷囹圄卻不自知。

在追求民主、崇尚權力之時，貴為萬物之靈的人類，卻常會犯下比任何動物還愚昧的錯誤。為了少數的金錢、短暫的利益，甘願把自尊甩在一邊，貶低自己的身價，去屈就於邪惡卑劣的手段，殊不知未來的前程就此葬送在他人的手中。很可惜的是，金門在歷史的軌跡中，竟然也步上這個後塵，令人憂心又無奈。

《春花》這本小說，就是在擔憂這種無奈，蕞爾小島哪有什麼本錢去跟這個世界比？只不過是鄉親彼此間的親和力，對這個島嶼的向心力，讓大家都能如同一家人，相處在小島上罷了。然而，由於島民卻命似地受限於四周的海域，未見怒潮澎湃的胸懷，但見偏頗狹隘的胸襟，始終無法體會眾志成城的真諦。

長慶兄憂心歸憂心，字裡行間卻對故鄉充滿期望。由於他的仁慈，春花回心轉意，一番懺悔之後，以實際行動來表示她是真心地在贖罪。這似乎是違反了小說創作的某些原則，因為小說佈局是講求越曲折越精彩，故事發展是強調越詭異越吸引人。《春花》自始即以平實的手法來鋪成整個故事的發展，未見煽情惹火的情節，但因字裡行間儘是活生生的經驗，所以令人矚目，令人想一口氣把它讀完。

《春花》這部寫實的小說，鄉親讀來有如在對自己作一番省察，或對這個社會作一番回顧，若是在選舉前後讀來則應更有體認吧！這部小說，若要找出它的缺點，我想「從此王子與公主過著快樂美好的生活」似的結局該是唯一令人異議的缺失吧！長慶兄冒然觸犯寫作法則，知其不可為而為，卻是慎重的表現出對故鄉的一種盼望，一份真心的期待。

作為《春花》的讀者，我是要對作者提出抗議；由於他的仁慈，所以女主角改過遷善地變好了，讓讀者未能看到更曲折精彩的結局。身為金門的鄉親，我卻要對長慶兄表示敬佩；因為他的關心，對於故鄉始終未放棄希望，讓鄉親充滿信心的期待著更美好的未來。我想祇有像作者一樣真正嚐過苦難滋味的人，才會珍惜每一個活著的時刻，每一個與人和睦相處的機會。

因為生活本身就是一種藝術，而人是大自然中藝術創作的一部份，懂得生活的人卻是大自然中最佳的藝術創作者。金門雖是大自然的小海島，《春花》一書卻透露出鄉親千萬不要妄自菲薄，我們無法祈求太平洋上天天風平浪靜，但可以要求自己心田裡時見海闊天空，而鄉親的和諧融洽則是未來榮景最佳的註解。

金門這個島嶼，曾經失去了春天，何時會尋回鄉親的春天，也許大約在冬季。而此刻冬天已到，春天還會遠嗎？長慶兄的《春花》，正是告訴了你我這個可愛又寶貴的訊息，春天實際都藏在我們的心裡，放開心胸，則是滿庭芬芳，處處留香。

配合時代的脈動，長慶兄改以電腦來創作，並首次以第三人稱出發，不僅與時代的腳步更契合，且與讀者的距離更貼近。《春花》完全是與讀者同一個角度去看金門，去看未來。鄉親若能常保眼睛的明亮，則能看得更深遠，常讓心胸更開闊，未來反而更寬廣。使用電腦工作是種時代的趨勢，保有自然的心卻是恆古不變、值得謹守的生存法則。

《春花》裡的空金與春花是由作者為他們的生命下註腳，現實中的鄉親則有待你我為自己的未來做判斷。我們希望新的一年能春城無處不飛花，富貴安康到每個鄉親的家。長慶兄的《春花》正述說著：「你我心中都有一朵永恆的生命之花。」而親情與真心正是它綿綿不息的泉源。

金門這片不能被出賣的淨土，我們不能祈求她四季如春，但願生長在斯地的鄉親，都能享有自然的四序運轉與代代豐年。在金門這片仍待開墾的文學田園裡，《春花》讓我們回顧多少往事，我們期待在文學領域上，有更多的繁花怒放，錦繡浯鄉。我們也期盼長慶兄，在《春花》之後，繼續呈現纍纍果實，讓我們分享更豐富的文學饗宴。

原載二〇〇二年元月五日《金門日報・浯江副刊》

撒落一地春天

——《春花》後記

陳長慶

在一片吵雜的支持和當選聲中完成這篇作品，我的思維並沒有受到政客的干擾和影響，因為這套低俗的選舉文化是矇騙不了文學中人的，不能兌現的競選支票與政客的嘴臉一樣醜陋；因而，遠離政治是我一生的堅持，我追求的是活時的尊嚴、死後的寧靜，以及這片不能被出賣的淨土。

《春花》這個故事在我腦裡已孕育了一段時間，但我依然不敢輕率地動筆，惟恐一些無聊的政客對號入座，用卑鄙的政治手段來干預文學創作，讓它沒有一個發表的空間。然而，如果文學屈服於政治，文學不能反映現實，對於一位長久從事文學創作的老年人來說，或許他的筆要預先放進棺木裡，上了天堂再寫，寫給陰間的孤魂野鬼看。故此，在寫完散文〈山谷歲月〉後，我深恐有一天會成為一個失智的老人，不得不盡速地把它記錄在生命的扉頁裡，縱然它還有很大的發揮空間，但若淪落成言情小說，是我不願意見到的。

我的字是獨創一格的「陳體」，有時自己寫來自己看不懂，幫我處理文書稿件的老友白翎，說我是在「畫符」，但他這個「聽字的」道行也不低，上猜下測，一句一句還是讓他給猜對了。

今年六月，大女兒託運回來一部電腦，希望我沒事時按按鍵盤，唸唸大易輸入法的口訣，學學打字，以後就不必畫符了。然而，對電腦我是一竅不通，尤其是一位在塋前徘徊的老年人，手腦已遲鈍，記憶也衰退，無論想學什麼，都不是一件容易的事；為了老年人的自尊，也不好意思逢人就問，幸好幾位經常來往的朋友，不忍心看我獨自在摸索，每人傳授我一點小本事，讓我順利地用電腦把這篇作品寫完。而今，「乩身」已「退神」，聽字的「無代誌」，感謝老友白翎數年來的幫忙和協助。

在廣大的文學領域中，今年我交出的，依然是一張不及格的成績單。在春夏兩季裡，我曾試著以鄉土語言來寫詩，並先後完成了〈今年的春天哪會這呢〉、〈某政客〉、〈了尾仔囝〉、〈故鄉的黃昏〉、〈戒嚴前後〉、〈咱主席〉等六首，除了寫出我對故鄉的憂心和熱愛，也藉詩來反諷一些無恥的政客，以及白色恐怖與綠色執政的對比，試辦小三通所衍生的枝節等等。坦白說，在鄉土語言尚未訂出一套標準的字音字形時，如此的寫法，不僅備感艱辛，也不討好。故而，我暫停嚐試「咱的故鄉咱的詩」的創作。在秋冬兩季僅完成了散文〈山谷歲月〉以及中篇小說《春花》。若以量來說，或許是少了一些，而質呢？是向上提昇，還是向下沉淪，抑或是原地踏步？相信答案就在讀者的心目中。

想出版這本書，沒有其他理由，其最終目的依然是做一個慚愧的紀念。因為對未來，我不敢有太多的期許，只能珍惜現在。

二〇〇一年十二月於金門新市里

童養媳的情慾孽緣

——剖析《冬嬌姨》的故事背景及其情慾世界

白翎

陳長慶的第十本文學創作——《冬嬌姨》，以不到四個月的業餘時間完成了；如果你知道他整天的時間裡，是獨自一個人照顧一家書店，顧客上門時，包裝找錢，哈腰道謝；舊雨新知串門子時，大都是聊個不知天昏地暗的；自已及一家人的三餐，柴米油鹽醬醋茶，哪一樣不是一手掌握的專業「家庭煮夫」；剩下來的業餘時間，只有在白天極其有限而零碎的空檔中、忙裡偷閒地在櫃臺那部電腦的鍵盤上、用大易碼去拆字組合、一個字一個字地敲出這部有血有肉、有情有淚的《冬嬌姨》，為故鄉另一角落的人們，留下歷史的見證。他的鄉土選擇與對寫作的執著，實在是值得記錄的！相對於三年來的「每年一書」，《冬嬌姨》的「每季一書」更值得記錄！期待他持續以「趕業績」的態度，不但早日催生「春花、秋蓮、冬嬌姨」後的壓軸好戲「夏季篇」，更使計畫中的「陳長慶全集」如願等身！

《冬嬌姨》的故事背景

《冬嬌姨》一如他的其他作品，描繪的對象仍然是早期的浯島子民。故事的時空，約為五、六十年代，做為童養媳的冬嬌姨，從做大郎、尪下南洋、守活寡、撐門面，是早年浯島屢見不鮮的事例，是當年島上飛沙走石、無以維生，而不得不的選擇；古代文人筆下的商婦怨——商人重利輕別離，望穿秋水等嘸人；變成了今日陳長慶筆下的新婦怨——為求生計走南洋，新郎一去無蹤影；這是時代的悲劇、島民的無奈！到後來演變成討客兄、跟北貢跑的下場，在當年亦非少見，與其他同歸於盡的案例而言，陳長慶自有異於常人的註腳，雖是見仁見智，毋寧是較人性化的處理方式！

（一）童養媳的古往今來

童養媳的風潮，在早期的浯島，有其流行的時空背景。不同於名門望族的講究門當戶對、郎才女貌；一般人家，尤其是堪稱清白的農村，在傳統、時俗、適應性及人力資源上，都有現實方面的考慮，是童養媳一度盛行的主因。

由於「重男輕女」的傳統觀念，大家都努力生育兒子，以期完成傳宗接代的神聖任務；如果不生個兒子，好像無臉面見列祖列宗，如此努力打拼的結果，女多於男的家庭，自然不在少數，生活養育的沉重負擔，提供了童養媳不虞匱乏的「供給」面。

男大當婚、女大當嫁。兒女的成家，常常是為人父母牽腸掛肚、念茲在茲的大事；但是，娶媳婦不比嫁女兒，往往是一項很沉重的負擔；尤其是早年的「三八」聘禮、宴請鄉親的習俗，在收入有限的農村，總還是一筆不小的支出，以童養媳做大郎，也可算是一種預防性的儲蓄，可減輕臨事時的壓力負擔。

再者，做大郎的男女雙方，由於長期相處，即使未必日久生情，至少相互間有較深入的瞭解，在彼此的適應上是先瞭解再結合；婆媳之間，也因有養育之情，更易於融洽。家庭成員間的瞭解、疼惜、愛屋及烏的心情，成了歡樂家庭的鐵三角。

最後以農村的需求而言，人力資源是很重要的。可以多一對腳手，更是屬於長期性的資源，對於極依賴人力的農家而言，是很穩定的、很渴望的安排。以上是早年童養媳流行的時空背景，如今卻未必盡然。時潮的變化，可說是半點不由人呀！

現在的為人父母者，講究的是子女教育的優質化，不獨是「男孩女孩一樣好」，更甚者是「娶個媳婦，少個兒子；嫁個女兒，多個兒子」時代的來臨，貼心的女兒扭轉了「重男輕女」的傳統，柔軟的力量最剛強！柔能克剛，誠不欺我！

（二）所謂的「白色恐怖統治」

作者在《冬嬌姨》的第二章，有如下的一段敘述：

在戒嚴時期白色恐怖的年代裡，民主和人權是不存在的，人民的尊嚴，猶如畜牲般地被當權者踐踏；言論沒有自由，行動沒有自由，上天賦予人類的思想，竟然也失去了自由！

如果把「白色恐怖」定義為「民主和人權是不存在的，人民的尊嚴被踐踏，言論、行動、思想的自由都失去了！」走過這段戒嚴道路的人們，都一定心有戚戚然，但是，大家也都不願意，再回頭去揭歷史的瘡疤！走過軍事統治的人們，從村指導員到副村里長的統治，大家選擇了「記取歷史教訓，忘記心靈仇恨」的療傷止痛，維持軍民共生共存的局面。善良的人們啊！這到底是身為金門人的悲哀！還是身為金門人的無奈！

早期的白色恐怖有兩條主軸：「反共有理的無限上綱」和「領袖形象的無限神化」。反共無限上綱的結果：只要扣上「匪諜」或者是「共匪的同路人」的帽子，必然永世不得翻身；等而次之，掛上個「思想有問題」的牌子，不死也脫層皮，禍延子孫更不在話下。

領袖神化的結果：箝制了人們的思想，言論定於一尊，無條件擁護領袖是愛國，異議就是造反。最後的結果，就是產生了一堆將愛國無限上綱的「愚民」。

如是觀，白色恐怖成為爭權奪利者，用來剷除異己的武器；所以會波及嗷嗷待哺、只求溫飽的善良子民者，便是那群手握雞毛、假傳聖旨的跑腿人：《冬嬌姨》書中，那群以查戶口為名，行查違禁品之實者；現今社會中，屢見不鮮的未審先判、先抓人再找證據者，不都是同流之輩嗎？他們學會了，把白色恐怖無限上綱；藉此挾怨報仇、掃除不順眼者，也把個人仇怨寄生於白色恐怖中。

白色恐怖者，可惡極了！無限上綱者，不可惡嗎？

（三）「桃色糾紛」與「禁區」

早年國軍初抵浯島，先後經過古寧頭，大二膽等戰役，在退此一步便無死所、置之死地而後生的拼戰後，總算是大勢底定，演變成國共對峙的局面。

當時的國軍，並未有軍營的設置。所以，鳩佔鵲巢式的強據民房，也就成了必要之惡；屋主被迫到小房間去擠，客廳等較大空間，清除後，變成大通鋪，駐上整班整排的軍人；等而次之，連大門板都被拆掉了，成了防禦工事的材料……，如此，軍民雜處、利害衝突，不產生糾紛才怪！只是，在主其事者的高瞻遠見下，接到借條的老百姓，也只有共體時艱、同赴國難了！

在被尊稱為「現代恩主公」的胡璉將軍，倡導「軍民一家」的善意操作下，人力資源的互通有無，倒是維持了不錯的和諧局面。

《冬嬌姨》書中已是軍營獨立門戶的時期了，但相對於早期的水乳相融，此時期的軍民糾紛，尤其是男女間的桃色糾紛，更有嚴重惡質化的現象。書中的冬嬌姨土灶爆炸事件，倒成了較輕微的次要案例；更嚴重是，未能如願的癡情漢，用沒有明天的激烈方式，處理他們的不如意：同歸於盡的手榴彈投擲、你死我活的機槍掃射……等血肉橫飛的悲劇，間而偶有所聞。

為了預防這類血腥事件的重演，採取了不同的因應措施：用所謂的「禁區」，禁止軍人出入某一些定點，以降低糾紛事件的可能；藉由軍隊的內部情報的反映，壯士斷腕似的隨機性調職，以防止火花的爆發……。以《冬嬌姨》故事情節的發展，這兩種手段雖沒有產生預期的效果，倒也沒有發生預料的不幸，應屬作者人性化的佈局。

此外，軍用罐頭在《冬嬌姨》書中也多次現身：副官用酸菜罐頭來討好；營長用豬肉罐頭償還修改軍服不收工錢的人情債；雖然在等級上是有高下之分，但他們的觸犯軍法並無不同。這種在民間有錢買不到的罐頭和乾糧，「在軍中堆滿倉庫，寧願讓它腐蝕、讓它被老鼠啃食，也不能買賣和送人」是有點矯枉過正。如果還要被冠上盜買（賣）軍用物質的罪名，移送軍法論罪——身處戰地的老百姓，也同樣享受軍法的待遇，那才是嗷嗷子民的最大悲哀！

後來，軍方採取了軍用物質剩餘繳庫退錢的方式補救，聽說效果極差；流落在外的軍用物品，總是遠遠超過繳庫量，因為他們還是害怕繳庫的後果，是減少配發的數量——用不完，就少配發一點。有時候想一想人性的弱點，也是蠻有趣的！

《冬嬌姨》的情慾世界

《冬嬌姨》的重心，應是敘述一段軍民的感情事件。冬嬌姨是作者全力描繪的主角，她的情慾世界，更是重心的重心。作者費心地呈現冬嬌姨的愛恨交織、情慾飢渴，用他的生花妙筆，活生生地刻畫出，一個初嚐男女情事，沉醉在肉慾激情的活寡婦，如何度秒如年地忍受著肉體情慾的騷念，如何像極想思春偷腥的貓兒，儘管勉強堅忍與壓抑、終如出閘的猛虎，一發而不可收拾。

讓我們看看冬嬌姨和她身邊的幾個男人，如何上演他們的愛恨情慾、創造出和冬嬌姨間的孽與緣：

（一）「引火者」——淺嚐即失的啓蒙丈夫

王川東是冬嬌姨情慾世界的引火者。

他們是青梅竹馬、有情有愛的伴侶。冬嬌姨從三歲就進入王家的大門，像被埋放在土裡的種子，在歲月的灌溉和生活的滋養下，愛情在他們兩人的心中，萌芽、伸葉、茁壯，乃至於枝葉茂盛、大樹成蔭，都應是理所當然的；如果不是作者有意的撥弄是非，硬要無巧不成書地拆散他們，他們的如膠似漆、恩愛終生，應是人間僅有的、羨煞神仙的鴛鴦。

冬嬌姨的情慾世界是由丈夫王川東所開啟的，在給了她甜蜜的感覺，新婚燕爾之際，卻活生生的被棒打成鴛鴦兩離散；這段少女情懷總是春的映象，牽引了冬嬌姨的一生；此後，不管冬嬌姨碰到哪一個男人，王川東這個冬嬌姨滿懷情慾的啟蒙者，總是陰魂不散地出現，給冬嬌姨揮之不去的陰影；冬嬌姨的思念之情轉化為滿懷幽憤：是恩愛是怨恨？是感情是肉慾？是孽債是姻緣？或者是俱備？

（二）「過客」——徜徉門外的副官

何景明是冬嬌姨情慾世界裡過門而不入的過客。

這個副官，從修改軍服、包洗衣物、看似無所不談的交心、終至調升他營的副營長而默默地消失了；作者很偏心地限制了他的圈圈，沒有激情、沒有觸電的火花，好像是一段純純的愛，像連手牽手都沒有出現的兒戲；想像中，感情的發展似乎要有所突破，好戲好像要開鑼了！作者就是橫了心腸鐵了鉈，寧願讓冬嬌姨夜裡死抱著棉被、讓情慾的體溫、肉慾的蠕蟲，浸濕了全身的衣服，甚至被褥，還是要冬嬌姨忍受心靈空虛又寂寞的苦痛時光，就是不給副官一次機會，不給讀者一點視覺的快感。

或許是作者安排的醞釀期，為冬嬌姨累積更多的潛在能量，才能在關鍵時刻，發出雷霆之擊。所以藉由高個子的排副和痲子文書的口，在他們對冬嬌姨的挑逗之中，暗示出冬嬌姨和副官的親蜜關係。我們也只有在其中，體會一下作者描情寫心的功夫了！

（三）「憨佛」——壯志未酬的阿志和村指導員

痞子阿志和村指導員是冬嬌姨情慾世界裡壯志未酬的憨佛。

有句鄉諺是這樣說的：「憨佛想要吃雞卵腑」。用這句俗諺來描繪痞子阿志和村指導員，頗具有神來之筆的傳神味道。

就在川東雜貨店歷經土灶爆炸的驚魂事件，再度被列為軍方禁區，冬嬌姨的生意一落千丈，婆婆虎母快仔撒手西歸，幸得表哥將阿忠過繼給她的慘澹歲月裡，發生了村裡的歹囝阿志，利用一個風雨交加的夜晚，意圖強暴冬嬌姨，她的關鍵一蹬，擊中了阿志的下體，解除了此次危機。

村指導員的事件則發生在憲軍壓境，意圖搜索冬嬌姨家中，尋找營長盜取軍用物質的證據，以為可以抓到大魚，沒想到大費周章、翻箱倒櫃之後，只找到了一罐鰻魚罐頭，失望之餘，只好將冬嬌姨以私藏軍用罐頭的罪名，交由村指導員處置，取得下臺階；村指導員在傳冬嬌姨到村公所之時，趁四下無人，大施祿山之爪，被冬嬌姨以潑婦之姿，義正嚴辭地悍拒，嚇得送走瘟神似的放了冬嬌姨。

或許，在痞子阿志和村指導員的想法裡，冬嬌姨的活寡生涯甚是難挨，妄想解人之苦地佔上一番便宜，還以為自已是功德一件；豈料冬嬌姨不吃這一套，任憑慾火焚身，也是有所抉擇，也是有所不為。也是作者意圖表達，冬嬌姨的「討客兄」是被流言逼上梁山，終成事實的無奈。

（四）「入幕之賓」——真命天子的營長

營長是冬嬌姨情慾世界裡，夢裡尋他千百度，驀然回首，卻在燈火闌珊處的真命天子。

大凡主角現身之前，必先由配角跑場。矮仔士官長就是這個跑龍套者。先由二十出頭的矮仔士官長，和阿忠建立交情，混識攬熟之餘，帶著營長來修改褲子，接著就是：不收工錢、送豬肉罐頭、請吃炒米粉……連串的接觸，加上矮仔士官長這顆電燈泡的適時滅亮、迴避，好戲自然持續上演了。三番兩次地，冬嬌姨的雜貨店成了營長的小廚房；吃喝之餘，加上催情酒的助興，天雷勾動地火、乾柴遇上烈火之際，精采好戲眼看就要上場了；或許是好事多磨，或許是作者要塑造冬嬌姨是流言受害者的形象，硬是要冬嬌姨給煞住了！

急轉直下的劇情是，營長被調到師部坐冷板——當參謀。

冬嬌姨歷經臨檢查到鰻魚罐頭、村指導員威逼利脅地調戲、舅舅聽信流言坐實她越軌討客兄的質疑、連阿忠都可能被要回去……等連番挫折，讓她對自己固守最後一道防線的堅持與代價，產生了莫大的動搖。

其間，營長不時地藕斷絲連地重溫舊夢，討論過流言、舅舅的質疑，作者終於完成了冬嬌姨被動地討客兄的布局。產生的轉折是：營長清洗盜取軍品的冤曲，調任師部直屬營營長；部隊移防後方的時機，讓營長籌謀了「走為上策」的計畫；冬嬌姨也在流言烏雲密布般地籠罩下、在營長的承諾交心下、在即將遠走高飛之際：把心防全撤了、孤注一擲地把自已毫無保留地交給了營長。冬嬌姨，終於討客兄了。冬嬌姨，找到了她的第二個春天了！

情慾飢渴的「冬嬌姨」

《冬嬌姨》的全文中，作者安排了冬嬌姨和營長有三場激情的對手戲：首先是在冬嬌姨的生日之夜，家庭式的餐會中、阿忠飽食先就寢後，在酒精的推波助瀾下，彼此開放了豪情，情不自禁地進了房間；就是被冬嬌姨煞住的那一次。

其次是在營長調任師部參謀後，第一次回到川東雜貨店。在臨午少有人上門、阿忠又回舅舅家的空檔裡，懷著小別再相見的激情，就在店裡貨物架後方的隱密處，兩人如膠似漆、乾柴烈火般地纏綿著，卻被前來買煙的宋班長給撞散了！

大功告成的一次，是冬嬌姨跟人跑了的前夕。那時，舅舅的質疑、阿忠將被帶走的疑慮、遠走高飛的計畫定案之際，營長門了雜貨店的大門，冬嬌姨也如流言般地討客兄了！

再來看看冬嬌姨面對心儀男人的情境，首次見到副官時：

當她的手拉著自製的布尺環過他的腰，卻聞到一股熟悉而成熟的男人味，她的心一怔，猛而地抬起頭，看了他一眼，一朵美麗的彩霞從她的頰上掠過，眼前這位陌生的男人隨即幻化成王川東的身影，讓她喜悅異常。

而當矮仔士官長帶營長，來修改褲子的第一次會面時：

> 佇立在眼前的是一位溫文儒雅的中年軍官，冬嬌姨為他量了腰圍，量了褲長，卻情不自禁地多看了他一眼，他濃眉大眼又留了一個小平頭，顯現出一副英姿煥發的革命軍人氣慨。中等的體形，雖沒有山東漢子的魁武，但全身上下卻散發著一股中年男子獨特的魅力。以前那位山東副官，或許要略遜他一籌，而對著這個男人，的確讓她的心兒怦怦跳。

情慾飢渴的冬嬌姨，看到副官時，幻化成丈夫的身影；看到營長時，比副官更勝一籌而心兒怦怦跳。

作者用漸層的手法，描繪冬嬌姨對首次見面的男性，隨即產生如此的情慾印象；不正顯示出冬嬌姨因新婚丈夫的離去，難忘曾有的短暫歡樂，使她罹患了嚴重的情慾飢渴症嗎？

此外，作者前後費了不少的筆墨，突顯冬嬌姨對男女間歡怡的懷念：連村人火仔牽母牛來找虎母快仔的牛港交配，都逗得冬嬌姨心神不寧的遐思，大做白日春夢；更遑論面對心有綺念的副官及營長，在言語挑逗、甚至肌膚之親後，怎不讓冬嬌姨心猿意馬、春心盪漾，更而徹夜難眠？

道德性，一直是陳長慶難以掙脫的束縛。或許，也正是他潛意識裡極欲突破的一道牆。

在《冬嬌姨》裡，他要呈現守活寡的冬嬌姨，討客兄、跟人跑了的往日舊事。這些塵封往事，固然是事實；但道德的陳長慶仍然是心不甘意不願地讓他筆下的人物披著道德的外衣，去做違背道德、卻可能是合乎人性化的醜事。所以，他不厭其煩地提醒讀者，是村人們不停地說，流言不停地污衊著，所以冬嬌姨在堅此百忍之餘，只有隨波逐流了；所以冬嬌姨在最後一刻才會誤人歧途！

但是，陳長慶還是要去鋪路，所以他還是必須用許許多多的片段，去揭露冬嬌姨的情慾世界、去陳述冬嬌姨難以違抗的宿命、去訴說更多的風風雨雨；如果陳長慶認為如此轉變，是他文學生命裡的屈服。我們不禁要說，這可是做為一個寫實作家的他，走上了真正的寫實之路，掌握了寫實的真諦，為時代的小人物畫像。

或許，陳長慶正在偷笑。這才是真正的陳長慶。

原載二〇〇二年六月十五至十六日《金門日報・浯江副刊》

拾回的記憶

——《冬嬌姨》後記

陳長慶

寫完小說《春花》，我的思維隨即進入《冬嬌姨》的構思裡。兩篇不同時空的作品，兩個不同時代的人物，寫來備感艱辛，但也正考驗著一位長期從事文學創作的老年人的恆心和毅力。從草木枯萎的寒冬，到木棉花開的春天，我忍受著常人難以忍受的孤單和寂寞，我承受纏身的店務和瑣事，用不太靈活的雙手，在鍵盤上敲敲打打，敲出我對文學的執著，打出《冬嬌姨》這個久遠的故事。在我脫稿的那一刻，我含笑地穿越屋前平坦的柏油路，仰望開滿枝椏的木棉花，然而我的思維是否能再進入另一篇作品的深邃裡，為我慚愧的一生增添一些亮麗的色彩？倘若不能，顯然地，我的腦細胞已被歲月的酸素所腐蝕，徒留一副沒有生命的軀體在人間。

《冬嬌姨》待商榷的地方仍多，但我始終不願刻意地去修飾和美化，初中一年級的學歷，書寫出來的作品就是這副模樣。麻子雖多了點，然它點點都是真；凡是真，就是美，一張虛偽而美麗的臉，並非我此生想追求的。因此，我源於自然、源於傳統、源於一顆熱衷文學的心，用笨拙的手，寫出我心中的冬嬌姨！

二〇〇二年四月於金門新市里

只要有心向學，社會到處是大學

——從縣籍作家陳長慶再出版新書說起

林怡種

縣藉作家陳長慶又出新書了，不久前在本報副刊連載的長篇小說《冬嬌姨》，再獲出版社青睞順利付梓，屬於他的第十一本金門鄉土文學著作又和讀者見面！

當然，這年頭排版作業電腦化，印刷科技日新月異，任何人想出書，簡直易如反掌，委實不必大驚小怪；何況，有些人肚子裡沒有墨水，想趕時髦過過作家癮，花錢央人捉刀代筆，短短幾天就可出一本書。換言之，今天想出書當作家，比起從前容易多了，作家頭銜早已風光不再！

然而，陳長慶又出書了，依然是一本金門鄉土文學著作，並非理財致富秘笈將造成搶手貨，亦非是《愛情青紅燈》可熱賣大發利市，何勞多費筆墨來贅述！可是，他出生在金門窮苦農村，既未曾上過大學，也沒出國喝過洋墨水，正式的最高學歷僅僅初中一年級肄業，但已順利出版了十一本文學書藉，意義不同凡響！

其實，在山外街頭開書店、販賣書報的白髮老闆陳長慶，不認識他的人，都要笑他是不懂生財的傻者，因為，憑他那間靠車站的黃金店面，若改為電玩店，保證日進斗金！可惜，這些年來，他仍守著書報攤，每天大清早開門營業，對每一位光臨的顧客哈腰作揖，賺取微不足道的蠅頭小利，兼作傳播文化種籽的白日夢。幸好，認識他的人，都能輕易地從他頭上絲絲白髮找到智慧的脈絡，也能從他飽嚐戰亂歲月鏤刻的臉龐，發現他為書痴狂，每天賣書、讀書及寫書，不改其志，樂在其中！

原來，陳長慶出生在烽火漫天的年代，初一下學期因家貧被迫輟學幫忙農事，由於當時島上烽火連天，加諸鄉村普遍尚未供電，百姓仍不知電視是何物；因此，對外資訊封閉，知識來源貧乏，但憑恃著強烈求知慾望和不服輸的信念，哪怕是路旁撿到一張舊報紙，或一本殘缺不全的書刊，也如獲至寶，一字一句研讀再三。爾後，雖在軍中謀得雇員工作，惜與興趣不合，因而辭職租屋開起書店，讓書店成為「社會大學」，更讓自己沉浸在知識浩瀚的大海裡，同時，也不停地鍛鍊寫作技巧，作品陸續刊登在國內各大報刊。

誠然，隨著作品不斷結集出書，陳長慶早已是享譽國內的知名作家，卻仍自認文章火候有待加強。雖老眼昏花，仍每天讀書、閱報，不斷地充實自我，冀望彌補學歷之不足，才不至於被時代淘汰！

平情而論，這是高學歷、高知識與高經濟掛帥的時代，陳長慶能以初一的學歷，靠不斷自修向學在社會立足，還念茲在茲，以筆記錄浯島子民走過的歷史痕跡，讓一本又一本的金門鄉土文學著作，豐富這片土地的人文色彩，真是彌足珍貴！如今，又見他出版新書，雖然，就整體而言，這只是小人物的一點小成就，不足掛齒；但是，我們認為其不屈不撓、自修苦學的精神，足以說明一個人只要有心向學，社會處處是大學，行行亦能出狀元；除此之外，其奮鬥的過程，更可做為青年朋友學習的榜樣！

（本文為二〇〇二年十月一日《金門日報・社論》，執筆者為編輯主任林怡種先生。）

時局盡荒唐　一把辛酸淚
——陳長慶筆下的家鄉角落

白　翎

手捧著陳大哥《木棉花落花又開》的書稿，準備好好地品嚐一番；然而，滿懷的悠閒輕鬆絲絲縷縷地流失著，取代的是一波波的無奈——對過往時局的無奈、對早年坎坷的無奈、對人心不古的無奈、或者是對當今社會萬象的無奈……；這就是陳長慶筆下的家鄉印象，也許正是這一代中古人的共同經驗，所謂的多情笑我早生華髮，也許是過多的情懷催生了陳長慶的滿頭白髮，難保不是無奈所留下的歲月痕跡。

憂時愁局的陳大哥、放不開昨日的陳大哥，您真的辛苦了！

人生難得幾刻自然身。拋開憂鬱、拋開誘惑，剩餘的歲月，能否載得動幾多愁？讓無奈自己去無奈，讓自己的天空很自在吧！

本文定位於：試說陳長慶的散文。而，前《金門日報・正氣副刊》編輯孟浪（謝白雲）先生曾做過結論：他的評論比小說好，小說又比散文好。（正面的說，「散文好、小說也好評論更好」；換個角度：應該不是說：「評論很好、小說也好、散文可以說好」吧！。）

如今，陳大哥不僅評論、小說、散文寶刀未老；更闖入了詩歌的領域，連鄉籍詩人藝術家張國治教授也給了他「別具一格」的稱譽；由此可見，陳大哥不僅是寶刀未老而已，絕對勝過吳下阿蒙，絕對是令人刮目相看的！

評論對陳大哥而言，猶如學童拿剃刀當寶劍耍，當年也是叱吒風雲，名聲透京城；如今，不當大哥也很久了！二十多年來，似乎不見他的豪氣干雲，也許這是我們的損失。

小說是陳大哥終此一生的最愛，尤以復出後更甚。我常常提醒他：要早日完成四季書──春花、秋蓮、冬嬌姨之外的夏什麼？寫一個圓滿。

詩歌雖似是陳大哥的新歡，其實是他的驚豔。詩歌，竟然也可以如此寫！寫得如此的痛快！如此的過癮！如此的爽！宛如水庫洩洪，似千軍萬馬奔騰；啊，宣洩之美！

散文就成了陳大哥下酒的小菜。可惜他並不嗜酒，倒是喜歡茶餘飯後白髮宮女話當年一番，尤其是適機地撩他一下，必有佳作問世。所以，三不五時地順產，也到了結集出版的時候了。

因為陳大哥的散文既非純情派，更非闞風花雪月；所以解讀之道也就順著他的人生百態，來細敘因果、談古說今。

本書內的散文，分成六輯。以下就依著書中的順序，畫蛇添足一番了！

找回失去的春天，再創文藝第二春

第一輯的重心在《失去的春天》這本書。

配合金門縣寫作協會八十九年五月底，以《失去的春天》一書為主題的「讀書會」，陳大哥特地寫了這篇〈燦爛五月天〉，當做作者的剖白；和與會的文藝同好分享他的心血結晶，當然也免不了自唉自嘆一番了。

針對《失去的春天》這部小說，我曾寫了一篇導讀——〈感恩憶故人　髮白思紅粉〉，重點在對小說的時空背景做初步的介紹，以便讀者更易於進入陳大哥的感情世界；同時也寫了一篇評論——〈因為真實感所以引人注目——論陳長慶《失去的春天》之「人物篇」〉——請讀者明鑑：時間空間應是十足寫實，故事情節則真實感矣！明眼人一看如此副題，會想：應該還有下文；不錯，原本計畫共有系列評論三篇，另兩篇題目擬為：〈因為真情流露所以扣人心弦——論陳長慶《失去的春天》之「故事篇」〉和〈因為真愛所以感人肺腑——論陳長慶《失去的春天》之「感情篇」〉。導讀和首篇趕早完成，納入書中同時問世，後兩篇卻不了了之，成為我對陳大哥的感情之債；一者為怕掠陳大哥之美：導讀五千餘字，首篇逾兩萬字，如果以等量計算，總共就會有六、七萬字之譜，足足成為專書而有餘了。再者，事之不如意者，十之八九；時空演變，一拖一推、一忙一忘之際，竟然就成昨日黃花了。有朝一日，陳大哥的小說成為金門文壇的顯學，為彰顯陳學之光，共襄盛舉，我一定會補足這兩篇的。

至於陳大哥常牽掛在嘴邊的初一學歷，而忽略社會大學的經歷。固然，這是陳大哥終身的遺憾；除非自認學歷在髮白齒搖的今日，還是如此重要；除非當年的環境所侷，真的讓您沒齒難忘；除非農村家庭的不足，父母的無能為力，真的讓您抱憾至今；否則在高堂引你為傲時，再提失學憾，煞風景之極，無甚於此。以今日之陳大哥，意氣風發的時間多，以您的十二書，字字嘔心瀝血，環視浯島文壇，早已不遑多讓了！難道還缺乏自信嗎？還需要如此自貶嗎？

生命的價值，必須在自我的價值觀下有所取捨。有所在意，也有所不在意。且看：強勢而抱憾終生的軍事總統、識時而謙抑自得的過渡總統、陰柔而彰顯親民的政治總統、傲世而專事破局的瀛兒總統、呼口號而手足無措的草根總統，歷史將會如何定位他們，已不是我們這一代人的事了！冷眼觀天下，人生還有什麼不能開懷的！

對陳大哥而言，《失去的春天》是一座分水嶺，開創了一個嶄新的文學生命。眼尖的讀者們，你們會發現，在《失去的春天》前後的陳長慶有著極大的差異：彷彿打通了任督二脈的武者，頓悟人生哲理的智者，不獨功力驟增，信手拈來，一二十萬字的作品，行雲流水般地源源不絕；他早已找回文學的春天，打造出他文學生命的新地標、新世界。

人生百態，唯慧眼識迷津

第二輯的兩篇，先似先知指迷津，後敘力出己身品自高。從克羅齊的《美學原理》到朱光潛的《談美》和《文藝心理學》等文學理論的經典名著，都是陳長慶在「明德圖書館」苦練的祕笈。在他開口道來，總是一番大道理，且絕非信口開河。

難得他有這分雅興，和詩人大談女子之美——尤其是以他塑造的《冬嬌姨》為例，揭開大師的面紗，以舉手投足之美，應戰詩人的太極拳式的動態之美；高手對招，高來高去，凡夫俗子，只見嬈嬌嫵媚，令人神往，目不暇給之餘，早已神授魂與，哪管得她飛燕貴妃？

更難得的是，不知陳大哥何時取得了牧師執照，在潛移默化中引蛇出洞，接受了詩人的一番告解；再來一段愛的真諦，大有派出天鵝引渡詩人脫離情海之功德。

大致而言，陳大哥的愛情觀還是蠻傳統而保守的。強調的是，她有一個美滿的家庭、有乖巧的兒女、有深愛她的丈夫。陰謀渡詩人的情愛入柏拉圖國；再以藝術家審美之高帽，化解夢牽魂絆的精神之戀。孰不知，曾經滄海難為水，除卻巫山不是雲；感情一道，若是如此易解的方程式，則哪來的羅蜜歐與茱麗葉？又哪來的梁山伯與祝英臺？而，陳大哥在《失去的春天》裡趁著顏琪臥病之際，又與黃華娟共織情網，腳踏兩條船的貪婪，又該如何地解？看來，詩人有的苦受了，被冒牌的牧師如此挑逗與誤導，又何止十八道深淵跳不開！飛蛾撲火、自畫幸福禍餅，到頭來，怎麼昇華的，都渾然不知呢！

至於〈剃頭師〉一文，是陳大哥的社會經歷，其峰迴路轉、驚魂動魄之扣人心弦，實在令人心酸！而其剪破耳垂、剃鬚冒血珠諸事，也頗具戲劇效果，雖不致缺德至噴飯，倒也一笑解尷尬。

當然，職業原本無高下，萬般煩惱只因庸人自擾。陳大哥的跳不過〈剃頭師〉一關，原本是半點不由人，至於禍福幸與不幸，也都是要看各人如何解讀：福兮禍所繫，看那塞翁失馬的故事，也就沒有什麼好計較的了。

想那塞翁走失了一匹良駒，卻帶回一群千里馬；若多好馬憑空而來，卻累愛子摔斷了腿；斷腿的愛子固不幸，卻倖免徵兵萬里戰沙場，保得一家團圓聚。

我是懷疑故事的真實性，卻也佩服說書者的聯想力。

天公疼憨人，壞人卻報應遲

第三輯的〈李大人〉和〈朋友〉是一雙有趣的對照。

〈李大人〉在陳大哥的筆下，可真是拿著雞毛當令箭，滿口依法行政，卻滿肚子男盜女娼；有見風轉舵，也有霸王硬上弓；有道是：閻王易見，小鬼難纏。這一毛二的管區警員，說大不大，不過是芝麻綠豆員；說小也不小，在當時就可讓人入明德班流血流汗一番。

陳大哥鬥這〈李大人〉，雖然高潮迭起，卻有贏有輸：防洩光燈罩被罰了一百二，郵包則拆得七零八落，硬賣他兩本書扳回一百二，新招牌又見一千二的罰單，一千二不繳賒了一千四，還動用了政委會首席監察官才得扯平。民與官鬥，大不易；若非陳大哥頗有皇親國戚的路子，光祈禱老天爺開眼，難喔！我們陳大哥也是等到他調職，才鬆了一口氣；等他撤職查辦，才高呼報應不爽的！

至於陳大哥的四川〈朋友〉，是沒得琢的璞玉。用渾然天成的純樸對照〈李大人〉的奸詐匪類，是陳大哥的費煞苦心。〈李大人〉的讓人防不勝防，碰上了只有認倒楣；〈朋友〉的誠摯樸實，偶爾的手足無措，都令人心疼。有感於〈李大人〉的令人恨之入骨；豈不更突顯〈朋友〉的缺乏著人眷顧。

也許今日少了明目張膽的〈李大人〉，但滿肚子壞水的登徒子，刁鑽刻薄、欺善怕惡的非人類，何曾滅絕在人間，真是那日俟得黃河清？

且觀陳大哥的朋友，若非弱智即傻瓜；再不然就是如《午夜吹笛人》之類的非常人，真為難陳大哥了，何嘗不是陳大哥的朋友難為！

時局盡荒唐，一把辛酸淚

第四輯是令人傷感的季節。〈山谷歲月〉是追憶著人間的悲慘世界，〈海明兄〉的那場冤獄，也是戒嚴時期的血淚歲月。

本來〈山谷歲月〉純指陳大哥在太武山谷服務的那段日子，只是全文的主題，在金防部政五組福利部門的「特約茶室」業務，自然就蒙上了一層陰霧。

本文的寫作時間就是國內掀起「慰安婦」風波，又延伸到國軍的「特約茶室」之際，文中的詩人顯然是陳大哥抓來的冤大頭；或許，詩人真的問過陳大哥有關特約茶室的前因後果，所以就被請出來為民服務一番；或許是陳大哥為了延用〈木棉花落花又開〉的相同手法，來澄清一些特約茶室侍應生來源的流言。若真是如此，〈山谷歲月〉就要和〈木棉花落花又開〉放在同一輯，比較適宜些。

軍中特約茶室是一件走入歷史的事件，陳長慶也曾在他的作品中有所發揮，想明瞭來龍去脈的人，就直接細嚼本文；或有不足，也可以再找出相關作品——《寄給異鄉的女孩》裡的小說〈祭〉、《再見海南島‧海南島再見》的王麗美、《失去的春天》裡政戰部的首席副主任和政五組首席參謀官去「庵前特約茶室」的部分，大概就可以一窺全貌了，筆者不再贅語。

至於陳大哥的〈海明兄〉，前幾天，在沙美郵局隔壁的「明昌水餃館」門口，才遇見他和水餃館老闆正海闊天空地話家常，偶而會高歌一曲，還招呼過去小坐一會兒，只因總有忙不完的瑣事，不能像他那般逍遙自在，真是慕煞人了！

響亮高亢的繞樑嗓音，即使是說話的聲音，也有聲樂家的韻味；當他盡興地引吭高歌時，百餘公尺的週遭，都能聆聽到他那歌劇般的男高音；更常遇見他一輛機車跑天下，其達觀爽朗之樂天派，稱之為逍遙侯而實至名歸。

就如陳大哥所言，我們真該稱他一聲「海明叔」。從小看著他川流不息的往來於農村間，四五十年來，多少的人事皆非，倒覺得他益加神清氣爽，何嘗沾惹半點老氣；而無可救藥的樂天如他，就算喊他「海明兄」，不獨不以為忤，或許還要大笑三聲，以自已的青春活力為豪。

關於昔日金沙鎮公所那件公認的無頭公案，確也是軍管時期難以釐清的陳年往事。或許讀者不屑提及；其實，時局盡荒唐，一把辛酸淚；真的，不提也罷。親切宛如自家長者的〈海明兄〉，託陳大哥之言，不祝您萬歲，但願您豪爽硬朗一如往昔，直到永遠。

牽手卅餘載，共譜白頭畫眉樂

第五輯彰顯的是陳大哥的鶼鰈情深。

在〈落日餘暉〉的病中札記中，夫人對陳大哥的關懷之切、眷愛之情，活躍紙上；〈晨露與朝陽〉的牽手漫步於金湖國小校園中，在描繪晨間活動人們的同時，不經意間，夫妻恩愛之情，亦隱現於文字之間。

記憶中，陳大哥的文章裡，很少正面描述到他的夫人。只有在《同賞窗外風和雨》那本散文集，那篇〈牽手同登太武山〉中，著實地描繪了美麗賢慧而恩愛地如膠似漆的愛人西施；如此韻味，讀者諸君，就讓您親自從這兩篇細緻的心曲裡，好好地意會沉醉一番吧！我怕抓不著精髓的轉述，會失去了那好令人羨煞的原味！

一場暈眩症，讓陳大哥感慨良多：他掛念的是心中孕育著不少的文學寶貝，尚來不及問世；而夫人開始懷疑，是不是文章寫多了，用腦過度而造成的後遺症，就成了陳大哥揮之不去的夢魘！夫人一次又一次地問大夫這個問題：陳大哥就一次又一次地，整顆心七上八下地，「倘若醫師說：『是』，或許我的文學生命勢必因此而宣告結束，我的名和姓也將從讀者的記憶中慢慢地消失，這是一個文學創作者最不願見到的一件事。」

由此可見，陳大哥是何等地尊重夫人的。

直到榮總的醫師告訴他們：「暈眩」與「創作」無關，「動腦」比「不動」好。一向不喜歡吃藥的陳大哥，此時聽到醫師說吃完藥病就好，不但不再排斥吃藥，還在心裡吶喊著：我是相信的。

由此，可以看出陳大哥是如何地，嗜愛文學更於生命的。

我手寫我口，真心話更無價

第六輯叫做「心裡話」。

胡適之博士曾有一首短詩，好像是：清晨／我站在屋簷上／呀呀烏烏地叫著／人家說我是不吉利的烏鴉／我卻不知道／如何呢喃地討好。

這兩篇散文，本是躺在電腦硬碟角落的兩個檔案，是陳大哥有感而發的隨筆；被發掘出來後，列為本集子的備胎。

一者，不忍〈咱主席〉無官無兵、孤家寡人地成為陽春主席，或因而被人附會曲解；二者，白話文學主張「我手寫我口」，心裡有話不敢說、說了不敢寫、寫了不敢刊，讓人誤會今夕何夕？三者，或許更需要強調「我手寫我心」，在假話充肆天地之間的今日，難得有幾句真心話；保留原始面貌，真心話價更高，就如此罷了。

感嘆的是人間事，或者是「為長者隱」吧！文中並未曾指名道姓，就是希望不會有人自願對號入座；也許這也是「另類寫實」吧！

真心話，留下來！您以為呢？

陳氏風格——故事化的散文

關於陳長慶這個人，既沒有傲人的學歷、不曾上過什麼大學堂，更未曾出國鍍金、喝過一滴洋墨水；在時空限制、因緣際會之下，他的初中一年級學歷，卻奠定了文學生命的根基；又逢戰亂變局，未受足正統教育，卻給了他更大的揮灑空間。今天，得有著作等身的成就，完全是靠一字一句，一事一智，自修苦讀，戮力向學；正是經年累月、日積月累，涓滴匯聚、積沙成塔，合水成河、納百川而成大海的成果！

民國五十二年擔任福利部門的雇員；此刻，正是他人生的轉捩點，上班之餘，他把時間全消磨在「太武營區」的「明德圖書館」，好像古時候的秀才一般，夢想著「十年寒窗讀書苦，一舉成名天下知」的榮耀；思往鑑今，果真是皇天不負苦心人，「讀熟唐詩三百首，不會做詩也會吟」的陳長慶，真的是在金門文壇闖出了，屬於他的一片天空！該他的桂冠，就榮耀他吧！

期間，陳長慶也常常到「特約茶室」去督導相關的業務，不但將「侍應生」的心酸血淚寫入了他的作品；當前一陣子，「軍中樂園」存廢成為立法院及媒體熱門話題時，陳長慶也老來俏，成為媒體爭相採訪的對象呢！

民國六十一年，陳長慶經過會計的歷練，晉升經理；同年六月，他的處女書——《寄給異鄉的女孩》，散文、小說、評論合集，由作家林佛兒的林白出版社初版發行；立刻成為暢銷書，八月隨即再版。

次年，不但長篇小說《螢》跟著誕生，更因緣際會地催生了《金門文藝》季刊，成為陳長慶深引以為傲的一件傑作。

民國六十三年，陳長慶棄文從書店，一直到民國八十五年復出；在他的文藝生涯裡，先後用十一本書見證時代、見證一個酷愛文學的生命。所以要找陳長慶的「碴」，只是要告訴大家：將相本無種。有道是：英雄不怕出身低。只要如此這般，能給青年學子絲毫啟示，或許陳長慶不會責怪：讓他「現醜不是醜」了。

陳長慶的小說蠻寫實的，那是他以家鄉事物為內容，敘事寫景也就馬虎不得，否則他的鄉土性就讓人懷疑了！

他的散文也是敘事的多，都是有主題情節的。有人寫詩像散文，美其名叫「散文詩」；如此類推，陳長慶的散文寫得像故事，到底叫「小說散文」、「故事散文」，還是「小說化散文」、「故事化散文」呢？好像都不順呀！有點像剛學說話的兒語。

早年在讀陳長慶的《寄給異鄉的女孩》時，曾把他散文部分的一篇〈秋風譜成的戀曲〉，移到小說部分去討論，似乎沒有聽過他異議；近年來，小小說、極短篇，雖是流行過了。散文、小說的分野似乎也沒有什麼嚴謹的定義，反正都是文學、文藝嘛，沒什麼好爭的，也就見仁見智了。

把可以寫成小說的情節，拿來用散文的方式經營，似乎是他的習慣，就叫它做「陳氏風格」吧！所以，試說陳長慶的散文，也就成了細說散文內的情節了；不知是我誤解了陳長慶，還是陳長慶誤導了我？或許是，大家一起誤吧！

原載二〇〇二年十月十七日《金門日報・浯江副刊》

沒有終點的情誼
——《木棉花落花又開》自序

陳長慶

從沉睡中甦醒，窗外已是楓葉飄零的秋天，我突然想到要趁冬季的風暴尚未來臨的時刻，繼續走完人生的另一段旅程。然而，當我邁步前行的時候，卻發覺行囊中少了些什麼，我不停地思索和盤點，最後找到的是一疊微黃的剪報，同樣是血汗的凝聚、心血的結晶，我如此地對待它是不公平的，故而我不得不停下腳步，先為它們找一個歸宿；或許，這就是我想出版這本書的原由。

輟筆二十餘年後重新整裝，無情的光陰已奪走了我燦爛的人生歲月和青春年華。在復出的七年中，我趁著黃昏來到、落日尚未西沉的時刻，為苦難的一生留下一些慚愧的回憶。於是，我先後完成和出版了：《再見海南島・海南島再見》、《失去的春天》、《秋蓮》、《同賞窗外風和雨》、《何日再見西湖水》、《午夜吹笛人》、《春花》和《冬嬌姨》等八本書，縱然它們尚未達到我理想中的意境，每當下筆時亦想力求完美，但往往有力不從心之感，這也是我深感歉疚的地方，相信讀者們尚不至於對一位只讀過一年中學的老年人有所苛責吧！

長久協助我處理文書和編輯工作的老友白翎，把我嘗試寫出的六首「咱的故鄉咱的詩」也歸納編排在本書裡，正好成了各輯散文中的引言。唯一遺憾的是鄉土語言迄今尚無一套標準的字音字形，各家編輯的臺語字典部份與閩南語音又有出入，許多字體在我使用的電腦大易二碼裡也找不到，在不得已之下，不得不以同音或同義字來頂替。倘若有欠周之處，務請讀者們海涵，爾後俟機再做校正。

幸運地，在我邁入老年的此刻，思維並沒有因歲月的流逝而老化。三、四十年前所歷經過的瑣事，依然能有條不紊、栩栩如生地浮現在眼前，讓我進入〈山谷歲月〉，寫下〈剃頭師〉，勾勒出〈李大人〉醜陋的嘴臉。在某些篇章，或許欠缺了散文中的柔性和感性，但這何嘗不是一位老年人自由思想下的作品？因為他不必牽就於現實，在腦力的激盪下，寫出內心自然的悸慟和感受。

金門解嚴了，戰地政務也宣告結束，居民真正嚐到了自由的滋味，但也嚐到撤軍後百業蕭條的苦楚，以及「夭壽大陸仔，一斤芋賣十五，三斤蚵賣百五」的無奈，於是我寫下〈今年的春天哪會這呢寒〉，未來是光明在望？還是前途茫茫？默守著這片土地已近六十年，〈故鄉的黃昏〉讓我憂心和感慨。

戰爭是殘酷的，現實的社會亦然。我們親眼目睹漫天的烽火和硝煙，我們親身感受到世道的莽蒼和俗情的冷暖，但卻能安逸而坦然地活著，絲毫沒有受到外來的影響而喪志失神。相反地，我們更熱愛這片曾經被戰火蹂躪過的土地，時時刻刻以它為榮、以它為傲。在滿懷興奮的同時，且也憎恨少許無恥的「正人君子」，為了本身利益，引進一些低俗的文化來禍害子孫；讓這片土地蒙塵和失色，讓島民承受前所未有的心靈災難；於是，純樸的島嶼光環不在，少數人被酒色迷惑，敗壞社會風氣的案件層出不窮，這是否叫商機？這是否叫經濟起飛？金門人啊，你為什麼不憤怒！

燦爛的人生歲月已走遠，雪霜的髮絲也逐漸地禿落，倘若還能遊戲在人間，文學依然是我此生的最愛，我沒有理由割捨它。

二〇〇二年十月於金門新市里

與魔鬼共織的少女留臺夢

——探討《夏明珠》的悲劇角色

白翎

做為《金門日報・浯江副刊》編務大革新中，「小說大展」的乾坤第一炮，陳長慶的第十二本文學創作——《夏明珠》，終於在五月一日和廣大的讀者們見面啦！

《夏明珠》同時也是陳長慶「四季書」的壓臺之作，和他的《秋蓮》、《春花》、《冬嬌姨》並列；曾是我再三的催促，尤其是《冬嬌姨》問世後，幾乎成了我們每次見面時，我必提出的話題。

他的「四季書」寫作的先後並非依季節順序：《秋蓮》完成於一九九八年五月、《春花》完成於二〇〇一年十一月、《冬嬌姨》完成於二〇〇二年四月、《夏明珠》完成於二〇〇三年四月；除了《秋蓮》和《春花》的間隔較長，而「四季書」的構思還是在《春花》

寫作前後的，大致上還是每年一書，對於一個業餘作家而言，這已經算是多產啦，何況是終日在書店裡，和書報文具銅臭追逐的陳長慶！

秋、春、冬各有擅場

做為一個號稱是「鄉土作家」的陳長慶，他小說的場景絕大部分是在浯島家鄉——《秋蓮》的上卷在高雄港都、《夏明珠》留臺夢的落點亦在港都，則屬異數。

（一）怨歹命的剃頭女郎——秋蓮

高雄「日日春理髮廳」的理髮小姐——秋蓮，能成為為陳長慶筆下的神氣活現的人物，絕非偶然：關鍵不在理髮小姐，而是剃頭這門行業；因為陳長慶亦曾是名正言順的剃頭師傅，讀者們有興趣的話，不妨去看一下他的那本散文集——《木棉花落花開時》，裡頭的那篇〈剃頭師〉一文，就能明白他的信手拈來，皆是行話啦！

《秋蓮》分為上下兩卷，上卷——〈再會吧，安平！〉寫的是一九六五年陳大哥因公赴臺，在高雄因理髮而結識了秋蓮，兩人因而在愛河畔、萬壽山展開了一段轟轟烈烈的戀情，在偌短的時日裡，更是玉種藍田，留下了後續的伏筆。

下卷——〈迢遙浯鄉路〉，時序來到一九九八年的花崗石醫院，陳老頭就醫時，意外遇著見面不相識的骨肉，在一番抽絲剝繭下，上演三十多年後的團圓戲，但是，美好夕陽的黃昏，卻只是暗夜的前奏曲；一家人相聚時，竟也就是天人永隔的剎那！淒慘啊，這正是陳氏悲劇小說的風格。

三十多年的秋蓮，歷經了短暫甜蜜的愛情、鱸鰻老馬的強暴而屈身為大哥的女人、老馬病死綠島及獨力撫養情人的骨肉、至其醫學院畢業後以賣檳榔度餘生；喜獲佳音，外島萬里會夫時，卻只能送夫上山頭：人間慘事，還有幾番若此！

哀怨歹命就成了秋蓮的宿命。

（二）永遠豔麗的玫瑰——春花

在陳長慶的小說裡，《春花》是唯一活在現代社會、而不是回敘早年生活的小說；我曾對陳長慶說過，他的小說讓中古的金門人，看起來有似曾相識的熟悉；但是，對於年輕的讀者群而言，新鮮將會多於感觸。那麼，《春花》應該是難得的例外。

陳長慶本著他批判早年戰地政務體制的精神，在《春花》這本小說裡，嚴厲地批判當前的選舉文化及社會的拜金現實。連龍套似的男主角的命名都是含意深遠；「空金」這位高職農科畢業的農村青年，在小說裡只是一個被擺弄的角色，只是農業社會的最後一個純樸，是被燈紅酒綠的浮華現實所俘虜的純樸；矮古伯仔也不過是消磨殆盡、即將消失的古意；馬哥這位多金的中年男子，正是現今社會吃香喝辣、有錢萬事通的當紅炸子雞。

林春花是現實世界的化身，從酒國花魁、議場之花，竟然還能還樸歸真的成為相夫教子的農家婦；從以「某大姊」委身空金、離異而成馬哥的黑市夫人，最後又與空金覆水回收的破鏡重圓。不知是陳長慶獨厚這朵玫瑰，還是空金真的別具「空」格，就在讀者的一念之間啦！

小說從林春花為了參加選舉湊錢花用始幕，到尾聲的林春花拒收選舉財，倒是首尾相呼應的；針對選舉的一些描繪，也有一針見血的似曾相識，甚至林春花的角色，也並非陌生；畢竟，小說總歸是小說，誰也不必去對號入座，大家就別去管它，玫瑰是種在花園，長在叢林，還是掛在懸崖之中？

（三）走出空閨的怨婦——冬嬌姨

《冬嬌姨》是陳長慶最速成的一本小說。

早年浯島飛砂走石，謀生不易；年輕人多出外就業，所謂的「落番」，從呂宋到東南亞一帶，都有不少浯島人的足跡。三十八年國軍轉駐浯島，之後的大量植林，造就今日綠化的金門；《冬嬌姨》描敘的就是獨守空閨的怨婦，和駐軍因接觸而引發的情愛火花。

這是陳長慶布局最完整的小說。我曾對陳長慶說，他的小說有跑單幫的，故事由主角出發，單線進行，即使有配角，常是輕描淡寫的；有的是有布局設計，但是有點像一棵樹，和樹旁的幾株小草；《冬嬌姨》的人物布局，猶如國泰人壽企業識別造型的那棵大樹，不獨枝節分明、主幹支幹各得其宜；加上綠葉如茵，濃密樹下好庇蔭，尤其更能發揮「綠葉襯紅花」的效果。在陳長慶作品中，是除了《失去的春天》外的另一佳作；而《失去的春天》的好，則在人物描繪的生動、景物讓人如身歷其境、富有高度的真實感、情節發展彷彿記憶中，是一部著力甚豐的力作；尤其是我個人曾旁觀了整個孕育過程，更是格外的備感親切。

《冬嬌姨》也是描繪最生動深入的，尤其是在揭發冬嬌姨的情愁愛慾上，作者花了不少的功夫，深入了冬嬌姨空虛心靈的深處，有內心的掙扎，有沾雨著露的喜悅，更有如魚得水的歡樂高潮。

這些論點，我在該書前的書評代序已有詳細的分析，不再贅語。

《夏明珠》的悲劇角色

《夏明珠》的故事情節，在當年稱之為「少女留臺夢」，曾是多少父母心中永遠無法弭平的痛。說是誤入叢林的小白兔也好，說是初生之犢不識狼也罷，說是「夢」則是最妥貼不過的啦！

人類因夢想而偉大！這是多麼吸引人的一句話。的確，人類歷史上許許多多的發明，都是源自突發奇想的。那樣的夢，它的對象是事是物；如果對象成了人，那麼勢必平添無限的變數！如果對象是披著外衣的狼，夢境就會變成陷阱，美麗的空中樓閣，無異是海市蜃樓啦！與魔鬼共織美夢的錯誤，會有怎樣的下場，實在是令人不敢想像。

《夏明珠》就是與魔鬼共織美夢的一個樣版。那位剛從醫學院畢業的少尉醫官——王國輝就是那個魔鬼！已經有了一位端莊婉約又秀麗的女朋友，正等待著他退伍後一起出國留學，但他在初次見到夏明珠如此清麗貌美的佳人時，竟為了要暫時紓解一下被壓抑的情緒，把夏明珠當成目標獵物，定位為「心靈空虛，孤單寂寞時候的臨時伴侶」，這是王國輝的獸性；而陳長慶又賦給他怎樣的人性呢？「王國輝想著，想著：為什麼一個受過高等教育的醫科畢業生，也是未來懸壺濟世的醫生，竟然會有如此的思維？於是他低落的情緒不斷地往下沉，沉向一個不齒又矛盾的世界，沉向一個無恥又下賤的深淵裡。」

陳長慶就讓他就在人性和獸性之間掙扎，卻又讓他的獸性凌駕人性之上，如此的內省，在小說中出現了無數次——這也是陳長慶的掙扎。相信人性本善的他，寫不出萬惡不赦的狼角色，只有自慰似的安排了一隻有良知的狼，聊以自慰地暗示：他有良知，只是他的良知暫時被蒙蔽啦；他無心為惡，只是「枯燥乏味、單調又苦悶的軍中生活」，逼使他去和夏明珠玩玩；然後，揮一揮衣袖，不帶走一絲雲彩地解甲歸鄉去。最後，讓他偕女友飄洋過海，「全身而退」地淡出。

於是，夏明珠就無辜地成了祭品。自以為尋到一位如意郎君的她，放棄了對在臺求學少東的綺夢，享受著王國輝眼前的愛情、現實的情慾；所以，好友秀菊和雇主罔腰姑仔的警語都被置之腦後，這是陳長慶要表達的「少女的無知」；而夏明珠的堅信王國輝對她的愛情，和執意要生下腹中的胎兒，以及後來的堅決不接受林森樑的求婚，則是「少女的執著」；隻身赴臺覓情郎而不可得，寄居翠玉姨家而去加工區做女工籌措生育費用，咬緊牙根面對現實的夏明珠，表現出「少女的堅強」；在颱風之夜的流產，父親的棄世，以女子之身承繼農耕，則是「少女的苦難」；陳長慶又塑造了一個悲劇角色，一如我在為他的第一本長篇小說《螢》再版序的標題——〈頹廢中的堅持〉，這回，《夏明珠》則是是十足的「苦難中的堅持」。

這樣的悲劇事件，在當年曾一而再，再而三的上演著；面對那些信誓旦旦的愛情謊言，那些自稱是大商行、大工廠少爺的狼，矇騙了一位又一位的夏明珠：像《夏明珠》的遭遇，尚能全身而退，還算是「不幸中的大幸」；有的被棄之如蔽屣，任其自生自滅；有的忍辱偷生，承受命運的煎熬；有的就此流落異鄉，無臉再見江東父老；有的被安排在田野間的草寮裡待產，面對探視的鄉人淚滿襟；更有的被戰地政務的枷鎖所制，走不出料羅灣，只能在島外島「叫天天不應、呼地地不靈」的吞淚著……這就是令人無限唏噓的時代悲劇！

目睹戰地軍管的怪現象

在陳長慶的小說裡，總免不了要對早年的軍管現象提出一些批判與譴責，《夏明珠》也不例外，讓我們看看，陳長慶又揭穿了那些怪現象：

（一）走後門的求職謀事：所謂的「高官的一句話，或一張紙條」，以當時陳長慶工作的場地，相信看見的總比一般人聽見的還多，那些以什麼乾的濕的女兒妹子，而求得一官半職的現象，如果要說沒有，反而令人詫異！所以一般的草民，在走投無路之下，也只有忍氣吞聲，自艾自嘆啦！雖然夏明珠是沒有門路可走，只得去撞球場當計分小姐，但她從副組長手中拿回的禁書，不就是走後門的一個例子嗎？

（二）港口聯檢的肆無忌憚：每當有船班來到，海灘上最常見的景象是：從登陸艇搶灘復活的死老百姓們，提著大包小包的行李，排著偌長的隊伍，彷若在海沙中留下的那兩排深深的腳印，等候在鐵絲網出口之前，接受翻箱倒櫃式的徹底檢查，一包包綑綁得結結實實的行李，打開後被一件件的抖落，然後呢，怎麼拿回家，那是你家的事啦！本來提在手上的行李，檢查後往往用雙手捧著，也不見得拿得走，動作慢了一點，幾聲吆喝還算是客氣的啦。

（三）查扣查禁任我行：當年除了對印刷品的管制，因關係貫徹愚民的思想政策，而無限上綱，做得滴水不漏，警總的禁書目錄，足以媲美四庫全書；為了防止有人泅水對岸，尤其對漂浮物品的管制，更是捕風捉影，籃球要管制，保特瓶要管制，所有的充氣用品，無一不須登記列管、定期檢查的；至於郵寄物品的檢查，如甕中之鱉；而聯檢人員對於精彩的查扣品，有福同享的流傳，更是眾人皆知的事實。

（四）特權人物充肆：那些「吃肉又吸血的人」，指責別人「拿著雞毛當令箭，耍耍威風，整整自己的鄉親」；其實，不過是「五十步笑一百步」罷了。那些反情報隊、一〇一工作組的，都是讓人聞之色變的人物；至於柏楊筆下的「三作牌」——那些儼然「作之君、作之父、作之師」的警察大人們，他們無所不管，無所不訓，興之所至，連看見有人拿個打火機，也要查問你：「會不會抽煙？」更是不遑多讓；書中所說的委託大採購溜之不付款、玩樂欠賒不付錢、燈光外洩管制，不是萬中之一罷了。

（五）出入境及機船管制：軍管時期為了防止人口流失，及逃避民防訓練，採取了嚴格的戶籍列管、出入境限制，沒有經過核准，別說是人插翅難飛，連一隻小鳥都飛不出去的；飛機船艦都要有所謂的三聯單、五聯單的查核；再透過登記造冊，所以當年能在半夜時分，得以像人蛇般地擠上登陸艇，已是莫大的恩澤，該感謝的人也不止一簍筐啦！

當然，不會只有以上這些引伸說明的。還是去看本文，會有更多的實況報導。

就文論文，《夏明珠》是批判性勝過文學性的，具備了高度寫真的報導性，或許更吻合了此波《金門日報．浯江副刊》編務大革新，以鄉土性為中心的特徵，充分揭示金門戰地的特色，以及為浯島的昨日留下完整的記錄，當然是金門文壇可以發揮的重點方向。而陳長慶的每一部作品，都正是家鄉角落的寫照；我們期待著：更多陳長慶的作品，讓家鄉有更多不同角度的呈現，也讓我們從這些作品裡，走過昨日的金門，看見今日的金門，而一同向明日的金門邁進。

是關懷，也是期待。

原載二〇〇三年七月十八至十九日《金門日報．浯江副刊》

揮不去的夢魘

——《夏明珠》後記

陳長慶

寫完這篇小說，正是門外木棉花開時節。我並非詩人，因而感覺不出那份浪漫的氣息；唯一在腦中盤旋的依然是《夏明珠》書中的人物和故事。而這個故事在我心中蘊藏的時數，或許已有三十餘年的日月光華。爾時雖是一個懵懂的少年，但對於這座島嶼，因時空背景不同所衍生出來的一些事端，時至今日仍然記憶猶新，它也是觸動我寫這篇小說原委。然而，當我提筆想書寫它時，故事卻突然地從我腦中消失：心中已沒有夏明珠，記憶裡也沒有夏明珠，夏明珠已從我的思維裡失去了蹤影。我規劃裡以及朋友期待中的「四季書」：《春花》、《夏明珠》、《秋蓮》、《冬嬌姨》的確已不能完整地呈現在讀者的面前，雖然讓朋友失望，但我並沒有絕望。

在寫完散文〈轉眼冬天到〉後，夏明珠的身影又重新在我腦中迴盪。因此，不得不讓夏明珠繼續在我心中復活，不得不用這雙笨拙的手，寫出夏明珠這篇血淚交加的故事。誠然，它待商榷的地方仍多，但說到做到是我一生的堅持，空有滿懷理想與光說不練並無太大的差別。能把這篇故事講完，能把它記錄在浯鄉的文學史上，我已無憾。

沒有歷經那個年代的讀者們，或生活在美麗寶島上的朋友們，毋須懷疑故事的真實性。不要忘了，有天堂就有地獄，有美麗就有醜陋。《夏明珠》代表的雖然不是整個社會，但卻是它的另一個層面和醜陋面。

二〇〇三年七月於金門新市里

尋覓中古金中人的白宮歲月

——導讀陳長慶《烽火兒女情》

白翎

陳長慶的最新小說《烽火兒女情》又出爐了！拿著還是溫燙的手稿，有幸先睹為快，豈不快哉！

《烽火兒女情》是以因「八二三」炮戰，將學生疏散至臺灣各中學就讀而停辦、後於民國四十九年復校時的「福建省立金門中學」為時空背景，雖然前後有七八年之譜，但扣除中間「五年後」快轉的空檔，實質只有前後各一年餘的時間；前面是一段校園裡少男少女的「感情事件」，後面則運用連串的「無巧不成書」將之昇華為生死不渝、感人肺腑的愛情喜劇；只是一貫拿手寫悲劇的陳長慶，不會讓書中人物太好過的，所謂的喜劇只是指結局：滿路的荊棘、一波未平另波又起的苦難，才是陳長慶小說的賣點。

一、釋題

〈尋覓中古金中人的白宮歲月〉這個題目，如果不加以說明，可能會讓一般讀者有「霧煞煞」的感覺——「橫看成嶺側成峰，遠近高低各不同；不識廬山真面目，只緣身在此山中」啦！

「中古」是我經常掛在嘴邊的口頭禪，只因長年服務於歷史悠久的母校，剛回學校服務之時，面對的有自己老師的老師，加上在校的同學，是「四代同堂」的大家族；即使服務超過了二十年，因為學校人事長年安定，還是辦公廳裡最年輕的晚輩，豈敢言老；一直到逾三十年的年資而即將退休之時，辦公廳裡有自己的老師、自己的學生，再加上在校的學生，還是四代同堂，哪有倚老賣老的份？所以只有以「中古」來自嘲啦！

這裡所說的「中古」是指《烽火兒女情》故事裡的人物，當年在金門中學就讀的學長們，屈指一算，莫不是已逾半百，或近花甲之年，都是五十以上甚至接近六十的老大哥、老大姊啦！這個年齡群的人最思舊；「半百」者「半白」也，既是頭髮半白，已達孟子口中「老有所養」的階段；雖然現在已非「人生七十古來稀」的年代，但是六十年一甲子的歲月，鐵定有不少「彌足珍貴」的記憶，三不五時難免會拿出來「白髮宮女話當年」啦！所以，偶而回到時光隧道中思舊念舊一番，也是順理成章的常事了！

看《烽火兒女情》也有走入時光隧道的功能哦！不信您試試看。

至於「白宮」，絕非美國總統布希辦公的地方，而是指金門高中的禮堂。本來是戰地政務委會員的「中正堂」，是用來做電影院的，類似現在軍中的「文康中心」，當年都是題字為「中山堂」或者「中正堂」。當電影停映若干年後，大概是覺得學校裡有個中正堂，真的是蠻另類的；所以把正面上方的中正堂三個題字除去，改成燦爛的陽光下，推動時代巨輪的白色浮雕，又因整個正面都漆成了白色，不知是哪位才子出的點子，就以「白宮」戲稱，因而相循至今。

想當年，每晚九點在白宮前晚點名，因為晚自習被蹩了整整兩個小時，這時在走出教室向「白宮」游移之際，難免要開開口，說幾句話，透透氣！當總值星喊口令時，有時在盡情忘形之餘，尚來不及封口，經常惹得教官大人火冒三丈，那句「什麼最高學府嘛，就是禮堂最高吧」，擺明著損大夥兒是一群烏鴉麻雀的暗喻，就很自然地把大家給鎮住啦！

中古金中人——老金門中學的學長們，當您們看了《烽火兒女情》，就會很自然地打開記憶匣子，一起去尋覓往日學校生活的回憶，命題之意，如此而已；至於，新新人類的「新金中人」，如果你們也想揭開老金中的神祕面紗，了解昔日學長們的學校生活點滴，就一起來看《烽火兒女情》吧！

二、陳國明：窮要窮得有骨氣

男主角陳國明是生長於農村的小孩。小學畢業那年，正逢「八二三」砲戰，金門中學在遷校金湖鎮陳坑「陳景蘭洋樓」之餘，再以「化整為零」的方式休校，把學生分散到臺灣各中學去，以保有學籍的流浪學生寄讀，繼續未完的學業；但陳國明卻無緣就學，留在農村從犁田的基本動作練起，似乎認命地要做一位「日出而作、日入而息」的「做穡人」。

算是「天公疼憨人」吧！兩年後，因為戰事稍歇，金門中學返金復校；陳國明才得以搭上復校的頭班車。於是，《烽火兒女情》的感情故事就此啟開！

首先上場的救總「公費」事件，只是一個伏筆；為日後的休學、要等賺夠學費生活費再復學，預留著空間。陳國明週日留校清洗衣物，在井邊邂逅二女才是序幕；只是陳長慶並未交代：蔡郁娟這位最純情的女生、雜貨店的富家千金，是如何看上土土的小楞子的？就在陳國明擔任伙食團採買時，蔡郁娟用一瓶愛心牌的「麻油豆腐乳」，控制了陳國明的胃，也正式開啟了女追男隔層紗的愛情遊戲。

精彩的故事就讓讀者們自己去看。歹死的大姐頭王美雯和最三八的梁玉嬌，怎樣綠葉襯紅花，怎麼像月下老人般地牽紅線，都要讀者們自己慢慢去品嚐，才能細嚼出其中滋味；如果有讀者願意提供「異」見，以筆者多年來評論陳長慶的作品，即使是滿紙盡荒唐，而他一向都是照單全收，從無二言的反應來看，大家可以放心地幫他整形一番。因為他不僅有接受批評的雅量，對評論者更是百般地尊重。

美好甜蜜的時光總是過得超快的。

來自農村的陳國明和商家千金是作者安排的貧富對比。第一年因誤打誤撞，失而復得救總的公費；陳國明自忖：第二年再獲公費的機率不高，務農的父母實在也湊不出每學期的註冊費，況且還有每月的伙食費。舉債讀書，只有更加重父母肩上的重擔，更是純樸農家子的不捨。於是，陳國明婉謝了蔡郁娟善意的資助，決定休學一年，用自己的勞力，去賣燒餅油條枝仔冰、去勤耕農作物、去餵養更多的牛羊雞鴨，如果一切順利的話，一年後就可以再回金中啦！

所以會有這樣的想法，是來自早年的庭訓。陳國明如此說：「阿爸，我始終認為，凡事靠自己比較踏實；有多少力量就做多少事。與其以後讓人指指點點，不如現在腳踏實地。您不是經常說：窮要窮得有骨氣嗎？」

基於自食其力的想法，休學只是一道雪；隨後的從軍是則嚴厲的霜。對於蔡郁娟而言，無異是雪上加霜：休學是一年後再見；從軍呢？完全是不可知的變數，甚至是一場晴天霹靂：她壓根兒就不知道陳國明會有從軍報國的念頭，更讓她傷心欲絕的是，竟連陳國明去當兵都還不知道。

五年後的重逢，是情緣未了；老天爺作弄人的是，在重逢的前夕，陳國明剛巧辦妥了留營十年的申請。那一年，兩人信誓旦旦：蔡郁娟做老闆，陳國明就當伙計的「君無戲言」、「言出如山」，彷彿昨日。重逢之時，蔡郁娟已繼承家業，當了老闆；陳國明卻套上了十年的留營，不正是一波三折、好事多磨，又像是遭了魔咒，陳長慶如何解開這道魔咒呢？

已經延宕了五年的這段姻緣，哪能再苦等十年的相思？當然不能。陳長慶是破了魔咒，卻付出了不小的代價；世事自古難周全，要打開這道謎底，就請您耐心地往下看；提早掀開蓋子，就一文不值啦！

三、蔡郁娟：其實你不懂我的心

同學們眼中的她是最純情的女生：蔡郁娟。

相對於陳國明的風火鍛鍊，蔡郁娟可說是溫室裡的花朵。一年的同學情誼建立堅牢的愛情：他們之間沒有太多愛的語言，卻在一舉一動之間，流露出無限的柔情蜜意；或許是獨具慧眼，蔡郁娟看出了楞拙裡面的誠摯，粗石內含的璧玉。他們的誓言，就是那句平淡的：蔡郁娟做老闆，陳國明就當她的伙計。他們以「君無戲言」、「言出如山」相誓相許，道盡了：世間情，唯「真」爾！

他們這段情緣，如果沒有王美雯這位最歹死的大姐頭敲邊鼓，終將會只是天空中永不相遇的兩片雲，哪裡激得出愛情的火花？王美雯不止是這場愛情戲的導演，她更是親自粉墨登場的牽引者。為什麼呢？原來是另有原由的，蔡郁娟和王美雯不僅曾是小學同學，還當過她的電燈泡，為王美雯送過情書；如今，主客易位、投桃報李，王美雯豈有不知恩圖報，卯盡全力，下海相助的道理！至於王美雯為何會大個三兩歲，成為理直氣壯的大姐頭？陳長慶沒點明，因為早年的同班同學相差個三兩歲，是極其正常的事；或許是晚入學，因為當年沒有強迫入學條例；或許是曾經休學過，因為每個人的家庭情況不盡相同；或許是有的人被留級了，因為當年的留級是沒有任何限制的。

一年的相聚相許，對蔡郁娟而言，是一生一世的承諾。是憧憬，更是生死不渝的誓言。儘管陳國明一再迴避感情，裝做二楞子，只拿研究功課做幌子；雖然兩人的課業有實質的精進、有魚幫水、水幫魚的具體效果；但是，書本以外感情的契合，更是兩人心照不宣的果實。尤其是蔡郁娟父母的默許，更給小倆口無比堅定的信心，沐浴在甜言蜜意的情海裡。

對於陳國明打算休學一年，賺了學雜費再復學的想法，蔡郁娟像是無法理解，其實是心知肚明的；當她父親告訴陳國明，如有任何困難，都會幫他解決的，蔡郁娟就搶著說：就算是有困難，他也不會說出來的。正彰顯著他們相知之深。但是相愛的人，必須隔離一年，才是蔡郁娟難以承受的相思苦；所以她想幫助他，幫他付學費伙食費，甚至還要讓她父親先開口的；這一切，都是為了愛，為了相愛不忍分離。

在蔡郁娟的想法裡，光拿錢幫助陳國明，他是不會接受的，否則她豈會以身相許；因此，她顧全他的面子，要陳國明來店裡幫忙，協助照顧繁忙的早市，然後上學放學一路，兩人就此可以同進同出，讓愛情更形緊密滋長，但是陳國明並不認同；她最不能釋懷的是，為了讓他來得及補註冊，特地向學校請假，隻身親赴他家當面求他，「我知道你現在不能跟我走，明天我在學校等你，我會陪你一起去註冊；不必為學費煩惱，我會為你準備一切。聽到了嗎？」更進而說出了內心難以承受的重話「如果你明天不到學校來，我永遠不再理你！」。她竟然什麼也沒等到！

一切只是為了愛！為了愛，她放下了少女的矜持；為了愛，她費盡心思地想解開困難的結；對於她的愛，他竟然無動於衷！所以，當他在復學前夕的登門拜訪時，使了小性子，不肯下樓來見他；等她下樓時，他已踏出大門，他竟連頭也沒回地走啦！「陳國明，其實你不懂我的心！」

一個是堅持愛情不要牽扯到金錢，一個是為了愛情不要在意金錢！誰對誰錯？陰陽差錯。這是陳長慶一個很大的蛻變，建議讀者們去看陳長慶的另一本小說——《螢》，您將會別有一番滋味在心頭。

接著，陳國明受到駐在家裡的副官鼓勵下，去報考候補軍官班，他去從軍啦！後事如何發展，有勞您去看《烽火兒女情》！

四、那群衆星拱月的同學們

紅花尚須綠葉襯。

為了彰顯陳國明與蔡郁娟的一心相許萬世情，出現了愛哭的李秀珊和世故的林維德這一對：他們是隔村的青梅竹馬，小學時的情侶，初中時曾生風波，由於大姐頭王美雯的極力撮合而復好；最後的結局竟是勞燕分飛，只是愛哭的李秀珊卻是堅強地接受事實，不再落淚了。

王美雯和梁玉嬌是甘草人物。大嗓門的王美雯，儘管有十足大姐頭的架式，是公認的最歹死，但卻沒有人真正的怕過她，她的熱忱善意，倒是小說中不可少的「橋」；反而是三八婆梁玉嬌，三番兩次的打趣她，假裝要撮合她和陳國明的姐弟戀，鼓吹陳國明去坐「金交椅」，當然也只是三八婆在說笑罷了。

至於號稱「嘉義鱸鰻」的楊平江，儘管想追的漂亮女生一個接一個，倒是扮演了「人性本善」的樣板；那位最美麗的林春花，在不堪其擾的無奈下，轉請陳國明解擾，鱸鰻竟在「古意囝仔」的感化下，出現奇蹟：不但不再吹口哨騷擾女生，還勤勉向學，與陳國明齊步去從軍報國，更不可思議的是：這位政戰官在小說的最後，竟上演了「鱸鰻」開導「古意囝仔」的戲碼，可真應了「世事難料」的「風水輪流轉」啊！

由於陳長慶「不以美麗為號召」，所以林春花的戲分不重，只是龍套人物而已；至於最嫺雅的的何秋蓮，真的是乖巧得很，如果不是陳長慶在後記中帶她一筆，幾乎會讓人忘了她的存在。

學校嘛，總少不了校長，老師的。陳長慶並未隱其名號，或許是有意襯托其寫實的公信力；對於他筆下的那些綽號，相信中古的金中人，還是可以「望名生憶」一番的。由於綽號之中，難免會有褒貶，這倒不屬於導讀之範圍內，也就不會去越描越怎樣的了。

五、虛幻與真實之間

做為陳長慶小說永遠的第一位讀者，難免會有一些感觸。

我曾說過：《失去的春天》是陳長慶的力作：因為裡面有太多他的影子。所以才會說：「因為真實感所以引人注目」、「因為真情流露所以扣人心弦」、「因為真愛所以感人肺腑」。請注意我的用字，是「真實感」不是「真實」；我所以說陳長慶是寫實作家，並未確認他筆下的一字一句都是「真實」的；而是緣於陳長慶總是喜歡在小說中，放進了一些真實的人，或事，或地，或物……，但是並不表示他的小說是百分之一百的真實；反而是真真假假之中，讓人難以置信。

說陳長慶是寫實作家，不知是他誤導了我，還是我誤解了他。只是眼看著他一直斤斤計較、想讓人信以為真，倒讓我深以為戒。

如果陳長慶如此刻意栽入真實，對於他的文學生命、他的小說本質，並不是一件好事。因為小說應該有別於傳記，唯有跳脫出真實的拘泥——是指小說裡不應該有太多作者的真實，小說才會是真正的小說；畢竟，小說是虛幻多於真實的，唯有不拘泥於真實，作家的手中筆才能妙筆生花。

很高興陳長慶在《烽火兒女情》的「寫在前面」寫著：

《烽火兒女情》由五〇年代末期延伸到六〇年代，它有浯島純樸芬芳的鄉土情景，亦有學子青春奔放的歡樂氣息，更有一個感人的愛情故事。但讀者們別忘了，它只是一篇小說。雖然部分情節取材於現實人生，而文中出現的某些人物卻是虛構的。我只是依照小說創作的原理，賦予他們生命，讓他們遊戲在人間，倘使有相若之處，純屬巧合。

這種「情節人物是虛構的，如有雷同，純屬巧合」的聲明，感受到陳長慶將要跳脫真實的拘泥，讓小說更加地小說，給小說更大的虛幻空間，一如給傳記十足的真實一般；正因為小說是隱喻的，才不要有太多作者的影子；小說是反映生活的，當然和現實社會脫不了干係，只是作者要理智些，別把社會的現象都當做自己的經歷，別恨鐵不成鋼地粉墨登臺，別忘了作者不盡然是小說中的主角；如此，小說才會更有可看性，也才能瀟灑自如地彰顯主題。

原載二〇〇三年十月廿六至廿七日《金門日報・浯江副刊》

當真情綴滿天堂
——《烽火兒女情》後記

陳長慶

寫完《烽火兒女情》已是時序的霜降，它在我內心衍生的，並非是在文學領域的再增進，而是一段即將隨著落日西沉的故事。倘若不儘快地把它記錄在生命的扉頁裡，一旦讓歲月的巨輪輾過，任由我們高聲呼喚和吶喊，任由我們快速奔馳和追趕，依然喚不回逝去的光陰和歲月，依然追不回一個失落的故事。

四十年並非是一段短暫的時光，多少人在這座島嶼生老病死又凋零；多少草木在這塊土地成長茁壯又枯萎，身為一個庸俗的島民，只能運用父母賜予的智慧，為爾時悲傷苦楚的年代盡一份綿薄心力，記下曾經發生過的每一件事或每一個片段，為歷史作見證，為我們的子子孫孫留下一個永恆的懷念！

當門外的木棉飄下第一片落葉時，我彷彿看見書中的人物一個個栩栩如生地浮現在面前。那時，我們沒有互動，也沒有交集，只有心靈上的默契；讓時光自然地回復到那段絢麗的青春歲月，讓我們緬懷那段在烽火下求學受教的情景。而今，歲月的長河已流過金廈海域，四十餘年後的今天，兩岸的軍事已不再對峙，戰爭已遠離這座小小的島嶼，兩岸人民也開始交流，和平或許是指日可待；但那疼痛的歷史傷口和心靈創傷卻難以癒合，它也是觸動我寫這篇小說的原委。

轉眼春來、秋去、冬天到。儘管這座島嶼尚蘊藏著豐富的人文和歷史寶藏，但我始終不敢催促下一部作品的誕生，這也是我愧對讀者的地方。然而，對未來，我並沒有絕望，因為歲月只能讓我蒼老，並不能阻止我對文學的熱愛。待明年春花開或秋葉落，倘若還能遊戲在這塊曾經被戰火蹂躪過的土地，我勢必會從瓦礫堆中，尋找出被深埋的源頭，掘出一泓能觸動我們心靈的泉水，把它幻化成一行行血淚相連的文字，記錄在浯鄉的文學史上。

感謝在文中出現又從我記憶中消失的同學們：美麗的林春花，純情的蔡郁娟，歹死的王美雯，嫻雅的何秋蓮，愛哭的李秀珊，三八的梁玉嬌，世故的林維德，回轉的楊平江，以及瞎了左眼、跛了右腿的陳國明。如果沒有他們給我靈感，我不可能在短短的幾個月內把這篇小說寫完。

二〇〇三年十月於金門新市里

為走過的留下痕跡

——陳長慶《日落馬山》讀後

謝輝煌

《日落馬山》是陳長慶的第九部長篇小說。這個標題，很能使「老金門」浮起一幅幅悲壯又蒼涼的畫面。因為，在過去的半個世紀裡，發生在馬山的故事太多了；有感慨悲歌的，有溫馨感人的，有月白風輕的，有煙硝彈雨的，還有民國六十八年五月間，一位國軍的明星連長林正義，自馬山據點泅向對岸投誠的「壯舉」，搞得整個金門七葷八素，雞犬不寧，連累當地所有的籃排球和漂浮器具都關了禁閉。職是之故，我便在這些方面來猜想這部小說的內容。

不過，這個標題也使我一怔。因為，不久前才聽過一位曾任職警總的文友講的故事，說是當年曾有人寫了一篇〈陽明山的落日〉，害得他忙翻了天。後來，他對那位作者說：「寫其他任何地方的落日都行，就是不要寫陽明山的落日。」因此，我對本書的內容又有另一番猜謎。然當讀完了這篇小說，才知又猜錯了。

原來，作者還是繞著為金門歷史作見證的使命軸心，從他最熟悉的太武山谷出發，卻另闢蹊徑，為發生在三十多年前的幾個老兵與女人的特殊事件，以及和他職務有關的特約茶室（軍樂園）的種種，留下一記記刻痕。設計上，則是以同時擁有三個女友的「陳大哥」的愛情故事做為載體，適當地把那些關乎人性的特殊事件，一一呈現在讀者面前，共話當年。為怕讀者迷失於書中羅曼蒂克的花叢，而忽略了他所要表現的主題，特在〈後記〉中把幾個特殊事件拈出，做為「點睛」。雖然，書中對那些事件的著墨不多，但是筆筆都像李香君那把「桃花扇」上的血痕，代表生活在那個時空背景下的軍民的苦悶與吶喊。現在就先來瞧瞧那幾個特殊事件的簡寫鏡頭：

第一件，出現在第五章。一位老士官在安歧機動特約茶室和一個侍應生吵架，女的怪男的空磨了二十幾分鐘，耽誤了她的「生意」，便把男的趕下床。男的心有不甘，倒罵女的不肯用點「功夫」。女的氣得大罵「下流，不要臉！」男的就吼叫著：「老子不拿槍幹掉妳才怪！」而茶室的管理員「竟在人群中看熱鬧」。

第二件，出現在第九章。王班長鍾愛山外茶室一名侍應生，五六年來，在女的身上花了不少錢，還借了一萬元給她寄給臺灣的母親醫病。王班長向她求婚，她用「以後慢慢再說」來推拖。王班長不慎染上梅毒，心情不好。女的要他戴保險套，他不但不肯，反罵她變了心，除了不再買她的票外，更不時逼她還錢。女的一時還不出，王班長就罵她是騙情騙錢的騙子，誓言要給她好看。結果，「好看」的事就真的發生了。王班長用手鎗先斃了女的，再自殺。

第三件，出現在第九章。一個曾在金城總室服務過的沈姓侍應生，產下一女後從良，嫁給一位定居金門的榮民。榮民過世後，沈氏為了生活，便在家裡接起客來。女兒長大後，又教女兒也接客。經民間檢舉，金防部就施出鐵腕進行取締。為兼顧她們母女的生計，經過協調，沈氏就讓女兒到金城總室軍官部去當侍應生，自己則閉門謝客。

第四件，出現在六、七兩章。金防部為解決無眷公教員工的「性」需求，特指示政五組研擬其可行性。負責該項業務的「陳大哥」，便擬訂了一個詳細的辦法，並奉准在金城總室附設一個「社會部」。試辦不久，便遭到民間的強烈反對，且在眾多的陳情案件中，發現一個叫「矮豬」的肉商，利用茶室管理幹部的關係，先後喬裝軍公教人員前往尋歡，並把侍應生帶回家，鬧出嚴重的家庭糾紛。由於各方壓力太大，只好撤銷「社會部」。

第五件，出現在十六、十七兩章。被譽為「馬山之鶯」的准尉播音員黃鶯，和「陳大哥」情投意合，在古寧頭播音站服務時，被該站一個即將退役的老中尉電機官孫某糾纏著，黃鶯如果不答應嫁給他，他就要殺掉黃鶯。上級知道後，為防患未然，特將黃鶯調回馬山站。春節放假，陳大哥去接黃鶯一同回家鄉玩，不意遇見孫某正糾纏著黃鶯。孫某一見情敵陳大哥，便惡言相向，雙方遂發生肢體衝突，孫某拔鎗示威，黃鶯急得向孫某求情。正當黃鶯以身護著陳大哥，一顆子彈誤殺了黃鶯，接著又一聲鎗響，孫某了結了自己。

以上事件，都與情色有關，若發生在臺灣，只算是「小事」。然因發生在「以軍領政」及民風淳厚，又號稱是「三民主義模範縣」的「聖島」金門，事情就「大條」了。但為免影響「聖島」及軍方的聲譽，這些案件，照例都不公開。此外，特約茶室的設置與運作，也都被蒙上一層神秘面紗。久之，外面就有不實的傳言。那些傳言聽在當年曾承辦該項業務的陳長慶的耳朵裡，他當然無法沉默。因此，便化身為「陳大哥」，並在小說第五章裡，借藝工隊員王蘭芬的嘴巴，把兩個重要的傳言提了出來，即：「聽說這些侍應生，都是犯過法的囚犯，被遣送到金門來從事這種工作？」和「她們為什麼願意到這裡來，是否有逼良為娼的情事呢？」「陳大哥」一聽，便斬釘截鐵的回答說：「沒有這回事。」接著，他就把特約茶室設立的法源及營運與管理、侍應生的召募過程與入出境手續、侍應生在服務期間的職業安全與醫衛生育的照顧、以及她們願到金門戰起來謀生的原因，作了一次詳細的說明，以期「謠言止於智者」。這等於是替官方舉行了一次記者招待會。

至於那兩則傳言的起因，王蘭芬沒有再追問，陳大哥也就略而不提了。但是，無風不起浪，事出必有因。起因恐怕就在沈氏母女開私娼的案子裡。因為，當時在現場的目擊者，只知沈氏為臺灣人，又是榮民眷屬，來金門做了侍應生。事發後，官方動員了武裝憲警，監察官及地方幹部，由上校組長領軍，浩浩蕩蕩，前往取締，與沈氏對陣。沈氏在民不勝官的弱勢下被迫就範，女兒就被送進了特約茶室。這樣的表象經過演繹和繪聲繪影的傳播，就變成了「侍應生是臺灣的女囚犯」及「逼良為娼」的「事證」，被後來某些人用來做文章，以達其醜化官方的目的，如此而已。作者不做正面的辯解，只把底細攤開在陽光下，讓傳言去「見光死」，倒也是個上策。

總歸一句，這五樁特殊事件的「解密」，正是作者的創作設計目的之一。

其次，有人的地方就有人性中的「性」的問題。惟在我們的文化中是忌諱談「性」的，尤其是幾十年前的金門，仍是個謹守「非禮勿視，非禮勿聽，非禮勿言，非禮勿動」的禮教社會。但是，軍方卻在「朱子祠」的附近搞起「軍樂園」來了，其後，並發展成「連鎖店」。而那些「野草閒花」，不但經常出入民間的公共場所，甚至還勾走了一些在地男子的魂，製造了家庭糾紛。這對金門的民風而言，當然是一種嚴重的挑戰與破壞，但因百姓處在戒嚴的軍管時期，而軍方也確實在用血肉汗水保衛並建設金門，百姓只好忍諒了。可是，當「社會部」推出後，接著又有沈氏母女的私娼（均屬事實），他們就不能再忍諒了，因而高舉抗議的大旗，逼得軍方不得不分別予以撤銷與取締。

偏偏，承辦那些業務的就是在地的「陳大哥」，他處在那個矛盾衝突中，角色非常尷尬，因而有「人在江湖，身不由己」（第九章）的喟嘆。不過，他秉持的「人性觀點」則隨處可見。例如：當他奉命籌設「安歧機動茶室」時，他想到的是官兵們為了國防民生，「不眠不休，日夜趕工的辛勞」，以及「官兵性的需求」。他開辦「社會部」時，想的也是「為解決無眷公教員工之性需求」，因為他們「大多數是從軍中退役轉任的老芋仔」。他在安歧排解完老士官和侍應生的糾紛，目送老士官離去時，他「心裡卻有一份無名的愧疚感」，且想到那位老士官「先前他是懷抱著滿懷的喜悅和興奮走進茶室的，而此時猶如一個孤單的老人，在黃昏暮色裡踽踽獨行。他將走向何處？許是沒有親情溫暖的軍營。」而當「社會部」結束後，他說：「若依價值觀來認定，是得不是失；但若依人性的觀點而言，對那些無眷的公教員工則有失公平。」又說：「許多人經不起長期的性壓抑，一旦到了某一個年齡，會變得怪裡怪氣，甚至有戀童的癖好或變態的傾向，替社會製造許多問題。」山外茶室發生事故後，他對某些侍應生「以感情做幌子，以生命做賭注，以為那些老士官成家心切，善良好欺，想盡各種辦法和手段，詐取他們數年來省吃儉用積聚的革命錢財」的事提出警告。而在馬山事件發生的前後，他分別對孫某及自己提出了看法和檢討：「如以人性的觀點，這種人值得同情」；「如果那天我能理性地跟那個老北貢溝通，好言相勸，事情或許會有轉圜的餘地」等，可說在在都是人性的關懷。

不僅對老兵如此，他對侍應生也有生活面的人性關懷。他不止一次地提醒著：「人世間並沒有天生的妓女」，「每位侍應生的背後，都有一個感人的故事」。他讓沈氏站出來訴苦：「不做這種事，我們母女能做什麼？誰給我們飯吃？誰給我們飯吃？」尤有進者，他還借安歧事件說出「其實這些侍應生也是蠻可憐的，為了要多賺幾文錢寄回臺灣養家活口，來到這個炮火下的戰地出賣靈肉討生活，有時情緒較不穩定，的確需要客人的包容和同情」的話，更是令人動容。所以，王蘭芬也讚美「陳大哥」「有一副菩薩心腸」（第五章）。

總之，這些「菩薩心腸」的人性關懷，雖是作者的潛意識的反射，但在某種程度上，似乎也代表了金門絕大多數百姓對「軍樂園」的忍諒心態，自然也是作者創作目的的一部分。

在前面五個特殊事件中，唯一與特約茶室無直接關連的，就是馬山情殺事件。雖然，表面看來，錯在那個年老而自作多情、且又不能自我克制、也不知情為何物的孫某。然其禍根，一是政府退守海島後，不希望官兵有拖家帶眷之累，以免影響大軍的反攻行動，便祭出「戡亂時期陸海空軍人婚姻條例」，大肆告誡官兵：「未滿二十八歲不得結婚」，使不少官兵坐失黃金年華期的結婚機會（女方願意，男方不敢，或乾追女孩，愛而不戀）。二是政府的「窮兵富將」觀念太深，認為官兵有錢就怕死。因為待遇低，使得不少在年齡上合格，而月薪不及縫衣女工三天工資的少校以下官兵，面對美嬌娘望洋興嘆（民國四十六年，少校月薪九十元，而女縫工月入千元以上，上尉以下官兵，更甭提了）。三是自最高統帥到各級將領，只要求官兵「能征慣戰打勝仗」，腦海裡沒有官兵的「性」問題。因此，縱有「強姦者死」的軍律，仍有「寧願花下死」的「勇士」（據說，金門也曾發生過）。另外，因進出娼寮而患性病有之，自宮者亦有之（據說是中了《聖經》中「哪裡痛苦就把哪裡割掉」的毒）。

以上三者，造成多少官兵失婚之痛！直到今天，還有老兵一談起那檔子事就生氣，一氣就破口大罵：「毛澤東殺了我的爹娘，蔣中正害死了我的子孫！」

罵話聽來很刺耳，但絕非下級官兵如此。前空降特戰司令廖明哲將軍在《了了人生》中寫道：「就拿我們同輩（按軍校十七期）前後幾年的軍官說：待遇菲薄，不足以養父母、妻兒。縱使家中父母拿錢來娶妻養子，有些部隊自設門檻，不當連長不准結婚，我輩身處抗戰戡亂兩大戰爭時期，還要喊出違心之論——日寇（共匪）未滅，何以為家！就是這些因素，使多少軍人絕子絕孫，使多少軍人抱憾終身，使多少軍人患花柳病。今日在臺灣的老官、老兵中，不少是這個（性）問題所製造的被害者。」他又譴責「革命軍無安置家眷的整體計劃，國軍無完善解決在營官兵的性的問題。」他還談到抗戰期間一則傳聞：美國人華萊士到西安，問胡宗南將軍：「你麾下眾多的官兵，他們的性慾是如何解決的？」胡宗南笑笑的說：「我們是靠跑步來解決。」

準此，不能不同情馬山事件中那個孫某的下場。因為他是人，而且是個接受過「不孝有三，無後為大」的禮教洗禮的人。但是他窮，希望在退役前結婚、生子，為他們爭取到一份撐不死的眷糧，減輕一點負擔。只是，他找錯了對象。也許，是黃鶯前輩子欠了他一筆債，上天要她在這輩子用生命來償還孫某吧？但無論如何，這是一個不該發生在金門卻又發生在金門的時代悲劇。作者說：「但凡走過的勢必留下痕跡。」（第十三章）所以，作者就留下了這個「痕跡」，供人去憑弔。

回頭看看特約茶室，那當然是金門島上的一個特殊景觀。作者對那個景觀，是透過「陳大哥」向王蘭芬以「簡報」方式來介紹的（詳見第五章）。但金門的第一個「軍樂園」是怎麼來的？包括胡璉將軍的遺著在內的許多文字資料中，不見隻字提及。許是「軍樂園」與「淫」字有關，不宜登大雅之堂而恥於記述吧？其實，我國在唐朝時已有「營妓」（詳辭書「營妓」條），惟不見於正史而已。王翰「醉臥沙場君莫笑」中的「醉」字裡，可能就有「營妓」，而不光是葡萄美酒吧？其次，日本有「慰安婦」（在境外）、美軍在境外為當地的酒家；至於他們在本國時，有錢又有休假，不必「用跑步來解決」問題。但是，國民革命軍不但沒有「營妓」，連營區也是個「沒有女人的地方」。此外，沒有週末，禮拜天還要檢查環境、內務或戰技競賽。代代相沿成習，到退守海隅的頭幾年，仍是弦不更張。可想而知，胡璉將軍初到金門時，應是不會去思考官兵的「性」事。即使想到了，雖非沿用「跑步」來解決，但白天的做工、訓練，晚上的讀書，也可讓官兵無暇去「心猿意馬」，決不會（敢）向層峰提出官兵的「性需求」。然而，金門的「軍樂園」卻又是在他手上「創」設的，這不很奇怪嗎？然從另一個面向去探索，似又可以推演出一個合理的解釋，那就是與「美軍顧問團」有關。

「美軍顧問團」成立於民國四十年五月一日，金防部有個顧問組。美軍重視官兵的「性需求」，應會像華萊士一樣，用同樣的問題請教胡璉將軍，然後再向國防部或最高當局建議「解決之道」。剛好，當時的陸軍總司令孫立人將軍，係顧問團長蔡斯的同學（維吉尼亞軍校）。那時，蔣總統外要借重蔡斯獲得軍援，內要倚重孫將軍來整軍經武。顧問團的建議，加上孫將軍的敲邊鼓，或許正是那年秋末冬初在金門試辦「軍樂園」的背景，否則，革命軍很難打破「用跑步來解決」官兵「性需求」的迷思，而就時間上觀察，兩者也不會純是一種巧合吧？

「軍樂園」開張後，各部隊為鼓勵官兵去「一樂」，多以挑撥、慫恿的方式來刺激興趣並降低羞愧的心理。有的更以放特別假的誘因來刺激「軍樂園」的「景氣」。可憐一般官兵的待遇太差，上兵一個月的薪餉還不夠去一次。不過，有錢的官兵還是有（從家裡帶來的金子或外快），不致讓「軍樂園」門可羅雀。

大概是由於試辦的成效「良好」（減少了軍民間的感情糾紛），同時，海空軍在各基地附近，早已有「俱樂部」（海空軍待遇普遍比陸軍高），同時，臺灣民間的「花茶室」如雨後春筍，不僅林立於市區，且已進攻到各營區附近，產生了不少新的糾紛（主要來自「軍中太保」），並有「洩密」之虞。然而，「軍樂園」是三軍官兵的「福利」之一，歸總政治部所管，可能是為了讓官兵有個「正大光明」的休閒處所，且無洩密及營外違紀顧慮（侍應生由政四及警政單位調查合格，茶室由駐軍督管），不僅金門的「軍樂園」有了「分店」，臺灣各地也相繼成立，有的設在市區，有的位於小鎮邊緣。地方政府有致贈傢俱的，也有縣太爺送鏡屏且風雅一番的，如屏東縣長就送過一塊鏡屏，泥金紅紙上，寫著：「點點青，滴滴紅。青紅意相映，點滴兒女情。長年細柳營中草，一度春風吹又生。」。該茶室裡還有副對聯：「一雙玉臂千人枕，半點朱唇萬客嚐」。較烈嶼青歧茶室的「金門廈門門對門，大炮小炮炮打炮」（見第三章）更有些詩味，但不通俗。

可能是「軍中樂園」太顯眼，並為了防止有「樂不思蜀」的負面聯想，同時有意和民間的「花茶室」作一區隔，「特約茶室」的招牌就出現了，大多也增設了「飲茶部」，有的並設有撞球檯，僱有記分小姐（金門除了金城總室與山外茶室設有福利社外，其他分室則沒有。其經營方式並非茶室直營，而是採取外包，營業項目有：百貨、撞球、冰果等）。官兵可在裡面喝茶、聊天、嗑瓜子、打百分、玩橋牌、下棋、會友、撞球，或買完票就走。惟久而久之，總有不少「常客」來報到，侍應生也來飲茶部和「老朋友」聊天或打情罵俏，投懷送抱既不必給小費，也不一定要「進房間」，倒真是光桿們打發時光的好地方，但也有因此而種下愛苗的。由此可知，「軍樂園」不是金門的「特產」（電視中說的）而只能說金門是「軍樂園」的發祥地。惟「軍樂園」在臺灣的生命不長（特種部隊專用的例外），原因是民間的私娼有降價及贈香煙活動。然無論如何，「軍樂園」對金門而言，是一種無可奈何的傷痛，作者不能不為它「立碑」。但因只點到為止，特作上述的補充。

言歸正傳，這個一男三女的「四角戀愛」，男主角即金門本土的「陳大哥」，他是金防部政五組的聘員，是福利站的經理兼辦防區官兵福利業務，無官而有「權」，精明又能幹，「有學問」卻「沒有把愛情這門學問搞通」。三位女主角，一為祖籍四川，從小就沒爹沒娘，由育幼院撫養長大。高中畢業後，考入國軍心戰總隊，志願上金門前線擔任心戰喊話的播音工作，被金防部政戰主任譽為「馬山之鶯」的黃鶯准尉；一為籍貫臺灣，活潑多情，以

〈一朵小花〉享譽前線，愛和政五組的參謀和陳大哥鬧笑，且想去參觀特約茶室，而被陳大哥以「三八」取笑，卻屬意陳大哥並不顧一切的「狼吻」了陳大哥的藝工隊員王蘭芬；另一為家住古寧頭，老成持重，個性溫和，待人誠懇，幹起活來能粗能細，具有賢妻良母傳統典型，襄助陳大哥處理會計事務，並被陳大哥授權代決一般事務的李小姐。這三個女生，以陳大哥為「經」，自己各為一種「緯」，如金梭織錦般相互交叉，織出了一幕幕的離合聚散乃至死別，以及鶯嗔燕妒，機帶雙敲的輕鬆畫面。然後，繫鈴人翻作解鈴人，李小姐生氣辭職回家，王蘭芬期滿失望返臺，剩下個「馬山之鶯」讓陳大哥有「雲破月來花弄影」的竊喜。無奈造化弄人，黃鶯遇到了凶神惡煞，做了陳大哥的代罪羔羊，魂歸離恨，成全了李小姐重回太武山谷，回到了和陳大哥亦友亦愛亦同事的原點。至於「以後呢？」作者就留給讀者去馳騁了。

雖然，前文說過，作者「是以愛情故事做為載體」，載了一些史蹟到讀者面前。惟那些愛情故事的本身，還是有其「附加價值」，只是隱顯不同而已。

就隱的一面來說，「三鳳」使人想起徐速的《星星・月亮・太陽》。孤苦的黃鶯是「寒星」；明麗的李小姐是「月亮」；熱情如火、光芒四射的王蘭芬是「太陽」。用這幅圖景疊影到她們的籍貫上去（注意，是三十多年前的現實）便呈現出另一幅圖景，即：「陳大哥」

愛大陸的黃鶯，無奈只剩下一縷芳魂；臺灣的王蘭芬愛陳大哥，卻是能愛就愛，萬一不能愛就丟，另謀出路；本土的李小姐和陳大哥，可以共事，可以友，也可以愛，永遠是可以相互信賴、依靠、扶持的好伴侶，且看第十三章中李小姐的分析和忠告：「坦白說，黃鶯和王蘭芬雖然是兩個不同典型的女孩，但都有一顆善良的心，以及一張標緻而人見人愛的臉孔……但站在朋友的立場，有一點我不得不提醒你，黃鶯她願意留在金門嗎？王蘭芬的活潑外向，是否適合在地生活？這些都是值得你深思熟慮的。別見到漂亮的女孩都是寶，以後吃虧的是你自己。」此中的「醋味」，不也是一針見血的點破了金門處在兩岸政治夾縫中的現實問題嗎？

其次，「日落馬山」這幅圖景也是個意象。作者在「尾聲」裡說：「誰該為這段歷史負責？或許是這場兄弟相持的戰爭吧？」點明了小說中所有的悲劇，都是由於兩岸的兵戎相見。而自兩岸解禁開放後，馬山播音站外，那象徵敵對的大喇叭，就像那輪夕陽無聲地沉下去了。雖然，「陳大哥」在第十章中說了句「黃鶯在小金門，馬山早已日落」，但那是因為李小姐說了些醋味很濃的嘲諷，他才用這句氣話來回答，並作一種情節的暗示。真正的「日落馬山」的絃外之音，是「日落馬山後，月上柳梢時」的期盼，亦即解嚴後金門人的心聲。

就顯的一面來說，則是沿著故事情節的腳步，次第暴露了軍方及特約茶室中，一些幹部的低能與不法，以及低級的「軍中文化」。例如：山外茶室事件，「矮豬」冒充身份嫖妓事件，以及沈氏母女開私娼事件，現場都有「大官」，然都是「陳大哥」出面擺平。沈氏心服口服的說：「你這位年輕人說得還有點道理。」組長誇讚他「有一套」，監察官說「你比我行」。陸總年度視察（見第十五章），視察官對「陳大哥」的頂頭上司組長說：「中校福利官還不如一位聘員。」在在都針刺著「官大學問大」的迷思。再如，后宅茶室管理主任黃成武，雖然「後臺」很硬，卻是侍應生嘴裡的「爛主任」，惡行一大堆（詳見第三章）。安岐茶室發生吵架風波，那個管理員「竟站在人群中看熱鬧」。金城總室的劉經理跟后宅的黃成武一樣，也是「一票玩到天亮」，被侍應生當面臭罵他「不要臉」。在「矮豬」的案件中，金城總室的售票員和小徑茶室的管理員，都有操守上的問題。而以前承辦茶室業務的參謀，也因在操守上「有嚴重的瑕疵」而遭調（停）職處分（見第六章）。此外，某副主任的駕駛王班長，也懂得「狗仗人勢」的哲學，把侍應生帶到辦公室來，要求「老小子」「陳大哥」趕快替他的「愛人」辦理出境手續，以便返臺奔喪。這些「目睹之怪現象」，不僅軍中和特約茶室常有，就連某些大機關裡也有。惟「陳大哥」卻能把那些知法犯法的茶室幹部解僱，又把仗勢欺人的大官駕駛治理得像條夾著尾巴的狗。雖然，表面看是「拍了幾隻蒼蠅」，意義上卻是「打了幾隻老虎」。這不比某些大秘書長或內廷高官更有風骨嗎？誰說，沒有「出身」的人就沒有「學問」呢？

還有一事值得一提，那就是作者對愛情的觀點。他借「陳大哥」的口，對王蘭芬說過兩次的「愛妳就不能害妳」的話。同時，把陳大哥塑造成一個「發乎情，止乎禮義」（〈詩大序〉）的現代「魯男子」，儘管王蘭芬「狼吻」了陳大哥，甚至盼望「陳大哥」替她「解帶」，而陳大哥仍可堅守最後的防線，未成滅頂的愛情俘虜，也就沒有「一入情關出更難」的痛苦後果。以此「愛她就不能害她」的標準，來比較山外和馬山兩個事件中的男方，便知正確的愛情觀念之重要了。如果，今天的社會能重視這種禮教，並能「父以教子，師以教弟，長官以教屬僚，將帥以教士兵」，則整個社會一定比現在祥和許多。再者，男女間的情事，雖說非常微妙，如果大家都能了悟「各有因緣莫羨人」的妙諦，或者具有王蘭芬的智慧：「如果你答應要娶我，我就留在金門……如果你不要我，我就回臺灣進修，重新再出發。」（第十四章）便不會有山外和馬山那樣血淋淋的事件了。雖然，作者沒有在小說中安排這樣的論述，但從故事所呈現的圖象中，細心的讀者是不難摸到作者的用心的。

總之，《日落馬山》展示了一個悲劇時代的一角，是金門的痛，也是一個國家的痛。陳長慶只是在執行那句「但凡走過的勢必留下痕跡」的真言而已。至於那些「痕跡」是否就此走入歷史，還是像未斷的病根，隨時都有復發的可能？那就不是一個小說家所能預料得到的了。不過，金門人不願金門再做兩岸鬥爭中的殺戮戰場，似已形成共識了。那麼，「日落馬山」就讓它「日落馬山」吧！明天的太陽不是今天的太陽，而今晚的月亮確實比昨晚的月亮要清明得多。至少，沒有如浮雲、冰雹般的硝煙彈雨遮蔽太武山上的天空。金門人所企求的，不過是這點美景而已，陳長慶只是做了一個忠實的代言人罷了。

原載二〇〇五年元月二至七日《金門日報・浯江副刊》

如果故事成為傳說
——《日落馬山》後記

陳長慶

從清明時節雨紛紛的春天，到落葉飄零的秋天，我終於把這篇小說寫完。

十餘年的山谷歲月，讓我有機會進入防區最高政戰體系，兼辦政五部門的福利業務。我的職務是福利站經理，必須組裡、站裡同時兼顧。

組裡編制上雖有一位中校福利官，但一年半的任期卻快如雲煙，往往許多業務尚未進入狀況，隨時又準備調升或調職；因此，我肩負的責任和承辦的業務不亞於一位中校參謀。倘若遇到突發事件，長官找的是我而非他；雖然疲於奔命，也讓我學到很多東西，以及給了我一段難忘的閱歷。但即使工作再繁忙，我依然沒有放棄對文學的熱愛和創作。

然而，當我離職時，卻無緣無故地輟筆。二十餘年沒有寫過隻字片語，復出時，歲月遞嫜、人事已非，昔日所屬單位多數已成歷史。每當想起，我的思潮隨即澎湃洶湧，內心隱約作痛，爾時的人事物彷彿歷歷在目，故而，我不得不試著把它記錄在浯鄉的文學史上。

在《日落馬山》這篇作品裡，我透過筆下的陳大哥，請他來為讀者敘述這個故事或許更具說服力。尤其是特約茶室部份，他親手參與安歧機動茶室的設立，金城總室社會部的籌設和關閉，處理過沈氏母女私娼事件，以及山外茶室的槍殺案件。誠然有些是彌足珍貴的史料，但我並無意以文史的角度來詮釋，在我心目中，它仍然是一篇文學重於文史的小說。

倘若您生長在那個悲傷恐懼的戒嚴時期、軍管年代，對文中的故事和人物或許並不陌生；即使不是，相信您也能意會到作者書寫這個故事和塑造這些人物的苦心……。

感謝相識相交三十餘年的老戰友謝輝煌先生，不僅為本書提供許多寶貴的意見，修正許多不妥的語詞和別字，對於文中忽略之處，也在他的大作〈為走過的留下痕跡〉裡，做了些補充。除了能重啟讀者塵封的記憶外，讓這本書更具時代性、歷史性和可讀性。

想起那時，「老長官」任金防部第一處中校參謀，掌管防區十萬大軍的「差假」及「出入境」業務。福利單位員工生均屬金防部雇員，其「臺金往返許可證」亦由他承辦。特約茶室一百六十餘位侍應生，往返的次數更是頻繁，許多侍應生為了趕搭近期的船艦，經常央請高官來說項。但無論是「先電出境」或函送「警備總部」辦理，其權責均屬第一處。身為承辦人的我，在會完稿、經過政四組「查無安全顧慮」的簽章，移送第一處辦理的同時，不得不懇求謝參謀幫忙，希望能讓她們「先電」出境，以便對那些高官有所交代，好讓他們能在侍應生懷裡多點溫存。

如果那些高官能從侍應生房裡「爽歪歪」走出來，謝參謀必是「擎天功臣」；倘若讓他們溫存過度而不幸染上「花柳病」，謝參謀便是「擎天罪人」。幸好，那些高官都是「縮著頭」、「搓著手」，「笑咪咪」地從茶室軍官部後門溜出來的。如要論功行賞，謝參謀絕對稱得上「功德無量」！

基於此，我數次提醒茶室管理主任和售票員，如果碰到謝參謀來買票，務必囑咐侍應生多些「溫柔」、多點「體貼」，讓他也能「笑咪咪」、「爽歪歪」地從侍應生房裡走出來；一旦謝參謀「爽」了，往後人人都可以「先電」出境啦！然而，儘管我費盡心思、設想周到，卻始終不見謝參謀前往光顧的蹤影，只因為他是那些「老芋仔」群中少數潔身自好的「在室男」；日日夜夜、時時刻刻，做著反攻大陸、返鄉討老婆的美夢。但往往人算不如天算，在反攻大陸的號角尚未響起時，卻被任職於「臺灣省林務局」的寶島姑娘所「解放」，註定要在「美麗的寶島」、「人間的天堂」過一生。

記得那年三八婦女節，特約茶室舉辦一系列慶祝活動，除了邀請謝參謀出席參加外（處長、副處長並未受邀），原本還安排茶室最漂亮、票房紀錄最高的侍應生王麗美（拙著〈再見海南島・海南島再見〉文中的女主角）致贈「功在茶室」的錦旗乙面給他，惟恐年僅三十啷噹，相貌堂堂、飽讀詩書的謝參謀「臉紅」不肯接受，也就作罷。最後選擇在餐會中，由王麗美代表茶室所有的侍應生，敬他高粱酒一杯，以表謝意。想不到謝參謀還是「臉紅」了，不知是見了美女害羞，抑或是不勝酒力而臉紅？或許，只有老長官心裡最清楚。

感謝我的朋友林怡種，在他的鼓勵、催促和鞭策下，始有這篇作品的誕生。當這篇小說脫稿時，他亦由金門日報社「編輯主任」晉升為「總編輯」，在現實的政壇以及高學歷掛帥的今天誠屬不易。身為他的友人，除了獻上誠摯的祝福外，也冀望這個「拾血蚶的少年」秉持著文人的風骨，堅持自己的方向，不要向惡勢力低頭。除了「社論」和「方塊」的撰寫外，毋忘回歸文學創作。

感謝連載時，為本文繪畫插圖的漫畫家、福建省政府委員陳滄江先生。

二〇〇四年十月於金門新市里

蘸著金門的血淚書寫金門

——邂逅陳長慶和他的書

謝輝煌

我十五歲在家鄉小河邊放牛的時候，連「福建」也沒聽過，更別說「金門」了。直到「古寧頭大捷」的消息傳到設在新竹的「怒潮學校」，才知我們的十二兵團已到了金門。接著，「金門前線」的名詞出現了。「前線」就是戰場，羅卓英將軍曾說：「軍人事業在戰場。」我們的「事業」當然在「金門」！

但是，上了「戰場」，卻不見「事業」，眼前只見一片黃沙、紅土、衰草、蚵殼、和少得可憐的樹木組成的土地。春來了，有毽子般的綠苗點綴在寒風瑟瑟的大片沙土上，跟我們一樣，有點怕冷的感覺。此外，印象最深的，就是《正氣中華》和「粵華香煙」了。然而《正氣中華》上沒有金門人的文章。

民國五十八年，再上「前線」。哇！整個金門煥然一新。在張彥秀編的《金門》畫冊上，晚唐的陳淵在島上牧馬；南宋的朱熹在金城講學；不願做官的小嶝處士丘葵在海印寺石室題詩；明朝的「父子進士」、「五桂聯芳」、「八鯉渡江」，和西洪村「人丁不滿百，京官三十六」的佳話仍在流傳；俞大猷的嘯歌在海邊飛揚；魯王和鄭成功壯志未酬的悲歌感慨在太武山迴盪；邱良功墓園的石人石獸，披一身風雨斑剝，向我們細說昔日的風華。《正氣中華》仍在軍中發行，民間改為《金門日報》，副刊上出現了很多本地青年的作品，令人意識到金門的文風，正以承先啟後的雄姿，在復活與茁長。

兩年後，三上「前線」，因承辦「入出境」業務，行蹤被受聘政五組的金門青年作家陳長慶知道，又因他「豐干饒舌」，且帶著詩人文曉村來中央坑道，便有了初次的見面。我依稀記得，他瘦瘦的、平頭、卡其布衣服、內向、後腦勺比較發達。他送了一本《寄給異鄉的女孩》給我，《金門日報》副總編輯謝白雲的〈序〉裡說：「我發掘了許多金門青年，他們都有寫作的先天稟賦……長慶便是其中的一個。」

從謝白雲對陳長慶的觀感中，我才知道他是一個天才型的作家。後來，我再從他收錄在書中的多篇評論得知，二十五歲不到，評詩、評畫、評小說、散文，篇篇老到，且敢於對藝術評論，提出「是基於『在藝術的世界只問收穫，不問作者的年齡、背景、身世、學歷』來撰寫我讀後的感受和心得」的看法。若他的細胞裡沒有藝術天分，胸懷中沒有藝術城府，決難如此脫穎而出。

和陳長慶見面後，好幾次在謝白雲家的小樓相聚。《今日金門》的主編明秋水和他的夫人、華視記者鄧子麟、柯國強等人，都曾是謝家小樓的過客。謝白雲愛打麻將，大夥聚在一塊，多是吃喝玩樂。陳長慶在我們這些「老油條」面前，「聽看」得差不多了，便回去了。至於他在政五組管了那些業務？那些替侍應生申請臺金往返許可證的案件，是不是經過他的手移送過來的？當時都不太清楚。反正，政戰部來的案子，我們從不打回票，而且都是「馬上辦」，且不弄玄虛。或許就憑這點「硬」功夫，讓陳長慶和總室方面對我謬愛有加，「三八婦女節」那天，我被接到金城總室去，當了有生以來的第一次「貴賓」。

鋼鐵的太武山，流水的官兵。不久，我奉調第一軍團，文曉村、謝白雲也相繼離金，陳長慶創辦的《金門文藝》出爐了，但在第六期的「詩專號」出版後，革新一期由旅臺大專青年黃克全等接辦，後來卻無聲無息了。我退休前結婚，特請陳長慶代我買了一隻「金門壽桃」送給美嬌娘，表示我「有辦法」。他託人送到臺北，錢都沒有收。直到現在才知道他那時「好窮」，後悔不該把自己的「有辦法」，建築在他的痛苦上。

他的《螢》，我看了一下是「愛情小說」，便不想看。因為，從金門回臺之初，幾次相親，把我相「衰」了。愛情，離我太遙遠。喜劇，看了很傷感；悲劇，看了更難過。乾脆不看。倒是婚後我那「軍保夫人」（我是靠軍中退保的錢結婚的），帶去辦公室「傳閱」了一陣。

漸漸地，我變成了一隻離開金門的老燕，偶而會「記得去年門巷，風景依稀……。」

二十多年後，我突然見到陳長慶的〈再見海南島・海南島再見〉。那時，報上正在炒「軍樂園」。讀了這個以侍應生為女主角的小說，便有話要說地寫了一篇〈沒有結局，便是結局〉的「讀後」，順便提了一下「軍樂園」的姑娘，絕非「匪諜」的太太，或「女犯人」，以正視聽。不過，那篇「讀後」，只就人與人之間的「施受」心理，做了點膚淺的抒發。而對女主角的一句「到廈門看金門」，就未發揮。直到他的《秋蓮》出來了，我才在〈一水關山路迢迢〉一文裡，特加闡發。因為，金門人「到廈門看金門」，就是個「望穿秋水」的意識。陳長慶吐糟的目的，應是希望能早日「兩門對開」，活絡金門。但政客們卻把金門當做圓鍬十字鎬來耍。這不是金門人心中的另一種「痛」嗎？難道只有星星才能知道金門人的心嗎？

陳長慶真的發飆了，從《再見海南島・海南島再見》起，到《烽火兒女情》，八年中完成了十一本書，其間還有〈走過天安門廣場〉等多首新詩。這股創作潮，應是他沉潛二十多年所累積的能量的部分釋放，其餘「待續」。

「文學是生活的表現」（李辰冬語），陳長慶的生活曲折而顛連。他出身貧苦農家，初中一年便失學。然後，在軍方的理髮部當售票員。回家種田。回理髮部當學徒、當「剃頭師」。得遇貴人，受聘軍方，承辦防區福利業務，接觸到一個特殊的社會層面。埋首圖書館。參加「冬令文藝營」。創辦《金門文藝》。憤而離開軍方、擺書報攤、暫時停筆。復出。一路上，更重疊著古寧頭、大二擔戰役以及九三、八二三等多次大小砲戰，和長達二十年的「單打雙不打」；村莊變營區，田地作戰場；全面納入軍事管制，個個編配戰鬥位置；以及解嚴和廢除軍管後，各種新問題所帶來的衝擊等外在陰影。此外，還有島上的「三八婚姻」、避險的大遷徙和少女追夢的「留臺潮」。因而使陳長慶擁有一般創作者所沒有的生活經歷和意識。由於他是從金門的血淚中一路走來，故能「用筆尖沾著血液和淚水，為苦難的時代和悲傷的靈魂做見證。」他的作品，沒有一篇離開了金門的人和事、血與淚。

陳長慶最痛的，莫過於金門人在戒嚴與軍管時期失去的自由。他的自由思想在太武山谷讀書時就形成了（見〈評「凌工書記」〉）。他在〈燦爛五月天〉中說：「我的思想偏向自由。」他又在《午夜吹笛人》反諷地說：「因為我們時時刻刻都在準備反攻大陸，因而要戒嚴，需要設限，讓人民永遠痛恨沒有居住的自由。」另在《夏明珠》、《冬嬌姨》……等其他作品中，也都有正面的抨擊和側面的嘲諷。

陳長慶最大的願望，則是「要讓文藝的幼苗在這島上成長和茁壯」（〈江水悠悠江水長〉）。他在〈燦爛五月天〉更宣告著：「只為了一個理想——把作品留在人間；只為了一份堅持——為熱愛寫作而創作！」這從他積極支持《浯江副刊》，到創辦《金門文藝》，到擺書報攤，到開書店，以及不斷地創作等事項上，除了可印證他對前述「願望」、「理想」的力行實踐外，也可看出他要用一部部的作品來證明一個沒有學歷的人，也能成為作家的事實，並藉此事實來鼓勵別人。另外，讀與寫是一種思想、言論的自由，他相當重視。他在〈拴在欄裡的老牛〉中說：「讓死亡的文學生命重獲新生，用筆尖沾著鮮血，揭穿人世間的虛偽和假面，以及人性奸詐醜惡的面目，倘若能如人所願，失去自由又何憾！」話雖跡近牢騷，卻有白居易「文章合為時而作，詩歌合為事而作」的宏旨。

總之，上天有意教陳長慶在金門做個示範，給他優異的資質，也對他預設重重關卡，考驗他的耐力。依他的「業績」，上天應不會吝於一個「甲等」吧！

原載二〇〇四年七月《金門文藝》創刊號

（本文為《時光已走遠》代序）

歲不我與
——《時光已走遠》後記

陳長慶

收在這本書的十一篇作品，我把它分成兩輯。

第一輯的九篇散文，可說是我從事小說創作之餘的「副產品」。儘管它距離完美尚遠，更稱不上是主流文學，但同樣是腦汁與血汗凝聚而成的結晶，我沒有不喜歡、不珍惜它的理由。況且，我的文筆原本就平庸，一個沒有受過完整教育而在這塊園地踽踽獨行的老年人，又有什麼本事以一堆詰屈聱牙的意象來經營散文？一切就源於自然、順應自然吧！即使這些作品的主題都侷限在這座小小的島嶼，沒有磅礡雄偉的架構，亦無扣人心弦的動人故事，但能為走過的留下痕跡，復把它書寫成章，留下一個美好的回憶在人間，畢竟是可貴的，這或許是我出版這本書的原委。

讀者們都知道，文學本是人生的反映、生活的寫照，在滿佈荊棘的人生旅途裡，各有不同的際遇和生活方式。有人一生享不盡的富貴榮華，有人一輩子困苦顛連。這世界構造得太不完美了，身為萬物之靈的人類，又能奈何？當無情的砲火遠離這座島嶼，島民正過著前所未有的清平歡樂時光時，但我並沒有遺忘先人蓽路藍縷，開闢這片土地的苦心。因此，在學習創作的三十餘年裡，書寫的範圍幾乎圍繞著自己的家鄉，大部分作品亦與這片土地息息相關。雖然，燦爛的時光已走遠，生命中的黃昏暮色已來臨，然我並不在乎被定位為邊陲文學或鄉土作家；甚至，以生長在這座小小的島嶼為榮，以歌頌這片貧瘠的土地為傲。

二〇〇二年春天，當我寫完中篇小說《冬嬌姨》後，我試著以週遭的詩人為傾訴對象來書寫散文。因為在我心中，詩人有綿密的思維、清明的心智、豐富的感情和敏銳的觀察力。於是在欽羨之餘，就敦請他們來聆聽我夢中的囈語以及對這片土地的回顧。然而，對於一些多情浪漫、行為有差池的詩人，卻也難逃我的數說。因為我只問是非、不講情面。朋友們看過後總會相互猜測，或詢問我筆下的詩人到底是誰。今天，我必須坦誠相告：我描述的是那些行為有差池，既不思過、死不認錯，且又喜歡對號入座的「正人君子」。

第二輯偏重於文史的論述。除了試論黃振良的《金門戰地史跡》外，另一篇針對的是一個較嚴肅的問題——「金門特約茶室」。

黃振良的作品，文辭優美、思路綿密、筆調嚴謹、段落分明，已是眾所皆知的事。三十餘年前發表在《新文藝月刊》的散文——〈溪流的懷念〉，就已受到文壇的矚目和肯定，並奠定他在文學創作路上的根基。我們也共同創辦了金門地區第一份獲得行政院新聞局核發登記證的民間刊物——《金門文藝》。其中的酸甜苦辣，的確一言難盡；雖然受到不少挫折，但始終無怨無悔。

一九七九年，我們把《金門文藝》交由旅臺大專青年接辦，之後雙雙成為文壇上的逃兵。他從島外島回來，依然從事教職；我離開太武山谷，在新市街頭販賣書報。平日雖然互動頻繁，但離文學卻愈來愈遠，久而久之便形同陌路；數年來，彼此心中已與文學沒有任何的交集，也未曾寫過隻字片語，更品不出詩、散文和小說的芳香。

經過二十餘年的沉潛和養精蓄銳，以及基於對這片土地的熱愛，我們又相繼地復出。我仍然以文學為主，而他則懷著強烈的使命感，把大部分時間和精力，投入在浯鄉文史的蒐集和撰述上；幾年下來，其成績斐然可觀、有目共睹。從早期的《金門古式農具探尋》、《金門民生器物》、《金門古井風情》，到近期的《江山何其美秀》、《浯州鹽場七百年》、《金門戰地史跡》……等，不僅本本圖文並茂，也同時展現出多方面的才華。在從事文史與攝影工作之餘，復以散文集《掬一把黃河土》向我們宣示：他並沒有放棄文學創作。黃振良可說是浯鄉擁有「作家」、「攝影家」、「文史工作者」與「閩南語教材編著者」等多重身分的第一人。而我們似乎也發現到，他在「文史」、「攝影」與「金門方音語詞彙編」、「閩南語教材編撰」上的成就，顯然地，已蓋過「文學」的光環，這是不容否認的事實。站在他多年朋友的立場，只有祝福，不敢有更多的苛求。

當特約茶室走入歷史的此時，我們親眼目睹坊間一些不實的傳言，以及面對事實被扭曲時的無奈。起初看到媒體上那些荒謬的報導，或坊間一些流言蜚語並不以為意，甚至嗤之以鼻、一笑置之。然而，當我一而再、再而三地看到媒體荒唐錯誤的報導時，一股無名的怒火驟然間從心中燃起，在憤怒難忍的同時，也讓我更清楚一個在浯島生長的庶民應有的職責。倘若我明知報導有誤而不去導正，明知遭受曲解而不去扭轉，與那些不求甚解、道聽途說，用美麗的謊言來誤導讀者的媒體工作者又有何差異？因此，基於這份使命感，在寫完長篇小說《日落馬山》後，我拋棄所有的俗事，以嚴肅的態度、沉重的心情，義無反顧地寫下〈走過烽火歲月的金門特約茶室〉，除了駁斥那些不實的傳言外，也同時為這段曾經負載過非常任務的歷史做見證。

不可否認地，這段歷史和我有著一份難以割捨的革命情感。在防區真正擁有十萬大軍的六、七十年代，我曾經在金防部政五組承辦是項業務多年。除了當初的創議人和創立的年代無從查起外，大凡涉及特約茶室的業務，幾乎樣樣辦過，對於內部情形亦瞭若指掌。在撰寫此文時，雖不能做最完美的詮釋，但尚不致於誤導讀者，更無愧於自己的良心。尤其是特約茶室初創時期的那一部分，因時間過久無案可稽，自己也不能妄加臆測、任意杜撰來矇騙讀者。幸蒙作家謝輝煌兄多方探詢，並從一位德高望重的老將軍處獲得一段寶貴的口述歷史，之後撰寫〈軍樂園的創議人〉乙文加以補充，讓這段歷史更趨於完整。

珍貴的照片是史料中不可缺少的一環，當特約茶室走入歷史的此時，想重新捕捉它的影像已是不可能。幸好，我週遭的朋友許多都是金門地區資深優秀的作家或文史工作者，他們毫不吝嗇地提供我數十幀有關特約茶室的照片，雖然多數已與爾時的面貌不盡相同，但至少可以讓讀者從照片中，明確地看到各特約茶室座落的地點，以及廢除後殘留下來的一些蛛絲馬跡。這些可貴的歷史鏡頭，將與浯鄉美麗的景緻、豐富的人文色彩相輝映，為這片土地和祂的子民留下一個永恆的回憶。

二〇〇五年四月於金門新市里

走過烽火硝煙的苦難歲月

——陳長慶為金門歷史見證所作的努力

陳滄江

說真的，我忘了當年是如何認識長慶兄，也忘記了第一次結識長慶兄的地方是在哪裡。不過，我記得讀陳長慶的文章比認識他本人還早。

這幾年，在家鄉的日子幾時風幾時雨，不管我混得如何如何，平常我很喜歡去找他，原因是喜歡聽他講話，他的語意與我竟是那麼的相同，總讓我覺得彼此之間的距離是那麼的近，或許這就是我們共同的「磁場」吧！從陳長慶的著作《失去的春天》、《秋蓮》、《午夜吹笛人》、《春花》、《冬嬌姨》、《夏明珠》、《烽火兒女情》、《日落馬山》……到現在的這本《走過烽火歲月的金門特約茶室》，我無意在這裡稱頌金門鄉土文學作家陳長慶的文采及風流，但是，相信所有曾經走過烽火歲月的金門人都有同感，陳長慶透過他獨特的文字，訴說了我們這一代歷經戰地政務歲月的金門人心中，對這一段歷史的無言及見證。

之前，我曾為長慶兄的長篇連載小說《夏明珠》與《日落馬山》繪製插畫，由於時間的關係，遺憾沒能為他的近作〈將軍與蓬萊米〉以及〈老毛〉這兩篇作品畫插畫。

前些日子，長慶兄向我表示，準備將歷年來所書寫與特約茶室有關的文學作品，編輯成一本專書付梓，書名是《走過烽火歲月的金門特約茶室》，讓讀者對昔時的特約茶室文化多一層瞭解，但是因缺乏印刷經費，希望能獲得福建省政府及金門縣文化促進會的補助。我一直以為：像《走過烽火歲月的金門特約茶室》這樣一本極有歷史保存意義的書，如果因缺乏出版經費而不能印製，是相當可惜的。然而，福建省政府的經費相當有限，雖然補助兩萬元，但杯水車薪幫助不大，只好將出版計劃轉陳行政院文建會，並獲得廿萬元的出版經費補助。

在此，我們非常感謝行政院文建會的大力協助，也同時肯定金門鄉土文學作家陳長慶先生，為金門這一塊土地的歷史見證所作的努力。

二〇〇五年八月廿二日於金門

（本文為《走過烽火歲月的金門特約茶室》序文）

＊本文作者陳滄江先生，福建金門人。淡江大學管理科學研究所博士候選人，曾任福建省政府委員。著有：《陳滄江觀點》等漫畫書。現任金門縣鄉土文化建設促進會理事長、民主進步黨金門縣委會主任委員、金門技術學院兼任講師。

歷史不容扭曲，史實不容誤導

——寫在《走過烽火歲月的金門特約茶室》出版之前

陳長慶

二〇〇四年秋冬兩季，在友人的推薦下，我相繼地接受三家電子媒體的訪問。表面上是要我談談創作的歷程，實際上卻圍繞著「特約茶室」的議題打轉。雖然我不敢自認為是「軍中樂園通」，然我曾經在金門真正擁有十萬大軍的全盛時期，在主管防區福利業務的金防部政五組，承辦是項業務多年，對於它的全盤狀況，瞭解的程度或許會比其他人更深入。在接受訪問時，事先並沒有預設任何題目，而是以開放式的對話進行訪談。他們所提出的問題，大部分我都能憑著記憶，有條不紊地做完整的解說；甚至把坊間一些不實的傳言，趁機一一加以反駁。但經過電視臺的剪接處理後，播出來的畫面和內容並不盡如人意。因此，在寫完長篇小說《日落馬山》後，我不得不重新為這段歷史做一個較完整的詮釋。尤其當特約茶室走入歷史的此時，更不容許有人刻意地把它扭曲或誤導。

然而，當我撇開俗務，一心一意想為讀者詮釋這段歷史時，對於當初設立特約茶室的原由，卻因時間久遠，早已無案可稽，自己也不能憑空想像、任意臆測或信口開河來欺騙讀者。幸蒙昔日老戰友、作家謝輝煌兄勞心費神，四處尋找資料、拜訪相關人士，並從一位自國防部情報局退休的詩友許將軍處獲得不少寶貴的訊息，又蒙許將軍親自拜候一位年高德劭、位階很高的老將軍，敘述了一段「忠實度及價值都相當高」的口述歷史。謝兄便依據許將軍的轉述，書寫成〈軍樂園的創議人〉乙文，該文可說是特約茶室前半段歷史的寫照，足可彌補拙作之不足，讓這段歷史更趨於完整。經老長官應承，一併收錄於書中，以饗讀者。

儘管我承辦特約茶室業務多年，處理過許多突發事件，知道不少其中之內幕消息以及侍應生出身背景與不欲人知的動人故事，但三十餘年斷斷續續的文學創作中，僅寫了少數幾篇與特約茶室有關的作品。那是：一九七〇年的〈祭〉，一九九六年的〈再見海南島・海南島再見〉，二〇〇四年《日落馬山》的第三章（離島特約茶室業務檢查）、第五章（安歧機動茶室的設立）、第七章（特約茶室社會部籌設與關閉）、第九章（山外茶室槍殺案件與沈姓私娼處理事件），二〇〇五年〈將軍與蓬萊米〉、〈老毛〉等。而軍中特約茶室始於五〇年代初，終於八〇年代末，區域涵蓋臺澎金馬，其間長達三十餘年，在裡面靠女性原始本能謀生的侍應生少說也有數千人，進出的官兵更是難計其數，然在報章雜誌上看到的，似乎只是一些淺近的報導，以此為主題來書寫的文學作品並不多見。

基於上述理由，當〈走過烽火歲月的金門特約茶室〉在《浯江副刊》刊載，並獲得許多讀者的肯定和回響後，我突然有把它重新歸類、編輯成一本書的構想，冀望能讓讀者們對特約茶室多一番瞭解，共同為這段歷史做見證，並非只是重複印行來自欺欺人，這是我必須向讀者鄭重申明的地方。

於是我從《寄給異鄉的女孩》乙書裡選出〈祭〉，從《再見海南島‧海南島再見》選出書題作品與〈海南寄來滿地情〉，從《日落馬山》摘錄出第三、五、七、九章（這幾章不僅與特約茶室有密切的關係，更可成為一個獨立的單元，重新賦予它們一個新生命，似乎並無不妥之處），從《時光已走遠》選出〈走過烽火歲月的金門特約茶室〉，以及近作〈將軍與蓬萊米〉、〈老毛〉等作品。另外附錄謝輝煌：〈軍樂園的創議人〉乙文。讀者們可從這些篇章中，更深一層去瞭解作者創作時的心路歷程和欲表達的意象是什麼。

爾時，特約茶室的侍應生，她們承受著心靈與肉體的雙重苦難，冒著砲火以及二十餘小時的海上顛簸，來到戰地金門討生活。首先，她們面對的，是那些在這塊島嶼等待反攻大陸的老北貢，而這些老北貢離家久了，難免會有思鄉的情愁，雖然有了軍中特約茶室，讓壓抑的性慾能得到紓解，但感情則依然無所依歸。

一些對反攻大陸喪失信心、又長期在臺灣本島服役的軍、士官，早已和寶島姑娘締結良緣。惟有那些長久在野戰部隊服務，每隔一段時間必須隨部隊移防駐守外島的將士們，多數仍然是孑然一身。他們除了有怨亦有恨外，心中的無奈非局外人所能瞭解。因此，少數人把念頭轉向軍中特約茶室，目標鎖定曾經和他們相好過的侍應生，甚至把畢生的感情和金錢全數投入，試圖從裡面尋覓一位能相互偎依的終身伴侶。

然而，侍應生雖然出身貧寒、歷經滄桑，但亦有自己的自尊和想法，並非見到男人就想委於終身；儘管配對成功者有之，但未能如願者卻佔多數。坦白說，侍應生以色斂財者為數也不少，一旦她們食髓之味、不知節制，企圖飢附飽颺，倘使讓恩客揭穿她們虛偽的面目，雙方又沒有充分的溝通和妥善的處置，往往會有失控的時候，勢必以激烈的手段相向，造成無法彌補的憾事，山外茶室槍殺案件就是活生生的一例。

即使，我們生長在一個純樸的小島嶼，墨守著傳統的道德文化，但男女間感情的衍生，有時也會突破傳統的束縛，因此，金門人與侍應生結成連理的亦有好幾位。她們結婚後定居金門，勤儉持家、相夫教子、侍奉公婆，過著幸福美滿的生活。相對於時下某些女性，她們在一個安逸的環境中長大，受過正規教育，自認為有高人一等的品德，卻把婚姻當兒戲，亂搞男女關係，致使家庭破裂，夫妻反目成仇、對簿公堂的情事屢見不鮮，最後不得不以離婚收場。如此的情操與婦德，又怎能與那些曾經因家庭變故、淪落風塵，而後從良向善的侍應生相媲美。

當讀者們進入到〈再見海南島・海南島再見〉這篇小說時，或許會真正領略到情為何物以及情的可貴，而這份情是誠心真摯的愛和相互尊重衍生出來的。任誰也想不到，一位遭受家庭變故而淪落成侍應生的苦命女子王麗美，在離開金門特約茶室二十餘年後，她繼承了祖業，竟是海南島「海麗酒店」的董事兼總經理。雖然她已躋身海南上流社會，當她與在金門相識相愛的陳先生重逢時，心中所感、內心所欲傾訴的，依然是真情的延伸。因為當年她在特約茶室服務時，儘管陳先生是她們的頂頭上司，更是一位純樸有為的金門青年，但始終以誠相待、充分尊重她的人格，並沒有因為她是一位每天接客數十人的侍應生，而奚落她、瞧不起她。相反地，當他們見面時，陳先生已是一個滿臉溝渠、滿頭雪霜的糟老頭，然她愛他的心始終沒有隨著歲月的消逝、以及遭受環境的變遷而改變。即使它只是一篇小說，但卻貼近人心、貼近事實，也讓我們深刻地領悟到：只要彼此間以誠相待、相互尊重，誰能說婊子無情？

在戒嚴時期、軍管年代，金門的天空長年有數十對金光閃閃的星星在閃爍，他們美其名叫

「將軍」。誠然多數是身經百戰、戰功彪炳、學養俱佳的將領，而卻也有少數不學無術，僅僅得逢迎拍馬、求官之道的軍中敗類。如果沒有親眼目睹他們的醜態，我們始終認為高官有高人一等的品德和學養，而實際上卻不盡然。在〈將軍與蓬萊米〉這篇小說中，我並無意對已蓋棺的老長官不敬，但三十餘年前的往事記憶猶新，曾經發生過的事歷歷在目；仔細地想想：將軍所作所為，以及他的人品和操守，的確不值得我們尊敬。想當年，屬下均屈服於他的淫威而敢怒不敢言，然其下場，卻也讓人不勝唏噓。這是罪有應得？還是咎由自取？史家自有定論。

一位跟隨著國軍撤退到這塊小島嶼、等待反攻大陸不能如願的老兵，在屆齡退伍時，靠著朋友的介紹，在特約茶室金城總室謀得一份暫時能糊口的工友工作，而後和侍應生古秋美兩情相悅，帶著一個父不詳的「雜種仔子」落居在這個純樸的小島。當他無怨無悔為家犧牲奉獻而正要擷取幸福的果實時，卻不幸誤觸未爆彈，在歸鄉的路途斷絕時，不得不長眠在這個有青山綠水相伴、蟲鳴鳥叫相陪的小島嶼。

當我進入到〈老毛〉這篇小說的情境時，心情分外地沉重，難道它就是這些有家歸不得的退伍老兵的宿命？他們一生忠黨愛國，隨著國軍部隊南征北討，而後撤退到這個離家最近的小島，等待反攻大陸回老家；無奈一等廿餘年不能如願，屆齡又必須遭受到解甲的命運。

多少老兵在夜深人靜時，含淚低吟：我的家在大陸上，高山高流水長，一年四季不一樣，春日柳條細，夏日荷花香，秋來楓葉紅似火。多少老兵的屍首，深埋在異鄉的泥土裡化成白骨一堆。這不僅是時代的悲哀，也是生在那個年代的人們，心中永遠不能撫平的疼痛和無奈，我們不得不為在異鄉殉難的老毛，流下一滴悲傷的淚水……

編完這本書，隱藏在我心中的確有太多的感觸；在社會現實、人心險惡、人情冷暖的今天，我擁有的卻是濃郁溫馨的親情和友情。

感謝補助本書出版的行政院文建會，福建省政府，金酒實業（股）公司；鼎力相助的金門縣鄉土文化建設促進會理事長陳滄江先生，金門縣采風文化發展協會理事長黃振良先生，以及宗叔金酒實業（股）公司人事室主任陳榮華先生。

感謝為本書提供照片的金門縣采風文化發展協會理事長黃振良先生、總幹事葉鈞培先生，金門日報社總編輯林怡種先生，金門縣紀錄片文化協會理事長董振良先生，資深文史工作者林馬騰先生，設計封面的國立臺灣藝術大學副教授張國治先生，為封面題字的金門縣書法學會總幹事洪明燦先生，提供特約茶室娛樂票的臺北小草藝術學院秦政德先生。

感謝您，親愛的讀者們！

二〇〇五年九月於金門新市里

沒有完整學歷也能成就大事業！

——從陳長慶出版新書躍登《世界日報》說起

林怡種

前幾天，在美國發行的《世界日報》，刊載了金門作家陳長慶出版新書的消息，用大篇幅的版面，詳細介紹他新近又完成《走過烽火歲月的金門特約茶室》出版，徹底為金門「軍中樂園」解密，為俗稱的「八三一」還原史實真相。

據了解，《世界日報》是北美地區最大的中文報紙，在紐約、洛杉磯、舊金山等地均擁有廣大的發行業務。換言之，新聞能擠上這份「世界性」報紙版面，絕對是經過精挑細選，其重要性不言可喻！

然而，來自金門的鄉土作家陳長慶出了新書，新聞竟能上了《世界日報》，且圖文並茂，在版面上佔了很大篇幅，確屬難能可貴！因為，陳長慶不是國際知名專家學者，更非諾貝爾文學獎得主。認真地說，僅是來自金門海中孤島，一個靠賣書報維生的平凡小人物，靠著自修苦學，先後完成十六本金門鄉土文學創作，如此而已！

當然，被稱為「白髮書癡」的陳長慶出新書，早已不是新聞，因為，他出生在烽火漫天的年代，雖能考上砲戰後復校的金門中學，但初一下學期因家貧被迫輟學，一面當軍中雇員謀生，一面閱讀書報自修，並嚐試寫作投稿，於二十五歲那年，結集在各大報刊雜誌發表過的作品，一口氣出版了兩本書，在戰地金門文壇傳為奇談。

值得說明的是，當年金門是戰地，不但還沒有電視，書報雜誌更是稀如珍寶，為了讀更多的書，陳長慶毅然辭去軍中雇員職務，在新市街租屋開書店，每天沉浸在書報知識浩瀚的大海裡，把書店當成「社會大學」，並立誓「充實自我」，暫時封筆不再寫作，經過廿四寒暑的千錘百鍊，在五十歲那年又重新出發，也學會電腦打字，寫作更加得心應手，長篇巨著源源不斷面世，短短八年之間，又出版了十四本屬於浯島鄉土文學作品，因此，出新書對陳長慶，已如家常便飯，不值得大驚小怪！可是，出新書能躍登《世界日報》，確是「大姑娘上花轎——頭一遭！」

古書有云：「君子有三立，立德、立功、立言，三不朽！」意即人的一生，德行、功業、文章三者，其中之一能留給後人，即能永垂不朽！準此而言，人的一生，看的不是官階權位或財富，而是一言一行。雖然，陳長慶僅擁有初一的學歷，從無一官半職，僅是靠販賣書報維生的小人物，卻默默寫了十幾本鄉土文學小說，記錄傳承浯島地方文獻，幾百年後很多家庭的書架上或海內外的圖書館，仍將有他智慧的結晶可供閱覽，應屬「君子三立」之一吧！

誠然，一個人辛苦一輩子賺取億萬鈔票，但存在銀行裡，沒有人看到，且財留兒孫，是福？是禍？尚在未定之天！同樣的，一個人逢迎拍馬，醉心權利追逐，雖然威風凜凜，但有朝一日離職失勢，還能擁有什麼？而陳長慶淡泊明志，選擇「著書立說」，在傳承鄉土文化之路踽踽獨行，所獲得的成就竟能上《世界日報》，這份榮耀豈是權位和金錢所能比擬衡量？

總之，所謂「有心向學，社會處處是大學」，陳長慶求知的路程與寫作的成就，在在說明沒有完整學歷的人，也能成就大事業，值得一時失學的朋友效法學習！

（本文為二〇〇五年十二月十三日《金門日報・社論》，執筆者為總編輯林怡種先生）

千江春水也載不完的悲情

——陳長慶《小美人》讀後

謝輝煌

唐朝詩人元稹，寫過一首〈行宮〉：

寥落古行宮，宮花寂寞紅。
白頭宮女在，閒坐說玄宗。

詩中的白頭宮女，說的是幾十年前唐玄宗開元、天寶盛世時的宮廷往事，卻也帶有幾分批判與無奈。陳長慶的《小美人》確實有點近似。只是，故事的背景不同罷了。

《小美人》是以第一人稱的回想方式寫成的一部小說。故事從後指部政戰主任杜奇上校替乾女兒「小美人」，向政五組要一張擎天廳的勞軍晚會票，讓陳大哥首次接觸到小美人開始。由於陳大哥對那位有點「三八」的小美人不太欣賞，就未審先判地認為她不適合嫁給金門青年，只適合嫁給當官的和有錢的人。便在一次偶然的機會裡，趁機慫恿杜上校去追她，且毛遂自薦地做起紅娘來。沒想到，小美人卻看中了紅娘，而陳大哥也漸漸地發現，小美人並沒有他想像中的那麼糟，且又知道她並沒有做過什麼害人和見不得人或傷風敗俗的事情，便轉而喜歡她了。

當小美人的父親過世後，小美人正愁著寡母無法照顧田地裡的工作時，出身農家的陳大哥就主動去幫小美人的寡母做田，因而得知小美人是她那位智商很低又不會識字、種田的姑表哥「指腹為婚」的未婚妻；同時，也被小美人那位虎姑婆所警告，以後不許再和她的未婚媳婦往來。他經過一番考慮後，便不去楊家幫工了。

事被暗戀他的藝工隊臺柱林玲知道了，林玲就慫恿他：「既然愛她，有本領就把她搶過來啊！」但他卻有「搶人家的未婚妻，那是天理難容」的罪惡感。當林玲向他展開愛情攻勢時，他又未審先判地認為「藝工隊這些女生，不適合在這塊島嶼與金門青年人廝守終生」，因而踟躕不前。而當林玲決心要迎合他的「牛糞土味」的生活時，他又掉頭去認為小美人和自己「都有血濃於水的鄉土情懷」，「值得共同珍惜」。偏是小美人也堅決表示反對那個「指腹為婚」的婚約，他終於決定和小美人私奔。然因無法突破來自父母、長官、朋友等各方面信服傳統觀念的壓力，小美人終於採取了獨自一人放逐異鄉的方式，來反抗「指腹為婚」的陋規，成全陳大哥熱愛鄉土，又不違世俗，且能在沒有任何罪孽、道德的壓力下，和林玲一起奔赴未來。

小說，跟其他藝術創作一樣，永遠敞著大門，任由「看熱鬧」和「看門道」的讀者自由進出，各看各的。另一方面，小說也是以各種形象來呈現作者的內心世界。但小說中的形象究竟在象徵或隱喻些什麼？則隨讀者所站的位置，而有遠近、高低、大小、寬窄的不同。然無論如何，本書〈後記〉裡的「蘸著金門的血淚書寫金門」，則是這個小說的創作基點。至於人物的真假，則不重要。重要的是作者在人物上所投注的感情。誠如先師李辰冬先生所說的：「情感真，虛構的事件可變為真；情感假，真實的事件可變為假。」準此，不妨先來聚焦於小美人、林玲和陳大哥三人身上，看能掃瞄出一點什麼消息。

小美人：本名楊紅紅，二十多歲，是金門一位貧農的獨生女。未出世，即被父親和姑媽「指腹為婚」。但她從小就不喜歡那位笨手笨腳、呆頭呆腦的傻表哥未婚夫。雖然，她只小學畢業，也不挺美，但因受雇於一位頗有幾分貴夫人風韻、懂得和氣生財之道、交際手腕靈活的寡居老闆娘開的百貨店，得了不少薰陶，便也練就了一套八面玲瓏的交際手腕，和一張蜜糖般的小嘴，成天和那些大官嘻嘻哈哈，有說有笑，黨政軍三界的簡任及將級要員也認識不少。想打她主意的後指部政戰主任杜上校，是她的乾爹；想吃她豆腐取樂的聯檢組李副組長，是她的乾哥（均非出於自願）。「小美人」的綽號就是杜老爹喊起來的，而且，在一夕之間傳遍了整個金門島，而成了「名女人」。

因此，她要一張由金門到臺灣的船票，比要一張晚會票還簡單，更有本事弄到警總核發的入出境證。她的穿著和裝扮在那個保守年代，的確與眾不同。臉上塗抹得紅紅白白的，跟唱戲的一樣。經常把那烏黑亮麗的秀髮束成一條馬尾，新潮的緊身衣褲，裹著一個渾圓的臀部，和兩只高聳的酥胸，襯托出一種婀娜多姿的丰采，是保守人士眼中「三八阿花」型的新潮女性。當地的青年不敢高攀她，但拜倒在她石榴裙下的高官卻不知凡幾。

不過，她不認為自己是三八阿花。她說她沒有害過人，沒做過什麼見不得人或傷風敗俗的虧心事。不錯，她還有一顆樂於助人的善心，和一股愛打抱不平的俠氣。此外，她還有一顆寬宏的包容心，她的辦事能力很強，一般的農事也難不倒她。陳大哥想替她和杜老爹做媒，她甩頭就走。乾哥吃了她的豆腐，她也掉頭就走，還背地罵他是衣冠禽獸。陳大哥起初嫌她，她說：「多少人想跟我楊紅紅走在一起，還得看我高興」、「交我這個朋友，不會讓你抬不起頭來的」。陳大哥跟她開了個「那麼妳嫁給我好了」的玩笑，她立即怒指著他說：「說定了沒有？現在就請老闆娘做媒人，不收你的聘金，有種就把我娶回家，從此我粗布衣裳，絕不裝扮，不要以為我三八！」

她和陳大哥幽會時，遇到他「臨陣退卻」，她就笑罵他「呆子」、「膽小鬼」。甚至，即使弄大了肚子，她也不在乎人家的議論或閑話。對於那件「指腹為婚」的事，打死她也不接受，如果要逼她就範，她就跳太湖。並說：「誰也無權剝奪我追求幸福的權利！」最後，為了反抗指腹為婚的陋習，並成全陳大哥和林玲的愛情，選擇了一條獨自背負一切苦難、放逐異鄉數十年，直到老時才還鄉的悲情路。

林玲：臺灣人，藝工隊的臺柱，能歌善舞，品貌氣質都不壞，清清純純的，是藝工隊裡少有的「正經」。觀眾喜歡她，長官讚美她。追求她的男人一大票，她獨愛金門和金門的陳大哥。儘管陳大哥常糗她不適合嫁給金門的農村青年，並且在心底也懷疑她能否在這飽經戰火蹂躪的島上廝守終生，她卻不服氣地常在星期假日，自告奮勇，賴著跟陳大哥上山回家，去體驗農村生活。她學著堆糞土、扒牛屎、挑水肥。又脫掉鞋襪，捲起褲管，下田挖地瓜、壅芋頭、捉芋葉蟲、施肥、拔草。她爬到山坡上，看到湛藍的大海，綠色的原野，蒼翠的叢林，和茂盛的農田時，高興得跳了起來，直呼這裡是「仙山聖地」。而當陳大哥半真半假，說要請老爸送她一塊山坡地，讓她蓋個小屋在這裡，以便看山看海看書時，她又興奮得跳了起來，並暗地裡開始存錢、築夢。陳大哥曾以農家常與「髒」、「臭」為伍的現實來難她，她以「到時候如果我說出一個髒字，一個臭字，跟你同姓」，來表示她決心要做個農家女的志願。當她得知陳大哥將和小美人私奔赴臺的決定後，仍堅決地告訴他：「我熟愛這片土地的心永遠沒有改變，只要伯父母不嫌棄我，我會無怨無悔地回到鄉下陪伴他們。同時，也願意以一顆豁然的心，守候在這個島上等待，等待夏天過後秋葉落，冬天過後春花開。」甚至還說：「幸福這條路我會自己去開拓，田裡的雜草我會自己去拔除，芋頭葉上的青蟲我會用腳把它踩死，糞土我會協助伯父把它堆上山，地瓜我已學會挖，粘在手上的乳汁我也知道怎麼洗。」

而在另一方面，她也是個很富同情心和包容心的女孩（至少表面如此），她替小美人打抱不平說：「小美人的確也太不幸了，上一代的戲言，必須由下一代來承受，這似乎有點不公平。」她在事理面前，條理清晰，她對陳大哥說：「小美人為了自身的幸福，必須離開這塊土地。你為了這塊土地，必須留下來；你是屬於這塊土地的人。」又說：「從愛的層面講，你應該去，從社會輿論言，你必須考慮；從家庭因素考慮，你不該走。」，「老人家在意的是名聲」。而在陳大哥離職前夕，她曉以「來得光明正大，走得光明磊落，才是為人的基本原則。」

陳大哥：金門農家子弟，受知於金防部政戰主任某將軍，並受雇於政五組，掌理全島官兵四大福利和特約茶室及勞軍等業務，對軍中的形形色色耳熟能詳。而軍管時期的民間疾苦，他都看在眼裡、痛在心裡。他對軍中某些胡作非為的官僚、島上一些有錢有勢愛鑽門路搞關係的人士和名女人、以及那些用花言巧語誘騙金門女孩的臺籍充員等，都給以無情的批判。

「愛鄉愛土」是他人生的基本理念，並以此來做為擇偶的第一要件。小美人和林玲因符合這個要件而獲得他的愛情。又因為他愛鄉愛土，就更愛島上原有的重情義、守信諾的純樸民風和人文風采。當林玲樂得以「臭味相投」來形容兩人「務農」後的愉悅時，他提醒她：「這種臭事有什麼好記的？該記的、該稱讚的，是這塊島嶼的人文風采。」他愛小美人，愛到高潮時，卻又「臨陣脫逃」，原因是他有一把道德、道義和責任的戒尺。

他對和小美人一起私奔一事，也有著一種強烈的罪惡感，同時還有點宿命的認同感。例如他說：「女的不守婦道，違背傳統；男的誘拐人家的未婚妻，罪孽深重」；「（指腹為婚）總是未婚夫妻，在我們這個重信諾的農業社會裡，任誰也不敢毀約」；「在這塊島嶼，有時不得不屈服於傳統下的陋規陋習」；「金門地方那麼小，為了這件事鬧得滿城風雨，徒增大家的困擾，我怎麼對得起他們」；「搶人家的未婚妻，那是天理難容的」；「如果我與小美人私奔成功，父母一生的清譽將受到嚴重的傷害，教他們在這個小島上怎麼做人。」這些都是他心理上的一塊大烏雲。好在小美人最後做了「解鈴人」，他才在林玲「你沒有離開這塊土地，也沒負心於小美人」的安慰下，接受了熱愛這片土地、回歸田園的林玲，攜手同心走向明天。

以上三人間的兒女私情，在這個小說裡，只是裝載作者內心世界的運輸工具而已。這個內心世界的內涵，在前面的故事及人物的簡介中，大致已呈現了下面幾種情懷：

第一：堅守愛鄉愛土信念的情懷。這份情懷，從頭到尾貫穿了整個小說。作者不僅強調了金門傳統的美德和人文風采，更以它做為擇偶的第一要件。愛鄉愛土的陳大哥，作者安排他在為愛走天涯的懸崖上，及時順利地勒馬成功。而土生土長的小美人，作者也安排她在為追求幸福而自我放逐異鄉數十年後，仍回歸本土，圓滿了葉落歸根的理想。最感人的是「且認他鄉作故鄉」的林玲，不須人家唱什麼「家鄉的月亮分外的光呀，家鄉的流水分外的長，家鄉的田地要你耕種，家鄉的痛苦要你分嚐」，而無怨無悔，心甘情願地把一生歲月奉獻給金門，等候「夏天過後秋葉落，冬天過後春花開」。作者替她作如此的安排，應是有其絃外之音的。

第二：維護金門善良風俗的情懷。這份情懷，從陳大哥最初批判小美人是「三八阿花的新潮女性」，讚美林玲「是藝工隊少有的正經」等話中，已露端倪了。繼而，有小美人的「粗布衣裳，絕不裝扮，不要以為我三八」的辯白與表露。接著，又有對誘騙金門女孩的充員兵，及「老牛愛吃嫩草」的「老北貢」如杜上校之流的抨擊與冷嘲熱諷。此外，又對那些有錢有勢，有頭有臉，愛耍交際手腕以謀其私利的社會人士和名女人，給予無情的鄙視，並使陳大哥對「誘拐人家的未婚妻」感到「罪孽深重」。凡此種種，萬流歸海，莫不以維護善良風俗為鵠的。

第三：難忘金門軍管之痛的情懷。金門軍管之痛，可說是深入民心，且罄竹難書。雖然，金門的文史工作群已將之載入史冊，但那個痛，不同於軋預防針，在未來的幾十年裡，還是會一碰就痛。作者在這個小說裡，只是隨著情節的發展順便點染幾筆罷了。如戒嚴時期的物資管制，替有辦法的人製造了牟取暴利的機會，也讓一些在空運單位服務的官兵有被人招待吃喝的機會，而平民百姓的消費者卻要付出高於臺灣好幾成的價格。又如往返臺金的船票，有辦法的人就能捷足先登，而一些傷殘病痛的平民百姓就只好看人臉色，聽天由命了。再如陳大哥說的：「軍管年代，單行法一大堆，主政者會替自己預留一個平民百姓難以想像的空間，繼而游走在它的邊緣為自己製造更多特權。」又罵那些搞保防的人「沒有一個是好東西，一點雞毛蒜皮的小事，動不動就參你一本」。作者又借林玲的小嘴說：「別忘了我們身處在戒嚴軍管地區，高官的一句話就是命令，倘若硬要和他們唱反調，吃虧的還是我們平民百姓。」諸如此類，不是那些讚美金門是「海上公園」的人所能想像的痛。

第四：反抗陋規陋習的情懷。這個情懷，作者在書中著墨甚多。自陳大哥得知小美人是人家「指腹為婚」的未婚妻起，就一直在討論這個問題。本來，「指腹為婚」是既不合時代、也不合法的陋習陋俗，但包括主任、組長在內的一大票人，除主任以「情何以堪」來同情小美人那位虎姑婆外，其餘也都臣服在「人言可畏」的壓力下，而不理會小美人的基本人權和死活。雖然，大家對信守承諾的堅持值得肯定，但是，信守一種不顧人權且不合法的承諾，就是「愚信」。如果是小美人基於同情心而信守上一代的承諾，那才是一種美德。所以，這「眾口鑠金」的行為本身（有知識的人，說沒有知識的話），就是作者有意設計的一個反諷。另一方面，作者安排林玲首先發難，說了個「搶過來」，算是點燃了反抗陋習的聖火。而小美人則是從頭至尾，孤軍奮鬥地扛著反抗「指腹為婚」的大纛，甚至多次要以飛蛾撲火之姿，用「肉身」（處女貞操）作戰鬥的武器，殺個痛快。此著雖未見效，但最後的「千山我獨行」的自我放逐，仍是一個美麗的叛逆，一次漂亮的「解放戰爭」，值得喝采。而作者也圓滿地完成了使命。

此外，書中還旁及了一個「金門男多於女，金門男孩找不到老婆」的社會問題。所以，作者藉機把那些誘騙金門女孩到臺灣的充員兵怒罵了一頓。其實，這也是個「老」問題。民國四十年前後，軍人雖然很窮，但有固定的薪餉和主副食，而軍眷也有眷糧和副食津貼（每口每月新臺幣三十元），比金門農家的生活要好許多。像《正氣中華》副刊主編孫煒大哥和我們營長劉駿，都娶了金門的小姐。以此推估，那時恐怕就有一兩打金門小姐做了「官夫人」。當時，地方父老可能對這個「人口外流」有所反映，所以，後來在駐軍中就盛傳：想娶金門小姐，得先在金門駐防五年。婚後，還要在金門「志願留營」五年。而那時的金門隨時都有打仗的可能，當兵不怕死是假的，在「天涯何處無芳草」的夢想下，很多年輕的基層軍官就望而卻步了。但「八二三」的那次大移民，以及六〇年後，正逢臺灣經濟起飛，同時，金門的教育也漸趨普及，而女生又多愛讀書，雖說有民防任務的人口管制，但女生去臺灣升學、應聘、就醫等，仍可合法離金（小美人應是循這條路逃婚成功）。基於這種種原因而外流的女孩，恐不在少數。所以，就留下了一個「金門男孩找不到老婆」的後遺症。待兩岸一開放，金門又撤軍，戰火已遠離太武山，那些找不到老婆的「空缺」，正好由外籍新娘來填補，漸漸孕育出一種新的「金門文化」，這個題材也值得金門的筆隊伍去開拓與耕耘。

總之，《小美人》是一個頗有內涵和深度的小說。雖然，它沒有雄渾壯美或哀感頑艷的場景，也沒有曲折離奇的情節，但也像一泓靜靜流著的秋水，柔中有剛地映照著落霞與孤鶩齊飛的儷影。而書中最大的特色，是對話多於敘述，平實多於雕琢。因為對話多，人物的思想、個性就完全呈現在讀者面前，而作者的內心世界也在其中。因為平實多，讀者有如親臨現場聽白頭宮女說玄宗，有一份不隔的快感。而在對話的進行中，有些「接招」接得輕鬆而別有意趣。尤其是陳大哥和小美人、林玲的某些對話，直教人笑不可遏，礙於篇幅就不贅舉了。至於小說慣用的暗示和象徵手法，作者運用得不留斧痕。如第十三章裡的「我們的背靠在斑剝的牆壁上」，暗示了小美人和陳大哥要背叛「指腹為婚」的傳統陋習。又如第十六章裡林玲說的：「幸福這條路我會自己去開拓，田裡的雜草我會自己去拔除，芋頭葉上的青蟲我會用腳把它踩死（相當於武則天的馴馬術，可怕）……。」象徵林玲很有把握打贏這場愛的爭奪戰。（不是嗎？且聽小美人說：「為了我們的事，你可知道有多少人來找過我？他們不是來勸我離開你，就是來替林玲說項。」而在第十七章的信中又說：「你們組長、主任數次和我晤談，我終於做出離開你的最後抉擇。」）認真地說，林玲有薛寶釵的厲害。不過，這些都是那隻運輸工具上的裝飾。運輸工具上最重要的東西，是「金門的血淚」，是千江春水也載不完的悲情。

原載二〇〇六年八月二至三日《金門日報・浯江副刊》

再續一次情緣

——《小美人》後記

陳長慶

寫完《小美人》，已是霧鎖浯鄉的三月。內心雖然沒有太大的喜悅，但有脫稿後的怡然快感。儘管文中待商榷的地方仍多，卻慶幸自己的文學生命並未枯竭。

六十年代對島民來說，是一個艱辛苦楚的年代，而我卻幸運地進入防區最高政戰單位工作，雖然學到不少東西，卻也看盡人生百態，嚐盡人世間的酸甜苦辣。這些難得的經歷，可說是我爾後創作的原動力。

復出的十年中，我試著以爾時服務單位為題材，讓這些平日相知相惜的異性朋友共同來詮釋這片土地。從《失去的春天》裡的顏琪，《日落馬山》的王蘭芬，到《小美人》中的林玲，她們清純、善良、美麗的倩影讓我記憶猶新，熱愛這座島嶼的心始終沒有改變。然而，在這座小島上，已難尋她們溫柔嫵媚、端莊婉約的影像。在追念的同時，就讓我把她們昔日柔美艷麗的一面，記錄在作品裡與讀者們做最親密的互動吧！

小美人的言行舉止，曾經在這個島嶼遭受到很大的爭議，掀起一陣前所未有的波瀾。為了追尋自身的幸福，為了不願成為傳統下的犧牲者，敢於違背傳統向命運挑戰。她的勇氣和精神，在那個民風保守、社會封閉的年代，的確備感可貴，但卻得不到鄉親父老的認同。於是，在不得已的情況下，不得不離開這塊土地，把到手的幸福拱手讓給願意在這座島嶼落地生根的林玲，獨自到人生地不熟的臺灣追尋她另一個美夢。當我寫完最後一章時，激動的情緒久久不能平復，小美人在我心湖激起的漣漪，似乎勝過林玲。但她們兩人，都是我所塑造的人物，我沒有不喜歡她們的理由。

島嶼雖小，能書寫的題材卻很多。倘若還能遊戲在浯鄉這塊文學園地，我將義無反顧地蘸著金門的血淚書寫金門，為子子孫孫留下一些值得紀念的篇章。當本書排完版進行校對時，復從《金門日報・浯江副刊》拜讀「福州師範大學」文學院長陳慶元博士大作〈長春書店裏的陳長慶〉乙文；文中除了鼓勵和肯定外，並有許多溢美之詞，讓我羞愧萬分。經陳博士同意，特將該文附錄於本書中，以表達對陳博士誠摯的敬意和謝意。

感謝撥冗撰文評介本書的資深作家謝輝煌先生。他以嚴謹的筆力、卓越的見解、優美的文辭，以及對金門民情風俗的體認，為拙作做最完美的詮釋。

二〇〇六年七月於金門新市里

歸納與總結

——《陳長慶作品集》後記

陳長慶

輟筆二十餘年後重回浯鄉這塊文學園地，已是我人生歲月的暮色時分。復出的這段時間，即使沒有繳出傲人的成績單，卻也沒讓讀者們失望。除了散文和小說創作外，也嘗試著以閩南語來寫詩。儘管待商榷的地方仍多，距離文學最高意境尚遠，然在高學歷掛帥的今天，對於一位只讀過一年中學的老年人來說，卻有不同的意義。因此，我非常珍惜自己所書寫的每一個字句和章節。

二〇〇五年歲末，當《走過烽火歲月的金門特約茶室》榮獲行政院文建會、福建省政府、金酒實業（股）公司贊助出版後，我突然有把先前所出版的書重新編印的構想，希望能把書中的錯別字減到最少，以及訂正一些閩南語方面的字詞。然而，閩南語迄今尚無一套標準的字形，想把它改正得盡善盡美談何容易？只好暫時依據臺北五南圖書公司出版的《臺灣閩南語辭典》做了部分校正，但《冬嬌姨》除外，因為它涉及的範圍較廣，並非修正幾個字就能了事的，只好留待以後再說吧。而對於書中的錯別字，我是非常介意的，縱使一校再校，亦有漏網之魚，只要能把它減到最少，我的心願即已達成。

基於上述，我把復出十年來所出版的十四本書重新歸納編輯成九本，計：「散文卷」貳冊，「小說卷」柒冊，另把友人撰述的二十二篇評論和序言，編成「別卷」壹冊，總共拾冊，以《陳長慶作品集》（一九九六至二〇〇五）為書名，交由秀威資訊科技公司出版發行。閩南語詩方面，雖然數量有限，不能單獨成冊，但部分則由金門縣文化局編入《金門新詩選集》出版，或由學校製成網頁、選為教材供學生參考，甚至民間社團辦理活動時也曾經朗誦過。為了避免散失，我把它附錄在「別卷」裡，冀望方家和讀者們指正，同時為自己留下一個慚愧的紀念。

二〇〇六年五月於金門新市里

戰地樂園浮生雲煙

——序陳長慶《金門特約茶室》

李錫隆

一個特殊的時代總會孕育特殊的歷史現象。金門在世界冷戰、國共對峙的時代裡，一百五十平方公里的土地上，蓄養著十萬大軍。整個島嶼充滿著不平衡的陽剛之氣，當局為了「調劑官兵身心、解決官兵性需求」，始有所謂「軍中特約茶室」的設置。這種類似公娼的軍方妓院之所以設置，一般都認為與民國四十一年元月宣布的「中華民國動員戡亂時期陸海空軍軍人暫行條例」，嚴格規定在訓或現役軍人不得結婚的限制有關，加上當時金門離島及軍中部隊休假制度不健全，軍方考量軍人性需要等因素，特別引用「臺灣省各縣市公娼管理辦法」為法源依據，以公娼模式設立此一類型特約茶室。

然而在金門這個素有「海濱鄒魯」之稱的地方，設置這樣的風化場所，自然會產生許多扞格，亦引發許多負面的評價；尤其在「戰地政務」時期，軍方的事務是百姓的禁忌，雖然人人皆知「軍中特約茶室」此一特殊單位，但卻僅止耳聞者為多，真正瞭解其中詳情者甚少。這對研治金門歷史，以及那個特殊時代的金門社會而言，毋寧是一種缺憾。

平心而論，「軍中特約茶室」自民國四十年設置，一直到民國八十年廢撤，存在近四十年的時間。雖然這個單位與地區百姓的生活鮮少有所交集，但從其中衍生出來的文化卻相當多。例如：在名稱上「軍中特約茶室」，金門百姓稱之為「軍樂園」，充員戰士則稱它為「八三一」（「八三一」之「一」字，軍中的念法為「幺」，故「八三一」應讀作「八三幺」），而這個語彙也相應變成對軍中特約茶室的「專稱」；其次因為「軍中特約茶室」的設立，對金門地區的產業也產生一定程度的影響，茶室週遭地區因為軍人消費的增加，極其自然地，也帶動週邊產業的發展。比如計程車的排班運應而生，其它各式小吃店、撞球室、理髮間、浴室，以及日用百貨商家陸續出現，從而繁榮地方的經濟，甚至因新興蔚集成街者亦有之（小徑、成功兩村就是最明顯的例子）。這些對研究金門地區經濟與產業，都是相當重要的參考資料；再者軍中特約茶室對金門駐軍與當地百姓的關係，發揮了特定的「緩解」作用。在它尚未成立之前，金門地區時聞駐軍傷害婦女事件，因而形成軍民間的摩擦，當完設立後，類似事件顯著降低，對和緩軍民關係之效益豈可輕忽？所以作者亦曾直言：「倘若沒有特約茶室的設立，與臺灣來的侍應生適時加入服務，不知還會有多少令人意想不到的悲劇事件發生」。這對研究金門社會以及軍政時期軍民關係的學者專家來說，確實有相當大的助益。

即使軍中特約茶室與金門的傳統文化扞格不入，但它畢竟存在已有四十年的時間，雖然曾經為地區文化帶來某種程度的影響，然而這個單位在軍管時期，確實也發揮一定的效能。是以這個議題，不應該也不必要被禁止，相反地應該用更積極的態度去面對、去研究。如今陳長慶先生《金門特約茶室》乙書的撰述，可謂貢獻得時，為這段歲月留下真實的見證。

陳長慶先生從事文學創作三十餘年，長期致力於邊陲文學之書寫，句法細緻、主題明確，其文法嚴謹、情感躍出筆端，極具個人風格，同時他對家鄉社會長期投注關懷，使得他的作品亦極有地方色彩，凡此皆為作品拓展出深度與廣度，也能兼具藝術性與美學性的探求，使其作品可為鄉土意識的典範。再加上他本人曾承辦軍中特約茶室業務多年，處理過許多突發事件，知道不少其中之內幕消息、以及侍應生出身背景與不欲人知的動人故事。所以在他筆下所呈現的軍中特約茶室不但是小說，更具第一手史料之價值意義。

《金門特約茶室》乙書的出版，除了能讓海內外鄉親以及曾經在金門服役的朋友，對這段歷史多一番瞭解外，亦能進一步真確的認識這個特殊時代的特別產物，充分填補金門史上這一個區塊的空白。為往昔在此活動者以及後來有志研治者奠定基石。冀望藉此書的出版，能為金門研究創造更多的角度與議題。故特綴數語予以說明。

二〇〇六年十二月廿八日

＊本文作者李錫隆先生，筆名古靈，福建金門人。曾任《金門日報》總編輯、金門教育局課長、金門物資處處長、金門文化中心主任。著有：《金門島地采風》、《金門島地漫步》、《文化躬耕屐痕》、《新聞採編歲月》等書。現任金門縣文化局長。

為歷史作見證

——《金門特約茶室》後記

陳長慶

「特約茶室」雖然是中華民國軍中獨特的文化，但前線與後方經營的方式則有明顯的區別。金門為軍方自營，臺灣多數採取外包，在裡面服務的「侍應生」，也不同於二次世界大戰被日軍徵召的「慰安婦」，因為侍應生自願，慰安婦被迫；與臺灣一般「妓女戶」亦有所差異，因為臺灣的娼妓必須受到老鴇或地痞流氓的欺壓和剝削，而軍方則提供她們一個免於生活在恐懼與不安中的賺錢環境。唯一的共同點，或許就是以女性的原始本能，從事性工作。

金門特約茶室自一九五一年起，設立迄今已四十餘年的歷史。回想一九四九年國軍從大陸撤退到這座島嶼時，大部分官兵均借住於民房，如此長久地與居民相處，難免會衍生出一些男女間的感情糾紛，甚至有婦女被駐軍強姦、強暴或槍殺的案例，讓民風淳樸的金門受到不少的衝擊，讓島上的婦女承受未曾有過的身心災難。倘若沒有特約茶室的設立與臺灣來的侍應生適時加入服務，不知還會有多少令人意想不到的悲傷事件發生。因此，我們認為，凡生長在這塊土地的人們都不可輕忽或低估這段歷史的重要性。

金門在長達三十餘年的戒嚴軍管，軍方始終披著一層神秘的面紗，其自營的特約茶室更是一塊充滿著神祕的區域，除了軍人與短期間開放社會部、供無眷公教員工娛樂外，一般平民百姓則不得其門而入。當它於一九九〇年全面裁撤後，島民似乎也慢慢地把它淡忘掉。直到近幾年來，日本作家小林善紀《臺灣論》所引發的「慰安婦」風波、在國內鬧得沸沸騰騰的時候，坊間也興起了一股探討特約茶室的熱潮。可是這段歷史在金門縣志與地方文獻均未記載，甚至連當初創設人胡璉將軍的著作中也隻字未提，讓這段歷史趨於空白，任由部份有心人士憑空想像、任意臆測，而後信口開河。

一九六七年七月，筆者由金防部直屬福利站奉調至政五組兼辦防區福利業務，前後十餘年的山谷歲月，歷經四位司令官、五位主任、九位組長，其間涉及到特約茶室業務範圍者亦有相當的比重，它也是促進我熟悉這段歷史的主因。而今，當它遭受到扭曲和誤導時，身為當年業務承辦人，不得不為它提出辯護和導正。於是我相繼地撰寫〈歷史不容扭曲，史實不容誤導〉、〈關於軍中樂園〉等兩篇作品，分別刊載於《金門日報・浯江副刊》與《中國時報・人間副刊》，除了從歷史層面詳加詮釋外，也導正一些不實的傳言。

二〇〇五年，拙著《走過烽火歲月的金門特約茶室》乙書，承蒙行政院文建會與福建省政府贊助出版，因時間倉卒，尚有部分資料與圖片未能及時編入，甚感遺憾。基於對這塊土地的使命與職責，也同時為保存這段未曾被地方文獻正式記載過的歷史，實有重新加以整理之必要，其目的是要讓我們的子子孫孫明瞭這段歷史的由來，以及它設立時與關閉後對金門社會之影響。

二〇〇六年十二月於金門新市里

讀陳長慶的《金門特約茶室》

楊清國

首先感謝我敬愛的讀者，每當你們向我說，每週六都期待讀我的「浯江夜話」，讓我很感動，也很振奮。由於你們的鼓勵，讓我每週一篇，撐過了一年三個月，而不以為苦。但下週六你們將讀不到我的文章，非常抱歉！因為從七月份起，我奉命與金門才女陳能梨共寫週六，每兩週寫一篇，希望你們繼續給我鞭策指教。

你們期待讀我的「浯江夜話」，我卻期待「每月一書」的舉行，期待落空，事後有時會有一點失落感。六月十六日下午二時，文化局舉行「每月一書——與鄉土作家有約」。當天也正好是我們老人促進協會，假海濱公園雄獅堡，舉辦慶祝一年一度的端午節系列活動，而且午後大雨，飯後觀景聽雨，大家快樂閒聊，就這樣忘了去聽老朋友陳長慶先生主講「每月一書」——《走過烽火歲月的金門特約茶室》的機緣，讓我感到很遺憾。

三十幾年前，我在金門縣政府民政科工作時，陳長慶先生就在金防部政五組任職，因為民政與政五有業務關係，所以早就久仰陳先生大名，那時候他已是金門文壇鼎鼎有名的青年作家了。而我都還沒有開始寫作，最多參加一下地區的徵文比賽而已。民國六十八年八月，我從縣政府民政科長調任金沙國中校長，工作範圍少很多，事情也沒那麼煩，相對時間多了。有一次《金門隨筆》作者陳臻超先生到沙中來訪，送我幾本方塊專欄作家楊子的專欄集，建議要我學習效法楊子寫作。因此，我就試從學校所見、所聞、所思、所讀、所感的事情，寫成短文，彙集三、五篇，約一千五至二千字，命名為「校園偶語」投稿《金門日報》，承主編偏愛，都能如預期見報。意外的是有一、兩篇，編輯竟把它分散登在當年每天的「浯江夜話」方塊專欄中，更讓我很感奮。經過十多年不斷地筆耕，八十年我自費在金門日報社出版《金門真美》一書。作家陳臻超題詩、書家洪明燦書法贈賀，詩云：「憶昔為沙中校長，利用公餘多寫作；一枝健筆寫金門，十年成書可傳世。」很感謝陳先生在寫作路上一直給了我很大的指教與鼓勵，洪老師的這幅書法作品，也被我視為珍品，懸掛在家中展示。

話說回來，有一次我到新市里陳長慶所開創的「長春書店」，去購買《第五項修練》這本書，他不但不收錢，同時還從書架抽出了他的大作《失去的春天》、《日落馬山》、《秋蓮》、《寄給異鄉的女孩》、《春花》還有兩本《走過烽火歲月的金門特約茶室》，指定一本要我轉給金門縣政顧問曹金平校長。陳長慶先生為人就是這豪氣與熱情，看了他的寫作方式更令我嘆為觀止，他就在書架中安裝一臺電腦，沒客人來訪他就抓住零碎時間寫作，有生意就作生意，他一本本的書，就是這樣寫成的，真了不起。他是金門文壇的多產小說作家，已經出版近廿本書籍作品，他沒有受過高等教育，只憑自學，可以說是天才型的創作作家，天生會說故事的小說高手，令我敬佩。

其實《走過烽火歲月的金門特約茶室》的內容，我大都在《金門日報》副刊或是他其他作品中讀過。比方說，我不久在《金門日報》副刊讀他的大作《李家秀秀》連載小說，其中就有一段大概這樣寫，說陳先生原交了一位女朋友，對方家長竟指責他年紀輕輕的常跑特約茶室，而反對他們繼續交往。真是天大的冤枉和抹黑，讀來都讓我生氣。殊不知陳先生上特約茶室，是辦業務而不是找侍應生玩樂。回想當年我在縣府當民政科長時，也曾陪金防部軍醫組長官，分赴金門各特約茶室，檢查環境衛生，這是工作，有什麼關係呢？難道上特約茶室，就一定是做丟人的事嗎？只是人言可畏而已啊！同時我也要作見證，證明陳先生向媒體所發佈的報導：「侍應生只有小小的房間，僅擺一張雙人床、一個衣櫃、一個梳妝臺、一張椅子、地上整整放一只水桶和一個臉盆」是正確的設備。不像民意代表所說，媒體所發表的，是套房的格局設備。作者說：「歷史就是歷史，重視史實才是一個知識份子應有的禮貌，身為金門人，更應當為這片土地盡職，為永恆的歷史做見證。」

我曾率領金門縣寫作協會成員到福州市參訪，拜訪鄉親福建省師範大學文學院院長陳慶元，並且與他們文學院的師生舉行讀書會。陳院長非常賞識陳長慶的才華，認為他是一位天才型的作家，尤其對出版《走過烽火歲月的金門特約茶室》這本書，表示是很有價值的地方文獻是金門戰史的見證。

前省政府委員陳滄江在該書序文中稱頌：「金門鄉土文學作家陳長慶的文采及風流……訴說了我們這一代歷經戰地政務歲月金門人心中，對《金門特約茶室》這一段歷史的無言及見證。」

讀陳長慶的小說集，他的背景資料大都是寫他熟悉的地區，像武揚、碧山、新市、山外等所在；熟悉的事情，像特約茶室、藝工隊、家鄉農事等。尤其是金門特約茶室的事情，他瞭解得非常透徹，運用也特別的多。因為他奉命整理待銷燬的舊檔案，看了人家無法看到的資料，所以由他來創作特約茶室的文學作品，自然可寫得比別人更真實、更感人。所以這次他將以前所寫的小說中，有關寫特約茶室的章節，如從《寄給異鄉的女孩》抽出〈祭〉，從《再見海南島・海南島再見》抽出書題作品與〈海南寄來滿地情〉，從《日落馬山》抽出〈離島特約茶室業務檢查〉、〈安岐機動茶室設立〉、〈特約茶室社會部籌設與關閉〉、〈山外茶室槍殺案件與沈姓私娼處理事件〉，從《時光已走遠》抽出〈走過烽火歲月的金門特約茶室〉等作品，加上幾篇新作品，再編輯成如今的《走過烽火歲月的金門特約茶室》一書。如此更可以形成重點展現，明確主題，更能陳顯《金門特約茶室》這段金門特殊的歷史見證。

原載二〇〇七年六月三十日《金門日報・浯江夜話》

＊本文作者楊清國先生，福建金門人。曾任金寧鄉長，縣府民政科長，金沙、金湖、金寧、烈嶼、金城等國中校長。著有：《金門真美》、《金門教育史話》、《正氣集》、《兩門幾多相思苦》、《未來島嶼未來佛》等書。現任金門縣寫作協會理事長、國立金門技術學院兼任講師。

與鄉土作家有約

——陳長慶主講《金門特約茶室》

陳榮昌

「大丈夫效命疆場，小女子獻身報國」，是軍中樂園大門常懸掛的一幅「趣聯」。軍中樂園、特約茶室、八三一，這一當年游移著離鄉背井、為十萬大軍肉體寄託的青春女子的神秘境地，隨著時代更迭，逐漸化為烏有，在昨日由文化局舉辦的「每月一書——與鄉土作家有約」演講活動，知名的多產鄉土作家陳長慶特別以過來人身分，分享自己所寫的《金門特約茶室》一書，希望還原真相、回歸史實。

出生金門碧山的陳長慶是金門地區極具代表性的作家，個人著作十分豐富，包括：《寄給異鄉的女孩》、《螢》、《再見海南島・海南島再見》、《失去的春天》、《秋蓮》、《同賞窗外風和雨》、《何日再見西湖水》、《午夜吹笛人》、《春花》、《冬嬌姨》、

《木棉花開花又落》、《夏明珠》、《烽火兒女情》、《日落馬山》、《時光已走遠》、《走過烽火歲月的金門特約茶室》、《小美人》、十冊的《陳長慶作品集》，於去年底出版的《金門特約茶室》更是他的力作，出版於日本作家小林善紀「臺灣論」所引發的「慰安婦」風波，以及探討特約茶室的熱潮之後，除了紀錄真相外，也有著還原歷史的使命。

陳長慶係於一九六七年七月，由金防部直屬福利站奉調至政五組兼辦防區福利業務，前後十餘年的歲月，歷經四位司令官、五位主任、九位組長，接觸特約茶室相關業務，讓他對這段歷史相當熟悉。

由於時間有限，陳長慶特別針對較易為外人誤解的部分，進行說明，陳長慶表示，軍中樂園、特約茶室的侍應生不是徵召監獄女犯人，而是由設於臺北廈門街的召募中心統一召募，特約茶室的侍應生是自願的，與日軍的慰安婦完全不同。

前往應徵的女子要交同意書、戶籍謄本等證明文件，資料送到金門金城總室後，轉送金防部、政四組，再透過警方調查有無前科，沒有前科的才可以來金。並非由監獄中招募來的，更沒有逼良為娼的情形；更嚴格的是，如果是養女身分，還必須親生父母同意才可以應徵。

陳長慶也澄清，有人說侍應生週四休息時要為軍人洗衣服，並不正確，因為她們是週一休息，也不用為軍人洗衣，但要先做性病檢驗，才能放假。也有人說，侍應生像妓女戶排排坐，任君挑選，這也不對，事實上，是將侍應生的照片放在售票門口，並編上號碼，再由軍人自己挑選號碼。

軍中樂園原本只有服務軍人，金門人是不能去消費，除非走後門，後來，成立社會部，才有服務無家眷的公教員工，可做娛樂證，憑證入內，但有的人即使做了，也不好意思去。不過，因反對聲浪大，社會部成立不到半年就關掉。

也有部分人著書形容，軍中樂園的侍應生面無表情站在床邊，棉被被要求折成豆腐狀，但事實上不是這樣，侍應生房內除了有雙人床、衣櫥、梳妝臺，金防部除了會發棉被，侍應生也會自己花錢買品質佳的棉被。

陳長慶說，特約茶室有著相當的貢獻，當年十萬大軍進駐金門，沒設特約茶室時，常發生對金門婦女騷擾、槍械威脅事件，設立後，大大減低金門婦女所受的可能威脅。

特約茶室只有金城及山外，因空間較大，有福利社，有賣冰果，而金城總室每間房間前都有石椅給阿兵哥坐著等待。

有人也稱軍中樂園、特約茶室為八三一，但陳長慶表示，民國六十二年後才有臺灣兵這樣說，以前都說是軍中樂園、特約茶室，因在軍中通信單位使用的中文電報明碼，女性生殖器官「屄」的電碼是八三一一，於是有人認為八三一也是「軍中樂園」的暗語，陳長慶說，該稱呼十分不雅，不大可能也不宜以這樣的名稱稱呼。

一般來說，特約茶室在臺灣是軍團以上才能有的，但都採外包的，由老娼去招募經營，只有金門才由軍方經營。民國四十年間，一張票的價格，士官才九元、軍官十二元；到後期，士官兵一百五十元、軍官二百五十元，民眾則達五百元。

金門特約茶室設有：金城總室，山外、沙美、小徑、成功、庵前、東林、青岐、后宅、大膽等分室，以及配合慈湖築堤工程臨時設立的「安岐機動茶室」。

庵前是軍官部，招待校級以上的軍官，較漂亮的侍應生都先分發來此；在庵前一段時間後，才調到金城總室、山外總室軍官部等處，每三個月輪調一次。

陳長慶指出，軍方有提供小夜衣，以避免傳染性病，但有的官兵不愛用，因此導致許多侍應生懷孕，不過，允取其人工流產，若有醫生證明還可請領五百元營養費；侍應生除非不得已，才會生下孩子，生下後也可留下來，有的地區民眾就給侍應生雇用，幫忙照顧小孩、母親。

陳長慶指出，侍應生收入是採三七分帳，侍應生七、金防部三，應徵前也會借她一萬元充當安家費，再由每月收入扣；剛開始是週一休假，後配合軍中莒光日，改為週四休，紅牌的侍應生一個月收入情形，一個月可高達兩千多張的票，另外還有加班票（晚上八點到十點），一張票以五十元計，再以七成分，一個月收入就有好幾萬元。而金防部靠著這部分的收入，官兵還可享有免費理髮、洗衣、沐浴之福利。

原載二〇〇七年六月十七日《金門日報・地方新聞版》

*本文作者陳榮昌先生，福建金門人。曾任《金門日報社》記者、採訪主任。著有：《吾土吾民——浯島金門人的真情故事》、《金門傳統建築匠師臉譜》、《金門印象三部曲》等書。現任職於金門榮民服務處，並就讀於廈門大學新聞傳播學院博士班。

永恆的烙印
——《金門特約茶室》再版自序

陳長慶

《金門特約茶室》這本書能引起廣大讀者們的重視，以及平面與電子媒體相繼地報導，甚至在短短的幾個月內再版，對於一個長年致力於文學創作的老年人來說，雖然感到欣慰，但並沒有特別的意義。因為，我只是善盡一個知識份子的職責，以當年業務承辦人的身分，來詮釋這段未曾被正史記載過的歷史，讓它免予遭受扭曲和誤導，繼而地回歸到原有的歷史層面。這些，似乎纔是我撰寫這本書的主要目的，其他的則一無所求，相信督促本書出版的金門縣文化局長李錫隆先生最清楚。

「軍中特約茶室」用粗俗一點的語言來說，就是「軍妓院」，它所涉及的是軍中的性文化，而這種文化與民風淳樸的金門是扞格不入的。即使軍方已築起了一道非軍人不能入內的圍籬，但仍難容於這個保守的社會。居民一提起「軍樂園」、一看到「侍應生」，內心極其自然地，就會衍生出一份無名的反感。倘使以道學家的觀點來說，這段歷史勢必也難登大雅之堂。然而，它對爾時的金門社會影響的程度既深且遠，任何人都不可輕忽它存在的重要性。因為有了它的設立、有來自臺灣的侍應生為三軍將士服務，在地婦女始免予遭受無辜的傷害，這是身為金門人不能不有的認識。

感謝媒體對這本書的報導，然在其中，卻也有部分矛盾之處，在記者朋友的任命下，我竟同時擁有「退伍士官」、「退伍士官長」與「退伍軍官」等三種不同的身分。承辦十餘年的特約茶室業務，居然出現「管理特約茶室三十年」；「請打赤腳再入內」的警語，變成「進房要洗腳」的內規。雖然只是幾點謬誤，尚不致於曲解整段歷史的原意，但我還是相當介意的。因為我始終認為：「歷史不容扭曲，史實不容誤導」。趁著再版的機會，我必須提醒讀者諸君，如果想深入瞭解這段歷史的原委，請詳讀《金門特約茶室》這本書，倘若發現其他報導與本書有異同之處，請一笑置之並自行加以更正，以免遭受誤導。

歷史是一面明鏡，聳動的八卦新聞永遠不能取代真實的史料，本書之於能受到讀者們的青睞，正因為它忠於史實，沒有背離歷史，因此，自有其存在之普世價值。

二〇〇七年四月於金門新市里

附註：

本書出版後，除了多家電子媒體專訪報導外，亦有部分平面媒體加入報導。計有：

二〇〇七年元月十八日，本縣《金門日報》記者陳麗妤專訪報導（刊於地方版）。

二〇〇七年元月二十日，廈門《海峽導報》記者林連金報導（刊於金門新聞版）。

二〇〇七年二月十一日，臺北《蘋果日報》記者洪哲政報導（刊於A2要聞版）。

二〇〇七年三月十二日，臺北《第一手報導》記者蕭銘國專題報導（刊於五二七期社會新聞五十六／五十八頁）。

「姑換嫂」換出來的一樹苦楝花

——陳長慶《李家秀秀》讀後

謝輝煌

《李家秀秀》是陳長慶的一個長篇新作，創作動機與他青年時期服務過的金門防衛司令部遽然改名「金門指揮部」有關。尤其是與他蹲過的「政五組」這個「番號」，已經從金門島除名沒籍有關。因為，這種時代的大變動，就像一顆隕石般墜入了他的心湖，當然會激起層層朵朵的漣漪和浪花。如前十八軍十一師出身的廖明哲將軍，在他的回憶錄《了了人生》中說的：「民國四十四年大整編時，十一師三十三團的番號從國軍中除名，從國民革命軍的團隊中沒籍，我有如亡家之痛！」又說：「民國四十一年整編，十一師在宜蘭改編為十七師，三十三團被解體，我如喪家之犬……。」以此來對照陳長慶在本書〈後記〉中的「我曾經服務過的金防部已縮編為金指部。政戰部除了政三、政四外，其他已合併成『政綜組』……整個環境的變遷，用物換星移，人事已非來形容或無不妥之處。」也該有「人同此心，心同此理」的感受了。

其次，由於陳長慶曾在政五組承辦過「軍樂園」的業務，遭受過有色眼光的掃射。另外，軍樂園裡還有幾十位金門籍的男性員工，園外也有十來位替侍應生洗衣、帶孩子的婦人（第十四章），也受到了流言蜚語的中傷。但是，那些員工和村婦只能默默承受，原因是他們沒有發言臺和發聲的工具。為此，陳長慶豈能「寧默而生」？這可從〈後記〉中的陳訴：「當年承辦是項業務與在裡面謀生的鄉親，往往都會受到部分島民的誤解和歧視。」和第十四章中的詰問與申辯中看出他的意向。

再其次，金門自民國三十八年進駐大軍之後，未婚的男女比例有天淵之別的懸殊。民間的「有女之家」，在「水漲船高」和「奇貨可居」的金濤銀浪中，出現了「八兩黃金，八千塊錢（當時九十個營長的月薪），八百斤豬肉」的「三八婚制」，和民間因「三八婚制」而衍生的「姑換嫂」這個特殊景觀。由於前者已逼得窮人家娶不起媳婦，在窮通達變之下，就想出了「以女換媳」（即姑換嫂）、「親上加親」的兩全其美的嫁娶方式。但是，弊隨利至，在媒妁的花言巧語和父母的嚴命難違之下，有些苦命的女孩就成了「所嫁非人」的犧牲品。雖然，「三八婚制」和「姑換嫂」已走入歷史，但卻也是這個大時代的一朵苦楝花，且只金門才有，陳長慶有紀錄歷史的使命感，豈能放過？

以上種種，可說是陳長慶要寫作這個小說的背景因素，只是，他採取了以「姑換嫂」這齣戲來打頭陣，再以否極泰來的李秀秀為主軸線，自自然然地來串演其他的插曲。不過，「姑換嫂」的前奏曲，則是一場血淚交迸的暴風雨。

原來，貧農李來福和春桃夫婦，一心想替因傷退役在家休養的兒子文祥完成終身大事，經徵得從小受李家照顧的孤女阿麗的同意，好事將成之際，不意被同村專愛挑撥離間的潑婦「大肚粉仔」從中攪局。某天，當她正在向阿麗說文祥的壞話，並游說阿麗嫁給自己的兒子時，被春桃撞個正著。於是，兩個婦人便由動口而動手。鬥氣到高潮時，大肚粉仔潑了春桃一身大便。春桃氣不過被那種爛女人欺侮，竟喝下農藥，一命嗚呼，揭開了「姑換嫂」的序幕。

料理完春桃的喪事，來福想替死去的春桃出口氣，急著要替兒子找房媳婦。可是，阿麗這邊已被大肚粉仔破壞，沒指望了，只好去找媒婆，但高額的「三八」聘禮使他難如登天。媒婆阿狗嬸就替他出了個「姑換嫂」的主意，即以十三歲的秀秀嫁給一個三十歲的陳姓男子，換娶陳家的妹妹阿鳳為文祥的妻子。秀秀雖有千個不願，但在父親的嚴命下，只好如欄裡的那條豬，含淚待宰而已。

可喜的是，秀秀在危機中出現了轉機。哥哥因舊病復發而過世，陳家怕夜長夢多，就想趕緊把秀秀娶過去。秀秀以「哥哥已經死了，陳家阿鳳也沒有進我們李家門，這個婚約已不算數！」向媒婆做出於情、於理、於法都說得過去的抗辯，但因來福盲目於根深蒂固的「誠信」兩字，仍逼秀秀就範。秀秀一氣之下，拿起一瓶農藥，哭著要去見媽媽和哥哥，幸被來福及時奪下藥瓶，撿回了一條小命。

媒婆阿狗嬸目睹了秀秀如此激烈抗議的一幕，而陳家也知道秀秀這個小媳婦將來不好對付，於是就懸崖勒馬，解除了和秀秀的婚約。

秀秀長大了。她被城裡那位夏天賣冰果，冬天賣蚵仔麵線的表姐美娟請去幫忙，因而和金防部政五組一位服義務役的「正港小開」、大專兵王維揚對上了眼。同時，表姐妹倆也因王維揚而認識了政五組經管官兵福利（含軍樂園）業務的金門籍雇員陳先生。由於陳、王兩人平日相處得來，情同手足。陳先生一見現狀，就毛遂自薦地願做他們的媒人。一面猛敲邊鼓，一面又明的、暗的幫忙。例如：幫王維揚替美娟、秀秀買免稅福利品沙拉油、衛生紙、洗衣粉、肥皂等；安排王維揚和自己一同乘吉甫車出去送公文或會稿，讓王維揚有「假公濟私」之便，去和秀秀增進感情。尤其是當王維揚的父親王高鴻，以臺北市進出口公會秋節前線勞軍團團員的身份到金門勞軍，並專程到秀秀家向李來福提親一事，陳先生在主任的指示下，居間穿針引線，使雙方都很風光地訂下了這門親事。而後，又在王家的委託下代為下聘、替秀秀參謀出境申請、及接送秀秀至碼頭並安排船位、和叮嚀秀秀到高雄下船後的狀況處置等，可說是厥功甚偉。

以上就是這齣「姑換嫂」主軸戲及戲後遺響的大概。但環繞在這齣主軸戲及其遺響的周圍，還有四支重要的插曲，更是陳長慶急欲一吐為快的心聲。

一、軍樂園衝擊了金門的民風：金門是個擁有一千六百多年華夏歷史和文化的島嶼，島民的祖先多是西晉、南宋、晚明等時期避亂的義民。唐朝設有「牧馬監」。北宋的朱熹任同安縣主簿時，曾「采風島上，以禮導民」，因而設立「燕南書院」。此後，「家絃戶誦，優游正義，涵泳聖經，風俗不變」（見《金門縣志卷五》）。所以，金門民風的醇厚是其來有自的。

但是，民國卅八年的那次大動亂，使金門成了一個擁有幾萬大軍的大營房。兩年後，國防部為紓解官兵「性需求」的壓力，藉以防範軍人和民女感情糾紛的發生，便在金城「朱子祠」附近，開設了一個試驗性的「軍中樂園」（簡稱軍樂園，後改名特約茶室）。由於「成效良好」，便在大小金門設立了十個軍樂園（臺灣各地也同時設立）。這一發展，對久居在一個絕無娼妓的聖島的居民來說，有如在他們的神桌上撒了一泡尿般的無法容忍。而更讓婦女們心痛的，是軍樂園裡基層管理的害群之馬，開了一扇讓她們的丈夫或兒子混進去嫖妓的方便之門。然因懍於「軍管」的威嚴，誰敢反對？

雖然，島上的寡婦和丈夫「離家去南洋」的嫂子，都深諳「單棲」之苦，卻體諒不到軍人的「單棲」之苦。雖然，軍樂園也創造了幾十個就業機會（見第十三章），和周邊的一些商機，然因她們不是直接的受惠者，永遠無法理解別人的辛酸（尤其是那些侍應生的辛酸）。她們只知道娼館和軍樂園都是骯髒地方，故當秀秀的姨媽得知秀秀的男朋友是臺灣兵時，立即有「臺灣是個笑貧不笑娼的花花世界」的反應。而當秀秀告知她：美娟有個經常到軍樂園去檢查業務的男朋友時，她不是說：「年紀輕輕的不學好，什麼事不好做，偏要去管軍樂園那種髒地方的事。」便是說：「尤其聽說他經常出入軍樂園那個骯髒地方，我就一肚子火！」同時，又側面數落美娟：「現在好了，交一個經常進出軍樂園的朋友，這種事一旦傳出去，會讓人家笑死的！」「我不贊成美娟和這種人交往」，「我會堅決地反對到底！」（均見第十二章）

媽媽如此，美娟何獨不然？當她從王維揚口中得知陳先生「到軍樂園去檢查業務」時，也不屑地說：「陳先生也真是的，年紀輕輕的又還沒討老婆，怎麼會去管那個髒地方的事。」「要是我是他的女朋友，絕對不容許他到那種髒地方去。」「每次看到軍樂園那些女人……真教人想吐。」（均見第九章）

不僅如此，在第十一和十三章裡，美娟還從側面和正面，希望陳先生辭職下來做小生意，「總比去管軍樂園那種骯髒地方強」。而當陳先生否決了她要求陳先生「辭職」的意見時，她嘲諷地說：「你捨不得離開康樂隊和軍樂園那些臭女人是嗎？這就難怪了！」又高聲而傲慢地罵出：「算我瞎了眼！」「賤骨頭，我瞧不起你！」

以上雖只是美娟和她媽媽兩人，對軍樂園及與軍樂園有關的工作人員的一種歧視，但也可看作是代表了部分島民的一些感想與看法。只是，由陳先生一人來代表接受那些冷嘲熱諷與歧視和辱罵而已。

二、金門青年娶不到老婆：陳長慶在第一章裡就借李來福的口說：「現在金門男多女少，三十幾歲還討不到老婆的青年人一大堆……。」據金門作家林馬騰在《金門的烽火煙塵・「三八制」與兵婆》一文中說：「那時候（民國四十年前後）的青年男子，至今都已年逾七十，有的還是孤家寡人，孑然一身……此乃時代所造成的悲劇。」

該文曾詳細探討了那時金門「男多女少」的原因。要而言之，不外是：

甲：民國四十年前後，金門駐軍三餐不缺，而農家百姓則三餐不繼。當時，有些與丈夫失聯的青壯僑眷或農家寡婦，在公婆們「守得住就守，守不住就另找生路」的默許下，為了一張「長期飯票」，改嫁了軍人。

乙：有些閨女，從小苦怕了，餓怕了，在「做兵婆比做農婦強」的意識主導下，就「兩情相悅」地嫁給丘八作「兵婆」了。

此外，金門經歷了「古寧頭」、「大擔島」、兩次血戰，及「九三」、「八二三」、「六一七」三次震驚中外的炮戰，和而後的「單打」日子。「這種躲炮彈的日子，大家都過怕了。」（見第十三章）因此，「嫁軍人吃饅頭去」（見林文）的女孩也大有人在。待部隊輪調，她們就隨軍入臺，脫離苦海了。

還有，民國五、六十年間，也有金門小妞被一些花言巧語愛吹牛的「臺灣兵」拐騙上當。金門人對此恨之入骨，把那些不學好的「臺灣兵」叫成「臺灣豬」。（見第十章）

以上種種，造成了金門可婚女性「淨出超」的現象。但是，金門可婚的女性有限，誠如林文所說：「多一個女孩嫁給軍人，金門男人就少掉一個機會。」所以，早期的軍方曾一度祭出「軍人不滿二十八歲不得結婚」的規定（按：這是陸軍的，海空軍有別，見「戡亂時期陸海空軍軍人婚姻條例」初訂本），且放出「和金門小姐結婚，要留金服務十年」的風聲（按：應是有大官玩笑地講過，否則，無風不起浪），以為抑制。但成家心切的官兵，及為情為愛，或為生活，或為躲炮彈而甘願走天涯的女性，刀子也擋不住，秀秀就是個代表。美娟也說：「老北貢比臺灣兵有感情。」（見第十四章）連那曾罵過「臺灣是一個笑貧不笑娼的花花世界」的美娟的媽媽都說：「要是美娟也能交一個臺灣朋友，那不知有多好。將來還可以到臺灣探親找她們呢！到時候可以坐火車看風景，或到動物園看大象、看獅子、看老虎、看老猴、吃香蕉、吃鳳梨吃蓬萊米！……我已經夢想很久了。」（見第十二章）在這一大堆話裡，多少是有點去「逃命」的味道。

另一方面，雖說金門的青壯女性都納入了民防組織，管制遷出。但也「上有政策，下有對策」，有辦法的，還是有辦法離開金門，秀秀不就是「假應聘，真結婚」的走了嗎？

由於金門的女性不斷的「肥水流入外人田」，致使不少金門男人娶不到老婆。也就因為這緣故，而造出了今天「外籍新娘」這個新名詞。

三、緬懷太武山谷那只大搖籃：陳長慶之有今天的成就，可說是太武山谷那只大搖籃搖出來的。而那隻推動搖籃的手，就是當年溫文儒雅的政戰主任廖祖述將軍。廖將軍是個好長官、好長輩，而他的風範，更是陳長慶人格塑造的模本。況且，陳長慶在太武山谷一蹲十多年，成了歷經四任司令官的「四朝元老」。如此的「白頭宮女」，能不對太武山谷有關他生命成長的部分，永繫依戀與懷念之情？更河況，他在那個職務上曾剛正不阿地整頓過軍樂園的內規，打擊過不法。那些美麗的往事，自然是老年時回憶的源泉了。

另外，再從心理反應來說，若是他服務過的政五組還在，他對太武山谷的戀戀之情就有踏實的感覺。如今，「物換星移，人事已非」（見前），那份戀戀之情就因頓失依憑而變得像隻漂鳥了。此情此景，正如前文所引廖明哲將軍的「亡家之痛」、「喪家之犬」，能不令陳長慶「黯然銷魂」？

事事物物的走入歷史，，無可奈何，也必須接受。然而，《浮生六記》的作者沈復說：「……天之厚我，可謂至矣。東坡云：『事如春夢了無痕』，苟不記之筆墨，未免有辜彼蒼之厚。」何況，往事可「留與他年說夢痕」。至此，便可理解陳長慶在〈後記〉中說的：「《李家秀秀》後半部的部分背景，很自然地又進入到孕育我成長的地方（即太武山谷）」的用意了。

事實上，在小說的「前半部」就已觸及到太武山谷的「事」了。在第六章裡的，阿麗的丈夫「殺狗林」，「利用與某軍樂園管理員的親戚關係，走後門偷偷地去裡面嫖妓」，「政五組承辦軍樂園業務的那位年輕人，夥同政三組監察官，帶著兩位武裝憲兵來了」，「那位年輕人」像包公般的審問「殺狗林」、「三號侍應生」和「管理員」，最後，一個個繩之以法等情節，就是陳長慶在政五組時辦過的案子之一。而「後半部」第十四章裡，美娟在擎天廳的晚會會場上所見：「陳先生手提公事包，時坐時站，時走時回，時而被長官傳喚交代新任務，時而聆聽長官的囑咐和指示，時而和長官交頭接耳談論公務」等，也是陳長慶供職政五組時經常有的鏡頭。他之所以要把這些「往事」寫進去，也是半是懷念，半是藉回憶來哀悼一段美好青春的過去。所謂「最美麗，是回憶」，正是此時情懷。

四、傲骨嶙峋，捍衛人格尊嚴：在前文「軍樂園衝擊了金門的民風」一節裡，我們看到了美娟和她媽媽對陳先生的數落、歧視和辱罵。這裡再摘兩條「新」的如下，一併來瞧瞧陳長慶的回應。

（一）在第十二章中，秀秀試圖在姨媽面前替陳先生說點好話，故向姨媽說：「人家陳先生看過很多書，文筆不錯，而且還經常在報上發表文章呢！」姨媽回答說：「我最瞧不起那些正事不做，每天在那裡舞文弄墨的年輕人！那些狗屁文章又能值幾文錢？這種人絕對不會有前途！將來誰嫁他誰倒楣！」

（二）在第十四章裡，秀秀對美娟說：「聽人家說，文人的自尊心都是較強烈的，也較有骨氣。」美娟不屑地說：「文人，文人有個屁用？他們絞盡腦汁寫那幾篇狗屁文章能值幾文錢？還不如我們賣幾碗蚵仔麵線，煎幾碟蚵仔煎。這種不務正業的假文人，又算什麼東西！」

關於秀秀的阿姨對陳先生（文人）的嘲諷，陳長慶只借來福的口當面做了一次回應：「人的價值有時候是不能用金錢來衡量的……陳先生有那份力求上進的心，我們應當給他鼓勵才對啊！俗語不是說，爭氣不爭財嗎？」至於美娟對陳先生（文人）的挖苦，陳長慶則是借陳先生的口，趁美娟問王維揚「你家哪一面牆壁適合掛（戰地榮歸）錦旗」的事，做了一次暗諷，她見識膚淺的回應：「王維揚家掛的全是中外名畫，有張大千和黃君璧的，有楊三郎和廖繼春的，有梵谷和達文西的，有塞尚和莫內的。如果真送他一面錦旗的話，帶回家當抹布用也會嫌它不夠柔軟，不能吸水。」這個回應雖然是出現在第十三章，但因美娟的觀念和她媽媽一樣，等於是「話先說在前面」。可惜美娟沒有那份悟力和修為，被人嘲諷了還不知道。

另外，美娟和她媽媽對陳先生「管軍樂園」這個職業的侮蔑以及近乎人身攻擊的謾罵，陳長慶在第十三、十四及十五章裡，間接直接地做了一連串的回應。如第十三章中的「只要謹守本分，不與邪惡同流合污，不向惡勢力低頭，不偷、不搶、不貪污舞弊，以勞力換取而來的任何工作都是神聖的，也必須受到應有的尊重，任何人都不能以有色的眼光來看待它、藐視它。」「那不僅是我的工作，也是我的職責。坦白的告訴妳，我所作所為都經得起社會的公評和檢驗，人格和操守更不容許任何人的質疑！」「請妳放尊重點，不要說得那麼難聽（指「臭女人」三字）！也不要牽扯到別人，更不要侮辱到我的人格！」當美娟丟出「賤骨頭，我瞧不起你」這句話後，陳長慶讓陳先生「臉色鐵青，表情冷淡」地「忍下這個屈辱，逕自往太武山谷那條筆直的馬路走去」，作為一次「無聲勝有聲」的抗議。

其他，如在第十四章裡，讓美娟碰了多次軟釘子。在第十五章裡，更教陳先生大聲說「我寧願沒有美娟這個朋友，也不能沒有自己的格調。」等，都表現了一個鐵錚錚的漢子，傲骨嶙峋地捍衛人格尊嚴的風範。另有李來福和秀秀替陳先生的辯白，因限於篇幅，就不贅述了。

任何文學作品，都是在表達作者的生活意識（見李辰冬《文學與生活・論意識與表現》）。其中，有小我意識，有大我意識。在《李家秀秀》這部作品裡，作為主軸餘響的「金門小姐嫁臺灣兵」這齣戲，是大我的，而且是陳長慶創作路數的一個轉變。因為，他一向的堅持是「不離鄉土」。而在這個小說裡，他不但是以鼓掌的愉悅心情來看待秀秀遠嫁臺灣這件喜事，且以「君子有成人之美」的精神從中大力協助。這種觀念上的轉變，固然是因為王維揚這個「臺灣兵」「斯斯文文，中規中矩」（第八章），既不「吹牛說大話，口出三字經」，而且「謙虛有禮」（第十章），不是以往「金門人人欲誅之的（誘騙金門女孩的）『臺灣豬』」（第十四章）。但大環境的改變，如金門已是「孤島不孤」的開放性地區：近的有「離（外）島聯盟」、「兩門對開」（小三通）；遠的有金門與臺灣，金門與東南亞金僑等的往來互動。另外，「外來新娘」及軍方撤軍，大大改善了島上「男多女少」的現象。凡此種種，都使得堅持「留在島上」及強調「島內聯姻」的傳統意識，已到了必須改弦更張的時候。因此，這齣「臺金姻緣」（第十一章）的喜劇，就頗具時代意義了。或說，故事的背景是「過去式」，與當下的環境扯不上關係。但若沒有當下大環境的改變，「臺金聯姻」的意識應無由產生。不過，這齣戲只是一個載體，所謂「臺金姻緣」，不過是大環境意識所形成的一個「引子」，真正要表達的，還是前述的四個插曲。

在前述四個插曲中，前三個可說都是陳長慶「不容青史盡成灰」（于右任詩）的意識下的產品。以「太武山谷」為例，雖說是他個人的經歷，但那個活了近一甲子的「金門防衛司令部」，在金門的近代史上，無疑地佔有重要的一席之地。然而，軍管時期的「太武山谷」，有如以往臺北士林官邸那麼森嚴而神秘。別說一般民眾進不去，即使是駐軍官兵，沒有司令部頒發的公務用通行證，也不能進入。幸虧有個「金門原住民」陳長慶，在太武山谷「臥底」十餘年，太武山谷中的一些花花絮絮，他不寫，必然會遭到湮滅的命運。誠如他在〈後記〉裡說的：「我不得不憑尚未退化的記憶，把爾時經歷過的種種事蹟，儘快地紀錄下來，好為我們的子子孫孫，留下一些值得紀念的篇章。」這是他的史識使然，也是他「捨我其誰」的使命感所使然。

在「捍衛人格尊嚴」這支插曲裡，陳長慶對美娟和她媽媽輕視文人的那種無知無識所作的批判，還算是深得「溫柔敦厚」之旨。但當美娟和她媽媽對他「管軍樂園的事」有所輕蔑、嘲諷時，他就發出了獅吼般的駁斥與抗辯了。（見前）但他何以會那樣搬出「八吋巨炮」來反擊？恐怕只有「不得已」三字可作答案。原因是，說「什麼事不好做」，容易。但問「有什麼好事可以讓他去做？」答起這道題來可能就有點困難了。如果把小說中的「陳先生」（陳長慶的化身）換成張三或李四，在那個年頭，因戰爭、家貧、又拿不到公費名額，無法繼續就讀，只有回家做穡一條路。又因那時全島都是「軍事重地」，上山下海都要受到很多限制，而且還要擔任民防任務，能做出什麼穡來呢？在此既無學歷，又無一技之長的山窮水盡時，「有什麼好事可以讓他去做呢？」幸而靠朋友幫忙，在金防部福利站謀到一個小差事，又更幸運地遇到貴人，把他調到政五組，經管包括「軍樂園」在內的官兵福利業務。面對那份比「嗟來食」要強的「天上掉下來的禮物」，能不兢兢業業，規規矩矩，幹出一點成績來以報「知遇之恩」？事實上，他在那個工作崗位上，贏得了四位司令官，五位主任，九位組長的信任（見《金門特約茶室》一書發表後的專題報導）。如果他辦不好事，且不能守正清廉，只怕太武山谷早已變成他的「地獄谷」了。再說，金門那些軍樂園的「董事長」和「總經理」還是司令官和主任呢。難道那些方面大員也是「什麼事不好做，偏要去做那種骯髒事」？答案絕對是否定的。誠如陳先生對美娟說的：「那不僅是我的工作，也是我的職責。」軍人也是人，他們把生命交給了國家，國家就有責任照顧他們的生活（包括性生活）。而當年的北貢兵，年輕而舉目無親，身處戰地又不准結婚，除非把他們「閹」了，否則，他們就有性的需求。這個「性的需求」，國家不能不管。猶記得，第一線的士兵向國防部長俞大維報告說：「再苦都不怕，只希望每天有幾支香菸抽。」（大意）俞部長回到臺北後不久，第一、二線的官兵，每月就有一兩條不等的免費「雙喜牌」香菸，一時傳為佳話。軍樂園的成立，事異而理同。然而，總統下了條子，也要人去辦理，才能解決問題。似此，我們能罵那些奉命辦「正」事的人是「不學好」和「賤骨頭」嗎？這種毫無同情心又不明事理的人身攻擊，對一個（群）奉公守法，勤於工作，忠於職責的人來說，豈止是很不公平而已。陳長慶之所以要在小說中，鐵錚錚的替「陳先生」以及在軍樂園擔任管理、服務的同仁發不平之鳴，除有「士可殺，不可辱」的「骨氣」外，還有彰顯職業無貴賤的意義在。

前文引過李辰冬先生對文學的看法，李氏在那篇論述中，曾引了吳承恩的〈二郎搜山圖歌〉，來說明吳承恩何以要創造出「孫悟空」這個人物來。他說，吳承恩在那首詩中有「野夫有懷多感激，無事臨風三嘆息。胸中磨損斬邪刀，欲起平之恨無力」的強烈生活意識。因為「作者自恨無力，祗有在想像裡創造一位齊天大聖來為人間報（抱）打不平。」是以，當陳長慶安排陳先生「逕自往太武山谷那條筆直的馬路走去」的那個「千山我獨行」的俠士身影出現眼前時，也就可作如是觀了。

整個來說，陳長慶的小說容易讓讀者「升堂入室」。原因是：一為在人、時、地的安排上，頗似西洋戲劇裡曾風行過的「三一律」。由於人物不多，時間不長，地點不廣，適合一般人智力上的管理幅度，讀者容易掌握全局。二為在情節的處理上，採取了前後「不即不離」的手法。這種手法，可加深讀者對小說情節的「殘留印象」，產生「似曾相識」和「舊地重遊」般的閱讀效果。《李家秀秀》依然具有上述特色。較有討論空間的，是「尾聲」，即秀秀和王維揚的結婚場景，和洞房花燭夜的繾綣等情節，頗有「捨之不嫌少」的情形。因為，王維揚家中的經濟實力及社會地位，已在第十四章裡，藉王維揚的父親王高鴻的隨勞軍團到金門勞軍時，就有了充分的交代。所以，如果故事寫到第十五章末尾的「（她將）在王維揚的攙扶下，一起步上紅燭高照的紅絨地毯，邁向幸福人生的新旅程……。」便戛然而止，更能留下「餘音裊裊」的想像空間。而在情節的補足上，讀者也可從「寫在前面」的「離鄉二十餘年了，李家秀秀第一次陪同夫婿王維揚（股票上市公司老闆）回到這個島嶼……為剛逝世的父親拈上一炷清香」的描繪上，獲得滿意的結果。

原載二〇〇七年四月十三至十四日《金門日報・浯江副刊》

說不出口是傳奇
——《李家秀秀》後記

陳長慶

寫完《小美人》，我隨即進入《李家秀秀》的構思裡。

二十餘年的創作空白期，是我心中永遠的疼痛。當《李家秀秀》這個故事在我心中隱約成形時，我不得不拋開日常生活中的俗務和瑣事，趁著黃昏時刻落日尚未西沉時，盡速地把它記錄在生命的扉頁裡。因為蒼天對待每一個子民都一樣，只有死亡的宣判，沒有所謂的豁免。人生中的許多意外，往往又比明天來得早，讓我不得不重新思考生命的價值和生存的意義。即使倉卒書寫出來的作品枯燥乏味不成熟，但只要是心血的結晶，我便沒有不喜歡它的理由。

二〇〇六年春天，當我完成長篇小說《小美人》時，從媒體上得知，我曾經服務過的金防部已縮編改為金指部。政戰部除了政三（監察）、政四（保防）外，其他已合併成「政綜組」，官兵總人數只剩下區區的幾十人。主任辦公室亦已搬離武揚，直上擎天峰與指揮官比鄰而居，與當年同在武揚營區的：政一、二、三、四、五組，政本部、金城辦公室、軍樂隊、政戰隊、特遣隊以及國防部心戰大隊等單位人員相比，的確有天壤之別。整個環境的變遷，用物換星移、人事已非來形容或許並無不妥之處。若依目前兩岸的局勢以及國軍施行精實案而言，或許不久的將來，還會有更大的改變，屆時，勢必讓島民留下更多的緬懷。

爾時存在於這塊土地上，具有另一種文化特質的「特約茶室」早已走入歷史，它留下的或衍生出來的許多軼事，都將成為島民永恆的記憶。然而，當年承辦是項業務與在裡面謀生的鄉親，往往都會遭受到部分島民的誤解和歧視。一般人總以為與它有直接關聯的員工，都可以在裡面胡作非為，而實際上並非如此，倘若敢於玩法，隨時都會面臨被解職或移送軍法究辦的可能。

放眼當今文壇，以這個名震中外的擎天山峰為背景，以及以戒嚴軍管時期、軍中的人事物為書寫對象的文本並不多見。當這個島嶼隨著兩岸軍事的和緩快速地轉變時，我不得不憑著尚未退化的記憶，把爾時歷經過的種種事蹟，盡快地記錄下來，好為我們的子子孫孫留下一些值得紀念的篇章。它似乎也是我多次試著以六十年代的太武山谷為背景，從事小說創作的主因。基於文中情節的需要，《李家秀秀》後半部的部分背景，很自然地又進入到孕育我成長的地方。即使讀者們先前曾經讀過我的作品，對這個深山幽谷裡的人事物似曾相識，但我的每一篇小說，都有其獨立的故事架構，這是我必須向讀者們說明的地方，但願讀者們不會認為我的說法太牽強。

彼時的「姑換嫂」，雖然撮合了許多姻緣，卻也出現不少社會問題。當年在金門這個男多女少的小島上，三十幾歲未婚的男性比比皆是，尤其是生活清苦的農家子弟更是不勝枚舉。因此，才有「三八婚制」與「姑換嫂」兩種社會風氣的形成。

三八婚制的聘金禍首，我們在此姑且不論，因為早在三十餘年前，我在長篇小說《螢》與短篇小說〈雨天，我想起：南方來的那姑娘〉兩篇作品裡曾經嚴厲地批判過。倘若以姑換嫂而言，原本是一樁親上加親的好事，它的原意似乎比索取高額聘金更能讓島民接受。但是有些家長刻意地隱瞞子女的缺陷，全憑媒婆三寸不爛之舌，便輕率地促成一門「姑換嫂」的婚事，最後則衍生出許多家庭問題。追究其因，不外乎是雙方年齡和智商的差異，以及身心上的殘缺，受害或遭受矇騙者幾乎男女雙方都有。而可悲的是，多數人均屈服於命運不敢聲張，像秀秀那種不向悲傷命運低頭、勇於和現實環境對抗的女性，畢竟是少之又少。

在《李家秀秀》這篇小說裡，除了透過陳先生這個角色，協助從小命運多舛的秀秀，邁向幸福的人生大道外，對那位凡事剛愎自用、以有色眼光看人的美娟，則必須給予譴責。因為她對職業懷著很深的偏見，藐視鄉親的工作權，更瞧不起同在這塊島嶼成長的青年人。之後雖然有所悔悟，但為時卻已晚，必須自食其果，無緣和她賞識的人締結鴛盟。而王維揚則是少數能獲得金門人認同的臺灣兵之一，他雖然生長在一個富有的家庭，卻從不自我誇耀，始終以謙恭和誠摯的態度，來面對和秀秀在這個小島上所孕育出來的感情，幾乎和拙作《夏明珠》書裡的王國輝成了強烈的對比。王維揚的父親不惜捐了伍萬元勞軍款，其目的並非真正上前線慰勞三軍將士，而是以金錢換取機會，展現出他對李家的真誠實意，親自到戰地金門替兒子提親。

但是在《夏明珠》那篇作品裡，王國輝在金門騙取夏明珠的感情又奪取她少女的貞操、退伍回臺灣後，卻不願對這段感情負責而出國。當夏明珠懷著身孕赴臺尋找王國輝不著、復受到他的家人百般地羞辱和遭受流產的雙重苦難後，在自卑感與羞恥心使然下，無顏再接受同鄉林森樑的愛。最後重回這個島嶼，繼承父母親農耕的衣缽，在現實環境的使然下，嫁給一個大她二十餘歲的退伍老兵，兩人相互包容、相互扶持，共度餘生。

同樣是一個清純樸實的金門少女，卻遭受到兩種不同的命運，是遇人不淑？還是造化弄人？抑或是時代的悲劇？我並非社會學家，亦非它長期的觀察者，不能針對當年的社會潮流深入探討和詳加分析，僅憑友人一段口述以及本身的記憶，用笨拙的筆來詮釋這段故事。因此，待商榷的地方仍多，冀望方家指正，讀者們包容！

二〇〇七年五月於金門新市里

「爭地」的悲歌

——陳長慶《歹命人生》讀後

謝輝煌

《歹命人生》這個十三萬字左右的小說，起於戰火燒出的哀號，止於戰火燒響的悲歌。它依舊是陳長慶在「凡走過的必留下痕跡」（「後記」）的意識主導下所完成的一個作品。

金門，在長達四十三年的軍事管制和戒嚴的陰影下，彷彿變成了一個製造「歹命人生」的工廠。然而，金門無罪，罪在人為。

所謂「人為」，是因國共內戰，把金門打成了一個「兵家必爭」的「爭地」的（《孫子兵法》）緣故。因為雙方都在「爭」這個島，故敵攻我守金門的戰爭由此，島民的「歹命人生」也由此。

回到文本，這個小說，包括「寫在前面」及「尾聲」，共二十個章節。

「寫在前面」，交代了創作動機和目的：即作者在一個由金門縣鄉土文化建設委員會理事長陳滄江先生，所召開的「戰地政務戒嚴時期金馬地區白色恐怖及軍事勤務受難者口述歷史個案調查」的會議上，看完了全部個案資料後，除有感於「部分受難者本人或其家屬」，迄今尚未獲得如臺灣二二八事件的受難者和受難者家屬所獲得的平反和優厚的補償，心中有所不平外，並發現在「個案調查」的資料中，未見到一個記憶猶新的「個案」，乃挺身而出，要「為一個遭受暴力而罹難的老年人伸冤」，而且希望同是民進黨金門縣黨部主委的陳滄江先生「能透過此次的個案調查，為更多無辜的受難者平反伸冤」。

正文開始，作者以「八二三砲戰」的砲火，在同一天裡，先後轟垮了翠嬌和美枝這對遠房表親的兩個貧苦農家，並炸死了翠嬌和美枝的丈夫阿順的悲劇場面揭開序幕。接著，以美枝如何以堅毅奮鬥的精神，一肩挑起「兩家三口」的生活重擔，「與山為伍，與牛為伴」地耕田種地，茹苦含辛，教養才十二歲大的獨子志宏和失去雙親的表姪女婉玉長大成人，巴望「窮人家的孩子也有出頭的一天」。然而，當她的美夢快要成真時，她卻在志宏和婉玉訂婚的那天，慘死在不肖軍人牛廣才的槍口之下的悲劇故事，做為整個小說的主體架構。然後，隨著故事情節的發展，技巧地以戰地的白色恐怖案件、不肖商人狗屎貴仔和牛廣才的為非作歹，欺壓並槍殺美枝等社會事件，以及民俗和農事等材料，把那個主體架構裝飾成一個有骨有肉、有血有淚的生命體，來呈現島民的不滿與悲憤之情。

「尾聲」的筆墨雖不多，卻是很濃稠地讓狗屎貴仔一家三口，葬身於敵砲所引起的火災中，用以深化戰爭加諸島民的苦難，和彰顯古訓「惡有惡報」的不謬。另外，又以婉玉肩挑大任，帶著年邁的義母秀春和重傷的未婚夫志宏，揹起三家四口的神主牌位，離開那片土生土長的傷心之地且一去不回的簡短故事，來呈現苦難的島民對現實環境滿懷悲憤與絕望的心情。

雖然，這個小說的起頭和結尾都瀰漫著濃濃的煙硝味，但因作者在「寫在前面」的短文裡，已給小說的內容取向定下了基調，故在戰爭方面的現場畫面，僅有第一章裡的砲彈擊斃翠嬌和阿順、第三章裡的砲彈碎片割傷婉玉的腳、以及「尾聲」裡的砲宣彈擊中狗屎貴仔店裡的煤油桶引起火災，燒死一家三口等三個場景。至於第一章裡翠嬌向美枝口述的「欄裡的牛羊豬隻全被共匪的砲彈打死了，田園屋宇也成了一片廢墟」，及作者在第二章裡所描述的「共軍沒有遵守單打雙不打的承諾，一旦發現國軍官兵在築工事或有重要之目標物，往往不分單雙號，都會加以砲擊，因此而傷亡的不計其數」等，應算是戰地新聞。雖然，這幾則戰爭剪影的內容和幅度都不算大，但卻是這個小說的動力。因為，沒有這個動力，就無法衍生出那些「白色恐怖」的案件來了。

金門的「白色恐怖」跟臺灣的大不相同。原因有二：一是民間沒有政治上的異議分子，且無出版品。所以，「文字獄」裡是空的。二是金門乃國軍慘敗後轉危為安的接敵地區。軍方在痛定思痛後，有了「前事不忘，後事之師」的共識。為防範敵人有可乘之機，及隱密我方企圖起見，訂下了「守口如瓶，防意如城」的嚴密保防要求，並從人員管制到一些與保防可能發生關連的民生用品上，如籃球、保特瓶、車輪內胎、手電筒、煤油燈、車輛大燈、紅白二色建築物和外衣、收音機、照相機（含膠卷）……等，甚至連放風箏、養鴿子、學游泳都列入管制項目。至於漁船動態就更不必說了。有了這些多如牛毛的管制，加上基層執行人員的專業素養不夠，往往就有把「草繩」當作「毒蛇」來打的現象。金門的「白色恐怖」，幾乎都是這類雞毛蒜皮的「案子」。例如：作者在第七章中所描繪的「查戶口」：

「他們在美枝家，婉玉和志宏撿回來的那堆廢鐵中，查獲了一小罐步槍彈殼，以及在志宏房間的抽屜裡，查到十幾張共匪打過來的宣傳單」。檢查人員根本不採信兩個孩子的說明，也不理會美枝的解釋和鄰長的保證，硬是好像「人贓俱獲」似的，喝斥孩子「不要講理由」，並咬定那些彈殼是「偷」來的，那些宣傳單是「私藏」起來「準備替共匪宣傳」的。美枝在檢查人員要把志宏帶走時，氣得說了句「難道沒有王法，沒有政府」，又更氣得罵了幾句「夭壽政府」，他們就怒指美枝「是辱罵政府的反動分子」，因此把她和志宏一起帶走，押進了看守所。

這個案子，除顯示了檢查人員的知識不足外，也凸顯了他們「喜歡小題大作」，以及「拿著雞毛當令箭，到處耍威風」的心態。因為，就宣傳單而言，孩子也知道「不能偷看，要交給老師」，以及「交得多有獎勵」的規定。他希望等撿多一些時再一起交給老師。（見第七章）就算不懂得兒童心理學，也該想想一個飽受共匪砲彈摧殘的家庭中的孩子，而且曾親眼看見父親和阿姨都被匪砲打死，小表姐也被砲彈碎片割破了腳的血淋淋的往事，他可不可能有「準備替共匪宣傳」的企圖呢？

其次，就那「一小罐步槍彈殼」言，只要看看彈殼的外表，便可斷定是不是從「裝箱」後的箱子裡「偷」出來的了。何況，當時的軍隊是駐在廿四小時都有衛兵看守的碉堡、據點、坑道或小營房裡，孩子敢進去「偷」彈殼嗎？村指導員說，靶場上「哪裡撿得到（彈殼）？」更是「活老百姓」的外行話。（按：村指導員的素質，除極少數者外，絕大多數都不賴。）因為，部隊打靶，即使在射擊臺上加鋪軍毯，往往也有不聽話的彈殼，蹦得「踏破鐵鞋無覓處」，待別人路過該地，卻又「得來全不費工夫」。這是經驗，也是常識。至於美枝被氣得罵了幾句「夭壽政府」，就給她戴上一頂「反動分子」的帽子，那就更是「拿著雞毛當令箭」了。

另一個案例，是在第十四章以後出現的，那個惡名昭彰，「靠販售軍用品（按：軍中剩餘主副食品）發財的」狗屎貴仔，因獨子林安卓喜歡婉玉，但因提親遭拒，懷恨在心，便買通某單位的一個班長牛廣才和幾個憲兵，設計一個「販售軍用品」的「事實」，想嫁禍給志宏，進而搞垮他代義母經營的雜貨店。可惜計未得逞，狗屎貴仔和牛廣才均被繩之以法。兩人服刑期滿出獄後，就設計報復。終於，由勒索、肢體衝突，進而演變成牛廣才用手槍殺了美枝，重傷了志宏，然後舉槍自盡的悲劇。

這是個由民事發展成刑事的案件，基本上，跟白色恐怖沒有關係，但卻是一個軍人殺害百姓的大血案。而軍方恐怕也沒有負起道義上的賠償責任，因而留下了一個民怨。當然，這又是一個「歹命人生」的註腳了。

總之，不管是像「查戶口」時，檢查人員的隨興「嫁禍於民」，或如牛廣才的「與民同歸於盡」，都是引起民怨的因子。而島民的反應，大概也跟作者的意見差不多吧？如：

——在這個以軍領政的戒嚴時期，只要官員一句話，隨即就有牢獄之災，可說是欲加之罪，何患無辭……只要發覺有一點蛛絲馬跡，便想羅織一個罪名，來嫁禍於島民。（第七章）

——你不要欺人太甚，吃定金門善良的老百姓，總有一天，你會得到報應的！（仝前）

——這些老北貢，就是喜歡小題大作，拿著雞毛當令箭，到處耍威風。（仝前）

——生長在這個島上的金門人，都是沒有尊嚴的次等公民。（仝前）

——在這個以軍領政的戒嚴地區，高官的一句話就是命令。同樣的一件事情，可以大事化小，小事化無，相對地，可以讓你生，也可以讓你死；可以讓你清清白白的回家，也可以讓你百口莫辯含冤而終……島民只有服從，沒有抗拒的餘地。（仝前）

自古以來，上馬殺敵易，下馬治民難。這裡的「民」，自然包括「兵」在內。而金門，因地處「島國」「前線」，情況更是複雜而特殊。雖說「八二三砲戰」之後，兩岸已進入「冷戰」時代，但「戰備」依然緊張。俗云：「人上一百，形形色色。」軍中和民間，都有些「壞蛋」。因此，不論是因戰備所衍生的「白色恐怖」，或不肖軍人的為非作歹，都曾對金門島民造成不少的傷害。誠如作者在第十八章借志宏的嘴巴說的：「不錯，這的確是時代的悲劇，而金門人何辜啊！我們知道的就有好幾個案例：有引爆手榴彈與人同歸於盡者；有用槍械擊斃人再自盡者；有偷把彈藥放進百姓灶裡企圖傷人者；有誤擊倒楣的無辜者，甚至還有婦女被強姦強暴者……。」且不管這些特殊事件的起因如何，百姓總是無辜的受害者。

此外，還有那個自民國卅八年底起，實施了四十三年的「人人納入組織，個個參加戰鬥」的民眾組訓（按：「民眾組訓」是早期的名詞，它是黨政軍聯合作戰中重要的一環，後來改為「民防組訓」，再改為「民防總隊」、「自衛總隊」。），也讓金門島民吃盡了苦頭。如青壯男女等於「民兵」一事，雖說可抵服義務兵役，但男丁的「義務役」何其之長？而女丁又可抵什麼「役」呢？其次，他們隨時都要服行「軍事勤務」，如漁民要服行大小島嶼間的運補、換防及支援戰鬥等勤務；「八二三砲戰」期間，民防隊輪流在料羅灣的煙硝彈雨中卸運各項物資等。在這些勤務中，他們有的捐軀了，有的傷殘了。雖說，他們是為「反共抗俄」而犧牲奉獻，但又何嘗不是在為「保衛大臺灣」而奮鬥犧牲？可是，他們並未得到合理的撫卹與照顧。而那些因特殊事故（軍民感情糾紛、誤觸地雷、打靶或演習誤傷等）而受傷害的民眾，或雖有補償，也往往是象徵大於實質。凡此種種，能教金門島民不怨不艾、心悅誠服嗎？尤其，當他們看到政府為「二二八事件」的受難者「立碑」，並對受難者家屬以高額補償時，不平的心情就更難平復了。這也就是為什麼在這個小說裡有好幾次的「歹命，歹命！天哪，我那會彼呢歹命！」的哀號，和「金門人都是沒有尊嚴的次等公民」的怨嘆了。

聽完了作者的「不平之鳴」，再來聽聽他的「鄉土講古」吧：

——外戚的神主牌位是不能供奉在這（自己家）裡的。（第一章）

——種花生犁的是「土豆股」；種高粱犁的是「露穗股」；種地瓜犁的是「蕃薯股」。施肥時還必須先「獻股」，然後再「橄股」。（第二章）

——每年的重大節日，例如：清明、中元、冬至和過年，我媽媽都會做豆腐敬拜祖

先……（煮豆汁時）火不能燒得太猛烈，以免鍋底燒焦了……要不斷地用鍋鏟攪拌，以防沾鍋而燒焦。（仝前）

——「加追」（斑鳩）最喜歡吃的就是芝麻，只要找幾根長竹竿或木棒插在田梗，然後把破網別緊在竹竿上，無論網成什麼形狀都可以，一旦加追吃飽了或有人來了，它就會快速地飛起，只要不小心把頭誤觸魚網，牠想飛也飛不走，想跑也跑不掉了。（第四章）

——頭料（秤繩）是五斤起秤，秤星兩點就是二兩，四點就是半斤，八點就是一斤。而二料（秤繩）是一斤起秤，秤星一點就是一兩……。（第五章）

——（蕃薯）挖回來後，必須經過一段時間的「消水」（即風乾後收漿），蕃薯煮起來才會鬆、會甜。（第六章）

——「二九下昏（小年夜）」，食豆渣圓配雞湯。（第十章）

——二月二，煮貓粥，糊貓鼻。（第十一章）

此外，還有第十一章所記的「彌留」、「入殮」（第一章也有）時應辦及應注意的事項，及「家祭」、「出殯」時的禮儀等，都是作者在「人不能忘本」（第十四章）的大意識下，為保存和傳承一些鄉土文化的「有心之作」。雖然，麥當勞的薯條很拉風，但在麥當勞附近的騎樓下，那縷縷烤地瓜的濃香，也鈞到了不少的味蕾。雖然，那把舊式的秤快要走進歷史博物館了，但它的構造原理跟金門田野中那個打水的桔槔完全相同，外貌也酷似。如果在「西園鹽田」製作一把大秤，供作遊客量體重的娛樂工具，也很有別開生面的趣味。其他如習俗、祭禮、葬儀等，都有文獻的學術價值。

最後，冷眼旁觀金門這個廿世紀的「歹命之島」，由兩岸的「爭地」，一變而為兩岸的「臍帶」，再變而為彼岸的「燙手山芋」，此岸的「不給飼料，只管抽血拔毛」的「鵝」。命運之神真是太愛捉弄金門的島民了。可惜的是，這個小說出生得有點「恨晚」了。尤其是希望陳滄江先生來挑起這個「下情上達」的重擔，只恐陳先生也有些不勝負荷之感吧？

原載二〇〇八年四月十三日《金門日報·浯江副刊》

五月雪紛飛

——《歹命人生》後記

陳長慶

寫完《歹命人生》已是時序的寒露，然我並沒有脫稿後的喜悅，反而為文中那些遭受命運戲弄的人物感到悲傷。儘管各人的際遇不同，命運亦非與生俱來，而人生在世到底是「好命」或「歹命」？這個看來十分簡單的問題，卻不停地在我腦裡糾纏著，讓我無法即時思索出一個完美的答案，就容我暫時把它隱藏在內心裡，往後再慢慢來解題吧！

爾時，在這個以軍領政的小島上，無辜的百姓遭受軍人暴力相向，似乎是稀鬆平常的事，鄉親雖然同情受難者的遭遇，但又能奈何？誠然，美枝的死、志宏的傷，只是個案，但歷年來在這個島嶼發生的各類案件，少說也有數十起之多。不管它是時代的悲劇，抑或是島民的宿命，那一幕幕悲痛的慘劇，卻是島民心中永遠的疼痛。雖然沒人能還給他們一個公道，但無論是受難者或其家屬，都會記下這筆血債的。縱然歲月染白了他們的華髮，縱使時光腐蝕了他們的身軀，依然無法從他們的記憶中磨滅。

不可否認地，在這個瀰漫著砲火煙硝的島嶼生活了幾十年，自己又曾經在防區最高政戰單位服務過，面對戒嚴軍管時期、戰地政務體制下的惡形惡相，以及認清一些不學無術、僅懂得逢迎拍馬的高官嘴臉，的確讓我有太多的感觸和憤懣。然而，隨著歲數的增長、隨著時局的變遷、隨著那些高官逐一的凋零，似乎也讓我學會了寬恕和包容。但是，凡走過必留下痕跡，我親身歷經或親眼目睹過的諸多事端，即使已被歷史的洪流淹沒，惟迄今依然深藏在我的腦海裡、未曾遺忘，它或許也是促使我書寫這本書的原委。

自一九九六年復出以來，雖然每年都有新作問世，卻始終未達到我理想中的最高意境，面對浯鄉這塊蓬勃的文學園地，確實讓我感到有些羞愧和徬徨。誠然在這個島嶼看盡人生百態、嚐盡世間的酸甜苦辣，對生存價值亦有相當的體悟，但若以自己的年歲而言，又能在這個浮浮沉沉、紛紛擾擾的現實社會遊戲多久？尤其是文學創作，它不同於一般史料的搜集和整理，文中的每一個字句、每一個段落，都是仰賴自己有限的腦力、不斷地思索而來的。雖然不敢說是智慧的結晶，但箇中的辛酸則非局外人所能瞭解。因此，每一本書對我來說，都如同是我的性命，我沒有不珍惜它的理由。

轉眼秋去冬來春天到，當生命中的黃昏暮色即將來臨時，儘管世道蒼茫、人情冷暖，然圍繞在我週遭的依舊是濃郁的友情馨香。即使尚有未實現的理想、未圓的美夢、未兌現的諾言，但只要活著就有希望，只是惟恐天不從人願，美夢未圓身先殂，徒留遺憾在人間……。

二〇〇八年四月於金門新市里

歷史老人亂牽紅線

——陳長慶《西天殘霞》讀後

謝輝煌

陳長慶新作《西天殘霞》這個小說的女主角，「冷艷美女」文壇新星葉菲音半生的順逆與悲歡、美麗與哀愁，固然是因為她自己賭氣「親口答應」嫁給楊平章，而落得以受虐離婚做為收場的結果。但從歷史的高度來審視，又何嘗不是那個愛開玩笑的歷史老人亂牽紅線的敗筆？歷史老人亂牽的「紅線」，不止是牽成了葉菲音和楊平章那樁無厘頭的婚姻，還牽成了國軍與金門的一頁愛恨交織的關係。

應該說是歷史老人從鄭成功和施琅先後由金廈進攻臺灣成功的例子中得到啟示，因而於民國三十八年上海淪陷前，便向蔣介石下了一步「毋忘在金」以阻中共攻臺的指導棋。幸賴天時、地利、人和的甜蜜交會，古寧頭一戰，揭開國軍與金門患難與共，唇亡齒寒的新頁，進而衍生出戰地政務和軍事戒嚴的體制。

新頁展開，就戰地政務而言，軍民是「魚水關係」（軍依民）；而就軍事戒嚴來說，軍民卻是「主僕關係」（軍管民）。這兩種矛盾關係，像「藤藤樹，樹藤藤」般，在金門島上牽纏幾十年，便牽纏出許許多多恩怨情仇的故事來。例如，在這個小說中所出現的：葉家在營區附近開設「振興商店」；林文光到金門服役並認識葉菲音；葉菲音成了當地文壇新星；葉菲音隨「國家建設參觀訪問團」到臺北，並作客林文光家；國防部總政戰部邀請學成歸國的林文光博士赴金門演講，並牽成葉菲音和王智亞相識；在地青年中尉政戰官楊平章因女自衛隊年訓而認識葉菲音……等，以及出現在這個小說之外的：「九三」、「八二三」等砲戰帶給金門的災難；金門民眾應無條件地支援軍事勤務；金門民眾沒有遷徙的權利；「八二三」砲戰後，政府大量疏遷金門民眾赴臺定居；金門子弟赴臺升學享有種種優待；金門民眾自衛隊參加臺北雙十國慶；金門成為三民主義模範縣；金門和對岸實施小三通……等，無一不是那位歷史老人亂點鴛鴦譜的傑作。

回到這個小說的本體，在結構方面，前有〈寫在前面〉，後有〈後記〉，中間以葉菲音為主軸，並沿著這條主軸線建築了一棟三進的大廈。第一進，從葉菲音的幼年到婚前；第二進，從葉菲音與楊平章結婚到婚姻破裂；第三進，從葉、楊分手到葉菲音帶著王若南返金掃墓「認祖歸宗」。整個進程，不急不徐、不緊不鬆，且有呼有應，環環相扣、脈絡分明。雖然，有些窗格花樣陳舊而重複，如幾場「床戲」中的部份細描；或有些門框略嫌粗糙，如葉菲音在短時間內成為當地文壇新星等。但因不礙大局，也就可以用小瑕疵來看待了。

陳長慶的小說，給人印象最深的，應是他那塊「第一人稱」的「陳大哥」或「陳先生」的老招牌。但在這個小說裡，不僅「陳大哥」和「陳先生」失蹤了，連葉菲音也不是用「第一人稱」的方式來講述自己的故事。這個安排，除了能方便講故事外，還能帶給老讀者一份破繭而出的驚奇與新鮮。

誠如陳長慶在〈後記〉裡說的：「我的作品除了貼近人生，更與這塊土地有密不可分的關聯。」所以，從這個角度來讀這篇小說，就有不一樣的「熱鬧」和「門道」可看了。

首先，金門在軍事戒嚴時期，只有兩個生活族群：即原島民和駐軍。雖然，前者單純，後者複雜，但人品無族群之分。所謂善惡美醜，都是個體現象，正如一堆芋頭裡，有好的也有壞的一樣，不宜一竿子打翻一船人。如楊母的尖酸刻薄，楊父的宅心仁厚，楊平章的無情無義、惡言鄙行，葉父的嫁女如賣豬，葉姐的忠厚老實，葉菲音的反貞行為，王智亞的見色亂性，政戰部那幾個「北貢」軍官的無聊言行等，都無法用族群的有色眼睛去分判。而最為金門民間所垢病的「臺灣豬」，也不是所有在金門服役的「臺灣兵」，都會對金門女孩「豬形豬相」地伸著「鹹豬手」。雖然，葉父發現葉菲音跟林文光去看了電影，便氣得吹鬍子瞪眼睛地罵道：「如果膽敢再跟臺灣兵出去，我就打斷妳的腿。」但林文光卻是個文質彬彬的君子。也許正因為這緣故，陳長慶有意要扭轉島民以往對族群——尤其是對臺灣兵認知方面的偏見，特地不讓葉父罵出「臺灣豬」三字？

其次，王智亞這位名作家在「耳順之年」，才得到一份飛來艷福的大禮，以及葉菲音不辭旅途勞頓，帶著幼兒王若南回鄉「認祖歸宗」這兩件事，也似乎可以從大、小兩個層次來想像。就小層次而言，前者的越軌行為，可以看作是對金門傳統民風的挑戰。而後者的「認祖歸宗」，則可看作是前面的過失贖罪（王的病死也是一種懲罰）。就因有延續祖宗香火的「大是」，所以，大家對葉菲音的「小過」就都不提了。就大層次而言，葉菲音在「娘家不理，婆家不愛」的悲情下，找到了王智亞這個感情出口。這跟金門當前政治環境下，為了自身的生存和發展，找到對岸這個出口（如金酒登陸、晉江引水）有何不同？王智亞有「飛來艷福」，金門有解除戰地政務和軍事戒嚴的喜悅。而王若南的「認祖歸宗」，跟一些金門「鮭魚」的回歸原鄉，和對「金廈一家」的認同，也有些相似。

小說的情節，讀者除了可以浮想聯翩地去捕風捉影外，也可當作普通的社會新聞，並由點到面的來看「熱鬧」。例如：「振興商店」有美女葉菲音當家，「生意」必然「興隆通四海」；某餐廳有葉菲音坐櫃檯，也必然有「醉翁之意不在酒」的客人，帶來「財源茂盛達三江」的榮景。女孩子在父母不合理的「戒嚴管制」下，賭一口「不會做老姑婆」的氣，貿然地嫁一個並不十分喜歡的男人，以致自食苦果的，世上決不止葉菲音一人。妙齡少婦鍾情一個雞皮鶴髮的單身名作家，且在風雨夜投懷送抱，像李自成引清兵入關那樣，「引得春風度玉關」的風流韻事，媒體上也不乏這種花邊新聞。葉菲音出嫁，死要面子的葉父在聘禮上獅子大開口，且不按禮數，來個大小通吃，吃得只剩下一個紅包袋做為回禮，也算不得是什麼大新聞（比起我國歷史上某皇帝娘，嫌客人的禮品不如意，硬到禮品店去換來一件滿意的飾物的故事來，真是微不足道啦）。楊家那個惡婆婆為報復親家公索聘太高，且吃相不厚道，回頭便以尖酸刻薄的惡言毒語來惡整剛進門的媳婦，古今也不乏先例。老公非但沒有憐香惜玉的心，且把懷孕的妻子當妓女來玩，這種有嚴重心理變態的男人，大概也不是絕無僅有。名滿文壇、道貌岸然的老作家，遇到美人坐懷，便在心裡朗講起「食色性也」來，也算是男人的常情常態了。但像林文光一家人對葉菲音的雪中送炭，情同骨肉手足，在現實社會雖是少見，可也不能說沒有。至於金門女孩在戒嚴時期的戰爭邊緣，為了躲避戰火及追求人生理想，希望能出走到臺灣去（包括嫁「北貢兵，以軍眷身分赴臺」），也可說是大時代的小插曲了。

以上各種形形色色的「熱鬧」，總歸一句話，是社會縮影的一角。雖然，有些「熱鬧」

看起來是某某人的「個象」，但把同類的「個象」集合在一起再放眼望去，便是個「群象」了。再者，有些「個象」儘管能帶給讀者一個「象外有象」的想像空間，並推演出一些「門道」來。然因小說裡的「個象」有「拼貼」的成分，所以，真的要去找一個人來「對號入座」，卻又會遇到「無號可對」的窘境。這或許是陳長慶要在〈後記〉中，特別強調「不認同」去「對號入座」的原因吧？

總之，《西天殘霞》這個小說，主要是呈現一些在這個特定的時空交會點上所出現的「群象」，用以反映某些價值觀念或客觀環境的轉（改）變。例如：在這個小說裡，完全不見砲聲的干擾，是否在暗示「戰爭已遠離金門」？又如：葉菲音跟王智亞的脫軌演出，就相當程度地意味著他們是有意地向金門的傳統價值觀念宣戰，而葉女的親友、鄰居，對她的「劈腿」行為沒有半句指責，這是否又意味著傳統價值觀念的鬆動與轉變？再如：島上的婚嫁，古早時候多採「童養媳，送做堆」的方式，以達節省費用的目的。到了半世紀前，為抑制國軍官兵和金門女孩結婚，且由於女孩走俏，民間遂私下訂出了「三八制」（八兩黃金，八千新臺幣，八百斤豬肉）的聘禮規矩。但葉父開出的價碼是：「十擔肉」、「十兩金」、「十萬元聘金」、「五百包囍糖」，另加三萬六千元「吃茶禮」；如果是「臺灣兵」，就要「一棟樓房」加聘金「五十萬」。所以，也可看作是「打破傳統向錢看」的一種轉變了。此外，在人物的刻劃上，最突出的應該是楊家惡婆婆母子倆。其餘如葉父、王智亞、葉菲音等，都能給人留下深刻的印象。張志民雖只上場晃了幾下，筆墨雖不多，卻寫得神氣活現。只是，王智亞和葉菲音的文才，沒有用作品做直接的展示，可謂美中不足。而楊家惡婆婆嘴裡吐出的「寫那幾個字（指投稿）又能賺多少錢？」就有點不合人物的生活背景了。惟從呈現一個特定時空裡的部分「群象」這個大目標來看，這個作品已完成了它的使命了。

原載二〇〇九年二月七日《金門日報．浯江副刊》

雲下風兒慢慢吹
——《西天殘霞》後記

陳長慶

寫完《西天殘霞》，我非但沒有脫稿後的喜悅，反而有一份難以言喻的挫折感。因為我必須遷就現實，在序幕將啟時，先做無謂的聲明。即使每位筆耕者都有自由思想和創作的權利，但偏偏就有一些喜歡任意臆測或代人對號入座的無聊人士。對於那些假裝清高的「仁人君子」，以及少數不學無術的「知識份子」，我是相當不認同的。雖然不想與他們計較或一般見識，但實在是難掩內心的憤懣。套用石原慎太郎的名言：「你們都不瞭解我，這些笨蛋！」

大凡有點文學概念或熱愛文學作品的朋友都知道，小說除了寫實外也可以虛構。作者往往會從其週遭的生活環境，或人、事、物去尋找創作的題材，復透過縝密的思維和想像，呈現出悲天憫人的襟懷。米蘭・昆德拉在《小說的藝術》裡曾經說過：「小說家之所以創作，乃源於描述人類存在狀況的那份熱情。」而隱藏在我心中的那份「熱情」，雖不是與生俱來，但卻是我長久以來親身的感受和領悟。

儘管小說有不同的敘述觀點，各家對它亦有不同的詮釋和書寫方式，然而，文學既然反映人生，相對地也必須取材於人生，一旦背離人生，非但會減弱它的可讀性，勢必也難以引起讀者的共鳴。假若光憑文字與文字的堆疊和組合，不僅不能感動自己，又豈能感動別人？故而，我的作品除了貼近人生，亦與這塊土地有密不可分的關聯，它似乎也是多數讀者能耐心地把它讀完的主因。因為裡面融入我太多太多的鄉土情懷。倘若沒有這個歷經砲火蹂躪過的島嶼，以及這片生我育我的土地，焉能有我文學生命的延續？因此，對這個孕育我成長和茁壯的島嶼，我不僅時時刻刻懷抱著一顆感恩的心，更與它衍生出一份血濃於水的深情，以及不可分割的臍帶關係。甚至我蒼老的面龐，亦烙印著與這片土地親密接觸過的痕跡……。

誠然我並非是悲情的塑造者，但是，當故事的情節需要做某種敘述與鋪陳時，我絕對不會輕易地放棄文中的一字一句。或許，那些躍動的文字，就是源自我心靈深處誠摯的呼聲，我沒有割捨它們的理由。劉鶚在《老殘遊記》開宗明義地說：「吾人生今之時，有身世之感情、有家國之感情、有社會之感情、有宗教之感情。其感情愈深者，其哭泣愈痛。」而今即使我們身處在一個文明的社會、不一樣的年代，然若想免於遭受感情的牽絆卻不易。尤其是男女之情，更是撲朔迷離、錯綜複雜，讓人有難以捉摸和想像的感慨。

基於此，我自信文中的某些情節，雖然有繾綣纏綿的情景，但卻是萬物之靈的人類內心自然的反映。如此的描述，或許與傳統的保守觀念扞格不入，但並沒有悖離當今這個開放的社會，因而，我的內心感到坦蕩。往後的創作中，如果文中的情節需要我做某種詮說和描述時，我依然會以類此的筆觸來書寫，絕不會受到那些「假道學家」的影響。當《西天殘霞》在《金門日報・浯江副刊》連載期間，我內心的確有太多太多的感觸，倘使天邊那絲微弱的光線，是引導我邁向文學這條不歸路的光芒，然它又能在這個紛紛擾擾的人間停留多久？或許，只要短短的一剎那，就會被無情的黑夜吞噬。而此時我心中的霞光已殘，吾亦已年老，願西天那些兒殘霞能激發我更多的創作靈感，而不是我文學生命的終結。

置身在這個多元化的社會，以及學歷掛帥、文學獎充斥的文壇，似乎要擁有高學歷或得個什麼獎，其作品方能受到肯定，寫出來的文章才稱得上是主流文學。儘管復出數年來我努力不懈、創作不輟，甚至付出異於常人的代價，但仍侷限於自身學識的不足，依然停滯在舊有的窠臼，距離完美尚遠。可是繼而地一想：雖然沒有任何獎項加身和傲人學歷可炫耀，但是我卻擁有許許多多的朋友和讀者，他們的鼓勵和指正，才是我持續不斷創作的原動力，因此，除了感謝他們外，自己也備感窩心。

如今，無情的歲月已輾過我金色燦爛的青春年華，接踵而來是生命中的黃昏暮色，讓人有無限的感傷！即便此時此刻我眼已花、筆已鈍，原本熾熱的心湖早已成為一泓冰冷的死水，不久勢將隨著年華的老去，讓靈身化成白骨，復經風霜雨雪的腐蝕而回歸塵土。然則，無論還能在人間遊戲多久，文學仍然是我此生的最愛，趁著腦未昏、手未顫的此時，我會把握當下的每一個時光，一步一腳印，義無反顧地走到它的盡頭……。

二〇〇九年新春於金門新市里

回顧與展望

——《攀越文學的另一座高峰》自序

陳長慶

《攀越文學的另一座高峰》是我近幾年來為兩岸十位作家的十三本著作，撰寫的一點感想。除了大陸作家張再勇先生的《金廈風姿》直截了當地以「跋」相稱外，其餘各篇均以「試論」稱之。至於諸家要把它擺在前頭當「序」，或放在後面作「跋」；抑或是放在前面當「代序」，擺在後頭作「讀後」；甚至不盡君意而「大動刀斧」或「棄置一隅」，我完完全全悉聽尊便。因為替人寫序或做跋，都不是我這個不學無術、名不見經傳的老年人可勝任的。雖然蒙受諸家的青睞和囑咐，讓我抱持著恭敬不如從命的心態勉強為之，但內心依然感到惶恐，一方面深怕辜負諸家的期望，另方面惟恐被那些「飽學之士」譏諷「自不量力」。然而，當這些作品在報章刊載時，卻也得到許多鼓勵，無形中為自己增添不少信心。諸家出版的各書，也正式登錄在「國家圖書館出版品資料庫」裡，並在海內外各大書店行銷。張再勇先生的《金廈風姿》，更成為二〇〇八年「第三屆世界金門日翔安大會」指定贈送與會貴賓的書刊之一，的確是與有榮焉。

金門雖然是一個蕞爾小島，但有其獨特的歷史文化與風土民情。筆者所介紹的十三本著作中，無論是文學創作或文史書寫，諸家均以不同的觀點來詮釋逐漸式微的島嶼文化。無論題材的選擇或題旨的呈現都頗具匠心，亦同時融合著濃厚的鄉土色彩。其可貴處正因為他們均能把握住文學創作與文史書寫的要旨，並以虔誠之心來為浯島的歷史文化與民情風俗作傳承。

即便部分文學作品均取材自週遭的人、事、物，倘若以嚴肅的文學觀點而言，如此的文本或許略顯平凡，但別忘了平凡的行為與思想，卻往往會映現出許多偉大的情操。故而，我認為這本書的出版，除了對有志於文學創作與文史書寫的朋友有鼓勵的作用外，亦有它不同的存在意義。

回顧四十年前，當我還是一個文藝青年、並服務於防區最高政戰單位時，便涉獵到許多關於文學與藝術方面的理論書籍。譬如：劉勰的《文心雕龍》，克魯齊的《美學原理》，朱光潛的《文藝心理學》，姚一葦的《藝術的奧祕》以及《詩學箋註》……等等。儘管侷限於自身所學不足，缺乏深厚的文學根柢與外文能力，讀來不僅分外甘苦，卻也只一知半解，如果沒有親歷其境，是難以體會箇中滋味的。尤其是美學與哲學上的專有名詞或西洋文學典故，對我來說更是深奧難懂。復經不斷地向方家前輩請益，又查閱《西洋哲學辭典》，雖仍不能完全領會，但久而久之，似乎也從其中獲得不少寶貴的知識。它也是促使我往後對評論性文類至感興趣以及嘗試書寫的主因。之後並有十篇不成熟的「試論」文章，先後發表在謝白雲先生主編的《正氣中華日報．正氣副刊》與吳東權先生主編的《青年戰士報．新文藝副刊》，復收錄於一九七二年由臺北林白出版社出版的第一本文集《寄給異鄉的女孩》乙書裡。

輟筆二十餘年後重回浯鄉這塊文學園地，即便我仍以小說與散文創作為主，餘暇也寫了幾首〈咱的故鄉咱的詩〉，反而是爾時最感興趣的評論性文類未曾去碰觸。誠然，如以高標準的文學觀點來說，「評論」兩字對一位僅只讀過一年初中的老年人來說，似乎是沉重了一點，說它們是「讀書心得」可能較貼切。

然而，不管用什麼方式來詮釋，畢竟這些文字是出自自己笨拙的手筆，好壞必須由自己承擔。如今，儘管無情的歲月已輾過我燦爛的金色年華，但值得安慰的是爾時汲取的那些知識，並沒有隨著時光的消逝而荒廢，迄今仍然隱藏在我記憶的最深處，一旦加以思索，它們就會像琴鍵上的音符，快速地在我欲表達的字裡行間躍動。

倘若年輕時沒有歷經那段「山谷歲月」的薰陶，並親眼目睹少數高官的醜態，以及社會的現實和人情的冷暖，豈能寫出《失去的春天》和《日落馬山》；如果沒有異鄉友人購贈好些書籍讓我充實自己、彌補我學識上的不足，往後勢必沒有我文學生命的延續。因此，時隔多年後，儘管歲月遞嬗，物換星移，人事已非，但我仍舊懷著一顆感恩的心，無論是太武山谷的一景一物，或異鄉女孩純純的友誼，依然牽懷託形在我午夜的夢魂中。

二〇〇三年六月，與我相識三十餘年的摯友黃振良老師著作的《金門戰地史蹟》出版後，有鑑於這本書是不可多得的文史作品，便以〈烽火的圖騰與禁忌——試論黃振良的《金門戰地史蹟》〉來推介這本融合著文學與歷史的佳作。該文在《金門日報・浯江副刊》刊載後，又蒙「國家圖書館」出版的《全國新書資訊月刊》轉載。《金門戰地史蹟》這本書，除了深獲讀者肯定、各界好評外，更打破文化局「贊助地方文獻」出版品再版的紀錄。雖然該文早已收錄在我的散文集《時光已走遠》裡，但為了讓它歸類，遂把它釋出放在本書裡，此舉並非充斥字數來矇騙讀者，務請諸君見諒。

即使〈烽火的圖騰與禁忌〉是我重涉評論文類的開始，但我的筆調卻作了重大的改變。只因為我書寫的並非是學術性論文，自己亦非是科班出身或學有專精的評論家，往後關於此類作品，都抱持著鼓勵重於批評的原則，三十餘年前那股得理不饒人的「草包」性，已完完全全被歲月的酸素腐蝕掉。

或許，一句鼓勵的話能讓人感到溫馨，能激發一位作家持續不斷的創作能量，而一句不妥的言詞卻往往會造成不能彌補的憾事，甚至傷人自尊而不自知。當我領悟到這些真理時，可說為時尚不晚，因為我已陸續完成十餘篇「試論」之作，其中似乎也看不到一些尖酸刻薄的文辭，除了對諸家的作品表示肯定和鼓勵外，唯一的冀望是他們能源源不斷地創作，不僅為自己而寫，也同時為我們的子子孫孫而寫，更要為這塊歷經砲火蹂躪過的土地而寫！

讀者們都知道，文學有小說、散文、詩歌與戲劇等文類，每位作者的書寫方式不同，讀者對它的賞析和解讀亦有所差異。在我的感受中，無論是哪一種文類，只要作者投入誠摯的情感，把自己所思所想或親眼目睹的瑣事與景物，一字一句地透過自己的筆端書寫出來然後成章，那便是可貴的。

而此時的社會，眼高手低、空有滿懷理想、又喜歡作無謂批評的人可說難計其數。如此之「社會人士」又能寫出什麼驚天動地的曠世之作來回饋這塊土地？回顧自己多年的創作過程中，曾經有一種幼稚的想法，總認為自己的作品與主流文學尚有一段距離，縱使出過幾本書，也只是一些難登大雅之堂的習作而已，於是一份無名的自卑感打從心靈深處油然而生。儘管我認識的詩人、作家、學者、藝術家無數，彼此間誠摯的友誼也建立在文學的共識與相互尊重上，但在自卑感的作祟下，自己彷彿矮人一截似的，與他們相處在一起時，始終有一份莫名的疏離感。

然而，當歲月的巨輪輾過我六十餘年的日月晨昏時，不僅讓我體會到事非如此，甚至發現自己後期的部分作品亦曾將這塊土地獨特的歷史文化與風土民情融入其中。如果與這座島嶼沒有任何淵源，如果沒有和它衍生出一份血濃於水的深厚情感，是難以把它書寫成章的。而那些長久與這塊土地疏離的學者專家們，是否真能把這座島嶼作完美的詮釋，卻也不盡然。因此，我以生長在這座小小的島嶼為榮，這片敦厚樸實的土地，也就是孕育我成長的母親。

總而言之，在這段自我摸索的創作過程中，我冀求的是讀者諸君與鄉親父老的認同，而非那些不實際的虛名。只要不是東抄西湊、人人欲誅之的「文抄公」就好，至於自己如何被定位，作品如何被歸類，並非某些人說說即可算數，就讓我們的後代子孫與永恆的歷史來定奪吧！

縱然，此時已是我生命中日暮黃昏的暗澹時刻，但不管來日尚有多少時光，還能在這塊生我、育我的土地遊戲多久，寫，仍是我此生不二的選擇和堅持，絕不輕言輟筆。爾後的創作方向和目標，依然會以這座島嶼為出發點，我將義無反顧地蘸著自己的血淚書寫金門——

寫出浯鄉農村田園與湖光山色的純樸和秀麗。

寫出被砲火蹂躪過的悲傷情景與和平的展望。

寫出這座島嶼讓人稱頌的人文歷史風土民情。
寫出低俗齷齪的選舉文化和醜陋的政客嘴臉。
當然，還有對這片土地以及鄉親的愛和關懷……。

二〇〇九年五月於金門新市里

玩票的詩情

金筑

在人生際遇的變換中，會有許多特殊充滿溫馨的片段，這些尺寸可能不太大，卻富深度感情的經歷，往往令人一輩子難以忘懷，深烙記憶，在夜靜寂寞的迴景中，反芻出甜甜的滋味，縈繞心靈深處不已。如像童稚時的美夢，初戀的矜持，故鄉的情結，老友的把盞……等，都是難以從心境抹煞的。哪怕這些片段曾有痛苦的折磨，生死的交替，慘痛的經驗，在想像的角度都是美麗非凡，成為描繪人生藝術的特寫。這樣的過往不但令我們難忘，銘刻心境，化為生活中的感嘆、笑談、歌詠，或與朋友作非驕傲的語敘，是永恆的，不褪色的，太美了。

我一生難忘的片段太多了，抽出一帖最難釋懷的畫面，呈現它的姿影，一定會有太多的節奏引起共鳴。那應該是莊嚴神聖不可磨滅的經歷，就是我曾前後二次進住金門八年。第一次到金門是民國六十一年，那時還在軍中服務，只住了一年。當我得知要調到金門士官學校任職時，許多朋友都為我耽心，以為調到金門是「風蕭蕭兮，易水寒」，太危險了。當時雙方戰火一觸即發，兩岸僵持在「單打雙不打」的遊戲規則上。金門是戰地，的確我真有「壯士一去兮，不復還」的心情。第一次聽到砲彈從頭上呼嘯而過，我並不害怕，只感覺非常刺激。我冒著危險，撿拾打過來的宣傳單，看看說些什麼，其實不過如此而已。

此其時，《葡萄園詩刊》的主編曉村兄也調到金門服務，詩人明秋水兄正主持《今日金門》的編務，現任《葡萄園詩刊》副社長魯松兄在料羅野戰醫院任副院長之職，謝輝煌兄在金防部任幕僚。未到金門之先，以為戰地會更寂寞孤單，無法排遣時日；殊不知群英在戰地相逢，格外熱絡，另有一番滋味。後來認識《金門日報》的副刊主編謝白雲兄，又與文友黃龍泉、陳長慶相識，那時他們都是翩翩少年，居然也躋入作家之列，真令人妒嫉。到了假日，群賢聚集在一起，談詩論文，儼然竹林雅士，特別親切。眾家英雄的相逢，增添愉快的情趣，使金門的文壇熱鬧起來。可惜只有一年就揮別了，然而內心的愛戀卻朝朝夕夕難以忘記。

第二次到金門是民國六十四年，分發到金門任教，又與詩人郭緒良兄認識，他在政委會任監察室主任，相當忙碌，但談詩論文，精神百倍，通宵達旦。見面總有許多說不完的話，內容都是詩文。有時長慶邀我們到他家小酌一番，仍浸泡在創作的話題裡。真個「酒逢知己千杯少」，每次聚會都盡歡而散，想不到到了金門更多彩，情緒更新鮮。長空呼嘯而過的砲彈，給文人多一份寫作的題材，豈是一般人能體會的。

後來長慶在山外主持「金門文藝書報社」（現更名為長春書店），由於經營得法，生意興隆，業務蒸蒸日上。我每週要到山外教會聚會，聚完會，鐵定要到他的書店打個照面，交換寫作心得，看看有何新書上市，見面時間雖不長，打一個問訊，閑談幾句話，情誼更友善，彼此更了解。我在金門任教七年，因此了解長慶是一個誠懇、爽直、重視友情的人，他是一個苦學的青年，對文藝的愛好有相當的執著，是一個腳踏實地的生意人，也是個讀書人。

民國七十一年我回到臺灣，我們僅在臺北市見面過一次，以後除了保持連繫外，友情在沉默中保溫。每逢過年，他寄來漂亮的賀卡，鞠躬是禮貌的問候。有一年的賀卡他這樣寫道：「證明我沒有忘記你！」溫暖、窩心；我也回函致謝，所謂「秀才人情」是也，心意的密合妥貼美麗。當我訪問大陸歸來，也將心得簡單的向他報告，讓他知道我仍活得還可以。

長慶的散文、小說，二十年前在《金門日報》經常讀到。他的文章情感豐富、技巧清新，對時代的脈動掌握很準確，鄉土的描繪深刻入骨。在此，有關散文小說部分我且不論，只將他的詩作評介。許多有名的文學創作者都有一個共同的現象：就是從詩入門，在詩的圈子裡混了一陣子，發現自己的性向或其他的原因與詩的調子不符而轉向，如像胡適就是一個標準的例子。再如徐訏、彭歌、張秀亞等，太多了，長慶也是其中之一，大概他不願作窮詩人而「情」才另有所鍾，這樣的情形我們都能理解。

我要評的詩只有兩首：一首是〈慈湖行〉；另一首是〈走過天安門廣場〉。前一首發表於《正氣中華日報・料羅灣副刊》，是六十一年十一月四日；後一首發表於《金門日報・浯江副刊》，是八十五年七月二十日。兩首詩相隔有二十四年之遙。

〈慈湖行〉，這首詩有一副標題——「兼致牧羊女」。從發表的時間來看，顯然的，它不是抒寫桃園大溪的「慈湖」，而是金門的一個風景點，與「雙鯉湖」緊靠在一起的「慈湖」。這個風景點不大，本來不起眼，經過國軍長城部隊的規畫、施工，竟成了名勝之一了。

第一節這樣發抒：

就那麼簡單地為了一個理由
不到慈湖心不死在我腦裡長久地激盪著
源自二杯陳年老酒
……

作者生在金門，長在金門，可能對開發出來的風景點「慈湖」還未遊覽過，卻長久嚮往，而致「心不死」，使人想到「不到黃河心不死」有異曲同工的妙感，這是作者的激情非常純真。

第二節是：

慈心慈孝易君左
慈堤長城雙鯉湖
夢娜麗莎的微笑遠不及你底美

「慈心」、「慈孝」是兩座亭子，由學人易君左先生題名，他是一個講求孝道的人，因這兩座亭子，使「慈湖」文靜秀美。「慈堤」、「雙鯉湖」都是長城部隊的傑作，將夢娜麗莎的微笑來誇耀慈湖，這是主觀的感受，不過，可以叫人審視出慈湖靜態的麗姿是相當動人。作者的筆調刻畫到了深處。

在你柔情的波濤裡
我情願是一條水草

這種感受完全是詩人的情懷。「柔情」與「波濤」看來並不搭調，也不能協和，抑揚的情緒是主觀的反映，旁觀者可能無法領會，微妙的情懷，要深刻的心靈才能產生回響。「我情願是一條水草」，這是詩心柔順細緻的表現，也是詩情的一種展示，給人美麗、可愛的印象。

慈湖啊美麗的慈湖
當你底堤畔長滿了青草
我會再來
因為我還未見到那群可愛的羊兒
而牧羊女蟄居何處
怎不見她手持青杖底倩影婆娑

詩情到了最後，迴峰一轉到牧羊女的倩影上。牧羊女是金門的一個女作家，常有散文小說在報章雜誌發表。當年大家都是青春活躍，在飛騰的年代，作者與牧羊女經常彼此切磋，超然的詩情在堤畔逐水草築夢，婆娑的倩影與作者等待的心情倒成了這首詩的焦點，這是純淨的表現，隨讀者深思忖度，如何最恰當、最妥貼都可以。

另一首詩是〈走過天安門廣場〉，也有一個副標題——「兼致古靈」。天安門廣場是北京故宮前的一個大廣場，幾百年來全國的許多大典慶祝集會都在此舉行，這個廣場相當的大，初到這兒的人往往分不清東西南北，本人曾多次到廣場漫步，到現在為止，必須仔細思考才能辨明方向，非怪作者一開頭就說：

走在天安門廣場
怎麼搞不清東南西北
……
南邊是人民大會堂
（或許是北邊）
東邊是革命博物館
（或許是西邊）

的確，中國太大了，歷史太悠久了，走進天安門廣場就如走入中國的歷史，常常叫人迷失方向。我經常到臺北外雙溪的故宮博物館參觀，當我步入青銅器室，遠古的器物琳瑯滿目，美不勝收；邊欣賞邊讚嘆，又看到甲骨文，再又……因展覽室構思巧妙，轉來轉去，走失在展覽室內，轉不出來了；如進了八陣圖，甚至轉到了入口處，又再轉進去，細察明思，好容轉入線索，耽誤時間，因而懊惱、好笑。感覺中國太久遠，太大了，不仔細思考分辨，會迷失自己，摸不清方向。

那躺在水晶棺裡的老者是誰
那覆蓋著五星旗的老者又是誰
岸的這邊咒罵他是梟雄
岸的那邊歌頌他是英雄
夫子們啊你們從歷史來請回歸到歷史
老者已蓋棺是功是過
何以遲遲不下定論

中國的歷史常使人迷失。有的人迷失是不讀歷史，有的人迷失是少讀歷史，有的人迷失是誤讀歷史，有的人迷失是錯誤歷史，有的人選擇自己喜歡的歷史來讀，不喜歡的就揚棄，有的人博而不精，有的人精而不博，有的人戴著特製的眼鏡來讀，有的人是瞎子摸象，有的人俯瞰卻缺知細微，有的人讀中國歷史卻不讀外國歷史，許多英雄豪傑的癥結常在這些盲點上。老者已蓋棺，不錯，不是未下定論，人心早已下定論了；不過，環境尚未走入歷史，還在現實中飄浮，居於現實的考量，群眾未敢直言表達罷了。過去寫歷史大都操在帝王手中，改朝換代，由開國君主左右歷史，像「崔杼弒其君」的史家太少了。像司馬遷那樣的鐵筆也太少了，因此才有「成則為王，敗者為寇」的說法。今天的歷史則不然，一人不能遮天，日本人在寫中國歷史，美國人在寫中國歷史，德國人在寫中國歷史……。這些國家寫的歷史，可以給歷史一些正確的佐證。當年慈禧太后垂簾誰敢批評，誰敢說一個「不」字；今天慈禧的棺木已朽，後人給予無情的鞭屍。因此，此時此刻走入天安門廣場迷失是必然的。

走出天安門廣場
那醉人的容顏讓我不忍心離去
而歲月不再倒數計
決堤的淚水該流向何處
是長江是黄河
或是遙遠的天國

揮起顫抖的手
想說聲再見也難
別了天安門
何年何日再擁抱你
這片屬於我們的泥土

作者是一個愛國者，離開天安門時真不知淚水該流向何處？內心複雜矛盾的心情表露無遺，才會「揮起顫抖的手」。的確「想說聲再見也難」。作者的心情是真摯的、沉重的、純厚的，豐富的愛國情操言於詩表，是無瑕疵的赤子之心，太可愛了。

這兩首詩非常純粹，〈慈湖行〉情深而含蓄，真誠而不俗套，是自然的流露，詩句沒有刻意雕琢，掌握了主題的焦點，如果會欣賞略略有點愁緒。此詩也曾在《葡萄園詩刊》四十三期發表，詩人文曉村在該期「葡萄園詩話」中評論為「表現最為突出，是佳作中的佳作」。〈走過天安門廣場〉是作者心情赤誠的坦露，絕不是白痴或者色盲，而是對歷史的憂心，有強烈擁抱故土的意願。這兩首詩寫得很好，可惜長慶寫詩是玩票，不然，詩壇上將會有一顆更閃亮的星星。

原載一九九六年十二月廿六日《金門日報・浯江副刊》

（〈慈湖行〉與〈走過天安門廣場〉二詩，收錄於《再見海南島・海南島再見》）

＊本文作者金筑先生，本名謝烱，貴州貴陽人，曾任教於金門烈嶼國中。著有：《金筑詩抄》、《上行之歌》、《飛絮風華》等書。現任《葡萄園詩刊社》社長、世界華文詩人協會理事、中華民國新詩協會理事、中國詩歌藝術學會理事。

在地情懷，在地詩

——試讀陳長慶六首在地觀點的「金門話」詩

張國治

人到中年後，不免常多憂多思、多回憶。尤其對於年少即白髮早生、現今已過半百歲月的陳長慶，每天思考、回憶多於勞動的小說家而言，在他急著為故鄉人、事建檔，為中年以上鄉親慢慢流失的母體共同記憶記錄之後，他不免有更多滄桑。加上對故鄉一往情深，他的回憶頻繁，他的敏銳多情，感時傷景確實比別人多了一些，他如老牛般每天鎮守著書冊堆積如山的店面，在狹窄通道中穿梭，眼觀前面，耳聽八方，靜默伏坐電腦螢幕前閱讀、寫作。

小說家寫詩與純粹詩人不同，思考也比一般人不同，小說中的現實性、戲劇性、故事性，語氣口語化、段落行氣轉接等，不自覺導入詩中。他的現實性直接、諷諭也比那些講求音韻、聲籟，遣詞鑄字，講求含蓄、隱喻、濃縮的純粹性詩人來得強烈。

陳長慶發表這些詩，作為他多年的友人，我的直接感受：他的出發點並非為了當詩人，他是有著有感而發，有話不吐不快的心情，從對家鄉的愛出發，他植根於對時局的感受，對家鄉政治環境的變遷，世風流俗的易變，人心不古，戰火悲傷命運的淡化等子題關注，企圖匯成一個家鄉情懷的議題進行書寫。所以，特別選擇這種分行，類對句對仗、俗諺，類老者口述、叮嚀，類臺語老歌，類臺語詩的文類……等混合形式，鋪陳一股濃濃的鄉土情懷。以這種更見質樸的在地金門情感，向讀者宣示：「這就是我陳長慶敘事、表意的方式，我手寫我心」吧！因之〈咱的故鄉咱的詩〉這樣的訴求，變成了他詩創作的主軸及意旨。

讀罷他給我的六首詩影印稿，我忽然想起，明清以降迄民初的說書人，或地區耆老口述叮嚀，苦口婆心的神態，我猜想寫詩時的陳長慶，非只僅於老神在在，甚且，時有愁容；或者，我也總聯想起，臺灣笠詩社那些常發諸筆端議論政治、嘲諷時局的政治詩，臺語歌中那些淒迷、黏膩的情調……。可是，我有時卻不免浮現愛爾蘭吟唱詩人，那種清音的獨吟，有一些敘述，一些旋律緩緩吟唱的模樣。不過，仔細閱讀，他的金門口音、口語化，文字化為聲籟之後，究竟還是與一般臺語詩不同，有一些詞語必須轉化為金門話才懂，此外，他的這些詩均具有如歌的特質，有對句及朗朗上口的遣詞用字。

或見溫婉，或見現實思考的折衝，或見意象頻繁的閃爍，或見憤怒的口語，或見無奈的敘事，最後更可見老者般殷殷的叮嚀，或一種幽幽的清唱。

例如在：〈今年的春天哪會這呢寒〉首段：「今年的春天哪會這呢寒／黑陰的天氣咻咻叫的風聲／無人的車站冷冷的街景」。由金門話轉譯，以非常口語化的語境鋪陳，然而，金門口語化的詞意轉化成漢字之後，也不失意象之美，如「黑陰」、「咻咻」、「冷冷」的形容詞，仍見他使用意象之準確。不過，究其詩，長慶絕非唯美純粹主義，他在純粹描景及意象的營造之後，他仍會拉回到現實的批判，如來一段：「夭壽大陸仔／一斤芋賣十五三斤蚵賣百五／明明要絕咱金門人的生路／想要搰力來拍拚嘛無撇步」。〈今年的春天哪會這呢寒〉以反映當前小三通，金門窘境的一段警語，一些用詞，要用金門話來唸才能懂，如開繳場（賭場）、數想（妄想）、通啥撓（通什麼？）確然增加一些非熟悉閩南語人士閱讀的困擾。這種書寫方式，非僅於七〇年代鄉土文學的精神延續，臺語詩的影像或也可視為另類普羅、後現代現象吧！

再者，如〈故鄉的黃昏〉與〈今年的春天哪會這呢寒〉，可見臺語歌詞的潛移影響，一如〈惜別的海邊〉、〈今年的春天哪會這呢寒〉、〈黃昏的故鄉〉、〈港邊春夢〉中的情感。試讀如下：「日頭照佇碧波無痕的水面／閃閃的金光浮佇咱的目睭前／湧拍石頭的輕聲／海鳥回巢的身影／親像老人失落的心情／啊故鄉的黃昏／怎樣無聽著蟬仔聲／怎樣無看著塗猴影／……。」像不像一首「傷它悶透」（sentimental）感傷的臺語老歌？此段意象自然精準，情感直接感人，但其後意象逆轉，又回到現實的批判，鄉土的命運敘述，現實的對照，以及對故鄉的煩憂之書寫，如「想起彼一年黃昏的故鄉是火海一片」、「清平是古厝牆壁一句一句的標語」、「甘苦的日子已經過去囉／悲傷的目屎嘛已經流完／啊故鄉／咱的前途是無限的光明」、「一隻一隻的紅娘仔佇咱門口埕閃爍／美麗的遠景袂閣浮上海面／啊這呢水的故鄉夜景／這呢靜的故鄉月夜／未來是光明在望／抑是前途茫茫……」。〈故鄉的黃昏〉詩末仍是以感傷的調性來收尾！

然而，現實中的抒情調性並沒有貫穿他的詩書寫。〈某政客〉側寫金門「民代」生態：「看著有錢人遠遠著點頭／看著甘苦人一步無走到／用錢買官做人格隨水流」，大量的諷喻，針對故鄉的政治生態，極力的批判，是官場現實錄的警世錄；在〈戒嚴前後〉則以自身工作（經營書店）受到不同政黨政治迫害，人身的不安全為感嘆！〈了尾仔囝〉諷喻敗家子，養子不教誰之過的感嘆！替慶伯仔飼子飼到敗家子感到心酸；〈咱主席〉則是諷喻時局執政黨會變，但為民喉舌，以德服人，敬老尊賢的政治家則不受改變，此詩正面歌頌，另面諷刺一般政治亂象，透過抗議的鄉親一段回答：「報告主席無代誌／是人叫阮來／毋是阮愛去／中午十二時／領到便當礦泉水／阮著欲轉去」，透過主席「搖搖頭／吐吐氣／這款叫政治」對金門目前政治生態刻劃諷刺至極。

綜觀陳長慶六首詩，有其可觀的現實觀點，卻受到題裁的限制，不免流於冗長的敘述，或見未經裁剪的部份。但一如我之前所言的，他其實借用詩的形式來一吐胸中塊壘，或說他是一位現世的詩人，他對鄉土的關懷，致使他急於對現實針砭、諷喻！這恰恰讓他傳遞了一個世紀末邁入二十一世紀離島在地的鄉民情懷，屬邊緣而真實的島上居民存在情境！

所謂「在地觀點」的意義也在此。

原載二〇〇二年九月二十六日《金門日報‧浯江副刊》

（陳長慶六首在地觀點的「金門話」詩，收錄於《木棉花落花又開》）

金門文學現狀淺見（摘錄）

陳慶元

金門文學作品的題材是很廣泛的，既有戰爭，也有鄉愁；既有臺灣的社會形態，也有大陸的風情，還有海外漂泊的描繪；既有男女情感的糾葛，也有金門島居生態的美景，還有這個海島的歷史故事。我們認為，金門文學目前最值得注意的一是戰爭的題材，一是兩岸之間的交往以及交往中金門的地位。也可以說，這兩類作品也是金門作家和海內外都十分關注的。

金門島距離大陸不算太遠，由於受到潮汐的影響，在軍事上有著特殊的意義。明鄭時期，鄭成功憑藉金門諸島，與清軍周旋二十年，金門文學作品時也有關心這一歷史時期的。但是，金門文學關心更多的是一九四九年之後兩岸的攻與守，關心的是長達數十年的炮戰和對峙。由於兩岸意識形態的不同，對於攻守和炮戰的認識不同，金門作家所描寫的戰爭，在一定程度上，大陸的讀者不一定能完全接受，但攻守、炮戰和對峙畢竟是一種歷史的事實，金門作家對攻守和炮戰的描寫，我們在一定的程度上也可以理解，因為，不管是何種戰爭，死傷都是難免的。經歷了數十年戰爭的金門作家們無一例外，都在祈求和平，都祈求兩岸不再發生戰爭，大家都是炎黃子孫，金門島與廈門島，金門與同安，金門與閩南和福建，金門與整個祖國大陸，有太多太多的淵源，有太多太多的血脈聯繫，我們很理解這種美好的願望，因為，這一願望也是我們大家的願望。

但是，文學作品畢竟不同於教科書，它展現給人們的不應僅僅是戰爭的場面以及兩岸的恩恩怨怨而已。社會生活是複雜的，攻與守，炮戰，對峙，生活在那個時期的每一個人面對所有的一切，心理也是複雜的。我們很高興地得知，陳長慶先生的《走過烽火歲月的金門特約茶室》近日已經面世。這部小說集收集了作者有關特約茶室的多篇作品：〈祭〉（一九七〇）；〈再見海南島・海南島再見〉（一九九六）；《日落馬山》第三章〈離島特約茶室檢查〉、第五章〈安岐機動茶室的設立〉、第七章〈特約茶室特約部籌設與關閉〉、第九章〈山外茶室槍殺案件與沈姓私娼處理事件〉；〈將軍與蓬萊米〉（二〇〇五）；〈老毛〉（二〇〇五）。這些作品除了〈祭〉寫於一九七〇年，其餘各篇均作於一九九六年以後，而且大多作於近兩年。

「特約茶室」，或稱「軍樂園」，或稱「八三一」，其實都是軍妓的代稱；軍妓個人則稱「侍應生」。「侍應生」的挑選有嚴格的程序。《走過烽火歲月的金門特約茶室》的作者陳長慶曾承辦特約茶室業務多年，處理過許多突發事件，知道不少其中的內幕，瞭解許多「侍應生」的身世背景以及鮮為人知的動人故事，因此這部小說集的情節也就特別動人。八十年代末「軍中樂園」解散，事過境遷，隨著兩岸軍事對峙的結束，從此走向理性的交往，陳長慶先生以冷峻的眼光重新審視過去的歷史，跳出以往金門作者記述描寫的藩籬，賦予了戰爭題材新的內涵。軍人與「侍應生」最後結成連理者有之：「我們生長在一個純樸的小島嶼，墨守著傳統的道德文化，但男女間感情的衍生，有時也會突破傳統的束縛，因此金門人與侍應生結成連理的也有好幾位。她們結婚後定居金門，勤儉持家、相夫教子、侍奉公婆，過著幸福美滿的生活。」軍人與侍應生反目成仇者有之：「侍應生雖然出身貧寒、歷經滄桑，但亦有自己的自尊和想法，並非見到男人就想委身；儘管配對成功者有之，但未能如願者卻占多數。坦白說侍應生以色斂財者為數也不少，一旦她們食之有味、不知節制，企圖飢附飽颺，倘使讓恩客揭穿她們虛偽的面目，雙方又沒有充分溝通和妥善的處置，往往會有人失控的時候，勢必以激烈的手段相向，造成無法彌補的憾事，山外茶室槍殺案件就是活生生的一例。」意外而遭遇不幸者亦有之：某老兵「在屆齡退伍時……和侍應生古秋美兩情相悅，帶著一個父不詳的「雜種仔子」落居在這個純樸的小島，當他無怨無悔為家犧牲奉獻而正要擷取幸福的果實時，卻不幸誤觸未爆彈，在歸鄉的路途斷絕時，不得不長眠在這個在青山綠水相伴、蟲鳴鳥叫相伴的島嶼。」

小說集還以特約茶室為背景，刻劃了一個平時淫威十足而人品與操守卻很糟的將軍，醜態令人作嘔。還有一篇寫的是一位侍應生，後來到海南發展了大事業，躋身海南的上流社會，但她的心中依然深藏著對當年一點也沒有歧視過她的一個上司的愛，而且這種愛並沒有隨著歲月的流逝而消滅，當他們在海南邂逅時，那場景委實感人。

陳長慶的小說，可以說是金門文學戰爭小說的一個突破。其意義在於，一是對戰爭的思考比較冷靜，筆觸比較細膩，避免了長期以來的政治圖解式的敘述方式；二是寫得頗有人情味，無論是「北貢」，還是中了「金馬獎」到金門駐守的官兵，無論是金門的當地居民，還是「侍應生」，都表現出各自的人性；三是對某些高官不留情面的刻畫。我們不是說，所有的金門文學作品凡寫到戰爭的都應以「特約茶室」作背景，我們的意思是，對戰爭的冷靜思考和人性化的描寫，也許是今後金門文學戰爭題材作品發展的方向。

摘錄於二〇〇六年二月十四至十六日《金門日報・浯江副刊》

＊本文作者陳慶元博士，福建金門人，為大陸著名學者。曾任福建師範大學文學院院長、協和學院院長，現任福建師範大學博士班教授兼金門研究所所長。

長春書店裏的陳長慶

陳慶元

姓名相同或相近，在國人中好像不是一件什麼了不起的事兒，但對當事人來說，有時未免比較關注。如果媒體報導的罪犯恰好和自己同名同姓，那就頗不自在；如果同名同姓者是名人，不免多少有點竊喜。福建有兩個較有名氣的人和我同名同姓，有好事者千方百計找機會讓我去結識他倆。姓名的相近，當然比不上相同那樣「直接」，但也會引起自己的較多的關注，這似乎也是人之常情，法國漢學家陳慶浩和我是一字之差，而一見如故，稱兄道弟，不久前臺灣學者王國良到法國訪問，兩人一聊，提到我，慶浩立即拿起電話，打到我家裏來，寒暄一陣。陳長慶也與我一字之差，雖然他的「慶」字在後，順序與我不同，但也是屬於姓名接近的一類，因此第一次見到這個名字時也引起我的注意。《金門日報》副刊常常連載他的小說，早幾年太忙，我又不研究小說，故只知其名而不識其作品。

承金門文化人陳延宗兄的厚愛，《金門文學叢書》第一輯十冊（聯經出版社，二〇〇三年版），出版後就寄贈給我。對金門文學，我很不熟悉，其初也是隨便翻翻，看看書名和書的體裁，粗粗瞭解一下作者，漫不經心的。小女進了碩士班，要選論文題目了，找我商量。我寫論文，一向不喜歡選別人做過的或與別人相類的題目，有時一個課題做了一半，發現有人也開始做相同或相近的題目，常常割愛放棄。正好有一套《金門文學叢書》在手，金門歷代文人眾多，比較出名的作家也可找上好幾個，我想，以金門文學作為研究對象，寫一篇碩士論文，題目當不至於太小，材料也不至於不夠。雖然小女也有她的導師，仍免不了要和我切磋切磋，於是就逼著我去讀些金門作家的作品。和大多數人的閱讀習慣一樣，一大堆書，找來讀的通常首先是小說，本來就有點印象的陳長慶所著《失去的春天》便成了首選。

《失去的春天》如果從情節上來說，並沒有什麼離奇的地方。陳長慶在〈踽踽人生（代序）〉（《失去的春天》卷道）中寫道：

想為讀者留下的，不僅僅是一個故事或一篇小說；而是為生長在這方島嶼，與走過烽火歲月的島民作見證。於是我以青春和愛情作為本書的主題，讓歲月隨著時光流失，讓情感因環境而生變，讓渺小的生命回歸原點；更讓我們緬懷六十年代艱辛苦楚的農耕歲月，以及軍管時期、戰地政務體制下的悲傷和恐懼。

在實行「戰地政務」時期，駐紮金門的軍人和本地的老百姓是不能隨便離開這個海島的，如果特別的需要，也得經過嚴格審查並發給通行證才得以放行，而且一般的民眾和普通的軍人也不能搭乘飛機，只能乘船在海上顛簸。作品的女主人公顏琪小姐是來自臺灣的藝工隊演員，因病重不能得到及時救治，等到審批完畢，還走了點關係，送回臺灣已經為時已晚，最後香銷玉殞。儘管兩岸的讀者對長達數十年的對峙，立場可能不同，價值評判也可能不一，但是讀完這部小說，對顏琪小姐的同情應當是相同的。在這部小說中，我第一次知道金門「戰地政務」時期設有「特約茶室」、有「侍應生」。陳長慶引起我的極大的關注，一是他是土生土長的金門籍作家，作品講的是發生在金門的故事，故事的男主人公「陳大哥」又是金門的青年，太武山、小徑、古崗湖、雲根漢影，金門的山山水水都被他收入筆下；其次，陳長慶曾是「戰地政務」時期福利組的重要雇員，見過大大小小許多的官員和事件，他的小說大多都與大家都非常關注的「特約茶室」、「侍應生」有關。

當我閱讀《失去的春天》一書時，《金門日報》正在連載陳長慶的《走過烽火歲月的特約茶室》，我對報刊的連載一般都無多大的興趣，讀了《失去的春天》之後，卻特別想把陳長慶的作品都找來讀讀，於是就把過期的《金門日報》重新翻揀出來，依順序閱覽讀一過。不久，報載《走過烽火歲月的特約茶室》將增益其他內容仍以原名出版成書。我曾向陳延宗兄打聽過陳長慶和該書的出版情況。二〇〇五年十二月，福建省金門同胞聯誼會成立二十周年慶典活動在西湖賓館拉開帷幕，陳長慶也在邀請的名單之列，延宗兄說陳長慶長年開一家「長春書店」，沒有人手，走不開。陳長慶託他帶來《走過烽火歲月的特約茶室》和《日落馬山》兩書。我已經多年沒有集中一段時間讀當代小說，特別是集中讀一個當作家的小說了。從《走過烽火歲月的特約茶室》所附〈作者年表〉中，我得以知道陳長慶的著作非常豐富，計有：

一、長篇小說《寄給異鄉的女孩》，臺北林白出版社，一九七二年版，同年再版，一九九七年三版。

二、長篇小說《螢》，臺北林白出版社，一九七三年版，一九九七年再版。

三、中篇小說《再見海南島・海南島再見》，臺北大展出版社，一九九七年版。

四、長篇小說《失去的春天》，臺北大展出版社，一九九七年版，二〇〇三年收入《金門文學叢刊》第一輯，臺北經聯出版公司版。

五、長篇小說《秋蓮》，臺北大展出版社，一九九八年版。
六、散文集《同賞窗外風和雨》，臺北大展出版社，一九九八年版。
七、散文集《何日再見西湖水》，臺北大展出版社，一九九九年版。
八、長篇小說《午夜吹笛人》，臺北大展出版社，二〇〇〇年版。
九、中篇小說《春花》，臺北大展出版社，二〇〇二年版。
十、中篇小說《冬嬌姨》，臺北大展出版社，二〇〇二年版。
十一、散文集《木棉花落花又開》，臺北大展出版社，二〇〇二年版。
十二、中篇小說《夏明珠》，臺北大展出版社，二〇〇三年版。
十三、長篇小說《烽火女兒情》，臺北大展出版社，二〇〇四年版。
十四、長篇小說《日落馬山》，臺北大展出版社，二〇〇五年版。
十五、散文集《時光已經走遠》，臺北大展出版社，二〇〇五年版。
十六、小說集《走過烽火歲月的金門特約茶室》，臺北大展出版社，二〇〇五年版。

陳長慶還有《咱的故鄉咱的詩》七帖收入《金門新詩選集》，金門縣文化中心編，二〇〇三年版。此外，艾翎還編有《陳長慶作品評論集》，臺北大展出版社，一九九八年版。

二〇〇六年三月，蔡襄研究會的同仁擬到金門與蔡氏宗親聯誼，邀我同往，上半年本沒有回金的打算，剛好閱讀陳長慶之作正在熱頭上，也就隨他們踏上海船了。此行的重要安排就是拜訪陳長慶，並希冀從他那兒再要些他的作品，如果能搜集齊全最好，將來或許能做一個研究陳長慶的課題。十日，浯島溫暖有如初夏，我只穿著襯衫，黃振良兄先已和陳長慶聯絡，在他的引領下，我們來到山外的長春書店。已經是下午四點左右的光景，陽光斜斜地照入書店，更有一種溫馨的感覺。如果比較於我曾光顧過的臺北彭老闆的文史哲等書店，「長春」還算開闊。但是書店除了三面牆體全是書架，中間也還是書架，擁擠不堪，左側中間有一個電腦桌，記憶中好像沒有比這個桌面更小的電腦桌了——擺上電腦之後，邊緣不超過十釐米，勉強可放一隻不大的茶杯。坐椅是沒有靠背的那種硬凳子，如此簡陋的陳設，用心良苦，無非是為多挪出更多的空間擺放書籍而已。電腦打開著，是另一部長篇小說《小美人》的稿子，作者正在進行最後的修改，即將在《金門日報》副刊連載。除了姓名相近，我和陳長慶還有一個共同「點」，即兩人同年。飽經風霜，不僅刻在他的臉上，而且顯露在他的滿頭白髮上。但是他目光如炬，神情兩旺，卻是六十歲人中很少見的。書店有點冷清，間或也有讀者光顧，陳長慶很熟練地算帳、找零、開票。自一九七四年離開「福利單位」創辦長春書店，已經有三十多年了，十幾部的小說、散文就是在長春書店這樣的環境中寫就的嗎？

臨行，陳長慶從書架上抽出《春花》、《冬嬌姨》、《夏明珠》等七八部書簽名相贈。說實在，我還很想讀讀他的處女作《寄給異鄉的女孩》。《寄給異鄉的女孩》自一九七二年初版，至一九九七年已經出了三版。黃振良《回首來時路——《寄給異鄉的女孩》三版代序》在談到金門本土作家時說：「至於在文藝寫作的成就方面，長慶算是工夫下得最深，也是最有成績的一位了。」（《仙洲群唱》，金門寫作協會會員專輯一，一九九九年版）陳長慶說，這本書還是有點錯字，等修訂再次出版時和其他書一起寄給我。振良兄為我們在書店前拍照以作紀念。

當我在寫這篇文章時，《小美人》也許還在連載中，也可能已經連載完畢了，因為我看到的《金門日報》常常是一個多月前的舊報紙，好在我的興趣主要是在副刊方面。離開金門已經三個月了，長春書店裏的陳長慶還在那兒賣他的書，也還在書城中寫他的書吧？「儘管頂上無烏紗，胸前無勳章，復無傲人的學歷、得獎的次數可以炫耀。然而，文學卻猶如是我心中的春陽；當我踏上這條不歸路，即使它崎嶇不平、坎坷難行，依然會一步一腳印，無怨無悔地走到它的盡頭……。」（陳長慶《踽踽人生路》（代序））是的，寫作也是一種艱辛的勞動，特別是對陳長慶這樣一個沒太高學歷、沒有什麼更高社會地位的島民來說，更談何容

但識嵯峨好（第三十二節）

黃克全

陳長慶堪稱是金門文壇的巴爾札克。

陳長慶其筆耕著重於長篇小說，長篇小說須付出的心血精力，非一般作家能勝任，大多作家終生未能得一長篇，而他竟然能寫出十五冊中長篇，而且至今仍在上坡，絲毫未見衰頹之勢，其創作力之豐沛，實不能不令人刮目相看。陳長慶小說的主調是寫實派，但又加入一部份浪漫派作風。前者隱含對客觀現實的執信，後者隱含個人自我主體的發皇及對現實的疑問或不滿，這一拉一扯間，藝術張力於焉顯現。鄉土文學的兩要件，一是對鄉土現實的著墨，二是強調人和所生活於其上的土地環境之間的關係。陳長慶的小說完全符合這兩個要件，所以他被冠上金門鄉土文學作家可謂實至名歸。陳長慶開業「長春書店」時我已在臺灣讀大學，寒暑假返鄉自己總會到他書店逛逛，在我眼中，開書店是世界上最好的行業，而陳長慶又兼營文藝創作。那或也是世界上另一個最好的行業，陳長慶一人竟有幸同時兼得，他是個幸運兒。陳長慶曾中綴其創作長達二十一年，其停筆的隱幽外人不得而知，近年來他又復筆，而且幾乎年年都推出新作，催動其復筆的原因也同樣令我好奇。同樣身為寫作者的我，寧願相信是有一股源自陳長慶內在不安靈魂的聲音在催喚著他。「能夠寫作是件多麼幸福的事。」楊樹清幾次在我面前說，我也要把這句話轉贈給陳長慶，我確信他的作品將在金門文壇永遠流傳下去。名漫畫家蔡志忠曾給要踏入社會的新鮮人一番建議，他說人要做自己認定有意義的事，而且這件事也是社會希望你去做的事。陳長慶已非社會新鮮人，不知不覺中，踽踽獨行的他，竟早就為我們立下一立身處世的標竿。

原載二〇〇九年八月廿二日《金門日報・浯江副刊》

＊本文作者黃克全先生，福建金門人。著有：《蜻蜓哲學家》、《玻璃牙齒的狼》、《一天清醒的心》、《太人性的小鎮》、《夜戲》、《流自冬季血管的詩》、《永恆的意象——經典名作導讀》、《隨風飄零的蒲公英》、《時間懺悔錄》、《兩百個玩笑》等書。

〈窄門〉所表達的社會問題

谷雨

陳長慶的〈窄門〉雖然不是一篇很好的小說，但從這篇小說中，我們可以找出這裡面仍然有一些可貴的地方。

現代小說的趨向，一為社會的，一為心理的，二者若能合併起來而處理好的話，便是一篇很好的作品。因為現代社會的急劇演變造成人類心理的異常，這就是現代人精神上的特徵。

在〈窄門〉中，「心理的」描述很弱，幾乎沒有；而「社會的」卻描寫得很好，從這篇短短的小說中，就描繪出現代社會的幾種問題：

第一、男人的不負責任，也是女人的弱點，那就是「懷孕」，未婚的懷孕成了社會的違章建築。所以那位動手術的醫生說：「難道你不認為墮胎要比叫女人去自殺道德多了嗎？」如果以古老的道德標準來衡量的話，當然自殺比墮胎道德，醫生那句正是社會道德演變的縮影。

第二、醫生職業道德的沒落，是任何一個現代社會的普遍現象。從文中醫生的面對金錢和逃避責任就可看出來，他說：「這是上帝的錯，不是我的錯」，之後又把屍體沉入溪底，意圖「滅屍」，這是現代人的不負責任。

第三、新興職業的繁雜：舞女，吧女，咖啡女郎，更有無數的多重身份的人，在這社會上扮演著許多種不同的角色，有的為了生活問題而誤入紅塵，而有的只是為了追求高級享受而出賣肉體，而這類事情也是社會型態所造成的。人類如果仍然停留在農業社會裡，舞女、吧女、咖啡女郎，那麼多的貨色，誰有時間去光顧？空間是罪惡的搖籃，人有工作做，誰也沒有時間去想什麼新的把戲。

第四、工業社會的形成，使許多人失業，又貪圖享受，於是流浪街道，有錢，有吃，有玩的，只要有代價，什麼事都可以做。〈窄門〉中的主角，為那位墮胎的女人做保證人，代價是「一碗羊肉湯，兩杯生啤酒。」所以當警察問他：「你不知道墮胎有生命的危險，而且是犯法的？」他的回答是：「我沒有讀過法律，只感到肚子很餓。」

像〈窄門〉文中的女主角，是目前社會問題的製造者，在社會型態急速轉變的情況下，他們是社會的低下層者，社會拋棄了他，他成了寄生蟲，有的人甚至反而破壞這個無法容納他的社會，這樣而造成了無數的社會問題。當他們有錢時，他們吃、喝、嫖、賭，無所不為；沒錢時，又只好製造一些罪惡。整篇〈窄門〉中，可以說完全是一些社會問題的揭露，這社會是無數的〈窄門〉，愈深入愈窄，唯一的界限是死亡，但死亡並不見得是底，死亡之後只是一個謎而已，是一個世界的結束以及另一個世界的開始，另一個世界到底怎樣，沒人知道，人只是在猜測而已。

原載一九七三年十月《金門文藝》季刊第二期

（〈窄門〉與本文同時收錄於《再見海南島・海南島再見》）

談《金門文藝》季刊第二期的小說

——陳長慶的〈整〉（摘錄）

凡　夫

《金門文藝》第二期的小說，有微風的〈立立和她的故事〉、林媽肴的〈誰是那個鬍鬚仔〉、楊筑君的〈蹉跎時光的人〉、陳長慶的〈整〉四篇，以下的文字不算這些小說的評論什麼的，只能說是我對它們的一點看法、觀點或是小小的意見。所以，不敢言評，只是談談罷了。

就純文學的觀點而言，這四篇小說不可能成為很好的小說；但以文學的社會觀來說，卻都是很「守分」的作品。因為他們都給讀者一個很有主題的故事。這些故事在結構構意上提供了社會的一個角落、一個平凡的或不平凡的寫照，或是一件發生在你身邊而被你忽視的事件。也許你就是故事的主角，並不是說你被描寫了，而是說你可能和故事中的人物一樣，有相同的觀念、處境或做法。錯誤的是，這些觀念、處境、做法都是不利的。所以，在「文學是服務的」及「文學是反映現實、表現人生」的觀點上，這四篇小說已經達到了某些目標，而就這一點就「值回票價」了。但就小說的題材、結構、主題、人物、語言及表現面面觀，仍是各有長短。我們不必苛求什麼，如果有更好的，又何妨合力來開闢一座「文藝花園」，在大家的共同捐力輸血下，使金門文藝茁壯、開花、結果！您以為對不？

現在，我想分別談談這四篇小說，說他們的好，也談他們的缺憾。因為，我們相信作家需要鼓勵，不論物質、精神；更需要批評，不論諫言、濫論。鋪張的鼓勵使人麻醉而失去感覺；平實的諫言令人激發潛在實力；攻擊性的濫論卻使人厭惡。當然，我的「談」只不過是平穩的、紮實的意見。

陳長慶的〈整〉

在「愛美是人的天性」的大前題下，作者藉一件極平常的整容事件，揭發社會的現實、人類的膚淺無知，感慨「子如嫌母醜」的不再。在題材選擇上，雖新猶舊，但表現手法卻全然迥異。在〈整〉一文中，作者以低沉的語調，用獨白的形式，寫出為人母之大不易，描繪一幅向世俗低頭的鬧劇，這齣鬧劇正如作者的筆調，低沉而令人慨嘆！

誠然，它不是一篇很感人的作品，卻能引起讀者的共鳴，或取得相當的同情。它是小說，我倒認為它也蠻像一篇散文似的，這是一種直覺的看法，而且只是下意識的第一個感覺。我無意在小說、散文間做太明顯的辯議。胡適曾說過：「表情表得好，達意達得妙，就是文學。」只要能將自己想表達的情意，以最恰當、最能被讀者接受的方法表達，就是好作品。而發自心靈的呼聲，取自生活的主題，像此文低沉的獨白，那種對現實社會的批判，都是讀者極易接受的。提出社會問題，顯示不正確的觀念，以促進社會的改善，是作家對社會的責任。可以說的，〈整〉已表達了此項言責，這也許正是作者所欲表達的主題。

另外，作者所勾劃的整容院內幕，是一種利用人性的弱點，及與現實妥協的心理，進行的一連串敲詐，不誠實、誇張的試驗。情節的終局，無異是給予妥協者一道當頭棒喝：告訴我們，需「整」的是，我們的觀念和心理。

原載一九七四年十二月《金門文藝》季刊第三期

（〈整〉與本文同時收錄於《再見海南島・海南島再見》）

寫實主義的鄉野作家

——陳長慶

翁慧玫

一、作家述論

陳長慶，民國三十五年八月二日生於金門碧山，讀完金門中學初中一年級因家貧輟學，小小年紀即挑起生活的擔子，後進入金防部福利單位擔任會計雇員，並在政五組兼辦防區福利業務，因此，接觸到一個特殊的社會層面，暇時則於明德圖書館苦學自修。五十五年三月於《正氣副刊》發表第一篇散文作品〈另外一個頭〉，六十一年晉升經理，出版了《寄給異鄉的女孩》，六十二年出版長篇小說《螢》，並創辦《金門文藝》季刊，擔任發行人兼社長，撰寫發刊詞。由於時處戒嚴時代，管制嚴格，文化事業在當時的時空下，是一個極度敏感的領域，申請刊物執照是一項高難度的挑戰，只要有不同意見，隨時會被戴上紅帽子，成為異議份子，所以，想要在金門創辦一本雜誌，並不是一件普通的事，在那種思想尚未開放的年代，只要和文字沾上點兒蛛絲馬跡，都要列入輔導管制，美其名為文化輔導，其實是政治查核，即使是定位為「純文藝」的刊物，當政者依然有著「多一事不如少一事」的想法。所以，申請刊物執照登記，一波三折，嚐盡酸甜苦辣。結果，安全單位仍以「有安全顧慮」，駁回其申請，而陳長慶由於斯時任職於金防部，地利之便，請出了時任金防部政戰部主任兼政委會秘書長的廖祖述將軍幫忙。這一段過程，後來陳長慶曾將其融入小說《失去的春天》說明：

主任發現了我，或許他還記得前些日子，為了《金門文藝》申請登記證的事，到辦公室晉見他。

「金門文藝的事，我已交代過，只要你們具備完整的手續，不會有問題的。」

「他們體會不到，你們想為家鄉辦份刊物的心情。雜誌還沒出刊，安全就先有問題，胡搞！」他慈祥的臉龐，浮起一絲不悅。

事實與作品相結合，由於廖主任的協助，使得陳長慶申請到了戒嚴狀態下的第一張民間雜誌的刊物登記證，成為金門文壇的首份民間刊物，為金門文藝的發展跨出了歷史的一步。

愛書的陳長慶，於民國六十三年自金防部福利單位離職，經營「長春書店」，每天沉浸在知識浩瀚的書海裡，停筆二十一年，沒有作品問世。民國八十五年復出，積極寫作，復出以來，算是個多產的作家，八年中完成了十一本書，此外，散文、小說皆有創作，其中又以小說最為出色。在他的小說作品中，絕大多數是以「第一人稱」著筆的，將其自身的經驗融入作品中，他以為第一人稱的寫法，易於掌握劇情的發展，可以收放自如。而其在太武山谷工作的經歷，成了其筆下豐富的創作材料，作家謝輝煌就說：陳長慶是從金門的血淚中一路走來，亦即「蘸著金門的血淚書寫金門」。軍管時期的金門，歷經大大小小的戰役，在長達二十餘年的單打雙不打歲月，人民在戰火下無奈的生活著。「文學本來就是反應時代、土地、人民。」陳長慶以獨特的文字為金門的歷史作紀錄，為所有走過烽火歲月的金門人刻劃心路歷程，他用文學之筆，記錄家鄉的一切，記錄他走過的軍管時期、戰地政務體制下，那個悲傷的年代，為生長於這方島嶼，走過峰火歲月的島民作見證。綜觀其作品，皆以金門的人和事、血和淚貫穿而成，筆風具有寫實風格，誠為金門最佳的寫實鄉野作家。

陳長慶不斷地創作，除了想讓文藝的幼苗在金門島上成長茁壯外，也可看出他想用一部部作品來證明，一個沒有學歷的人也能成為作家的事實，並藉此事實來鼓勵別人。作品豐富，著有：《再見海南島．海南島再見》、《失去的春天》、《同賞窗外風和雨》、《何日再見西湖水》、《午夜吹笛人》、《木棉花落花又開》、《日落馬山》、《烽火兒女情》、《走過烽火歲月的金門特約茶室》，以及以春夏秋冬為首的書名《春花》、《夏明珠》、《秋蓮》、《冬嬌姨》等書，白翎並編有《陳長慶作品評論集》乙冊，作品編入《中華民國作家作品目錄》（一九九九年版）及《臺灣文學作家年表與作品總目錄》（一九四五至二〇〇〇年）。

二、作品評析

陳長慶的作品旨在記錄歷史，留下見證，所以題材多取自其生活週遭的事物。寫實是其作品的特色，透過作品將其經歷過的事物具體呈現出來，而軍管時期，封閉、悲傷、戰爭的體驗豐富了他的作品。他深入觀察並如實描寫，由週遭事物的平淡生活入手，以寫實的手法創作小說，將生活中的真實經驗和人物面相為創作素材，為軍管時期的生活經驗揭開神祕的面紗。

（一）寫實抒情的筆觸

鄉土作家以寫實的筆法反映鄉土風俗，陳長慶作為一個寫實主義的鄉野作家，經常在作品中融入自身的經歷，誠如白翎所述「他筆下的人物情節，多是他眼中所視、耳中所聞、心中所思、夢中所幻的『錄影重現』，所以他的悲劇是寫實的，而且是十足忠於事實的；這也是他的作品容易感動讀者、引起讀者共鳴的主要原因所在。」例如《螢》中的主人翁陳亞白，「金門碧山人，在一個公營的福利機構服務……是一個只上過一年中學的窮家孩子……一個愛幻想、愛做夢的男孩，沒有太多學歷，卻有奮勇的精神……暇時不忘讀書，過度的熱愛文學」，正是以其自身作為反射。而且，大部分的作品，都是以第一人稱「陳大哥」的寫法，主角皆是其本家。《失去的春天》、《日落馬山》、《再見海南島・海南島再見》等小說作品，不乏其自身經驗之投射。以《失去的春天》為例，屢屢可以看到其將生活中的體驗轉化為小說中的對白，

「我們以熱烈的掌聲，歡迎政五組福利業務承辦人陳先生。」對於她突如其來的介紹，我不知該怎麼辦才好？主任回過頭，以慈祥微笑看著我。臺下的掌聲，讓我不得不禮貌地站起，讓我不得不上臺。然而，我沉重的心情和腳步她能理解嗎？

「主任再三指示，要把苦學有成的陳先生，介紹給戍守最前線的弟兄們。也要透過他的筆，歌頌大膽島的莊嚴、禮讚大膽島的雄偉！」

陳長慶於《失去的春天》中，結合浪漫抒情的筆調，融入男女之情的描寫，將其欲表達之主題，鋪陳於小說中，一方面描寫戒嚴時期，軍事管制下軍方不為人知的生活型態，一方

面又以濃烈之筆，描寫陳大哥、顏琪、黃華娟三個人的愛戀關係，熱烈的情愛與情話，雖然增加了小說的張力，但情感的轉折，並未予以適切的描寫，顯得極不協調。《螢》亦有同樣的錯誤，一方面極力抨擊「三八制」的婚姻制度，意圖糾正買賣式的婚姻陋俗，「因為我是一個有血性、有良知的時代女性，我必須協助政府來改良這種不良的婚姻陋習，因為它直接的關係到每一個金門人的聲譽和幸福。」然而在鋪陳女主角認識男主角的經過，乃得自婚姻失意的表姐麗蓮的介紹安排，顯得太過突兀，而且其學歷與生活環境的差距，並未對女主角產生任何的折衝調適，讓人感覺人物的生命不夠立體。以此觀之，陳長慶對《冬嬌姨》的描寫反而是一大突破，藉由軍管時期種種不合理下的軍民生活，探討冬嬌姨與營長，如何在戰地軍人不能結婚的限制下、寡婦門前是非多的緋語中，掙脫自我，割捨傳統，開創出另一段人生的幸福，是其寫作過程中的一個改變。

陳長慶的小說作品中，總是以男女之情愛為經緯，意圖於文中陳述主人翁的情真意切與遵守禮教，諸如《失去的春天》中的陳大哥與顏琪交往，互相欣賞，卻又難擋黃華娟的才情吸引。《日落馬山》中的陳大哥與黃鶯相知相許，卻又與藝工隊的王蘭芬發生超越友情的關係，復又理所當然的接受辦公室李小姐貼心關懷與照顧。作者極欲鋪陳作品中主人翁之真情真意，然而環繞主角的眾多紅粉，卻讓讀者對作品人物的真心真意感到懷疑，對人性的脆弱與掙扎、痛苦與折磨，並未具體的顯現出來，是為不足。或許作者是借由文學作品，表達其真實的體驗，藉以展現其欲留存於世人的想法，讓認識作者的讀者在其作品與真實性之間，產生質疑，與一窺究竟的好奇性。誠如陳映真評述《失去的春天》寫道：「愛情是文學中恆古常新的題材。其所以歷古常新，無非詠歎情愛之真。《失去的春天》，也是旨在傳頌三個青年男女真摯難抑的感情。但寫到黃華娟執意介入，陳大哥情難自禁；顏琪病重，其他兩人背地歡愛，都令讀者對人物在情感上的「真」感到懷疑。心猿而意馬，意亂而情迷，本是人之常情，小說自然不是只寫三貞九烈，但須寫人性在脆弱、軟弱中靈與肉——心之所守與肉之難禁之間深刻的矛盾、煎熬與苦痛，甚至寫因人的軟弱而來的苦難與折磨，甚至毀滅，及其所帶來的生命的大轉折。」真可謂對陳長慶小說中的人物書寫下了最佳的註腳。

（二）鄉野色彩的呈現

對於一個未曾遠離家園、獨赴異地生活的作者而言，家鄉是唯一清晰可觀的景緻，陳長慶一直生活在家鄉金門，作為一個農家子弟，對於農家生活的景況描寫得鉅細靡遺且深刻動人，堪稱佳作。這一點其他作家甚少提及，亦難望項背，陳長慶以平實的手法描繪故鄉的景緻，呈現其熱愛鄉土的感情。例如《螢》與《失去的春天》分別寫到：

> 春天，是播種的季節。
>
> 幾番春雨過後，滿山更是一片青蒼，農人也跟著而忙碌。施肥的、播種的、滿山遍野，都是一片人影，有犁田的、除草的，好一幅美麗的春景圖啊！
>
> 走過戰壕溝，遠遠已望見戴箬笠的父親正在「撖蕃薯股」。走在前端的老牛拖著犁，一步步、緩緩地來回耕耘著。戴著箬笠圍著方巾的母親，正耙著父親撖過的蕃薯股。
>
> 「撖蕃薯股」也就是在蕃薯苗長到某一種程度時，把原來的「股」，犁下約四分之一的田土叫著「現股」；然後，在犁下的股溝施以肥料；復又犁上田土，把肥料蓋住，這就叫著「撖蕃薯股」。再用耙子把田土往藤頭耙，一面在藤頭處護土，同時也耙鬆泥土；而後，還必須把長出來的蕃薯藤轉移到另一個方向，拔除藤頭附近的雜草，叫做「拾藤」；過些日子，再犁下另一邊，重複相同的過程，撖股、施肥、拾藤。

陳長慶身為農村子弟的背景，將農村生活的場景寫得栩栩如生、生動感人。春天是播種的季節，秋天則是收穫的季節，天氣乾旱的金門，高粱是最為普遍的農作物，秋收的高粱晒滿了主要道路，是金門早期特殊的地方景緻，《失去的春天》就將此寫實的情景融入作品中：

> 白茫茫的蘆葦花正盛開著，在那一片由淺綠轉為焦黃、形將枯萎的蕃薯藤畔，秋收後的高粱穗也身首離異地平躺在水泥路中，車輪輾過處，迸出一粒一粒的果實，雜碎塵土隨地飄揚起，又安分地落下，再回歸到地上。

農人靠天吃飯，機械設備的欠缺利用外在環境來克服，處處顯出古老的智慧，而在這眾多描寫農村生活的景色中，最特殊的莫過於《冬嬌姨》中描述的公牛與母牛交配的一段：

虎母快仔不慌不忙地把牛港牽出來，一見到起肖的母牛在一旁，老牛港把頭一轉，拉動繩索，快速地走到母牛背後，用牠那敏銳的鼻子聞聞母牛起肖時的騷味，而後前腳騰空，後腳一蹬，急躁地爬上母牛背部，一挺一挺地尋找母牛紅腫的部位。

如此生動的描寫，若不是親身體驗，恐怕很難融入作品之中，產生畫龍點睛之妙。農村的景緻，隨著時代的進步而有不同的風貌，作者亦不時於其作品中，顯示著時代的轉換在家鄉所留下的不同樣貌：

在烈日艷陽的陪伴下，我們滿懷歡欣地來到一個古老的小農村，在鄉村整建的方案中，當然，它也不例外，昔日的羊腸小徑已鋪上厚厚的水泥，牛舍豬舍在村子裡已見不到，那幽雅而整潔的四周，提昇了居民原有的生活品質，但人口的外流卻也讓它顯得冷清。在臨海的小路上，兩旁的野草野菜已逐漸地向中間延伸。沒人居住的古屋，破碎的瓦片倒塌的石塊堆疊在那株獨自生存的苦楝樹下。往日的四合院，只留下祖先的牌位獨守破屋，同時兼負著保佑旅外子孫的重責，祂們期盼有一天旅外的子孫能回來重修，以免再受到無情風雨的摧殘。

金門由於位屬戰地，戰爭的威脅加上土壤貧瘠，謀生不易，人口外流嚴重，砲戰下毀損之屋脊多任其荒廢，處處可見殘垣斷壁，陳長慶以其一貫的白話筆法，將家鄉景緻平鋪直敘展現出來，成了其作品的一大特色。

(三) 緬懷舊日的情思

國軍進駐後的金門，民生凋敝，百業待興，為了求生存，全體胼手胝足，處處受限的軍事戒嚴時期，沒有人權，沒有自由的日子，也培養了人們刻苦耐勞、服從的順民性格。陳長慶作為走過戰亂時代的見證，作品中處處可見緬懷過往的感性語詞：

> 若時光能迴轉，寧願回到五十年代的歲月裡，生活雖清苦卻踏實；沒有華麗的衣衫卻樸素，資訊與文化的貧乏，卻沒有不良的歪風陋習、氾濫的春光色情；父賢子孝、詩禮傳家；我們擁有的是古中國的傳統美德。然而，此刻所思，卻是不實際的虛幻，再也喚不回走遠的時光，失去的歲月……。

「煙墩腳」的蜿蜒山路已被「牛港刺」所阻撓，我們輕而小心地撥開它，深恐刺傷了肌膚，流下滴滴鮮血。而曾幾何時，那股墾荒破棘的精神已不復見，隨著歲月的流失，是否已變得貪生怕死，還是捨不得遠離安逸太平的日子，龜石、田前、這尾仔頂，所有的良田已休耕，往日青蒼翠綠的高粱苗，金黃的大小麥，一股一股的蕃薯籐，斗大的芋仔葉，田邊湧出清泉的古井；想起那時，緬懷過去，額上的熱汗已逐漸地成為冷泉，誠然，時代的巨輪已輾過苦難的歲月，然而，未來的日子卻沒有它的單純美好，五十年代那份血濃水的親情友情，全家樂融融地吃著蕃薯和菜脯，那種鏡頭在現今的社會已難再現。

文章中充滿對過往日子的感念，緬懷過往苦難的歲月，亦不時於文中摻雜自己的道德價值觀，道德的期許與說教的意味濃厚。

（四）軍中秘辛的描寫

軍管生活的描寫是陳長慶作品中的一大特色。在軍管時期封閉的時代裡，軍方所有的一切都被賦予最高機密，增添了無限神秘的色彩，陳長慶因為工作職務之便，進入位於太武山谷的金門防衛司令部（以下簡稱金防部）工作，金防部位屬戰地最高軍事統治機關，自然而然接觸許多不為人知的軍事機密，而這些被認定為機密的經歷成了他筆下豐富的創作素材。

由於職務緣故，陳長慶任職金防部工作期間，經管福利部門，涵括軍中最為神秘的軍中樂園，自然知曉其不為人知的一部分，因此在其作品中，軍中樂園的描寫成為作品的一大特色。

軍中樂園又稱「特約茶室」，簡稱「軍樂園」，別有「八三一」之稱。軍管時期，一切以戰事為第一優先，在以軍領政的戰地戒嚴地區，惟有軍方始能經營這種「特種行業」，就連年節固定的大二膽等外島的「離島慰問」，為了犒賞官兵的辛勞，亦將茶室的侍應生，帶上小島做巡迴服務，以調劑官兵的身心。它不僅沒有與民爭利的爭議，更是一個合法的福利單位，每年為金防部賺取數百萬元福利金。誠然是軍管時期最為特殊與爭議的產物。

然而軍中樂園，畢竟是個「財色」場所（侍應生為財，官兵為色），意外事件很難避免。陳長慶於其作品《日落馬山》，描寫了從良的侍應生，在丈夫死後重操舊業，暗開私娼，逼親生女下海；侍應生和金門商人串通搞鬼，鬧出家庭糾紛，老士官長懷疑侍應生騙財騙情，槍殺侍應生後自裁的悲劇事件。《海南島再見・再見海南島》，敘述負責督管特約茶室的作者本人，與金城茶室侍應生之間的愛情故事，〈將軍與蓬萊米〉，則描寫庵前茶室侍應生與將軍的一段風花雪月，進而闡述軍中樂園內部不為人知的黑暗與軍方的內幕：「在戒嚴軍管時期，軍方除了披著一層神秘的面紗外，又築有一道平民百姓難以跨越的圍籬，善良的島民始終認為：高官除了官大學問大，更有高人一等的品德和才華，但仔細觀察，卻也不盡然。表裡不一的高官比比皆是，一些曾經身歷其境者，只是恥於揭開他們虛偽的面目，並非全然不知情。」作者將其所見所思所感，藉由文字留下見證，並鑑於坊間對軍中樂園的傳述報導與事實有所差異，基於浯島庶民職責，乃將其承辦金門特約茶室之始末細節，整理寫成〈歷史不容扭曲，史實不誤導——走過烽火歲月的金門特約茶室〉，連載於《金門日報·浯江副刊》，並結集成書出版，除了針對不實傳說逐一說明，以釐清事實真相外，為歷史留下見證才是其主要目的。

綜觀陳長慶的作品，皆是取材自身旁週遭的事物，寫實是其一貫的特性，誠如自傳體小說一樣，親身經歷、題材熟悉，寫來流暢通順；然事跡所限，人物、情節為平生真實性限制，難有創造性的發展與變化。作者在寫實作品的背後總以浪漫的男女之情作為主線，然而其作品人物的陳述，顯得平面而不夠具體，只是作品中所呈現的金門五、六十年代艱辛苦楚的生活歲月，軍管時期的生活風貌，戰地政務的不安與恐懼，確實是為歷史留下記錄，是活生生的戰地寫實創作。誠如其所述「我試著以文學之筆來記錄那個悲傷的年代，想為讀者留下的，不僅僅是一個故事或一篇小說；而是為生長在這方島嶼，與走過烽火歲月的島民作見證。」可見其對金門責無旁貸的使命感。

＊本文作者翁慧玫小姐，福建金門人。現任職於金門縣政府財政局。本文為其銘傳大學中文所碩士論文之一部分。

作者年表

一九四六年　八月生於金門碧山。

一九六一年　六月讀完金門中學初中一年級因家貧輟學。

一九六三年　一月任金防部福利單位雇員，暇時在「明德圖書館」苦學自修。

一九六六年　三月首篇散文〈另外一個頭〉載於《正氣中華日報・正氣副刊》。

一九六八年　二月參加救國團舉辦「金門冬令文藝研習營」，講師計有：鄭愁予、黃春明、舒凡、張健、李錫奇，以及在金服役的詩人管管等，為期一週。除楊天平老師、洪篤標先生與作者係來自社會階層外，餘均為本地國、高中在學學生。當下活躍於金門文壇的作家與文史工作者例如：黃振良（曉暉）、黃長福（白翎）、李錫隆（古靈）、林媽肴（林野）……等，均為當年文藝營學員。

一九七二年　五月由金防部福利單位會計晉升經理，並在政五組兼辦防區福利業務。六月由臺北林白出版社出版文集《寄給異鄉的女孩》，八月再版。

一九七三年　二月長篇小說《螢》載於《正氣中華日報・正氣副刊》。五月由臺北林白出版社出版發行。七月與友人創辦《金門文藝》季刊，擔任發行人兼社長，撰寫發刊詞，主編創刊號。九月行政院新聞局以局版臺誌字第〇〇四九號核發金門地區第一張雜誌登記證，時局長為錢復先生。

一九七四年　六月自金防部福利單位離職，輟筆，經營「長春書店」。

一九七九年　一月《金門文藝》季刊革新一期，由旅臺大專青年黃克全、顏國民等先生接辦，仍擔任發行人。

一九九五年　創作空白期（一九七四年至一九九五年），長達二十餘年。

一九九六年　七月復出，新詩〈走過天安門廣場〉載於《金門日報・浯江副刊》，八月散文〈江水悠悠江水長〉載於《青年日報副刊》。九月短篇小說〈再見海南島・海南島再見〉脫稿，廿四日起至十月五日止載於《金門日報・浯江副刊》，該文刊出後，曾受到讀者諸多鼓勵，亦同時引起文壇矚目。

一九九七年　一月由臺北大展出版社出版發行三書：《寄給異鄉的女孩》增訂三版，《螢》再版，《再見海南島・海南島再見》初版。三月長篇小說《失去的春天》脫稿，廿五日起至六月廿五日止載於《金門日報・浯江副刊》，七月由臺北大展出版社出版發行。

一九九八年　一月中篇小說《秋蓮》上卷〈再會吧，安平〉脫稿，一月廿日起至二月十八日止載於《金門日報・浯江副刊》。五月下卷〈迢遙浯鄉路〉脫稿，廿四日起至六月十五日止載於《金門日報・浯江副刊》。八月由臺北大展出版社出版發行三書：《秋蓮》中篇小說，《同賞窗外風和雨》散文集，《陳長慶作品評論集》艾翎編。

一九九九年　十月散文集《何日再見西湖水》由臺北大展出版社出版發行。

二〇〇〇年　五月金門縣寫作協會「讀書會」假縣立文化中心舉辦《失去的春天》研討會，作者以〈燦爛五月天〉親自導讀。十月長篇小說《午夜吹笛人》脫稿，十八日起至十二月六日止載於《金門日報・浯江副刊》，十二月由臺北大展出版社出版發行。

二〇〇一年

四月〈今年的春天哪會這呢寒——咱的故鄉咱的詩〉，載於《金門日報・浯江副刊》。十二月中篇小說《春花》脫稿，廿三日起至翌年元月廿二日止載於《金門日報・浯江副刊》。

二〇〇二年

三月中篇小說《春花》由臺北大展出版社出版發行。四月中篇小說《冬嬌姨》脫稿，廿九日起至五月三十一止載於《金門日報・浯江副刊》，八月由臺北大展出版社出版發行。十二月由國立高雄應用科技大學金門分部觀光系主辦，行政院文建會及金門縣政府協辦之「碧山的呼喚」系列活動，作者親自朗誦閩南語詩作：〈阮的家鄉是碧山〉為活動揭開序幕。散文集《木棉花落花又開》由臺北大展出版社出版發行。

二〇〇三年

五月中篇小說《夏明珠》脫稿，一日起至六月十六日止載於《金門日報・浯江副刊》，八月評論〈烽火的圖騰與禁忌——試論黃振良《金門戰地史蹟》〉由國家圖書館《全國新書資訊月刊》轉載（刊載於第五十六期），十月中篇小說《夏明珠》由臺北大展出版社出版發行；同月長篇小說《烽火兒女情》脫稿，廿六日起至翌年元月九日止載於《金門日報・浯江副刊》。十一月長篇小說《失去的春天》由金門縣政府列入《金門文學叢刊》第一輯，並由臺北聯經出版公司與金門縣文化局聯合出版發行。十二月〈咱的故鄉咱的詩〉七帖，由金門縣文化中心編入《金門新詩選集》出版發行。其詩誠如國立臺灣藝術大學副教授詩人張國治所言：「他植根於對時局的感受，對家鄉政治環境的變遷，世風流俗的易變，人心不古，戰火悲傷命運的淡化等子題觀注，……選擇這種分行，類對句……、俗諺，類老者口述，叮嚀，類臺語老歌，類臺語詩的文類……鋪陳一股濃濃的鄉土情懷。」

二〇〇四年

三月長篇小說《烽火兒女情》由臺北大展出版社出版發行。七月《金門文藝》由金門縣文化局復刊，並由原先之季刊改為雙月刊，發行人由局長李錫隆先生擔任，總編輯為陳延宗先生。八月長篇小說《日落馬山》脫稿，九月五日起至十二月廿六日止載於《金門日報・浯江副刊》。

二〇〇五年

元月〈歷史不容扭曲，史實不容誤導──「走過烽火歲月的金門特約茶室」〉脫稿，廿三日起載於《金門日報・浯江副刊》。二月長篇小說《日落馬山》由臺北大展出版社出版發行。三月散文集《時光已走遠》由金門縣文化局贊助，臺北大展出版社出版發行。四月短篇小說〈將軍與蓬萊米〉脫稿，廿七日起至五月八日載於《金門日報・浯江副刊》。七月中篇小說〈老毛〉脫稿，十日起至八月十二日止載於《金門日報・浯江副刊》。八月《走過烽火歲月的金門特約茶室》獲行政院文建會、福建省政府、金酒實業（股）公司贊助，十一月由臺北大展出版社出版發行。金門縣鄉土文化建設促進會於同月二十六日為作者舉辦新書發表會。二十九日《聯合報》以半版之篇幅詳加報導，撰文者為資深記者李木隆先生。

二〇〇六年

一月〈關於軍中樂園〉載於《中國時報・人間副刊》。三月五日當選金門縣采風文化發展協會第三屆理事長。長篇小說《小美人》脫稿，廿日起至七月廿七日止載於《金門日報・浯江副刊》。六月《陳長慶作品集》（一九九六～二〇〇五）全套十冊（散文卷二冊，小說卷七冊，別卷一冊）由臺北秀威資訊科技公司出版發行。八月長篇小說《小美人》亦由臺北秀威資訊科技公司出版發行，評論〈走過滄桑、走出悲情〉——試論林馬騰《金門的烽火煙塵》載於《金門日報・浯江副刊》。十一月長篇小說《李家秀秀》脫稿，十二月一日起至翌年四月五日止載於《金門日報・浯江副刊》。同月《金門特約茶室》由金門縣文化局出版發行。該書出版後，除「東森」、「三立」、「中天」、「名城」……等多家電子媒體，針對「金門軍中特約茶室」之議題，專訪作者詳予報導外，亦有部分平面媒體深入報導。計有：二〇〇七年一月十八日，《金門日報》記者陳麗妤專訪報導（刊於地方新聞版）。一月二十日，廈門《海峽導報》記者林連金報導（刊於金門新聞版）。二月十一日，臺北《蘋果日報》記者洪哲政報導（刊於A２要聞版）。三月十二日，臺北《第一手報導雜誌社》記者蕭銘國專題報導（刊於五二七期社會新聞五六～五八頁）。

二〇〇七年

四月評論〈再唱一曲西洪之歌——試論寒玉《心情點播站》〉載於《金門日報・浯江副刊》。六月長篇小說《李家秀秀》由臺北秀威資訊科技公司出版發行。《金門特約茶室》再版二刷。八月散文〈風雨飄搖寄詩人〉載於《金門日報・浯江副刊》。十月長篇小說《歹命人生》脫稿，廿一日起至翌年三月廿日止載於《金門日報・浯江副刊》。同年並相繼完成：〈風格與品味——試論林怡種的《天公疼戇人》〉、〈永不矯揉造作的筆耕者——試論寒玉的《女人話題》〉、〈省悟與感恩——試論陳順德《永恆的生命》〉等三篇評論，均分別刊載於《金門日報・浯江副刊》。

二〇〇八年

六月長篇小說《歹命人生》由臺北秀威資訊科技公司出版發行。八月長篇小說《西天殘霞》脫稿，九月一日起至翌年元月廿九日止載於《金門日報・浯江副刊》。並相繼完成：〈藝術心・文學情——試論洪明燦《藝海騰波》〉、〈走過青澀的時光歲月——試論寒玉《輾過歲月的痕跡》〉、〈以自然為師——試論洪明標《金門寫生行旅》〉、〈本是同根生花果兩相似——張再勇《金廈風姿》跋〉等四篇評論，均分別刊載於《金門日報・浯江副刊》。張再勇先生的《金廈風姿》，更成為二〇〇八年「第三屆世界金門日翔安大會」指定贈送與會貴賓的書刊之一。

二〇〇九年

二月評論〈攀越文學的另一座高峰——試論寒玉《島嶼記事》〉，三月散文〈太湖春色〉，四月評論〈為東門歷史作見證——試論王振漢《東門傳奇》〉均分別載於《金門日報・浯江副刊》。長篇小說《西天殘霞》由臺北秀威資訊科技公司出版發行。五月經榮總血液腫瘤科醫師證實罹患「慢性淋巴性白血病」（血癌）。六月以散文〈當生命中的紅燈亮起〉載於《金門日報・浯江副刊》敘述罹病之過程，並以「聽天由命」之坦然心胸接受追蹤檢查與治療。評論《攀越文學的另一座高峰》由金門縣文化局贊助出版。七月評論〈默默耕耘的園丁——試論林怡種《金門奇人軼事》〉，散文〈榕蔭集翠〉均載於《金門日報・浯江副刊》。八月《金門特約茶室》由金門縣文化局推薦，榮獲國史館臺灣文獻館獎勵，評論〈後山歷史的詮釋者——試論陳怡情《碧山史述》〉載於《金門日報・浯江副刊》。九月起專心整理友人所寫序跋與書評。十一月《頹廢中的堅持》整理完竣，並以〈後事〉乙文代序。

國家圖書館出版品預行編目

頹廢中的堅持. 陳長慶創作評論集 / 陳長慶編著. -- 一版. -- 臺北市 : 秀威資訊科技, 2010.05
面 ; 公分. -- (語言文學類 ; PG0335)
BOD版
ISBN 978-986-221-448-0 (平裝)

1.中國文學 2.文學評論

820.7 99005934

BOD Books on Demand 語言文學類 PG0335

頹廢中的堅持——陳長慶創作評論集

編 著 者 / 陳長慶
發 行 人 / 宋政坤
執 行 編 輯 / 黃姣潔
圖 文 排 版 / 郭靖汶
封 面 設 計 / 陳佩蓉
數 位 轉 譯 / 徐真玉 沈裕閔
圖 書 銷 售 / 林怡君
法 律 顧 問 / 毛國樑 律師
出 版 印 製 / 秀威資訊科技股份有限公司
台北市內湖區瑞光路583巷25號1樓
電話：02-2657-9211 傳真：02-2657-9106
E-mail：service@showwe.com.tw
經 銷 商 / 紅螞蟻圖書有限公司
台北市內湖區舊宗路二段121巷28、32號4樓
電話：02-2795-3656 傳真：02-2795-4100
http://www.e-redant.com

2010 年 5 月 BOD 一版
定價：520元

讀　者　回　函　卡

感謝您購買本書，為提升服務品質，煩請填寫以下問卷，收到您的寶貴意見後，我們會仔細收藏記錄並回贈紀念品，謝謝！

1.您購買的書名：______________________________

2.您從何得知本書的消息？

☐網路書店　☐部落格　☐資料庫搜尋　☐書訊　☐電子報　☐書店

☐平面媒體　☐ 朋友推薦　☐網站推薦　☐其他__________

3.您對本書的評價：(請填代號　1.非常滿意 2.滿意 3.尚可 4.再改進)

封面設計____　版面編排____　內容____　文/譯筆____　價格____

4.讀完書後您覺得：

☐很有收獲　☐有收獲　☐收獲不多　☐沒收獲

5.您會推薦本書給朋友嗎？

☐會　☐不會，為什麼？______________________________________

6.其他寶貴的意見：____

____

____

____

讀者基本資料

姓名：_____________________　年齡：______　性別：☐女 ☐男

聯絡電話：_________________　E-mail：_____________________

地址：____

學歷：☐高中(含)以下　☐高中　☐專科學校　☐大學

☐研究所(含)以上 ☐其他_______________

職業：☐製造業 ☐金融業 ☐資訊業 ☐軍警 ☐傳播業 ☐自由業

☐服務業 ☐公務員 ☐教職　☐學生 ☐其他__________

請貼
郵票

To：114

台北市內湖區瑞光路 583 巷 25 號 1 樓

秀威資訊科技股份有限公司　　收

寄件人姓名：

寄件人地址：□□□

(請沿線對摺寄回,謝謝!)

秀威與 BOD

BOD（Books On Demand）是數位出版的大趨勢，秀威資訊率先運用 POD 數位印刷設備來生產書籍，並提供作者全程數位出版服務，致使書籍產銷零庫存，知識傳承不絕版，目前已開闢以下書系：

一、BOD 學術著作—專業論述的閱讀延伸
二、BOD 個人著作—分享生命的心路歷程
三、BOD 旅遊著作—個人深度旅遊文學創作
四、BOD 大陸學者—大陸專業學者學術出版
五、POD 獨家經銷—數位產製的代發行書籍

BOD 秀威網路書店：www.showwe.com.tw
政府出版品網路書店：www.*gov*books.com.tw

永不絕版的故事・自己寫・永不休止的音符・自己唱